闽宁镇探索出了一条康庄大道，
我们要把这个宝贵经验向全国推广。

——习近平

诗在远方

“闽宁经验”纪事

何建明 著

黄河出版传媒集团
宁夏人民出版社
海峡出版发行集团
THE STRAITS PUBLISHING & DISTRIBUTING GROUP
福建人民出版社

图书在版编目（CIP）数据

诗在远方："闽宁经验"纪事 / 何建明著. -- 银川：宁夏人民出版社；福州：福建人民出版社，2021.3

ISBN 978-7-227-07457-1

Ⅰ. ①诗… Ⅱ. ①何… Ⅲ. ①报告文学 – 中国 – 当代 Ⅳ. ①I25

中国版本图书馆CIP数据核字（2021）第051112号

诗在远方——"闽宁经验"纪事　　何建明　著

SHI ZAI YUANFANG —— "MIN NING JINGYAN" JISHI

支持单位　宁夏回族自治区党委宣传部　福建省委宣传部
选题策划　薛文斌　林义良
项目统筹　薛文斌　林义良
责任编辑　赵学佳　林丽萍
责任校对　管世献
装帧设计　吴海燕　冯彦青
责任印制　马　丽

黄河出版传媒集团 宁夏人民出版社　海峡出版发行集团 福建人民出版社　出版发行

出 版 人　薛文斌
地　　址　宁夏银川市北京东路 139 号出版大厦（750001）
网　　址　http://www.yrpubm.com
网上书店　http://www.hh-book.com
电子信箱　nxrmcbs@126.com
邮购电话　0951-5052104　5052106
经　　销　全国新华书店
印刷装订　宁夏银报智能印刷科技有限公司
印刷委托书号　（宁）0020265

开本　889 mm × 1194 mm　1/16
印张　24.5
字数　320 千字
版次　2021 年 3 月第 1 版
印次　2021 年 3 月第 1 次印刷
书号　ISBN 978-7-227-07457-1
定价　68.00 元

目录

第四章　红寺堡传奇

第五章　新西海固印象

第六章　情如金贵　诗即江山

序章 我心震荡……

1 西海固，从此消失"苦瘠甲天下"

远方很远，但它一直在我心。它就是那个西海固。

六盘山，西海固。

在你、我和全世界所有知道它名字的人的印象里，它就是个极度贫困的地区，连西海固的人自己都说过这样的话："如果有来生，我绝不选择它作为我的母亲。"然而，谁都知道，儿女对母亲是不能选择的。

因为极致，所以容易出名和被人为地夸大与想象，于是"西海固"也就成为中国贫困的一种标志和象征，或者说它就是"苦瘠甲天下"的真切意味和"贫瘠"本身的代名词。

我时常想：既然那里"不是人能待的地方"，人们为何还在那里待着，而且已经在那里待了几百年、几千年？事实上这样的疑问是愚蠢的，因为早先人们去的地方并不贫瘠，相反都是一些可以让人们丰衣足食的富饶之地，只是后来发生了变化，多数是自然界的气候变化原因，还有就是战争和其他灾难所造成的后果，也就是说人类遇上了不可抗拒的因素。另一种情况是，人的栖居如同树木一样，一旦在某一块土地上扎下根之后，便不太可能轻易迁徙，任凭风暴与冰雪摧枯拉朽、残酷折磨，也不会"拔根而起"，离开故土……这就是西海固人为什么即使苦不堪言，也没有轻易放弃那片连着他们生命的土地之故。

我，一个已经在北京生活了40多年的人，从小又是在最丰饶的苏州长大，很早以前就听说过宁夏和西海固这样的地名，而且曾经有几次快要到那里去看看时，却又失去了机会。想去的原因其实只有一个：看看那里到底穷到什么程度，看看“没有水喝的人”是如何生活的……这些对我们这等靠水“润”起来的人而言是多么不可思议的事！

或许是在头脑中牢牢地“种”下了太多的这些“不可思议”，于是我对宁夏和西海固甚至有些“妖魔化”的想象了——事实上，许多人与我一样。

机会来了！2019年夏天，我怀着几分好奇、几分忐忑不安，飞到了银川，并从那里开始，经吴忠市同心县等地，一路往南，直抵牵着我心的西海固……

一个星期的时间，不能算“走马观花”，但也非“深入观察”。然而，就是这一路的停停走走，令我每每意外得不知如何表达，最后只能常常“无语”。

这是宁夏吗？那个史书上总说的“大漠孤烟直，长河落日圆”的塞北胡笳地？那个传说中的老、少、边、穷的贫困西部？身临其境的我，有些迷惘地眺望着这片初访之地——除了没有横穿全境的高铁之外，你能享受的那些四通八达、一驶如飞的高速公路，可以抵达任何一个乡镇旮旯，更不用说一座座博大壮观、整洁美丽、生机蓬勃的县市级新城……主人引我走的路线并非挑挑拣拣，而是覆盖式地从银川南下而行，故而可以让我全景式观察今日之宁夏风貌。于是，我眼中的“宁夏”和“西部”开始颠覆以往的印象，脑海中开始冒出无数个“不可思议”——

这怎么可能是“苦瘠”的宁夏呢？

这怎么可能是“乱石满地跑”“猛兽皆畏惧”的塞北呢？

瞧，这里碧波荡漾、鸟语悦耳，那微风中摇曳的芦苇，与公路两旁盛开的各种我叫不上名的鲜花，似乎在不知疲倦地倾吐彼此的爱慕与衷肠……至于路边那些像散落于银河两岸一般的瓜农们捧着各式各样散发着清香的瓜果向你招手的情形，让你必然陶醉、必然迷恋，而且不得不驻足闻香尝鲜。于是，你醉了，你迷失了，你不会相信这里是你之前存在于脑海里的那个"宁夏"……

在银川城外一段相当长的路程中，视野所见令我几乎产生错觉，我喃喃地说："怎么又回到了苏州水乡！这里怎么可能还有比江南水乡更秀美、更温润的地方呢？"然而，眼前的水，眼前一片连一片的碧波

▼银川市北塔湖

清涟，以及茂盛的水草和成群结队飞翔的鸟儿，它们与我的故乡无异。噢，原来这就是传说中的“塞北江南”！是呵，塞北确有江南，“塞北江南”胜似江南！

面对如此的塞北美境，身为江南人的我，那个瞬间，唯有大睁着贪婪的双眼环顾四周，无语一言，但心中却泛起了巨大的波澜和无法抑制的震撼：宁夏完全变了样！变得让人激动和向往……

是的，宁夏今天的样儿与想象中的截然不同。在我后来到了吴忠市的同心县、盐池县和完完全全在沙海里建起的红寺堡新城，再到西海固的原州、西吉、海原等地，见到那里的街道、楼群和市民广场、图书馆、学校，以及一个个鲜花盛开的公园之后，我便彻底无语，唯有心头再度强烈震荡：这里并不比我故乡苏南的那几个处于“全国百强县（市）”前列的城市外貌差多少啊！

最令人不可思议的是：自古都说西海固缺水少雨，“年平均降水量不足180毫米”，西海固的一些志书上这么说，宁夏人诉说过去时也都这么说。可那天——2019年7月21日，我们从西海固的西吉县前往同心县的前夜，一整宿下着倾盆大雨。第二天到达同心县时，县长丁炜兴奋地告诉我：这一天里，他们县境区域内降水量达到了168毫米。

“这不快等于过去你们这儿一年的降水量吗？！”我万分惊讶。

丁县长乐呵呵地连连点头：“是啊，这些年降水量一年比一年多了！”

“生态环境真的好到这个程度？”我半信半疑地问。

丁县长重重地点头：“那是肯定的。”

这个变化是老天说了算的，谁也作不了假，我心里说。当地人似乎也用微笑向我展示他们的自豪。

一路考察和“走马观花”获得无数惊诧之余，我自然惦记着此次宁夏行的主要目的和任务：考察这里的脱贫工作，实地采访已经脱贫的贫困户。

“他们的生活和日子是否真的还能过得去？”这份牵挂如石头般一直压在我心头，期待释放，期待求证。

走访的第一户人家，是在乡下采访完原州区负责抓脱贫工作的一位干部之后，我突然提出“要到附近的脱贫户家去看看”时，当地干部临时带我去的。我们到了一户名叫王蓬耀的老汉家。

王蓬耀家是2014年被核定的贫困户，当时全家5口人，除了王蓬耀夫妇外，还有1个儿子、2个女儿。这户人家的贫困是因3个孩子读书负担重造成的。

王家在距村委会两三百米远的一个土坡上。走过一片玉米地，便看到了王蓬耀家：院子外有几棵杏树，显得十分喜庆；紧挨院墙外的是牛棚，里面有三头牛和七八只羊；院子内的空间很大，而且特别干净整洁；房子是翻新的，主人说这是享受了政府危房改造的25000元扶贫补贴所建成的新居。

“3个孩子现在已经长大，他们读完中学后都到外面去打工了，只剩下我们老两口在家务农……”王蓬耀正好60岁，看上去身体健康，他说家里种了二十几亩青贮玉米做牛饲料。

“一年能下一头小牛崽，能卖七八千元。现在基本上一年可以卖一头了。再过两年，一年就能卖两头、三头……加上孩子打工寄回些钱，生活肯定不用愁了，一年下来还有万把元积余。比起过去，我已经心满意足！”王蓬耀说到这里，嘴巴张得大大地笑了。

站在王蓬耀家宽敞的院子里，举目环视四周青枝绿叶、鸟语花香的环境，我不由得深深地呼吸了几下，感叹道：“这里比我在北京住的地

▲ 固原市原州区油用牡丹生产基地

方好多了！就是我老家苏州也难比呵！”

“真的啊？”王蓬耀的眼睛一下睁得大大的，涨红着脸向我求证。我认真地告诉他：“论空气和环境，还有自由自在的生活，就是这样！”

“哈哈……”王蓬耀立马开心地大笑起来，能感觉到他的笑是从心窝里冒出来的。

走过王蓬耀家百十米，我们到了另一家“贫困户”古成忠的院子。

显然，古成忠的家要比王蓬耀家显得更加气派和富裕，除了院子更大、更宽敞外，古家牛棚里的牛要比王家多，共8头，而且是清一色的安格斯牛。

62岁的古成忠告诉我，2014年核准他家为贫困户时，家里上有两位老人，下有两儿两女，加他们夫妇俩，八口之家，养一头耕地的牛，靠贷款种60亩地。他说："一年辛苦下来，还掉贷款基本上只够全家人的肚子填个半饱，日子非常难熬……"提起往事，古成忠双眼涌出泪水，"我的父母都是含着一辈子苦水离开这个世界的。如果他们能再熬上两三年就完全不是那个样了！"

政府扶贫政策下来后，古成忠依靠政府的贴息贷款，买进3头安格斯牛，又勤劳种植了60亩青贮玉米做饲料，圈牛从3头变成了8头，而且孩子们也都能打工赚钱了。"现在光靠养牛一年也能赚它个两三万元！一家人不愁吃不愁穿，想吃好一点就吃好一点……"

古成忠与妻子的脸色告诉我：这一户农民家庭已经不再贫困，而且日子过得相当丰盈。

"一户人家如果有七八头牛，那他家的年收入应该可以稳定在3万元以上。"一旁站着的村干部告诉我。

"除了养牛，还会有养鸡、种瓜果等其他一些收入……非常稳定的小康水平了。"我注意到，自我进他家院子后古成忠的脸上一直挂着抹不掉的笑容，只有讲到父母过早离世时他神色变了一下，其余时候都是笑呵呵的。

令我印象最深的是，这里的百姓非常讲究卫生，房间内所有的家什都摆得整整齐齐，桌子、柜子及窗玻璃，无不透亮洁净。再就是房前宅后，都是挂满果、飘着香的果树，加上院子内外都还各有一块宽敞的场地，四周又是掩阳透风的绿树……当古成忠和他妻子端着甜瓜和茶水，让我们在他家院子外的一片果树下歇歇时，我们欣然应允。尝完两块甜瓜，品着香茶，深吸几口清新的空气，再抬头望望四周皆如画中仙境的这片乡村，我不由心生无限感慨：有这般生活和环境，足矣！

"何作家，一会儿我们去另外一个村，你会有更多的感慨哩！"坐在身旁的原州区扶贫办干部已经把我的心境扬在了高高的峰巅云端。

“入门各自媚，岂想移步走？”已经陶醉于乡村仙境的我岂愿轻易离席？

宁夏的朋友便笑道：“你不是特想去看看固原的‘固原’吗？”

“嗯！”

“下一个地方就是固原的‘固原’……”

“真的？是哪儿？”这是我到宁夏后向当地扶贫办的同志最早提出的想法：去西海固最贫困的村庄看看。后来宁夏的朋友告诉我，那就是现在的固原市。于是就有了我想去“固原的‘固原’”一说。

“喏，前面就到了……”坐一阵子汽车穿过一片群山峡谷后，扶贫干部们指着前面一片白墙红瓦的崭新村庄，说：“这里属于固原市西吉县……这个村庄原本叫‘烂泥滩村’，2017年改为现在的名字，叫‘涵江村’。”

“涵江村？！”一听到把富有本地贫穷旧貌特点的“烂泥滩村”改成现在这个不知其意的名字，我便不解地追问，“是因为以往缺水，现在水多了？”

“哈哈……何作家，你的想象有点靠谱。这个谜底我们暂且不跟你说，等我们到以前的贫困户家里看后再告诉你……”当地干部开心地跟我卖关子。

“呵，看来‘烂泥滩村’故事多哟！”我已经顾不得去想村名是如何演变的了，两眼只管好奇地看着群山峡谷间这个传说中的“苦瘠甲天下”的西海固村落……

“你看，那山根根里一个个大大小小的土洞，就是村民们以前住的地方……”当地干部将手臂伸出车窗，指着大山脚下那一串连着的洞穴说。

“是什么时候村民们才从这些洞里搬出来的？”看着如原始人栖居

的一片山洞，我不由得问道。

“这个时间不长！我们小时候都住过这样的窑洞……”一位40多岁的当地干部抢着回答我。

“也就是说，这里的许多人在20世纪七八十年代才从这些窑洞里搬出来？”我心算了一下，说。

“是，差不多。”这位当地干部说话间，车子在一片废墟前的土坡上停了下来。“两三年前，烂泥滩的村子就在这里，我们下去参观一下吧！”

于是，我与随行而来的黄河出版传媒集团的朋友们一起下车，朝一片树林下几座已废弃的旧村落民居院子走去。这是我第一次近距离看到许多西海固百姓在2017年之前栖居的景貌：每家农户一般有三四间房屋，这些房屋的墙壁都是用泥土垒的，屋顶有的用瓦片，有的用塑料和草秆合成的掩蔽物盖着；房间通常有一半是在山体的洞穴内，一半露在山壁的外面。由于没有人居住，每个院子里都长满杂草与野灌木，仿佛是隔了几个世纪的人类栖居地……

“如果不是习近平总书记号召全国支持我们脱贫，估计我们这一代人就得永远住在这种房子里了！”随行的那位当地干部感慨地告诉我们。

▲烂泥滩村旧居

“现在你们和那些贫困户都不住这样的房子了？”这是我特别想知道的事。

“不住了，2020年年底之前，所有的西海固人都不住这样的房子了！全部搬到新房子、新院子里！”

“你说的？”我有些按捺不住。

“我说的！绝对是这样！”这位干部把胸脯拍得咚咚响。

“太好了！”我又咚地给他补了一拳，然后一挥手，“走，我要看看村民们现在住的新房子！”

2 “烂泥滩”的新村名

“走，走！再开三分钟的路程……”坐上车，那位当地干部已经有些手舞足蹈了。“昔日烂泥滩鬼哭狼嚎，今日涵江村欢天喜地……何作家，我这打油诗虽然不咋样，但是一会儿你看了烂泥滩的新村庄一定会大开眼界！”

“真有这么好啊？！”他这么一说，我反倒有些怀疑了。

“信不信由你……”说话间，车子已经到了一片异常宽阔的平坦之地——在连绵起伏的大峡谷中转了好一会儿的我们顿觉豁然开朗，心境大爽。举目四眺，满眼盛开的马铃薯花和一丛丛叫不出名的山花在四周山体上簇拥着、跳跃着，仿佛新组成的欢迎队伍在向我们热情招呼……那习习清风，拂面如洗，更令人格外神怡。峡谷之上的蓝天与白云，与群山青峰嵌接在一起，就是一处可以让“心思与生命一起留在此处”的世外桃源之境。站在这样的地方，你能不心旷神怡，充满遐思？

“来，来，快进到屋里坐坐！请！请！”我们远道而来的几位尚在百般尽情地做着深呼吸的当口，一股又亲切又真挚的热浪几乎像飓风似的把我们几个“卷”进了旁边的一家农户。

“这家男主人姓苏，叫苏孝平，前几年也是村上有名的贫困户，你们看看现在他的家……”引我们来此的当地干部让我们参观苏家的一座倒L形的农舍。房屋很宽敞，主屋有近百平方米，里面电视、冰箱和衣柜等样样齐全。我特别注意到两个细节：一是苏家墙上挂的衣衫都很新，而且质料不次；二是一台冬天取暖用的小锅炉，是崭新的。“这个取暖炉是政府配备的，家家户户都有。”男主人在村上打工，女主人边给我们切西瓜边介绍。

“你们家现在生活咋样？”我想知道苏家是否真正脱贫了。

“好着呢！一年比一年好着呢！”女主人一股麻利劲儿，一看就是个里里外外干活的能手，“我家两个娃都在念书，政府都给免了学费。家里养了9头牛、十几只羊，有得吃、有得用了！再加上地里收些土豆等，日子越来越好了！我嫁过来十几年里搬过3次家，这回再不愿搬了……过去穷得不行想搬，现在好得不行不想搬了！你们看看我家这里好不好？前些日子，上海来的一批画画的大学生，他们说要租我这房子，一年给几万块钱，有的说要画画用，有的说干脆就想把家搬来跟我们一起住。你说你们城里人住的地方就没有我这儿好？”

“没有！绝对没有！”我立马告诉她，“像你这样有两幢住的房子，有一个足球场大的宅基地，而且四周还有那么美的环境，那么清新的空气，就是副国级领导都别想……”

“副国级？啥副国级？”

“就是你在电视上天天看到的那些国家领导人……他们的家都没有

你家好呢！”

“咯咯……”女主人捂住嘴，弯腰大笑起来，“你逗我吧？”

我立即正儿八经地告诉她：“是真的。像你家这么好的环境，这么好的居住条件，绝对不是一般人能够有的。”

“那我不是成了世界上最幸福的人了？”女主人开心地说。

“也许不是世界上最幸福的人，但一定是非常幸福的人了！”我认真地告诉她。

“那得感谢习主席！感谢政府，感谢福建，感谢涵江……”女主人突然说了一连串的“感谢”。

福建？涵江？“这是怎么回事？为什么要感谢福建和涵江？”我有些蒙。

“这个村今天的变化，全靠当年习近平同志在福建任职时建立起来的闽宁对口扶贫协作机制，福建莆田市涵江区的对口支援改变了村子的旧貌。所以你刚才问的为啥由过去的‘烂泥滩村’改成‘涵江村’，就是这个原因。”当地干部这回总算把谜底揭开了。

原来如此！

“老乡，你们都知道今天能过上这么好的生活是习近平主席和福建人民给予的大恩大德呀？”我打趣地问身边的苏家女主人。

“知道知道。没有习主席，哪有我们这么好的日子！没有福建人掏心掏肺的帮助，我们哪会这么快就过上好日子呢！所以前年村上有人提出改村名，大伙都举手同意，我是举了双手的。咯咯咯……”女主人开心地笑弯了腰。

“那你说说，你们的生活跟过去比差别到底在哪儿？”我问女主人。

她似乎连想都没想便告诉我：“我刚嫁到烂泥滩时，一年四季就在窑洞里钻来钻去；后来搬到了槐树林那边，生活就好比在烂泥地里滚来滚去；现在呢，可以穿着运动鞋，走在水泥大马路上，轻松又舒心……”

“说得好！”我由衷地夸道，随后向当地干部一挥手，说，“走，我们去看看烂泥滩是如何变成涵江村的！”

“那就到村委会去……”大家一同起身往外走。

“哎哎，不能走！你们不能走——”突然，女主人追到院子里，一把拉住我，就是不让走。“来了不吃饭咋行？吃了再走！”

“这……这……”我不知所措地想挣脱，但一只胳膊被热情的女主人牢牢地拖住，几乎动弹不得。我感觉她满是诚心诚意要让我们一行人在她家吃饭。

但我的采访行程很紧，真的无法在老乡家吃饭。可任凭我如何解释，女主人就是不放，一时“僵”在那里。我斜着身子欲走，女主人死拖着我的胳膊往屋里拉……这一幕让在场的宁夏朋友乐坏了，他们纷纷举起手机咔嚓咔嚓拍了起来，于是一张“拉郎配”的照片后来被我在微信朋友圈发布后，竟然赢得满屏点赞。

▲苏家女主人热情挽留笔者一行人吃饭

百姓太好客，最后是当地干部再三解释后方才解了围。就在我们一行人即将离开苏家上车时，却发现随行的闫女士不知去了哪里。

“小闫！我们要走喽——”有人喊了起来。就在这时，我们看到闫女士从苏家的另一幢房子内走出，她的右手扶着一位身子骨看上去很硬朗的老太太。那一幕很温馨，尤其是闫女士红红的眼圈让我们一起来的人都有些动情，因为她说了一句：“这里太好了！人也好，我有点不想走了……”

其实我们都有点不太想走，一个人如果能够无忧无虑地生活在这种环境下，难道不是一种幸福和美满吗?

车子离开苏家和与这一家连成片的小村庄时，我们都有些恋恋不舍。车在朝前行驶，我们的目光却一直在往回看……

来到涵江村村委会的所在地，我们看到了一个非常现代化的新农村活动中心：这里有一片宽阔的村民广场，据说现在固原市的每个村都有这样一块便于广大村民举行文化活动、进行身体锻炼的场地。村民广场上有各种体育设施，尤其是有可供孩子与老人们游乐和运动的各种器械，这自然令人联想到这里的农民正在享受与一些大中城市居民不相上下的精神文化生活。

你再往几栋崭新的村部房子看一看，就会发现今天的西海固完全不再是传说中的那个样了：过去烂泥滩村在它村名的前面还有一个“乡”的冠名，也很特别，叫“偏城乡”，仅从其“大名”的文字表述——西吉县偏城乡烂泥滩村——就不难知其真相了。

村里人告诉我，偏远的烂泥滩村不是因为雨水多而成烂泥滩的，在这个滴水贵如油的山弯弯里的小山村，平时百姓用水要到5公里外的地方去驮——靠牛崽和驴子翻山越岭走上半天方能弄回一担污浊的黄泥水。就是如此缺水的地方，一旦下场暴雨，整个山弯便成了泥浆烂滩，连出山口的路都走不通。烂泥滩村就是这样得名的。

"因为穷，所以2016年以前，全村330户中有192户从这里迁出了，有的到了新疆，有的到了内蒙古，都是投奔亲戚或者朋友去落户，去那边打工、求生路。过去大伙儿有句话在村子里流传：能够走出这里的羊肠道，就能见得外面的金光道……可，这里毕竟是我们祖辈的根，即便有人离开这里，走得很远了，但思乡思亲人的情丝扯不断，扯不断还相思。这样的日子让烂泥滩人愁断了肠……"驻村第一书记秦振邦讲起过去村民们的贫苦往事，双目发红。

"真的要感谢习主席！感谢福建人民！"当再一次抬起泪眼时，秦振邦的双目溢满了感激和幸福的光芒，"才三四年时间，烂泥滩村彻彻底底变了样，变得那些从外地回乡探亲的人个个都不认识自己的家了……你看进村出村的路，是水泥大马路，汽车可以双向行驶，不用让道。原先到一次乡里需要半天，现在只要十来分钟。家家户户现在都有自来水。这水一通，既解了村里百姓几百年的愁肠，也牵住了那些原本想迁出去的人的心。因为有了水，通了路，烂泥滩村仅用两年时间就整村脱了贫！"

"两年？不会吧？"听到这儿，我的一双怀疑的眼睛顿时瞪大了。

"我说的没错。"秦振邦笑着解释，"这还得感谢福建那边的涵江这些年对我们村的支持力度，他们一托底，我们这边的脱贫工作就像坐上了直升机……"

后来才了解到，福建涵江区对烂泥滩村的对口扶贫托底大体是：通向村外和百姓家家户户的能跑汽车的路包了；每家每户用的自来水全部安装用上；帮助村里的贫困户每家无息贷款养牛和建特色大棚；在村上设置扶贫车间，安置贫困家庭那些不能独立创业的劳动力；等等。一共10多项重要措施。"加上我们当地政府贯彻中央扶贫政策的惠及，每家每户的旧房改造与重建、养老保险的建立、孩子读书补贴等一起落实，也就两年多时间，烂泥滩村完全变了样！变成了你今天所看到的这个样……”秦振邦一边骄傲地说着，一边把我带到便民中心参观。

在村委会办公室旁边，有一间五六十平方米大的屋子，里面不仅有便民小超市，还有各种政策咨询和便民服务办公室，而且专门有个西吉农村商业银行专柜……尤其看到墙上那一行“生活小事不出门，办事服务在身边”的醒目字样，我再度深深地惊叹：即使是在城市，你能有这样的方便吗？然而这个过去几乎是全国最贫困的小山村，如今百姓竟然能享受与大都市人一样的现代化的生活方式。

在白墙蓝瓦的扶贫车间，我看到有五六个员工在做电子配件。他们告诉我，在这里上班很自由，可以不用按钟点来，工作是计件的，所以只要你想来随时都行。我看到墙上贴着22名员工的照片，他们几乎是清一色的女工。“男同志都去干村上更赚钱的活，妇女要在家带孩子、做家务，所以她们更适合在这个车间务工。”秦振邦介绍。

“一个月能挣多少钱？”我问一位女工。

看上去有30多岁的她，抬头时红了一下脸，说：“一千五六百吧！”

“够花吗？”话刚从口出，我就自怨“傻”到家。

“咋说呢？比起到外地打工是少一点，但我在这里干活，离家不到300米，想啥时来就来，想回家就回，带孩子、做家务都不误，其实我觉得还是挺值的。”女工细声细语的回答，让我心头一片暖意——是为这些既当妈妈又当妻子的山区农家女而感受到的希望之暖意，这样的暖意对一个贫困的山区妇女来说，是何等的重要！许多人就因为没有这样的暖意，孩子丢失了，家庭丢失了，最后连自己也都丢失了。

扶贫车间并不大，然而当我走出这间可能在全世界都独一无二的扶贫样板小车间时，心头涌起万千波澜：一个世界上人口最多的国家，也是曾经拥有贫困人口众多的国家，为什么能在短短的几十年中实现全面脱贫？正是因为我们有从中央到地方每一级党、政、军、学、商等各条战线全体动员的如排山倒海般的时代洪流，可以顷刻荡涤和扫除一切影响我们国家和民族前进的阻碍物，去改天、去换地；也正是因为我们还能从百姓最普通、最简单的日常生活、所思所求的点点滴滴出发，去做那些最细微、最入心的事儿，所以才取得了人类历史上最伟大的脱贫攻坚战役的全面胜利……

呵，那一天从小小的“烂泥滩”村刚刚走出，一场持续了数小时的滂沱大雨将整个西海固地区从南到北再一次灌了个够……就在我们到达新的目的地同心县时，雨过天晴，天空碧蓝如染，烈烈阳光将六盘山及其两翼的葱绿大地照亮，仿佛瞬间添彩增色，格外丰美。在清新和爽朗的气息下，我的心头再一次念起了那个早已在许多人口中一直传扬的事儿，那就是1996年习近平在任福建省委副书记时所主导且后来一直关心的扶贫工作——闽宁对口扶贫协作项目。在北京，在福建，在许多地方，我听人说闽宁对口扶贫协作如何如何精彩，如何如何真正改变了西海固、改变了宁夏……是的，现在我看到了，真真切切地看到了，看到了这里的一切都变得让我目瞪口呆、不可思议，惊叹而又无比欣喜——

那就是诗，那就是歌；

那就是阳光和希望，幸福与美好；

还有我们共产党人的信仰光芒、高远胸襟和体恤民心的那份如涓涓细流般的温情……

第一章 山的泪眼，水的惦念

③ 曾经的那个“人食人”的地方

在宁夏，有两座大山：六盘山和贺兰山。后者拥着黄河，有水滋润，所以“养育”出了个“塞北江南”。六盘山则不同，远远地与水相望，所以一直以来它是等同于“贫瘠”和“极度贫困”的词眼。多数中国人对六盘山的印象是从毛泽东的《清平乐·六盘山》中知晓的——

清平乐·六盘山

天高云淡，望断南飞雁。

不到长城非好汉，屈指行程二万。

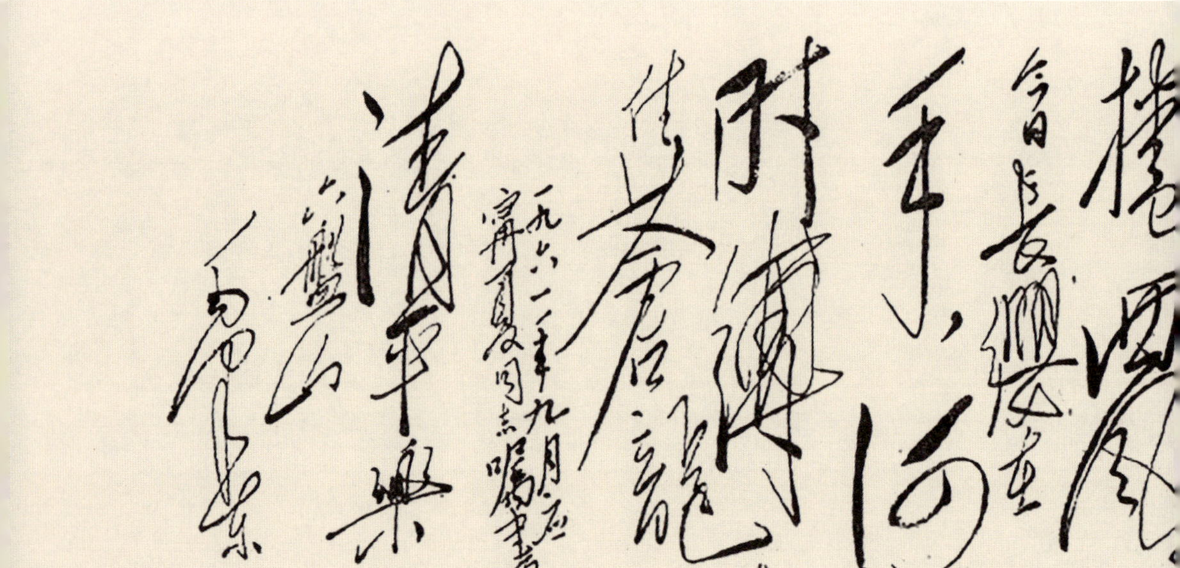

六盘山上高峰，红旗漫卷西风。

今日长缨在手，何时缚住苍龙。

在毛泽东的诗词中，我们所了解的六盘山是一座革命之山，洋溢着气吞山河的磅礴气势。

史书和现存遗址告诉我，毛泽东所言的长城，实际上指的是最古老的秦长城。它由甘肃静宁县入境宁夏西吉县，然后沿葫芦河东岸北行，经西吉县将台堡镇的东坡村、保林村、明荣村后，于将台堡镇的东南侧折而向东，进入马莲乡；又沿马莲川东北上行，经原州区张易镇，穿滴滴沟，至孙家庄南，再折向东，过海子峡于吴庄北，绕官厅镇的长城梁、明庄、郭庄，到达清水河西岸……1935年10月5日，毛泽东率领中国工农红军陕甘支队从甘肃静宁界石铺出发，经西吉县境内将台、马莲一带东进，当晚宿营于兴隆镇单家集村。7日，毛泽东与红军一起翻越长

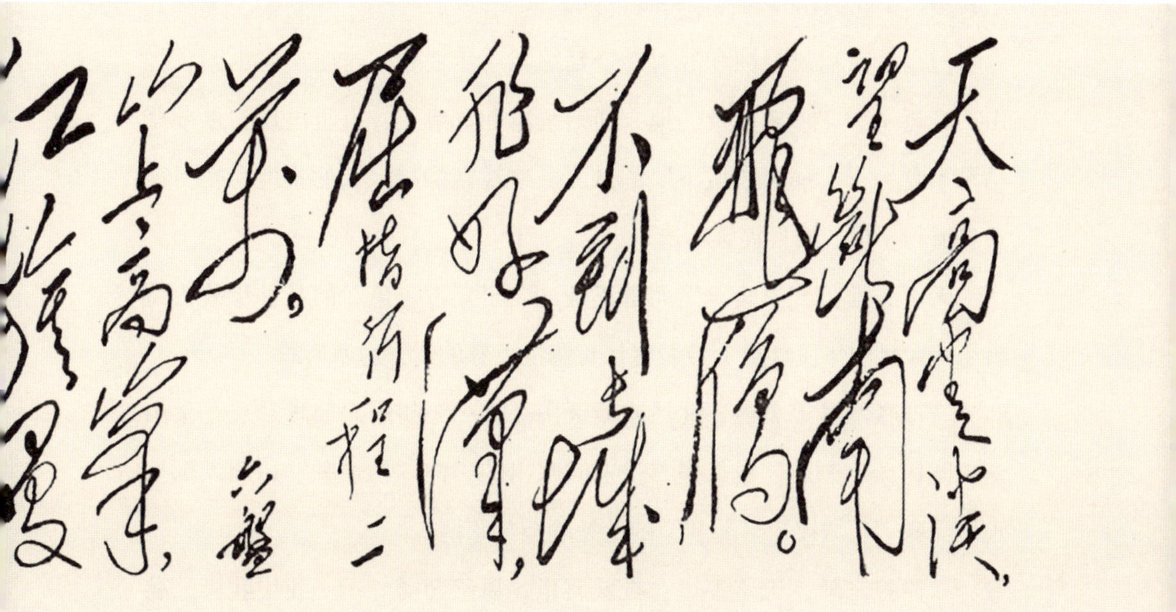

征途中的最后一座高山——六盘山。当时他为红军将士们在极端艰苦的环境下战胜重重困难而取得长征胜利的精神所鼓舞和激荡，顿时诗兴大发，写下了咏怀之作《清平乐·六盘山》，淋漓尽致地抒发了革命必胜的一腔豪情……六盘山，从此在中国人民的心中就是一座革命之山。

但六盘山在西海固人心目中，又是怎样的一座山呢？

宁夏特别是西海固的知识分子们，会眼中泛着光芒跟人讲：此处是中华文明的发祥地之一，当年黄帝曾巡游"鸡头山"。这"鸡头山"在《史记》的篇章中就有记载，《宁夏百科全书》记载为："即泾源县境内之六盘山，系泾水发源地。……因山峰形如鸡冠，远望似鸡头，故名。"中华民族第一位帝王曾巡视此处，而当时的泾河两岸，"水草茂盛，风吹滴崖"。泾河从陕西高陵入渭水，史上有"泾清渭浊"之称，说的就是六盘山的泾水因水草茂盛而清涟碧波，而渭河则因泥沙多而浑浊。因此，我们今天才会从《诗经》上读到"泾以渭浊，湜湜其沚。宴尔新婚，不我屑以"这样的诗篇歌谣。

但是后来朔风侵蚀和战火燃烧延绵数千年之后，这座"龙山"（陇山，音近）和它瞭望可及的地方渐渐荒凉和贫瘠了，直至出现"水咸草枯马不食，行人痛哭长城下"的景况。这片富饶与水润的土地，变得严重贫瘠与干旱，而且灾难不绝。

天干，地苦，人殇。然而也正是这"宁夏古三色"的某种缘故，铸就了一大批中华民族史上带着忧伤与悲怆色彩的优秀边塞诗篇——

"凉秋八月萧关道，北风吹断天山草。……胡笳怨兮将送君，秦山遥望陇山云。……"唐人岑参送友时吹出的一曲"胡笳歌"，叫人深切地感受到"边城夜夜多愁梦"的楚楚凄婉与悲情。

"简控三陲，天鉴煌煌。振威万里，风纪乃飏。……我甲我檄，秘论出常。我扬我武，奇正相将。一战而东，梼于遐荒。再战而西，敌忾凌霜。三战而南，缚虎捕狼！”听听杨宗震的《御虏异捷颂》，又是何等凛凛威风。

“千骑万骑驰且突，长兵短兵相摩击。口吹牛角生捉军，头插鹬毛死攻壁。……健儿鼓行一当百，猛将横槊气如虹。”再吟明代兵部尚书兼三边总制唐龙的《红石峡歌》，狼烟似火，灼灼骇人。

六盘山、西海固的悲与情，像天上的星星悬挂在中华民族的星空之上，将萧关上的每一块城墙砖石磨砺成粉末一般，飘荡在史书的每个文字中间，散发着不朽的精神尘埃。

但是，兵与官总在调防与复职，国之疆土也可以因盛衰而退让及挪动，唯独居住在此的庶民不曾移根，于是他们吃尽了恶化的自然和人间的苦头。不说亘古千年的旧事，单说距今百年的1920年12月16日时称“环球大震”的海原大地震，就足以说尽生活在这块土地上的人们所受的苦难。据悉，那场大地震的震波绕地球整整回荡了两圈，全世界96个地震台全部记录在册。地震的中心烈度达12度，烈度在10度以上的面积广达10万平方公里，西海固地区基本全被大震所覆盖……次年的美国《国家地理》杂志称这场地震为世界地震史上最严重的大地震之一，其造成的后果也在“最惨灾情”的前列。该杂志当时用《在山走动的地方》一文记录了当地灾民对地震的描述：“山峰在夜幕下移动，山崩如瀑布般一泻而下，巨大的地裂吞没了房屋、驼队，村庄在一片起伏松软的土海中消失得无影无踪……”

海原大地震是中国有史以来罕见的大地震，其震级之高、波及面积之广，非常人能想象。据记载，地震当时，北京城内“电灯摇晃厉害，令人头晕目眩”；上海“时针停摆，悬灯摇晃”；广州“瓦飞砖落”；

香港"大多数人感觉地震来了"。距震中数百里远的西安以北的宽州一个煤矿400余人全被埋在矿井中；千里之外的四川广元县有1000多人被地震产生的地裂缝吞噬，或被房屋坍塌压死……设想，处在大震中央的西海固地区的灾情该有多可怕！据当地一位幸存的老乡说，地震前他在街上走路，突然感到有人猛地将他推倒在地，一连"滚出一丈之外"，当场晕了过去，待醒来后一看，街道两旁的房屋全部化为一片废墟，只有尘埃蔽天，全城死一般寂静。又有人这样描述：地震发生时，突见大风黑雾，地蹿红光，并有声如雷在脚下翻腾……大地震的威力之大，可以从"大山走动""河流改道"这些非形容词而是实景的描述中感受得到。在西吉采访时，上年岁的老人指着现今仍遗存在这片苦难土地上的党家岔堰塞湖说，它就是一个活生生的"河流改道"的例证。至于"大山走动"的景象，在西海固众多断裂又重叠在一起的山岳之间，更是随处可觅。另一个从海原走出来的作家朋友则这样告诉我：他从小便知道他的家乡人不愿提及1920年的那场大地震，因为用他们海原人自己的话说，那一次地震中海原县死了59%的人口。之所以死那么多人，是因为那时当地人住的都是些经年无雨水而洞壁异常疏松的窑洞。"因此，大地震一来，窑顶窑壁一下子全塌到窑洞中来，就像一只只突然捏紧的巨拳那样把人攥死在里面……"这是作家朋友听他在那次大地震中幸存下来的爷爷说的。

想一想此番情景，隐约也能想象得出地震对当时西海固人的毁灭性打击。而大地震到底死了多少人？这似乎也一直是个谜……中国旧政府后来在报纸上声称死亡人数为25万人左右，外国的新闻上说"不少于30万人"。到底死了多少，至今仍不清楚。只有当地的县志、市志记载：因为尸体太多，在地震3个多月后，有个县城郊外仍有934具尸体因无人力而尚未掩埋。此类事件比比皆是。最悲惨的是由于灾区面积太大，政府又无力援助，造成灾区尚活着的人“无衣、无食、无住而四处流浪，目不忍睹，耳不忍闻”，竟然出现了“活人食死人”“强人杀弱人”等一幕幕悲剧……

大震距今已百年，地震的幸存者寥寥无几，对宁夏人，尤其是西海固人来说，这场史上称之为海原大地震的灾难仍然令他们“谈震色变”。大震不久，一位美国女记者路过西海固一带，看着这块满目疮痍的大地，泪流满面地重重写下这四个字——处处苍凉。她就是后来我们熟悉的安娜·路易斯·斯特朗女士。

这位美国女记者后来到了陕西，到了延安，她肯定也听说过，就在她到西海固后的第二年冬至第三年春夏，即1928年末到1929年上半年，西海固尚未从大地震的灾难中恢复过来，一场比大地震灾情还要严重的旱灾再一次袭击和笼罩了这片原本就一贫如洗的大地，使西海固的每一寸土地都在流泪、渗血……

有史料记载，1928年的西海固，杏树一年两次开花，但不结果实，春麦一枝两穗，却颗粒无收。到这年冬和次年春，干旱开始，一直到1929年的夏天，整个西海固一带连续数月滴雨未下，所有的土地都干旱得龟裂开来。庄稼死了，树叶枯了，甚至连六盘山上的石头都烫得快要碎裂。一场空前的大饥荒顿成事实，且覆盖了南至六盘山一带并逆上贺兰山两翼的整个宁夏区域，连黄河水都成了“丝丝小儿尿”状。据当时的官方统计，整个干旱灾情遍及周边60个县域，造成灾民死亡和流亡的人数达100多万人。中国华洋义赈救灾总会有人在灾区考察后写报告称：“天灾之重，可谓绝无仅有”，“以人为食之事，司空见惯，不足为奇”。

当时固原县的一位文人写过一篇《己巳饥馑记》述道：

……灾难人祸的宁夏南部民众，其饥饿之惨状让人难以言说。

一些外地逃荒来固原者，以人易粟，到出嫁年龄的女孩，给些粮就换给陌生人当媳妇。年轻美貌的女子自愿以身做佣，但求食能果腹，别无他求。中年女子流散异乡，为混一口饭，宁愿给人当妻妾。儿童认人作父，只盼收养，不计身值。

固原南郊青石峡，有一姓孙的寡妇守节不嫁，带三个幼小孩儿，四天揭不开锅，三个孩子围在她身边哭喊不休，情惨难忍。无奈，该女人悄悄以土做饼，放在锅里，瞒孩子说是给他们烙饼，盖上锅盖不让孩子看，孩子信以为真，不哭了。可半天之后母亲就是不敢揭开锅盖，孩子们又围在锅边大哭不止，争着欲揭锅盖，母亲不让，可孩儿不顾，抢着去揭盖。母亲思来想去，一腔无奈，最后伤心至极，奔到后院的杏树上自缢而亡。孩子们揭开锅盖见“泥饼”就啃，啃着啃着，不是味道，便哭着找妈妈，结果在后院看到了已经断气绝命的母亲。孩子们顿时拉着母亲的双腿，哭喊声能让苍天心碎和落泪……

固原北乡有一个富翁，仅有独子，大灾时被两个乞丐骗去勒死，富翁闻讯追赶那两个乞丐不舍。两个乞丐唯恐被追上夺走孩子尸体，于是一边跑，一边用嘴撕啃着孩子的大腿和臂部肉……富翁最后追上乞丐，哪知这两个乞丐双双跪下后只求速死，再无别言。这位富翁原本是有名的一毛不拔者，可这回面对杀死他儿子和吃他儿子尸体的乞丐，竟然只大哭了一场便甩手而去。可见此翁的内心有多无奈、多悲切呵！

因为固原城内的饥饿者死亡太多，一时间棺材和草席紧缺，再就是抬棺材和掩埋尸体的人成为“抢手的热门人物”，哪知后来发现抬棺者中也有半途绝命去见了阎王的。死亡者的尸体由此在县城渐堆积成山，最后官方不得不发布《掩埋饿殍布告》，可见当年饥馑之凄惨。

历史和自然灾难所造成的赤贫如此深深地扎根于西海固这片苦难的土地，并向北逆上和延伸到了宁夏中部和北部地区……谁人能喻此方土地的贫瘠与苦难？在大地震和大饥荒之前，左宗棠就向朝廷进言说这里是“瘠苦甲于天下”。倘若他能有机会在两次大灾之后再到西海固看一看，不知这位老臣会说出怎样的话。

“西海固之苦，苦于天下所有苦！”我只能用这样的话来替左宗棠代言。

4 梦和梦尽头是个比海更宽阔的“海”……

在人类文明进程中，我们“翻天覆地”地改变过地球上的许多东西，并创造了无数人间奇迹。但有两个字一直以来最难搬动，它们就是“苦”与“穷”。世界至今动荡不迭，多数皆因这两个字而起。革命导师马克思早有预言：在社会主义之前的所有统治阶级，没有一个政权和政党可以让一个国家和一个民族身上摆脱这两个字，即使伟大的无产阶级政党——共产党政权——也必须通过“长期的坚持不懈的努力”才有可能实现。

西海固这样的“苦瘠甲天下”之地真的能在中国共产党的领导下搬掉“苦”与“穷”这两个字？

人类的这一世界难题考验着马克思主义指导下的无产阶级政党——中国共产党。然而，世界上第一个由共产党执政的国家——苏联没能在列宁和斯大林的领导下最终长久地摆脱国家贫困与苦难。中国能完成这样的使命吗？

我们能吗？执掌世界上贫困人口曾经上亿的国家的中国共产党人也在问自己。而且，他们所要承担的是在一穷二白的基础上带领中国人民摆脱普遍的贫困与落后，这其中更有像宁夏这般大面积的极度贫困地区，以及被联合国认定为“最不适宜人类生存的地区之一”的西海固。中国共产党人能扛起这种改变面貌的重任吗？

“即使不能，也得把这副重担挑起来！”中华人民共和国成立的那一天，以毛泽东同志为主要代表的中国共产党人就始终把这一责任自觉地扛在自己的肩上。

旧时的宁夏特别是西海固地区，土匪一直是伴着贫困而滋生的毒瘤。中华人民共和国成立后的最初几年，平息和清剿当地的土匪，是中国共产党人带领民众建立自己的政权之后的主要任务之一。当宁夏平息土匪活动基本任务完成之后，共产党领导下的人民政府想的是西海固人身上是否有衣服过冬，肚子是否有东西可填（那个时候连填个半饱都不敢提）。再之后，想到的第一件事就是能否让这里的人喝上一口水……

水在西海固比命还贵。然而，水奇缺的西海固，名字中偏偏藏了个“海”，也许正是这个“海”，才让这里的人们将对水的渴望深深地种在心坎上永不消失，甚至一代一代人带着这种心愿去追逐如此一个心中的梦，一个永远追不到尽头的虚幻之梦。而正是这个长在脑子里的“海”字，让多少西海固的孩子梦干了眼泪，让多少母亲的乳房干瘪成死马般的皮囊，让多少老人在离开这个世界时都不曾圆梦……这梦，也让无数想走出六盘山的人倒在了半道，更让无数想进入六盘山的人戛然止步。

过去只听说宁夏有个西海固，后来认识了宁夏作家石舒清和马金莲，他们都是在西海固成长起来的新一代宁夏人，我对宁夏和西海固的认识很多是从他们的作品及与他们聊天中获得的。看过石舒清的一张照片，那画面上是一望无际的浩瀚沙丘，除了波浪般起伏的沙丘轮廓，就是沙丘光秃秃的身影……它确实很像波涛汹涌的大海，只不过颜色不是蓝的，而是黄浊的，让人感觉到一种巨大的压抑。这种几乎不长草木的沙丘，极少有雨水光顾，即使偶尔下一场暴雨，也只像一只水流很微弱的水龙头在我们身上洒了一下，卷走的是一些浮尘，裸露的是更加粗糙的肌肤。沙丘就像个旱海，一年四季太阳光顾的时间占了多数。当太阳当头晒下时，整个浩瀚的沙丘就如一片燃烧的大地，你无法不被火炉一般的高温蒸透、榨干，甚至连喘气都会感到极其困难。

这就是平时的西海固。这样的西海固，在当地人和当地作家眼里，它就是“海”——

它波涛汹涌，恶浪滚滚。

在这澎湃不已咆哮无休的海的世界里，一切似乎都是动荡不宁的，同时又有着一种恒久而又深广的寂寞。

在汹涌中寂寞自守，于寂寞中汹涌无已。

作家石舒清的老家在西海固地区的海原县，他认为他的家乡就是“海的原处，海的源头，原来的海”。他这样向我们解释：

只有到过这里的人，才会觉得这个名字是何等的名实不副。

这是世界上最缺水的海了。

生活在这里的许多人，一生没见过船是什么样子。自然也没有见过鱼。

岂止无鱼，纵目所及，这么辽阔而又动情的一片土地，竟连一棵树也不能看见。有的只是这样只生绝望不生草木的光秃秃的群山，有的只是这样的一片旱海……

石舒清出名后走出了西海固，所以他见过真正的大海。因此，他能把家乡西海固的"海"比喻为"旱海"，这是已经走出西海固的智者的比喻。然而对那些从未见过海的西海固人，他们心目中的"海"就并非如此了。

"海？就是石头里出来的汗连成了一片！"一个没有上过学的孩子告诉我。他家里没有电视，他出生之后所看到的世界就是家门外无边的沙丘和光秃秃的群山。

"海就是……喊出的话听不到回声的地方！"一个花季女孩这样对我说。她指着连绵起伏的沙丘，狠狠地号了一嗓子，连腰都弯了下去，但根本没有听到回声。我跟着也冲大地号了一嗓子，同样没能听到自己的回声。

这就是西海固孩子们心目中的"海"！

大人呢？大人心目中的"海"又是什么样的呢？以前，即使是现在，多数西海固人其实是没有见过真正的大海的，但他们对"海"的理解自然要比孩子们更丰富，也更神圣得多。

有一个西海固的老大娘，已经七八十岁了，当我问"海"在她心目中是什么样时，她目光发亮，那张霜打一般的脸顿如残花盛开了一般，说："有几回我越过了几道山弯弯、丘墩墩后，见到一泓清泉，然后用驴子驮了满满几担水回家，之后又去驮回了几担水。在那个驮着满满水的路上，我心里头、眼里头、双脚迈的地里头就是海嘛……"

这位老太太心目中的"海"让我内心无比震撼：原来"海"在许多如她一样的一代代西海固人心中是去远方寻觅和驮水遥途中的那份欢欣与忧盼啊！

真是一种崇高的"海"学与"海"思！还有比这"海"更丰富与充满人和生存之间的血肉关系的吗？从大海中走上陆地太久的人们已经忘却了海对于我们的真正意义和境界了。西海固人对"海"的认识和理解远远比我们一般身居海边的人要深刻和深情得多。

这就是我为什么震撼的原因。

西海固啊西海固，你的这"海"在芸芸众生眼里是多么崇高而伟大，多么神圣而壮丽。你哪是水的组成，纯粹是精神的结晶，思想的绽放，灵魂的叩问，心灵的升华呀！

六盘山畔的这块缺水的"海"，又催生着、打击着甚至是折磨着这里一代又一代的人。他们受苦不言苦，无水却如同浴火重生般地度过了千百年……一直到天荒地老，一直到星星一轮又一轮地出没，地球一番又一番地经历春夏秋冬……

然而，似乎没有多少外人在惦记和珍视他们的这种恒久的崇高行为。唯独到了中华人民共和国成立之后才发生了巨大的变化——那些在中南海的决策者和人民的代言人开始日复一日地惦记起宁夏和宁夏的那些渴望水的西海固人……

先是把过冬的棉衣由部队送去，再是孩子们过年的食品也大半送到了，可还有许多西海固人近30年来还没有喝上过一口干净的水……1972年元旦刚过，中南海的总理办公会议上，农业部、宁夏回族自治区等单位的领导一一向周恩来总理汇报工作。

消瘦的周恩来吃力地从沙发上直了直腰，然后用毛巾擦了擦额头上的虚汗，问自治区领导：“去年西海固那边的农民年收入平均是多少？”

“47元。”自治区领导回答。

“平均一个月三块九毛一，一天一毛三……”周恩来紧锁眉头，自言自语，“这点钱怕是买一撮盐和半碗面粉都不够，唉……”

“总理，我下乡到西海固，那里的百姓告诉我，他们最怕的还不是饿肚子，而是没水喝……连地窖里混着泥浆的水都喝不上才叫他们愁哩！”

“水，水……是啊，没有水人怎么能活下去嘛！”周恩来本想抓起茶杯喝一口水的，结果水杯在手上举了半天还是被放回到茶几上。而后他说：“无论如何我们要尽快解决西海固百姓的喝水问题。你们要迅速拿出方案和措施来！中央将召开专门会议，研究讨论西海固问题。”

“西海固的工作首先要从全面落实民族政策和处理好叛乱案扩大化问题开始。政治上、思想上和干部问题上解决好了，才可能从根本上解决好百姓的生活和水的问题。”周恩来语重心长道。在会议结束时，他又叮嘱自治区的领导：“你们回去抓紧水的问题，要请专家想办法。”

“好的，总理，我们一定马上去落实您的指示。”

自治区领导回银川后，迅速研究方案，并派出以水利专家吴尚贤为首的团队赴西海固开展相关工作。

于是这年夏天，西海固人陆续看到从全国各地来的医疗队、抗旱队……当然，最让他们心动的是吴尚贤一行专家所提出的“引泾济清”的事。

有个大家都很熟悉的成语——泾渭分明，说的就是前文曾提到的“泾清渭浊”。

泾河是西海固人的母亲河，它源于泾源县西南部的二龙河、老龙潭一带，东南经甘肃平凉、泾川，在陕西高陵注入渭河。古时的泾河流域可谓水足流湍，丰润着这块曾经美丽如画的大地。后来随着自然气候变化和地震等，仅剩一条不足40公里长的黄河三级支流，然而即便如此，它仍是西海固最重要的水源。海原大地震那年出生的水利专家吴尚贤，是宁夏本土水利专家，他深谙故乡人民对水的渴望。1946年从重庆国立中央大学水利工程系毕业后，他就回到故乡任黄河水利委员会宁夏工程总队助理工程师，参与宁夏引黄灌区的勘测设计工作。中华人民共和国成立后，吴尚贤曾任西北野战军第三军军办水利工程处技术员。宁夏回族自治区成立后，吴尚贤一直是奔波于自治区各地的水利工程负责人，人称“宁夏水利活字典”。

关于吴尚贤，宁夏人一说到他，都会提到他在1951年时参与的新中国成立后宁夏第一条新渠的修建。当时的吴尚贤是以借调的名义回老家宁夏工作的，一落定脚，他就立即投入到秦渠上段扩整和第一农场渠的建设中。第一农场渠全长31.6公里，由于采用了吴尚贤建议的许多新技术、新材料，渠道通水后，当地由一片白茫茫的碱滩变成了沟渠纵横、阡陌相连、绿树成荫、稻麦飘香的富庶之地。至今这条渠还在正常运行。第一农场渠建成后，吴尚贤又与同事们历时两年，使裁弯取直的唐徕渠在银川西门桥以上的渠身较前缩短了10余公里，显著提高了这条老渠道的流速和流量，为宁夏水利部门获得了旧渠改造的成功经验。之后，吴尚贤辗转西海固地区，直接参与领导了清水河、葫芦河、泾河三大水系的水利规划和山区水库建设。他带领水利技术人员住窑洞，吃黄米，喝苦水，不畏艰苦，奔波于各水系，仅用一年半，就建成了六盘山区第一批水库，缓解了当地部分百姓的用水困难。1960年，青铜峡水利枢纽工程围堰合龙后，黄河水位抬高，为贺兰山东麓缺水地区引黄自流渠道的开挖创造了条件，西干渠便应运而生。而这项工程又是吴尚贤主持和主张的。该渠道需要经过重重山沟，施工和技术难度极大。吴尚贤提出采用导、蓄、泄的方法，利用滞洪区来削减洪峰，变猛洪为细流。

经过一个冬春的苦干，全长112.7公里、可灌地30多万亩的西干渠建成通水，吴尚贤又一次为宁夏水利开创了历史性的先河。

当北京传来周恩来总理的指示后，这位“宁夏老水利”首先想到的是可以就地取材的方案——“引泾济清”工程。

“那是西海固唯一的清水源，我就是拼出命来，也要让西海固人喝上一口甜水……”在落实周总理指示、研究解决西海固缺水问题的会议

▲泾源县泾河生态涵养区

上，吴尚贤捏着拳头这样说。随后他拿出的方案是：把水资源较为丰富的泾河水，通过截引的方式，穿山越沟，引到清水河，以此解决清水河上段部分地区农业生产用水和城市生活用水问题。

"这是一个很好的专业方案。"当吴尚贤的"引泾济清"方案拿到决策层面讨论时，自治区领导和相关部门的负责人都称道不已。然而大家又长吁短叹："可惜！可惜啊！"

可惜什么？

还用说，可惜没有钱呀！自治区没有钱，国家也没有那么多钱来支持这样一项大工程呀！再说，"引泾济清"尚不能解决西海固全区域100多万人（当时的人口总数）的用水问题，因而吴尚贤的方案被暂时搁置了。

"只要有机会，吴尚贤的'引泾济清'方案早晚要上！"自治区和水利部的负责人都这样表态。

吴尚贤听说后热泪纵横。那年他56岁，那年周恩来去世。"总理啊，我没有完成您交给的重任……我将死不瞑目！"在悼念周总理的会场上，吴尚贤哭成了泪人。

方案受挫后的吴尚贤并没有放弃"水兴宁夏"的雄心壮志。他不顾年已花甲，主动请缨到银北地区参加盐碱地治理工程。两年间，他领导的团队在银北打井6000眼，建短沟小站排水200处，复活电排站96座，清淤排水沟190多公里，修建滞洪区7个，有效地根治了银北地区因盐碱而造成的小麦黄苗、坐苗现象。

1980年春，年届60岁的吴尚贤站在黄河岸边，满是沧桑的脸上，欣然泛起无限光芒……因为就在他脚下，黄河永宁县东升段的塌岸问题在他的亲自规划和设计下终于解决了。望着坚固的大河新岸，转身又见春阳下故乡大地草绿花红的美景，吴尚贤不由诗兴大发，写下了《美哉，宁夏川》：

宁夏川，好河山。
长城连朔漠，
黄河来天间，
屏障自有贺兰山。
展目望：
绿洲横眼前。
树荫遮村屋，
沟渠纵横阡陌连，
年种年收水浇田。
无旱无涝稻麦尽高产，
西北冠。
春迟秋早半高寒，
昼暖夜凉瓜果甜。
夏无溽暑免摇扇，
冬有香煤暖房间。
天下黄河富宁夏，
塞上江南不虚传。
人人都说家乡好，
我亦然。
仙境谁曾见？
美哉，宁夏川！

不似江南，

胜似江南。

君其看！

吟诗之后，吴尚贤的脸上忽然又凝重起来，他向南部的远方举目眺望了许久，许久……最后他自言自语：“何时才能见到清清的泾河水流进我心中的那片‘海’啊……”

吴尚贤心中的那片“海”就是苦难的西海固——六盘山畔的那片干枯的大地，那片栖居着祖祖辈辈渴望着“海”的百余万黎民百姓的大地。

2001年，81岁的“宁夏水利活字典”吴尚贤的生命连同他的知识一起封存在了家乡的土地里。虽然他没能亲眼看到“引泾济清”流入他心中的那片“海”，但就在他离开人世15年后的2016年10月8日这一天，固原中庄水库总闸在一声“开闸”命令之后，一股奔腾不息的泾河清泉，如脱缰的骏马，越过高山、跨过沟谷，顺着条条水渠和自来水管，流进原野，流入那些企盼了千年的百姓家中……这一刻，凝聚西海固和宁夏人“四十年祈盼，百万人心愿”的民生工程——宁夏中南部城乡饮水安全工程——正式通水，113万西海固城乡群众第一次宣告了“从此告别用水难”的天大喜讯！

虽然吴尚贤的“水利活字典”翻不到这一页，然而宁夏人和西海固人从来就没有忘记这位水利人犹如六盘山、贺兰山般坚毅的双眸中企盼清流浇灌萧关内外的泪光……

吴尚贤在宁夏特别是西海固人心中绝对是座大山。他的眼里就是清流，就是期望远方的“海”的赤子情怀。

我知道，像吴尚贤这样的人，在西海固、在宁夏还有很多，几乎所有的人都一样，他们的心目中都有一个“海”——其实是一个梦和梦尽头的从未见过的“海”……

5 真见了海，他和她哭跪不起

因为人类的生命是从海那里“走”出来的，所以人们对海的感情超越了万物。然而一次次的沧海桑田之后，一次次的人类自身“文明”之后，许多人离大海越来越远，于是渐渐对海开始陌生，开始不识，甚至不知海是何样。

海到底是什么样的？现在的人不用到有海的地方，就可以通过各种传媒新技术知道海的样子，然而没有真正到过海边的人所了解的“海”绝对不是真正的海……

所有第一次见到真正的海的人，都可能会有发疯般的兴奋和难以抑制的惊恐之感，因为海之大，海之宽，海之壮观，海之奇妙，海之梦幻，海与地“接吻”时的那种惊天动地、摄人心魄或缠绵难舍，以及海与天融为一体时那般或绚丽夺目、厮磨雄浑，或霞光似火、落日如血的绝美……

走到海边的人，都想去抚摸一下海——用手或脚，去轻轻地碰一下那些拍岸而起的浪涛，去追逐那些爬沙而行的卷波，或者用有些咸凉的海水拂一下脸颊……这大概是初识海者常有的动作，之后，这些初识大海的人就会有进一步的欲望：让自己的肉体去与大海融为一体，去亲切拥抱，甚至想把全部的情感与灵魂的世界放在大海之中，让其永远永远地沉寂与静默下来，最后再来一次世俗的轮回。

这是在海边和有过海的观感的人对海的欲念与行为。可对那些把“海”视为一种神圣与梦想和梦想尽头的宁夏人特别是西海固人来说，他们第一次见到海的时候会是怎样的景况呢？没有与他们交流和同行的人是无法想象出来的。

但我们首先要弄清楚他们为什么就突然有了去看真的大海的想法和机会——

“因为渴得时间太久了！渴得太厉害了！再不想渴了！”宁夏人如此直白地告诉我。

没有水，说什么都没用。想脱贫别穷，没有水就是一句空话。

太久远的往事，今天的宁夏人记得也不是特别清楚。那就从40多年前的1978年中国改革开放那年说起吧——

在南方的广东，已经有人偷偷托香港的亲戚往家里带日本电子手表和照相机了；而江苏、上海一带的农村，有人则把家里织的毛衣、做的衬衣和小五金摆到城镇的汽车站、马路边开始做起买卖了……甚至有的村庄（那时称生产队）的农民盖起了小洋楼！

然而，同是1978年的新年，西海固所在的固原地区的干部在元旦后上班的第一天就向自治区领导哭诉：“救救我们这里的百姓吧！去年又是大旱，许多家庭已经无法度过这个年关了呀！”

“秋收至现在也才两个来月，就揭不开锅啦？”自治区领导一听同样心急如焚。

“可不是！至少一半家庭这个春节里揭不开锅……”固原地委的干部是哭着向自治区领导诉说的。

“马上！你们……马上把报告打上来，看看我们区里和国家能不能再救急一下！你们这已经是连续好几年求救了呀，自己也得想想法子，自治区还有其他地方也很难哪！”

“知道知道，我们也一定想尽办法的。”

这是地区领导与自治区领导之间的对话。这种对话现在听起来有些天方夜谭似的，可40多年前，在宁夏、在固原，这是常有的事。

求救的报告请求自治区回销粮食2460万斤……自治区政府的领导们是喘着粗气下笔批准的，因为他们手中实在没有更多的粮食给西海固了，而这2460万斤粮食又能分给全西海固每人多少斤呢？能度过多少天呢？

不敢有人去想。所以也没有人敢去想这个时候的西海固人的生活景况如何。

次年，即1979年，宁夏回族自治区党委作出了一个大胆而又似乎“违禁”的决定：对山区每人平均口粮不足140斤的农户免征农业税。要知道，国家免征农业税是在27年后的2006年1月1日才开始的，自治区党委对西海固的农民们真是发了“慈悲心肠”。那个时候，交公粮、交农业税可是中国农民身上最重要的“政治任务”，可想而知，西海固百姓的贫困与生活的艰难程度是如何让自治区党委和政府下这般决心的！因为西海固的穷与苦太出名了，所以中央政府完全理解宁夏作出的相关决定。中央也从来没有忘记这块土地上的人民。

1980年，时任中共中央总书记胡耀邦到延安视察，之后专程到了西海固。这里的百姓生活给他留下了深刻印象，据说他在听取这些山区人民生活状态的汇报时，脸色异常凝重，“比在延安还要凝重”（随行工作人员说）。直到最后离开前，胡耀邦总书记对干部说话了，说得非常激动，也非常沉重，提的要求也非常严厉。

1981年春，世界粮食计划署官员到西吉县实地考察，提出了援建

132.75亩防护林的计划。胡耀邦专门就这件事重重地指示给相关部门和领导："这是你们的一件大事，又是关系国家名誉的重要问题。只许为国家争光，不许为国家出丑——这两句话要使西吉党组织人人都明白，并为之奋斗。"党的总书记说这样的话，实属罕见，也足见西海固在党和国家领导人心目中的分量。

俗话说，冬天将至，春天还远吗？改革开放的春风此时已经从沿海慢慢吹向西部，吹到宁夏和宁夏的西海固……

机会来了——这个历史性的时间应该是1982年年中。这个时间点与一个人有关，他叫林乎加，中国扶贫工作的重要奠基者，时任农牧渔业部部长。

在共和国的建设史上，林乎加这人名声很大，因为他在改革开放前都是中央高层中的"实干者""能干者"。粉碎"四人帮"后，各地和各条战线百业待兴，林乎加在中央和邓小平的直接领导下，屡次"救火"，到上海、天津、北京这几个直辖市当领导，抓难题，干扭转局面的重要工作，而且每每"能够解决问题"和"把问题处理得井井有条，并让这些地方恢复了秩序，走上了正常的发展轨道"。中央对林乎加的肯定足以说明此人的才干与务实作风。

进入20世纪80年代，以邓小平同志为核心的党中央开始注意到扶贫工作，开始高度关注那些贫困地区的百姓生活与发展，所以又将时任北京市委书记的林乎加调任农业部部长和党组书记，任命时间是1981年2月。

中国是个农业大国，当时的农民有9亿多人。林乎加接手的是一个9亿多农民基本上都处在"少部分人能吃饱饭，一部分人能吃上饭，一半以上的人吃饭成问题"的这么一个贫穷的农业大国的农业部。

"他每天拼命地工作，像台开足马力的机器，每天不舍得浪费一分钟时间。”其秘书贾幼陵曾这样回忆说。

农业部在北京农展馆旁的长虹桥东侧。林乎加当时的家在西单文昌胡同11号院。这是一座三进四合院，一进院的左侧两个房间，是秘书的办公室。林乎加住在中院正房，儿女住在东西厢房。那个时代许多领导是在家里办公的，林乎加也习惯在家里办公。部办公厅主任曾两次请林乎加去部里坐班，林乎加怒道：“每天来回的路上至少花一个小时，一年下来要浪费多少时间？你赔得起这些时间吗？”林乎加依然不从，只有部里开会时才去部里。

林乎加有一个“计算机的脑袋”，这是出了名的。他对数字极为敏感，有出入能马上听出来。一位领导干部曾批示，要在呼伦贝尔养殖1000万头乳牛，林乎加听后当即说道：“完全不识数！”同时他又是一位爱憎分明、不说假话的领导。一次在部里讨论贵州的畜牧业发展，一位领导提议发展养驴业，因为“黔之驴”很有名，林乎加听后回道：“黔无驴，有好事者船载以入。至则无可用……”

在林乎加上任农业部部长之后，有一件事始终牵动着他的心，这就是邓小平等中央领导时刻牵挂的扶贫问题。在《思想路线政治路线的实现要靠组织路线来保证》中，邓小平提到：“我们的政治路线就是搞社会主义现代化建设。‘四人帮’提出宁要穷的社会主义，不要富的资本主义，社会主义如果老是穷的，它就站不住。”当时全国农村的贫困人口约2.5亿。中央当时确定的国家发展宏伟蓝图是要在2000年前基本实现四个现代化。在中央全会上，那些从战争年代走过来的中共元老们感叹十年“文化大革命”耽误了国家发展的大好时光，同时又为新中国成立30多年来仍然没能基本消灭贫困而惭愧。

“你这个农业部部长啊，我希望你到甘肃的河西、定西去看看，那里的百姓仍然有一家人合盖一条破被子、姐妹俩换着穿裤子出门的情况啊……太苦了！跟旧社会没啥两样嘛！”全国人民代表大会上，有代表这样对林乎加说，“我们总该让那里的女孩子出门有条裤子穿吧！要不我们共产党哪对得住百姓嘛！”

这样的话深深地刺痛了林乎加这位老革命家的心。“我要亲自去甘肃的河西、定西看一看，马上准备行动！”雷厉风行、说干就干是林乎加一向的作风。

就这样，1982年春天，在西北地区仍在飘着雪花的日子里，林乎加一头扎到了甘肃的河西、定西调研与考察。林乎加走得很细，也走得很实，不要当地干部做任何准备地走访了那些最贫困的农民家庭，也到了孩子上学的学校、收养流浪人员的收容所等，之后又风尘仆仆地赶到兰州，同甘肃省的领导和有关部门连续开会，商讨帮助河西、定西扶贫的措施。与此同时，他又亲自向国务院领导汇报，建议国家专门确定支持甘肃这两个特贫地区扶贫工作的方案与措施。

“那些日子，兰州的这些事迅速传到了远在银川的宁夏回族自治区的机关干部耳朵里，并且有人将这一情况报告给了时任自治区党委书记李学智。李书记马上作出反应，说甘肃河西、定西贫困不假，可我们的西海固紧挨着定西，贫困的程度绝对有过之而无不及。现在中央要研究帮助河西、定西地区，可不能搁下我们宁夏的西海固呀！于是我们这边就按照李学智书记的指示，迅速派出几名重要的自治区领导专程赶到兰州，想向林乎加作专题汇报……”现任宁夏回族自治区扶贫办二级巡视员的马振江是宁夏扶贫几十年的见证者，他这样向我讲述当年这一段历史。

“宁夏来的？林部长是到我们甘肃搞调研的，而且他们开的是闭门会，我可不能随便放你们进去！”甘肃方面根本不让宁夏来的同志见到林乎加部长。

“见不到林部长？见不到你们就别回来！”李学智书记给前方的人下了死命令。

这下几个从银川来兰州的领导干部着急了，于是到处想法子打听如何与林乎加部长接上头。“秘书找秘书，啥事不用跑。”后来身在兰州的宁夏领导干部与北京的林乎加部长的秘书接上了线。

“行行，你们等着，我跟部长报告一下……”林乎加的秘书很快把宁夏同志“未见”的情况报告给了林乎加。

“行嘛，那我就到西海固走一趟！”林乎加见了宁夏同志并听他们初步介绍了西海固的贫困现状后，神情异常凝重。片刻，他立即表了态。

这一趟西海固实地考察，给林乎加留下了太深刻的印象：“以前只听说那里的百姓苦，地干旱，走了一趟，才真正知道啥叫西海固之苦。苦啊，苦得叫你心发痛，眼泪会不自觉地往外流……新中国成立也有30多年了，我们对不住那里的人民啊！”据说，回到北京的林乎加在向中央领导汇报西海固的所见所闻时，老泪纵横，几度哽咽。

“看来我们确实有些官僚主义啊！那个地方我是要再去看看的。”时任中共中央总书记的胡耀邦感叹道。许多中央领导同志在听林乎加介绍了甘肃定西、河西及宁夏西海固的情况后，内心同样泛起了巨大波澜。

这一年年底，国务院召开专门会议，制定了“三西”（甘肃的河西、定西和宁夏的西海固，简称“三西”）地区扶贫计划，并设立国家支援“三西”地区专项资金，那时叫“农业建设补助资金”。“开始是2亿元，我们宁夏3000万元，其余都是甘肃的；现在这项资金达到了6亿元，至今从未间断过。”马振江说。

次年1月，国务院“三西”地区农业建设领导小组第二次（扩大）会议分别在兰州和银川召开（11日至18日在兰州，23日至25日在银川），林乎加出席并主持了会议。两个月后的3月24日，根据宁夏回族自治区党委有关会议精神，自治区政府正式成立了宁夏西海固农业建设指挥部和扶贫开发领导小组。自治区副主席马英亮为指挥部主要负责人和自治区第一任扶贫开发领导小组组长。马振江等一批宁夏“老扶贫”就是在这个阶段先后到扶贫办工作的。“那时扶贫工作的对象主要是西海固，我们的办公室门口挂了两块牌子：西海固农业建设指挥部、自治区扶贫办公室。”大学一毕业便到扶贫办报到的马振江对此历历在目。

林乎加在宁夏考察之后，中央对宁夏人民尤其是对西海固人民的温暖也由此开始——1983年春节前后，许多西海固人穿上了没有领章、帽徽的绿色军服，许多家庭也盖上了军棉被。这是中央军委响应中央号召动员海陆空部队为“三西”贫困地区的百姓捐衣捐物的行动所致。绿军装成为当时西海固的一道美丽风景线，无论大人小孩、男女老少，如果获得了解放军的衣物捐助，他们就把军装穿在身上，那时西海固人第一次感受到格外的温暖……这里的人由此也特别热爱亲人解放军，特别期待冬天有人从四面八方上门送来中央和各地的温暖。

“中国政府有组织的开发式扶贫的历史性序幕拉开了。”马振江这样说。自参加工作就在自治区扶贫办工作的马振江即将到退休年龄，他说他的一生基本上见证了宁夏的扶贫历史，他说宁夏的扶贫比任何地方的扶贫都具有典型意义，因为在清朝时左宗棠上书朝廷说过一句大家熟悉的话，叫作：陇中苦，瘠苦甲于天下。而今在中国共产党和全国人民包括当地人民的共同努力下，这句话已变成：陇中甜，甜到你我心底……

马振江有资格说这样的话。一个西海固之子，一个从农业学校毕业出来就走上扶贫工作岗位的“老扶贫”的亲历，应该是最真实和最有说服力的。

20世纪80年代初，中央对包括宁夏西海固在内的“三西”地区的扶贫指导方针是：有水走水路，无水走旱路，水旱路都不通另找出路。没有路，“另找出路”就是指移民或整体搬迁移民。

当时甘肃有甘肃的方案，宁夏西海固的方案是：以川济山，山川共济。宁夏不是没有一点水，北部的黄河就是有“水”之地，“山”当然是指西海固一带的干旱山区。

宁夏老一代扶贫工作者认真地告诉我：这段历史不能忘却，因为它是中央对宁夏特别是对西海固扶贫工作打下的基础，也可以说是十分重要的基础工作。现在我们所见到的“塞北江南”——银川一带的新黄河灌溉区的“水韵北国”和南部山区的“掘井工程”都是其成果。老宁夏干部心头有笔账一直记得清清楚楚：

从1982年到1989年的7年时间，因为中央对西海固的关心，这个地区的前后有个对比：到1989年时，与1982年相比，人均产粮从185.6斤增加到509斤，农民人均纯收入从22.4元增加到211.5元，粮食回销从2.55亿斤减少到0.5亿斤。

这个进步与变化，对富裕地区来说可能不算什么，可对贫困的西海固而言，绝对可以用“巨大”两字来形容。这期间，宁夏还做出了一件在扶贫史上具有历史性影响的创新工程，这就是在宁夏人人都知道的“吊庄”移民。

然而，宁夏的扶贫之路并非那么简单，尤其是极度贫困的西海固一带的脱贫攻坚之战，可谓每一次前进之路，都如徒步上一次高高的六盘山……那滔滔东去的黄河之水因为地势原因，无法灌至南部山区，黄河扬水工程虽被水利部门列入宁夏和西海固扶贫计划的最重要的项目之中，水利专家钱正英为此不知白了多少头发，但终未能在那个年代梦想成真。山地上掘井，即使下挖几十米，甚至百米，水仍然难维人畜日常所需，更不用说浇地灌溉……

"四个现代化"的历史车轮在滚滚向前，中国东部和南方的现代化建设令世界瞩目，这些地区发生了巨大变化。此时，我国制订了"八七"扶贫攻坚计划：争取用7年时间，到2000年，完成全国农村8000万贫困人口的脱贫任务，并提出"不能把贫困人口带到下个世纪"。

8000万贫困人口的脱贫举世瞩目！能不能完成这一伟大任务，全世界都在关注中国的行动和做法。

"东西部结对子，进行对口支援！"邓小平提出了一个战略性的行动方案，从此真正吹响了人类历史上最伟大的一场脱贫攻坚战役的号角……

根据邓小平同志的意见和建议，中共中央、国务院于1996年9月23日至25日在北京召开了我党历史上规格最高的一次中央扶贫开发工作会议。会议的目的是统一全党的认识，动员全社会的力量，加大扶贫开发的力度，为实现国家扶贫攻坚计划作出具体部署。时任中共中央总书记江泽民、国务院总理李鹏分别代表党中央和国务院作了重要讲话。中央根据当时国家的实际情况，提出到2000年年底基本解决我国农村贫困人口温饱问题。按照那个时候的贫困标准，当时我国农村贫困人口为6500万人，约占世界贫困人口的1/20。

"今后五年扶贫任务不管多么艰巨，时间多么紧迫，也要下决心打赢这场攻坚战，啃下这块硬骨头……"面对仅有的5年时间，江泽民这样说。他在此次会议上第一次将加快贫困地区的发展步伐、解决贫困农民的温饱问题，上升到"关系国家长治久安的政治问题，是治国安邦的一件大事”这样的国家战略安全高度。

在之前，国务院已经制定出“八七”扶贫攻坚计划，并确定了592个国家级贫困县，其中宁夏有8个。中央扶贫工作会议实际上是落实这一攻坚计划的动员会，也是第一次提出具有中国智慧和世界意义的中国方案，即从传统的“输血式扶贫”向“造血式扶贫”全面迈进的全新行动。而这个中国方案，正如习近平同志后来所言的那样，它是“在世界上只有我们党和国家能够做到，充分彰显了我们的政治优势和制度优势”的人类伟大举措。“江泽民同志在此次扶贫大会上共提了四点，其中有两点我至今仍能背出来。”马振江随后激情满怀地给我背诵：“江泽民同志说：‘坚持开发式扶贫的方针，增强贫困地区自我发展能力。由救济式扶贫转向开发式扶贫，是扶贫工作的重大改革，也是扶贫工作的一项基本方针。’他又说：‘发达地区对口支援贫困地区，是动员全社会力量扶贫的重要举措。各经济发达省市要作为一项政治任务，省主要领导同志亲自抓，切实抓出成效。要把帮扶任务落实到县（区），落实到企业，明确目标任务，并作为考核工作的一项重要内容，不达到目标不脱钩。’”马振江说：“正是由于中央的部署，后来才有了我们宁夏与福建两省区之间长达20多年的闽宁对口扶贫协作，以及它所盛开出的鲜艳花朵和丰硕成果。”

“我说领导啊，听说北京方面正对东部几个较发达的省市与我们西北的几个欠发达省区安排分配方案呢！不知道我们宁夏跟哪个省市对接？……”这年5月底，自治区扶贫办有人跑来跟扶贫办主任郭占元说这事。

已经在主任岗位上4年的郭占元笑了笑，说：“你消息还挺灵通啊！从哪儿弄来的‘情报’？”

人家告诉他："上回我们不是在北京参加扶贫工作会议嘛！国务院扶贫办有'内线'透露的，说就这两天要定方案了！"

"这事很重要。咱们宁夏虽小，但穷兄弟穷姐妹不少，最好找到富裕一点的跟我们结对子，这很关键！"

"对啊，要是像富得流油的上海、广东来支援我们，就等于天上掉馅饼给咱宁夏了，江苏也行！"

"不行，我得马上向自治区领导汇报，让他们立即到北京找找国务院领导……"郭占元认为这是未来宁夏扶贫的"关键环节"，必须请自治区领导亲自出面，而且要立即行动。

但是郭占元到主管扶贫的领导面前一说，没想到不仅没受到表扬，反而被批评了一顿："中央这么关心我们宁夏的扶贫工作，已经在很多方面给予我们自治区关照和支持了，我们怎么可以向上面提这种要求呢？啊？你这政治纪律哪儿去了？这事绝对不能做，不能做！一句话：我们要听中央的安排。"

"那好吧，听中央安排……"郭占元挨了一顿批评有些灰心，但又一想领导的话也确实有道理，我们下面怎么可以随便去干扰和打扰中央的事呢？

不几日，北京方面来电，是国务院扶贫办的同志通知自治区扶贫办的人去领取《国务院办公厅转发〈国务院扶贫开发领导小组关于组织经济较发达地区与经济欠发达地区开展扶贫协作的报告〉的通知》，并且听取有关对口单位的具体工作安排。

"我们就去了北京。到那儿才知道，新疆、甘肃等同样是欠发达地区的几个省区早就'抢'走了上海、广东、江苏等富裕省市作自己的对口单位了。国务院扶贫办的同志笑着对我们说：'谁让你们来晚了，现在就只剩下你们和福建配对了……’我们当时一听愣了半天，啥话都说不出来。怪谁呀？怪我们自己呗！”早已退休在家颐养天年的郭占元回忆当年的情形时说，“说实在的，当时我们一听说是福建，心头有些凉巴巴的，因为在东部较发达的省市中，福建应该属于‘小弟弟’，他们自己也有好几个国家级贫困县，这么一个并不太富裕的省份来对口扶贫我们宁夏，我们当时确实有些担心人家的帮助会不会有心无力呀！”

“但这跟你做其他事一样，你老老实实排了队，轮到你该什么样就是什么样……从这一点也可以看出我们宁夏人安分、老实。”郭占元说这话时有些自嘲，另一方面也说明宁夏的同志干什么事尚不够开放和大胆，用东部地区的人说的话，这叫作“脑子不够灵光”。

一群“脑子不够灵光”的人，代表宁夏回族自治区第一次到福建这个对口的“亲家”家探探虚实，名曰“宁夏回族自治区赴福建考察团”，郭占元自然是考察团成员之一，并任这个团的秘书长。临离开银川时，自治区政府领导叮嘱他：你要先行一步，一是与福建省扶贫办对接上，摸摸人家对对口的底，也就是人家到底准备怎么帮助我们宁夏，热度如何，哎，说白了，就是看看人家准备给我们送什么样的“蛋糕”，“蛋糕”有多大！二是为自治区领导正式到福建访问和召开第一次对口协作会议作准备。

“我就是肩负这样的使命，作为自治区领导访问的‘先头侦察兵’，提前到福建打前站。”现年80多岁的郭占元老先生对此次福建行记忆犹新：“因为工作关系，我以前不是没有去过我国东部的沿海省份，也见过海，但可能以前都因为时间关系，对大海仅一眼掠过而已，没有真正注意大海到底是什么样的。这回到福建属于第一次踏上闽地，而且我年轻时就知道那边是海防前线，与台湾隔海相望，所以到了福州，就有了特别想到海边去看看的强烈愿望……”

来到大海身旁，来到海水扑涌到双脚边的海滩时，年近花甲的郭占元竟然热泪盈眶……因为他看到的大海，大得无边无际，与远方的天连在一起。那种宽阔，是壮丽的，是能让你心胸跟着一起扩张、扩张、再扩张的，能够让你感觉自己的胸膛瞬间变大了，大到可以装下整个世界，装下人间所有的一切！是的，人在此时此刻，会把过去积存的所有苦与怨、憎与恨、愁与恼，统统扔到一边，因为与大海相比，这些算什么，包括荣誉、进步、金钱等各种身外之物！唯有无私，唯有无限，唯有壮丽，唯有眷恋这个世界的爱在心胸、在眼里奔涌……

此刻，老郭看到那叠叠层层的海水，正满盈盈地朝自己涌来，它们在夕阳的照耀下，宛如自己顽皮的小孙女、小外孙似的一边跳跃、一边欢笑着朝他簇拥而来。它们的身上披着一片金光，嘴里喊着又脆又亮的“爷爷”“姥爷”……那一刻，他醉了，心与神思一起醉了……

突然，他的眼睛潮湿起来，开始有些模糊，甚至有些恍惚……他看到一个赤着脚的自己，独自在一丘又一丘的沙地上奔跑，他跑啊跑，就是跑不出那个只有沙粒、没有水滴的“海”……后来他倒下了，嗓子眼在冒火，他吃力地抓起身边的一把沙粒，想往嘴里塞……可手在半空中停了下来，他突然嘶哑地喊了一声：“水——我要水！”

没有水，也没有人回应，只有两滴眼泪从他的眼眶中流出……

后来，他发现躺在他身边的还有许多许多人……他们与自己一样，都是被沙的“海”迷糊了生命，迷糊了判断，甚至连眼泪都不再流出了。他们想着同一个问题，为什么自己家乡的这个“海”虽然有“水”的偏旁，却连一滴眼泪般的水都没有……

于是，他和家乡的人们都在吟叹中梦想着真正的海该是什么样。

海是什么样的呢？海是不是特别特别的大，特别特别的伟大，是不是可以装进我们整个宁夏那么大，是不是可以装进我们整个缺水的西海固那么大的水的世界？

是，这才是海，福建就是大海……我们宁夏有福气了！因为我们要与“大海”结亲了。与“大海”结亲的宁夏，将会拥有海一般的深情和厚谊，海一般的丰饶与美丽，沙漠和干丘都将能够变成绿洲……

呵，大海无垠，福建和福建人对我们宁夏的爱同样如大海般无垠……福建，“福——见”，我们宁夏人要在新世纪见——福了呀！

这一次见到大海让郭占元的人生和灵魂甚至生命都发生了质的变化，用他的话说，是认了一个“亲”——为宁夏人民认了一个特别特别合适的有着与海一样壮美、辽阔和深厚之爱的“亲”……

而这以后的20多年岁月，证明了郭占元这一拥抱大海之后的梦想成了真！

“开个记者招待会介绍一下宁夏？这个主意好啊，太好了！我们许多福建人只知道宁夏这个地名，其实宁夏到底是啥样并不知道……需要有人介绍介绍呀！”沿大海走了一圈的郭占元回到福州，找到了自己的对口单位负责人——时任福建省扶贫办主任林月婵——谈了自己的想法后，风华正茂、办事干脆利落的林月婵一口答应：“行，我来帮你张罗。”

“那次活动非常成功，来了100多个新闻记者，一下子把我们宁夏的情况特别是贫困的现状给福建方面做了一个大体的介绍……我估计福建省委、省政府的领导们都看了。”郭占元对自己打前站的这一招甚为满意，因为当时的《福建日报》都以“宁夏专题介绍”的形式作了大篇幅的报道。

“宁夏方面的同志来后不久，我们福建方面便成立了由省委副书记习近平任组长的福建省对口帮扶宁夏领导小组。我是这个领导小组的办公室常务副主任，主任由省委秘书长兼任，具体工作就落在我头上。有一天，习近平同志对我说：‘你也带些人到宁夏那边看看，然后再商量商量我们如何与他们那边对口……’这是1996年中央决定我们福建与宁夏对口帮扶之后，习近平同志代表福建省委、省政府向我交代的第一件事情，而从这时开始，我就跟宁夏结下了不解之缘，这一迈步，就是20多年。我也从一个干啥事都风风火火的40来岁的女同志，变成了今天这样一个老太婆、半个植物人……”

到福建采访，是在宁夏之行后。在宁夏从北到南的一路上，只要说起福建与宁夏的对口扶贫工作，林月婵这个人几乎无人不晓，她在宁夏扶贫干部和宁夏人民心目中近似女神。为什么？因为20多年的闽宁对口扶贫协作，给宁夏人带来的好处实在太多，太深刻。可以用这样的话说：如果把这种对口扶贫协作比作一座连接福建与宁夏之间走向小康社会的幸福大桥，那么林月婵就是这座桥的一个坚实的桥墩……

“问我……去、去过……多、多少……次？起、起码……有4……40多次……吧！”这是我从事写作40余年第一次遇到一位被采访对象竟是这般说话的。每说一句话，她都会在坐着的椅子上像鲤鱼打挺似的扑腾、扑腾……这就是宁夏人心目中的那个“女神”吗？这就是当年风风火火，“只要是宁夏的事，就会去冲锋陷阵”的那个福建省扶贫办主任林月婵吗？

是她。但过去照片和新闻上看到的那个林月婵与眼前相比差别太大了！看着眼前这个患有严重帕金森病的林月婵，我的心头异常意外并且有些疼……

“我、我……退休……好、好几年了……你、你还来……采访我呀！”她显然非常激动和兴奋，因而也比平时病态的反应更强烈——一旁的保姆这样对我解释。

“我这、这一辈子……就是、就是帮……穷人……做、做事……”林月婵的话停不下来。同样停不下来的，还有她半打挺式的颤动。

我很不习惯，甚至感觉自己这样采访太不够人道。

“没、没关系……”她坐着的椅子颤动得更加厉害，“我的……后、后半辈子……的心……就、就给了……宁、宁夏！”她笑了，眼里闪着晶莹的光。

这是我所采访到的一位扶贫干部，一位为了两个远隔千山万水的省区的对口扶贫协作而倾注了自己全部智慧与热情的女扶贫干部。采访之后我才明白宁夏人为什么那样爱戴林月婵，也知道了闽宁对口扶贫协作的初始与后来。

福建是革命老区、中央苏区的重要组成部分，也有一片曾经为了中国革命作出过重要贡献而经济却一直不发达的贫困地区。福建省革命老根据地建设委员会办公室（简称“福建省老区办”）就是专门从事帮扶老革命根据地贫困人民发展的一个部门。林月婵原来就在这个机构工作。爱和必须去爱，成为这位女干部的全部工作内容。后来她成为省民政厅副厅长，干的工作仍然是与“爱”有关的工作。之后“老区办”和新成立的“扶贫办”合并，她便成了福建省扶贫办主任，直到退休。

1996年5月底，国务院扶贫办通知林月婵到北京开会，她才知道是让她与宁夏来的同志商议两省区对口帮扶的具体事宜。

“相比东部其他几个经济较发达省市，你们福建的个头小，给个大的贫困省区背怕你们吃力，宁夏‘个头’小，就由你们福建来背吧。”

国务院扶贫办的负责人把中央的决定告诉了林月婵，这时她才知道原来是这么回事，也是在这时她才知道其“亲家”是宁夏……

没的说，接呗。林月婵心想，这是中央对我们福建的信任，是中央交给福建的重任。

宁夏的贫困到底是什么样？最贫困的县大概有几个？林月婵第一次与宁夏的同志见面后，最关切的就是这件事。

“最贫困的基本集中在西海固，加上中部地区的，共8个县。”宁夏的同志这样说。

“那我回去向省里汇报，我们争取准备8个比较好的县市与你们那8个县作为对接单位。”

“太感谢了！”

这是闽宁对口扶贫协作的最初意向。这个意向后来很快获得了两省区领导的认可，并成为之后长达20多年的对口帮扶的基本路线……

1996年10月，宁夏和福建分别成立了对口帮扶领导小组，福建方面由时任省委副书记习近平任组长。也正是因为这一机构的成立，20余年的闽宁对口扶贫协作，才可能成为伟大的中国扶贫史上一个闪着习近平新时代中国特色社会主义思想光芒的特别样本。

“他、他派我……去……去宁夏看看，我就……去了。”林月婵为我回忆起她接受习近平的指示后，第一次到宁夏的全过程。

“我……我、我有……有许多……想不到……”她很激动，椅子又剧烈地跟着震颤起来。

林月婵说，她在岗位上时，属于那种要干事就必须要干成、干好的人。当接受习近平的指示后，她就琢磨起来：既然是对口帮扶，那就得两个省区之间的有关部门，比如农业、工业、科技、教育、卫生、交通等部门之间作深入细致的了解，之后才能细化对口帮扶方案。于是，风风火火的她，带着“近平同志”的指令，很快调集了包括她自己在内的一行14人，组成对应郭占元他们“宁夏回族自治区赴福建考察团”的“福建赴宁夏回族自治区考察团”。

到宁夏怎么走啊？1996年年底的福建，已经是非常开放的地区，可这十几位省直机关各部门的负责人，竟然没有一个人去过宁夏，也没有人知道去宁夏该怎么个走法。

一查，有人就伸舌头了：“林主任，那个地方跟我们福州没通飞机呀！”

林月婵也没有想到堂堂一个自治区，宁夏与福建之间竟然还没有一条省际的空中通道啊！这事在她心中烙得很深，也因此她后来大力促成了这条省际“空中走廊”。这是后话。

办公室的同志告诉林月婵，从福州到银川，可以走两条线路：一条线路是先从福州到北京，再从北京到银川；另一条线路是先从福州到西安，再从西安到银川。后者线路短些，快一点。但林月婵选择了前者。“贺国强省长正在北京开会，我要向他报告一声，并听听他有什么指示。”就这样，林月婵一行从福州抵达北京，然后由她去面见贺省长。

“好家伙，你一下带这么多人，他们那边可还是比较穷啊！可别给人家添麻烦呀！”贺国强一听林月婵带了一个十几人的学习考察团，便这么说。

“我、我想应该是需要全面了解一下宁夏各方面的情况，所以就……”林月婵感到压力很大，心想：此次学习考察团必须遵照贺省长的吩咐，绝对不能给宁夏方面添麻烦，尤其是接待方面，要体现出革命老区人民的本色。

为了不给宁夏方面添麻烦，林月婵一行竟然从北京出发时没有通知宁夏方面到机场迎候，一行人下飞机后自己找住处。

从北京搭乘的那班飞机到银川时已经很晚。“我们坐出租车吧！”林月婵心头装着贺国强的话，所以双脚一踏上宁夏大地，时刻想着“不要找当地麻烦”，于是学习考察团找来机场的出租车，向银川市内驶去。

“宁夏人太好，又实在。”第一次到宁夏，第一次坐了宁夏出租车后的林月婵，从此见人都会这样说。

“我们想先去银川最繁华的地方看看，然后再到目的地……到时我们多给你几块钱！”林月婵坐上出租车后，很客气地对出租车司机说。

“你们是从福建来的？你这就小看我了吧！”不想这位出租车司机一脸不高兴。

“不是别的意思，是我们麻烦你了，所以……我们都是第一次到宁夏来，特别想看一看银川的繁华夜景……”林月婵赶紧解释。

“噢——明白了！”司机马上高兴起来，熟练地将油门加大了一档，边掌着方向盘，边热情地跟林月婵聊了起来：“我一听你们口音就知道你们是从福建那边过来的！”

“你去过我们那边？”林月婵有些惊讶地问。

“不是，以前我给在这儿做生意的福建老板开过车……”司机说。

“这儿也有福建来的老板？！”这让林月婵十分意外。

“不是有没有的问题。我们这儿除了浙江来的老板外，就你们福建来的老板多，而且我很喜欢你们福建人，跟我们宁夏人一样——实在！”

“哈哈……”这个司机的话给林月婵的印象太好了，于是她把自己一行人的真实身份亮了出来，并说她很想见见这些在银川的福建老板们。“家里人来了，想跟他们见见面、聊聊天，请他们给个面子！”她说。

“这事包在我身上！”出租车司机豪爽地答应。后来这位出租车司机真的把40多名在银川做生意的福建企业家都叫到了一起。“谢谢你们，想不到这么遥远的地方还有我们福建人哪！敬佩！敬佩！”林月婵一番寒暄后对这些福建老乡说明了自己一行人的来意，并提出希望这些福建老乡以后能参与到福建省支援宁夏的扶贫工作中。

“我有个建议：你们这些人在外面做生意也不容易，如果能够归入我们省里的统一工作之中，把与宁夏的合作做好了，让这里的百姓富裕起来了，也就给诸位做好生意营造了一个好环境，所以我想你们应该成立一个组织，比如在这里成立一个福建扶贫企业家协会什么的，你们觉得行吗？”

“好啊！林主任这个意见好。我们以前都是各干各的，有了事情也找不到‘娘家’，要是成立了这个组织，就可以不用回福建，也能回‘娘家’了！”众福建老乡立即响应。

“我也举双手赞成成立这个协会，但是不是把‘扶贫’二字去了？我们主要是做生意嘛！”有人提出。

林月婵笑笑解释：“有这个‘扶贫’意义就不一样了，一是我们福建人要响应党和政府的号召，做生意也要为扶贫和脱贫攻坚战服务，也就是说你们在宁夏做生意，要做有利于为当地百姓解决贫困问题的生意，做薄利生意，不做黑心生意；二是我们做好生意的同时还要尽自己的爱心，贡献我们福建人的无私和仁爱之心，要做我们的华侨前辈陈嘉庚一样的人。你们说我讲得对不对？”

“太对了！经林主任这么一说我们全明白了，‘福建扶贫企业家协会’这个名字好，意味深长！”这些企业家们纷纷举双手赞成。后来事实也证明林月婵的这个建议为福建人在宁夏更好地做生意创造了让企业家们意想不到的好环境。自然，20多年来这些企业家中有许多人成为闽宁对口扶贫协作的典范和杰出贡献者。

这是后话。

我们再说林月婵他们当晚从机场坐上出租车驶入银川市区后，应林月婵的请求，司机把他们带到当时银川最繁华的华联商场街头转了一圈。“我一看那里的情况，就知道了宁夏基本是个什么生活状态：大街上很少有人，虽然那个时间是晚上八九点钟，但如果在我们福建，厦门就不用说了，即使在下面的市县城市，肯定也会是灯火辉煌，比银川热闹许多……但银川这里的夜市基本没有。除了最繁华的华联商场门口那条街外，其他街道基本上都冷冷清清的。从街景可以看出宁夏这里还没有市场意识，百姓的生活水平显然与我们那边差距不小。”林月婵这样感慨道。

后来的十几天，除了在银川与自治区扶贫办等单位进行对接外，她还马不停蹄地南下到了最贫困的西海固及另外两个地区的贫困县考察。

“那一次给我的内心触动太大，太震惊，实地看到当地贫困百姓的生活真的可以用‘触目惊心’‘闻所未闻’来形容。”林月婵后来回到省里向习近平等领导如此汇报道。

那天我采访林月婵是在她家。说到这一段情形时，她坐着的椅子震颤得咚咚响，说话的间断频率让人心疼与心酸。我只能改用平常的文字来记录她对当时所见所闻的描述：

“我走进百姓住的那种又黑又掉土的窑洞后，揭开他们的锅想看看他们吃什么，有没有存粮……可大多数的锅是空的，偶尔有几块已经凉了的土豆。再看看窑洞里还有没有其他存粮，但基本上看不见。一般家庭就只有那么一小堆生土豆放在一边，这就是一个家庭全家四五口人的口粮。窑洞里只有一盏油灯，灯芯很小，即使点亮后仍看不清整个窑洞里人的脸。有不少家庭的孩子甚至是大姑娘需要轮流起床或外出，因为他们家里可能只有一身部队捐助的军装，所以只能轮流着穿……”

▲西海固山村旧貌

林月婵也看到了一汪汪颜色黄澄澄还爬着蛆虫的窖水……甚至也看到了传说中的在炕头上挖了几个坑作为饭碗的家庭。

“有一天住在县上的小招待所，我早早就被外面的声音吵醒了，推开窗户一看，下面是排着长长的队伍卖土豆的农民。当时天已很冷了，有的人只穿着单薄的衣服，肩上披着麻布袋，我看着直掉眼泪……”

那一天在林月婵家，她跟我说了许多她在宁夏所看到的让她流泪的情景，也正是因为这位善良、富有同情心的福建省扶贫办女主任对宁夏人民的特殊感情，她在宁夏考察十几天后回到福州，立即向习近平等领导作了专题汇报。之后她又在省委、省政府研究对宁夏对口帮扶工作方案时不停地提出自己的意见和建议，她甚至不怕有人说自己：“怎么嘴上一天到晚挂着‘宁夏那边’‘宁夏那边’，你就不想想我们这边也有不少难事嘛！”每逢这个时候林月婵就会毫不退让地回击：“咋啦？我们‘宁夏那边那边’的难道不是为了我们福建‘这边’吗？没有西部和少数民族地区的强盛与富裕，我们福建和东部就能永远飞速发展吗？”

“多数时候，我总是赢。因为大家理解我的意思，也支持我们的工作和好的建议。”林月婵开心地告诉我，从宁夏回来之后，有一天贺国强省长见了她，高兴地拍拍她的肩膀，说：“林月婵你做得对，应该多带些人到宁夏那边去把情况了解清楚，把那边的事情摸清楚了，我们就知道对口帮扶工作如何做，如何做到关键点上。”贺国强同志后来特地叮嘱林月婵：“你以后要多去‘那边’，多把‘那边’的情况告诉我们，多给‘那边’办好事，办实事……”

作为福建省对口帮扶宁夏领导小组组长的习近平更是直接指导与领导林月婵他们的工作，每每见到林月婵或在电话里跟她通话时，他都会亲切地问问“那边”的情况如何了，“那边”还有什么事需要多下点力气，等等。

“那边”的事从此成为林月婵至今一直肩负和惦念的责任与心事……从1996年冬天那一次受习近平委托到宁夏起，林月婵每年都会去宁夏，有时一年一次，有时一年几次……到底去过多少次“那边”，连她自己都记不清了。

2016年7月，习近平在银川主持召开了东西部扶贫协作座谈会，林月婵应邀专程出席，这是她已经从扶贫工作岗位上退休后被邀请的一次宁夏行，也是她患病前去的“那边”……

“我、我……现在……走、走……不动了……可我、我……一直惦、惦记……那、那边……啊……”那天采访结束，离开林月婵家时，她坚持要让保姆扶着送我走到楼梯口。

“你替我……向、向那边……的父……父老……乡亲们……问好，看……看他们……还有、还有什么……需要我们……帮助的……”我已经几次到林月婵身边，劝她回屋子里去，别再送我了。可她仍然颤颤巍巍地站在那里，吃力地向我说着断断续续的话……我无法不再加快步伐，迅速离开她的家，因为我不忍回头再看一眼这位为“那边”的扶贫、脱贫工作而倾注了全部感情与心血的女扶贫干部那弱不禁风的身影和她无限眷恋的眼神。我只能低着头，加快步子，嘴上说着：“放心，林主任，到‘那边’后一定会把你的心意带给他们的……”

我怕再不走我的眼眶里会溢出热泪。

“你是……何、何建明同志吗？我、我要跟、跟你……说话……说说‘那边’……‘那边’的事儿……”在福建采访完回到北京五六天后的某一日，我突然接到电话，一个陌生而又非常不顺畅的声音在我手机里响起。

“你是谁呀？能说清楚点吗？啥事？”我一时没反应过来，问对方。

“‘那边’……你去了吗？我、我……还有许多事……可以跟你说说……”我终于反应过来这是让“那边”牵走了全部心思的病在家中的林月婵。

手机里无法听清她在说或者她还要说什么，可我听清了她说的“那边”二字。

“那边”离福建很远，“那边”是远方的宁夏，“那边”是无数福建人心中的远方，“那边”也是后来成为我们党的总书记、国家主席的习近平时常惦念的远方……

“那边”到底是什么？去了一次林月婵家，亲自访问了这位心系“那边”的福建省扶贫办女主任后，我才明白为什么宁夏人都称林月婵是“宁夏的女儿”，我似乎也懂了重病在身的林月婵为什么只要一听到“那边”来电话，即使颤抖着身子、迈着摇晃的双腿也要亲自去接。保姆告诉我，有一次林月婵接电话时倒在了地上，她竟然双膝跪地很长很长时间，一直等“那边”的电话打完才让保姆扶她起来。

“唉，我、我……现在……啥都、都……干不了啦……心里……就惦念着……那边的……那些事，那……些人！”林月婵的这句话，经常在我耳边响起，她说这句话时的那般情形也常常在我内心泛起阵阵波澜。

有人说海大无边际胜于天。大海确实如天一般大，我们人类几乎没有一个人有能力在一生中把大海的旅程走完；但我要说，还有比海更宽阔的，那便是人的心。

20多年来，林月婵和福建人民对宁夏扶贫、对宁夏人民的脱贫之情，就是这般无限宽阔和激荡的“海”……这“海”，在习近平的直接关怀和习近平新时代中国特色社会主义思想的照耀下，变得那样深情与绚丽，那样壮美与激荡；这“海”中的每一滴水，都饱含着一代中国共产党领袖和一个东部较发达地区的千百万人民的深情厚谊，它滋润了华夏西部的一块贫瘠土地，并书写成中国扶贫史和世界文明史上的光辉篇章……

第二章

“妈祖” **深情回望远方**的“你”……

有一首歌——《心动》——这样唱：

心动
我真的心动　我对你心动
要赶快行动　内心在叮咚
虽不会轻功　我不会平庸
对我说bingo……

还有一首歌这样唱“心动”：

……你是唯一的心动
是我仰望的天空　怕未来乌云暗涌
依旧陪你春夏秋冬　你是唯一的心动
是我寻找的彩虹　不想做个普通观众
只想与你心意相通
将爱情变得更完整　就承诺到永恒
我愿为你挡雨遮风　携手每段旅程……

有人认为似乎只有人与人之间才有爱情，其实自然界里的物彼此都有爱。东与西，南与北，地与天，月亮与太阳……万物之间都有爱，也因为这种天然的爱，这个地球与宇宙才有了永恒的存在。

也因此，让人想到了“你”和“我”——地域之间的爱……难道不可能吗？

我特别相信，在我们生活着的这个地球上，有两种自然形态总是让我们平地上行走的人彼此产生爱的力量。这种力量，一旦形成合力，就将威力巨大，不可战胜，而且是那样的美……如太阳与月亮，如昼与夜：没有柔和的月光，我们无法对比阳光的炽烈；如果不体会夜色的惆怅，自然也无从知晓白天的灿烂。

或许，在地球和天体的自然界中，“你”和“我”之间所能产生的这种爱的关系可能最为强烈和完美，最为壮丽和伟大，这就是山与海之间的特殊情感关系。

山与海，一巍峨，一平坦；山石雄壮刚硬，海水柔情包容。海浪击岸时，方听得涛声回荡于万峭千壁之间；山轰然而下时，海必然惊涛掀天……

山呼海啸，山与海的呼与应，便如天人合一。这是先贤所讲的“道”与“和谐”。“道”正，事方顺，方成，方圆满。这里的“道”，是指我们行动、做事要有一个明晰而正确的方向与规矩。物与物之间若想实现共存、共荣，和谐是关键，若失去平衡，就会天翻地覆。

6 把爱牢牢锁定的第一次“牵手”

中国的扶贫和脱贫攻坚战，是人类历史上以最短的时间让一个最大群体摆脱贫困、走向富裕的一场伟大革命与史诗性战斗。什么样的方法和方式，也就是什么样的“道”，将决定其成败。

我们同样清楚地看到：在中华人民共和国成立之后的70多年里，扶贫和帮扶工作从来就没有停顿过，这也是中国共产党的根本宗旨所决定的。然而，没有停顿和停止过工作，并不意味着就一定是比较好地实现了党和人民意志的统一。也许正是中国共产党的领袖们心系广大人民群众，尤其是对那些长久处在贫困生活中的人民群众的特别关切，新中国成立以来，扶贫和帮扶问题是各级党委和政府重要工作之一，也一直挂在许多领导与干部的心头。然而，一些贫困地区和贫困百姓仍然没有从根本上彻底摆脱贫困，这一方面主要是由于我们国家本身就是一个从贫困和落后的旧制度下脱胎出来的大国，经济基础薄弱；另一方面，新中国成立之后的前二十几年国家的发展始终是在停停走走的曲折道路上行进。

伟大的改革开放历史潮流，改变了中国社会的发展方式，也改变了社会的整体形态。靠近大海和与大海相伴的东部发展了，日新月异地奔腾发展着……于是发展着的东部和仍然落后与贫困的西部之间的差距越来越大，甚至到了无法比较的“天壤之别”。如何在这种形势下，平衡与协调东西部的发展步伐，让西部人民也能摆脱贫困，走向幸福富裕的前方，便成了执政的中国共产党的一大战略思考与布局。

改革开放的总设计师邓小平生前为此提出了“两个大局”战略。

方向明确了，“道”如何走，能走多远、多光明，这是新一代中国共产党人需要努力和清醒地去探索与实践的。

有了这条光明之“道”，行走在“道”上的人便会很多，而此时每个行者的方式并不一样，选择携手同行的比比皆是，有成功的、美满的与和谐的，亦有半途而废的、离心离德的、有始无终的、虎头蛇尾的……只要你能说出来的，现实中皆有之。那么，如何实现奋斗的目标、共同的理想，走向美好的未来呢？

毫无疑问，携手合作、共同努力，这是解决落后地区广大民众生活贫困问题的举措中最值得推崇和赞赏的伟大行动。这个世界是人通过自己的力量在改变着一切的，或创造，或毁灭，或沉沦，或飞跃，皆是人的力量，而在人的雷霆之力中，唯有产生于内心的爱之力最巨大，最不可摧毁，最能创造奇迹。

你和我会是怎样呢？

可，你是谁？我又是谁？我们又是何样？我们可否携手同行，友爱如宾，共创幸福未来？

天在看，人心忖……

你是谁？远方的你，与大海相伴，大海边的人说你是他们的保驾护航神，于是“远方的我”开始认识“远方的你”。

慢慢地，我和我们的孩子与老人们都知道了你，因为你是传说中的中国女海神，你的名字在沿海地区家喻户晓，甚至全世界有华人的地方都知道，而且你的名字本身就充满了慈祥与爱意——妈祖（我们是否可以这样理解：慈祥与爱的鼻祖）。

到了海边，我们才知道你的传奇并非全是虚构，你有你的真实姓名：林默。你的父亲是名声显赫的五代闽王都巡检林愿。如今在福建湄洲岛，人们仍然可以找到林家世代在海上经商的痕迹。传说当年，林家的老爷刚刚去世，出海的任务从此落在儿子林愿的身上。然而林愿首次出海就极为不顺。原来出海做生意没有官府的保护其实寸步难行，林愿因此也明白了父亲在世时为什么非得买个都巡检的官帽子的真正原因。学着父亲的样儿，林愿也花大钱买下一个方便经商的都巡检的官帽子。于是，林愿也由一介布衣变成了官老爷，他不仅可以收过往船只的税，而且自家不必交税，故而林家在海上的生意很快红火起来，家产也开始日益丰厚。

后来，林愿娶了一位名叫小华的女子为妻。小华没几年就为林家生下四个儿子，但是不知何故，四个儿子貌不出众，且身体瘦弱。林愿怕将来香火不旺，便陪着妻子到千里之外的普陀山去许愿，请求观世音菩萨再赐一子。

观世音菩萨早就知道林家乐善好施，为官清廉，慈悲为怀，且不辞劳苦来普陀山许愿，随即就对身边的徒儿龙女说：“龙儿，日后你就投胎到林家，以了结这个缘分。你去了之后，要施爱为先，造福众生，在海上可随时降伏妖魔，替天行道！”

龙女听了，极为不解地说：“可是师父，林家求的是儿子呀！”

“这是天意。”观世音菩萨说。

龙女知道不便再问，就投胎到林家去了。

林愿夫妇从普陀山许愿回来，没过多久妻子就有了身孕。来年三月二十三日的午时，青天白日之下突然一声巨响，只见林家宅基前后，红光闪闪，林府周围清香扑鼻。原来林家产下了一位“千金”！见女婴长得可爱，又不爱哭闹，所以林家给其取名为“林默”。

小林默长大之后，常去看海，并为经常出海经商的父亲祈求平安，同时也为所有出海的父老乡亲祝祷。后来人们渐渐发现，林默有着一种神奇的能力——能够预知海上的风暴，还知道哪里会发生海难。这样的奇事一传十，十传百，百传千，于是海边的人们都觉得林默很不寻常，说她是天上的仙人下凡。

至北宋宣和年间，有一朝廷高官出使高丽，在海上归途中突遇风暴，由于得到妈祖的保佑，其避过一难，安全返回了大宋。此官后来上疏大宋皇帝，请皇帝下旨加封海神妈祖。宋徽宗对林默的事迹早有耳闻，于是特敕封林默为“湄洲神女”，并题庙额“顺济”，意为：救人苦难，造福天下。朝廷还专门派人在湄洲岛修起了妈祖庙。

妈祖和妈祖庙从此在中国海疆乃至全世界有华人的地方传扬开来，甚至还被其他国家所接受，妈祖开始被奉为“中国女海神”。

“妈祖”二字，其实最早是葡萄牙人叫出来的。他们到达中国的澳门后，就给中国的这块岛地起名为“妈祖”，所以后来也有西方人称中国的海疆之地为“妈祖地”。葡文中的“妈祖”为“MACAU”，英文中“妈祖”为“MACAO”，后来广东人将这英语音译为“妈祖”。

妈祖（广东译语）——海上女神（西洋语义），我们可以从这东西方文字的内涵中感受到一种全人类普世的爱。正如习近平总书记指出的那样，民族文化是一个民族区别于其他民族的独特标识。妈祖作为中华民族传统美德和传统文化的重要精髓，蕴含着丰富的东方道德之美、之爱的深刻内容。

灵妃一女子，瓣香起湄洲。
今日妈祖情，扬洒远方地……

妈祖文化成为中华文化传扬最为广泛的一种充满爱和慈善的东方文明象征，早已在西方世界扎根落地，并与他们传统中的女神相提并论，备受崇拜。

然而人们也许并没有在意，当代“妈祖”其实在20余年前已经将深情的目光和仁慈而飘香的纤手伸向远方的“你”……

远方的“你”是谁？是顶天立地的“黄河之子”“秦山之兄”六盘山呵！

“马足蹩，车轴折，人蹉跌，山岌嶪，朔雁一声天雨雪！”晚清斗士谭嗣同的这首铁蹄风骨之作，把六盘山的气势写得浩荡透心。

六盘山，相传原名叫“玉盘山”，是玉帝北方之子，皇家血脉。但当地人更喜欢把身边的这座顶天立地的大山称为“鹿盘山”……

我知道这个说法是缘于这样一则传说：

相传很久以前，有三位护疆将军领兵西征，他们路过一座巍峨高山时正值寒冬。队伍行至山下，大雪封路，在这荒无人烟之处竟找不到一位问津之人。正在犯难时，忽听野鹿鸣叫三声，将军们抬头望去，只见山嘴上站着一只梅花鹿，正朝他们张望。其中一位将军搭弓射箭，击中了那只梅花鹿，可怜的梅花鹿带箭受伤而逃……无路可寻的将军则紧追不舍。不到半天工夫，他们带着队伍翻过了眼前这座大山，可再不见那鹿儿的踪影。此时天色已晚，他们便安营扎寨歇息。

午夜时分，三位将军皆进入梦乡。突然，一位面目灰黑、身穿铠甲的大汉，手拿钢刀一把，重击床头三下，对将军们朗声说道：“家住松盘在茂洲，黄金起首某为头。佐父王赴单刀会，化鹿引津过大山。”说罢扬长而去。三位将军梦中惊醒，急问士兵：“昨晚有无陌生人闯进军营？”士兵都说没有此事。三位将军便互相说起了梦中的事儿，三人所梦竟然一模一样。“哎呀呀！”将军们大为惊诧，于是便坐在一起，细细推敲起梦中那位大汉所说的话来，方才恍然大悟：那梦中大汉就是关圣帝君身旁的周仓！昨日那只梅花鹿，便是周仓所化，它是来指引他们走出大山的哟！三位将军醒悟过来之后，立马望天叩拜。拜毕，将军们带着队伍，按照梅花鹿所指路线，挖山填沟修成了一条上山六盘、下山也是六盘的简易的人马通行之路……后来人们便给这座山起名“鹿盘山”。

“鹿盘山”——鹿所指引出路的一座大山，这是何等的美妙和富有诗意。而我也知道，早先的这座大山，不仅有“辰海巅巅，岳何嵚嵚”的峻险与巍峨，更有飞瀑激鸣、兽鸟欢腾和百花争艳的万千仙境，可谓香魂妖韶，雾裹脆果……一片无与伦比的稀世仙境！

在宁夏境内，六盘山还有一位同样巍峨雄壮的“同胞兄弟”——贺兰山。

据《元和郡县图志》记载：“贺兰山在（保静）县西九十三里，山多树林，青白望如驳马，北人呼驳为贺兰。”此后一些史籍如《读史方舆纪要》《朔方道志》等相互转录，谓贺兰山之意是驳马或骏马，甚至直言“贺兰”就是蒙古语里“骏马”的意思。

一匹骏马在陇上飞奔，一座大山上神灵般的小鹿在深情回眸……如此“未来人设”的构想，怎不吸引身在海边的远方的“你”？

“来了！来了！尊贵的远方客人来啦！”1996年11月初的福州，依然风和日丽，一派暖意融融。

“真的是有福之城啊，我们那里已经冰天雪地，此处却依旧温暖如春！福气，这回我们与福建对口帮扶真的有福啦！”首次赴福建参加闽宁对口扶贫协作联席会议的宁夏回族自治区代表团成员们从机场乘车进入福州市区的一路上，每一个人都感到少有的一种爽——精神和身体上的双重畅爽！

次日，福建、宁夏第一次对口扶贫协作联席会议在福州召开。福建省委书记陈明义这样形容闽宁对口扶贫协作，他说：“我们两地虽相隔千山万水，但改革开放和现代化建设早已把我们紧紧地联系在一起。根据党中央、国务院的部署，两地结成对子，进行对口帮扶协作，这是实现共同发展、走向共同富裕的一件大事，我们一定要共同完成这一神圣任务，共同努力消除贫困。”时任自治区主席白立忱则在真诚感谢福建方面的热情接待和慷慨无私的支持的同时，十分恳切地表示，宁夏在党中央领导下，几十年来自治区各级党委、政府和人民也很努力，取得了一些成绩，但有些地方仍然没有摆脱贫困，全区的脱贫任务还很艰巨。如今在中央牵头和安排下，与福建建立对口扶贫协作，让宁夏信心大增。他认为宁夏有福建这样的亲人来帮助支持，宁夏人民一定有更大的决心和能力实现摆脱贫困、共同富裕的目标。

“习近平同志担任福建省对口帮扶宁夏领导小组的组长啊！太好了，看看人家的重视程度！再说，近平同志在河北当过县委书记，又在福建的厦门、宁德、福州等多个地区的重要岗位担任过主要领导，现在又是主管农业和干部的省委副书记，经验丰富，这可是个对口协作的大喜讯啊！”会上，宁夏同志第一次知道了以后具体负责两地对口扶贫协作工作的福建方面的领导是习近平同志时，好不兴奋，因为宁夏同志对习近平早有耳闻，现在由他出任福建方面的对口扶贫协作领导，自然格外兴奋。

“给了多少？”

“1500万元！”

“哇，第一次见面礼就这么丰厚呀！”两地领导们“第一次握手”，福建方面给出的“见面礼”让宁夏来的同志好一阵兴奋。可也有人在轻声嘀咕：“要说也不少了，可咱们那里那么多贫困的地方，撒把芝麻也得用麻袋装，这1500万元回去还不知给谁好……”

“别瞎嚷嚷了！第一次到人家门上，张着血盆一样的嘴，像啥样？不怕把人家吓着了？再说，你看看人家福建同志交给我们对口协作的‘底单’多有分量嘛！”自治区领导听下面人在嘀咕，斥道。

方才的窃窃私语者赶紧收敛。“看看这个吧——还不乐死你们！”领导又把一份仍冒着油墨味的文件放在代表团成员面前。

“这是什么呀？”

“福建方面安排的8个对口单位……你们看看，都是当今最有实力的改革开放先进县市！”

“我看看！福州福清市对口我们宁夏的盐池；福州长乐市对口我们的隆德县；泉州晋江市对口我们的固原县；泉州石狮市对口我们的同心县；厦门市开元区对口我们的泾源县；厦门市同安县对口我们的海原县；莆田县对口我们的西吉县；漳州龙海市对口我们的彭阳县！看，福建摆的是‘王牌阵’啊！”

“那还有假！人家福建这回从各个方面都对对口协作这事安排得妥妥当当，而且极其重视。你们知道他们负责这事的是谁吗？”领导这回卖关子道。

“谁？”

“习近平！省委副书记！是习仲勋的……”

“太好了！太好了！听说他特别亲民，关键是，听说他在宁德抓当地的扶贫脱贫相当有一套啊！”

“真是我们宁夏的福气！”宁夏赴福州参加闽宁对口扶贫协作联席会议的代表团成员们把热议的话题转到了习近平身上，“领导啊，能不能什么时候请习书记到我们宁夏去一次，这样对我们两地对口扶贫协作会有大大的好处呀！”

"对、对，应该邀请习书记还有福建省的领导们多到我们宁夏去实地走一走，这样对口合作起来效果就会更好些……"

"放心吧！这回联席会上两地领导已经达成了一项重要协议，那就是每年要开一次联席会议，都由双方的主要领导带队，一方到对方那里参加会议。这不，这回是我们宁夏的同志到福州来，明年就该是福建的同志到我们银川去开会。这个安排你们觉得怎么样？"

"太好了！"

"好得不能再好了！"

"在咱中国，只要党委和领导重视的事，没有干不成的！"

"可不是。"有代表团成员马上又问，"这么说，明年有可能习近平他们就会来我们宁夏了？！"

"如果不是特殊情况，我想他会去我们那儿的，他是对口协作领导小组组长嘛！"自治区领导说。

"我说这海边为什么有那么多'福'字头的地名，原来他们天生有福，就是身边有妈祖在呀！不行，这回既然来了，我们怎么着也要去看一看妈祖。"有人提议。

"这个主意好！你们谁有空，就去看一看妈祖，给咱宁夏沾沾福气！"

在福建海边想看妈祖是件十分容易的事，在当地的乡村和城镇，几乎村村寨寨、条条街道上都能找到大大小小的妈祖庙。但虔诚的宁夏人说了，要去就该上妈祖的家乡去看看……

"妈祖真有她的家呀？"有人不信。

"那当然，没听说吗？妈祖可是个真人！后来才被神化了的……"

"那她家离福州远吗？"

"不远，听说就在莆田市……也就一百多公里。"

“明天就行动！见见我们的‘亲家’去！”几位手头办完事的代表团成员兴奋不已。

宁夏同志结队成行，兴致勃勃地来到了他们梦寐以求的“亲家”的故乡——莆田市和泉州市交界处的湄洲湾所在地。这是一片异常美丽的海湾，大海的对面就是祖国宝岛台湾，尤其与基隆港、台中港和高雄港隔海相望。而湄洲湾港本身就是“中国少有，世界不多”的多泊位天然深水良港。

妈祖的故乡就在此。它依山傍海，美不胜收，雄伟壮观的壶公山和澄澈清冽的九鲤湖，加之古雅幽静的梅峰寺，蜿蜒静谧的木兰溪……构成了妈祖故乡独特秀丽的海疆之美。当然，最引人注目的是那尊脉脉含情、面向大海的妈祖像和她身后古色古香的妈祖阁。

“呵，原来妈祖她这么美，这么俊啊！”置身于满地香气和阵阵清爽的海风包围之中的宁夏同志一行人中，突然有人双手捂胸，面对妈祖巨像，高声吟诵起来：

我如果爱你——
绝不像攀援的凌霄花，
借你的高枝炫耀自己；
我如果爱你——
绝不学痴情的鸟儿，
为绿荫重复单调的歌曲；
也不止像泉源，
常年送来清凉的慰藉；
也不止像险峰，

增加你的高度，

衬托你的威仪。

甚至日光，

甚至春雨。

不，这些都还不够！

我必须是你近旁的一株木棉，

作为树的形象和你站在一起。

根，紧握在地下；

叶，相触在云里。

每一阵风过，

我们都互相致意，

但没有人，

听懂我们的言语。

你有你的铜枝铁干，

像刀，像剑，

也像戟；

我有我红硕的花朵，

像沉重的叹息，

又像英勇的火炬。

我们分担寒潮、风雷、霹雳；

我们共享雾霭、流岚、虹霓。

仿佛永远分离，

却又终身相依。

…………

“喂喂，你在叽叽哇哇啥呢？快走吧，我们还要赶上北京回银川的飞机呢！”代表团有人拉着这位诗兴大发的成员就要走。

“看看，不懂了吧！我念的这首诗是当代最了不起的女诗人，也是当代福建最杰出的诗人舒婷的《致橡树》……”

“难怪听着耳熟……想着你也瞎嘀咕不出这样的诗句来！”有人拉着念诗的人边走边不服道，“舒婷的诗跟我们两地对口扶贫协作有啥关系？扯得上吗？”

“看看，要说你没文化就是没文化吧！舒婷这诗是首著名的朦胧爱情诗，听起来讲的是两个人之间的爱，其实我们用到宁夏与福建两地对口扶贫协作也是十分对路的哩！”

“是吗？”

“当然，你听她诗的最后几句……”于是，在宁夏同志回程的路上，那首《致橡树》的诗句在几位有诗兴的代表团成员中被反复吟诵和讲解：

这才是伟大的爱情，
坚贞就在这里：
爱——
不仅爱你伟岸的身躯，
也爱你坚持的位置，
足下的土地。
…………

可不是，我们的六盘山、贺兰山，我们的西海固，我们的宁夏大地就是伟岸的身躯！如今，妈祖和全福建的乡里乡亲将爱的目光从大海上回眸至我们身处的这块土地，宁夏人有福啦！

妈祖把“福”和“福气”要带给我们啦！

1996年11月初从福建回来的宁夏代表团同志带着首次联席会议精神和签订的17个合作项目，以及由福建香江集团为宁夏西吉县希望小学捐助的100万元现款，还有妈祖和福建人民的深深爱意，满载而归，这也意味着闽宁对口扶贫协作的历史性大幕由此拉开。

而此时的宁夏人更期待来年春天，阳光更温暖更温情地洒在他们的身上……

7 那个春天比以往更温暖些

春天来了！1997年，宁夏的春天似乎比往年来得早，也来得格外温暖些……

打从福建回来以后，宁夏扶贫工作的节奏也显得比以往快了不少。年前宁夏军区在固原隆重举行了具有重要意义的“百井扶贫”工程竣工庆祝大会，水利部、解放军总政治部、国家民委、兰州军区及自治区领导都到会祝贺，这是因为“井”和“井水”在西海固一带实在太为百姓需要和期待了。在国家有关部门的联合协作下，兰州军区某给水团派出官兵奋战10个月，在宁夏南部山区的8个县打成100眼机井，总成井深度达12000米，日总流量10.4万立方米，可以解决20万人和200万头牲畜的饮用水问题，同时还能浇地34000亩。在自古“滴水贵如油”的宁夏

▲“百井扶贫”工程使西海固人民品尝到甘甜的井水

南部山区一下子见到如此多的水，这不能不说是一个特大喜讯，所以“百井扶贫”工程竣工庆祝大会是必须开的，而且异常隆重。我之所以对这件事特别在意，是因为宁夏人并不知道一件事：这个兰州军区某给水团是我的老部队下属的一个英雄先进团。这个给水团原来是基建工程兵水文地质普查指挥部下属单位，而我最早就是这支部队的新闻干事。1983年全军大裁军后，这个团改编到了兰州军区，而他们的任务也发生了一些变化——帮助干旱山区人民打井找水，这也正是人民军队为人民的宗旨所在。我能想象，也知道，官兵们在“滴水贵如油”的西海固大山中打出日涌10万立方米清水的井是怎样的甘苦！

记得当年我写过一篇散文记述这支部队。为了赶时间为缺水的西海固老百姓打井，他们放弃了冬季训练和整训时间，寒冬腊月仍然在黄土陇地上搬迁打井。因为早晨太冷，为了迎接太阳出来后的暖和，钻井中队的指导员就带着大家绕着钻机跑步，一直跑到太阳从东方冉冉升起……这个故事让人极为感动，后来我将其写成了一篇纪实散文刊于当时的《新观察》。

尽管此事已过去20余年，战友们向我讲述的在六盘山一带找水打井的艰难往事仍能勾起我的几缕情丝，用简单的一句话说：那个地方少见的缺水，少见的寒冷，还有少见的穷困……

现在，福建人把对口帮扶的重任揽在自己的肩上，他们将以怎样的情怀去拥抱祖国西北的那片土地，全国人民特别是宁夏人正在热切地等待着……

"我们不说，少说，先把事情做好。"这是福建人的作风和为人之道。

果不其然，1997年元旦刚过，两地合作的第一个项目——西吉与莆田马铃薯淀粉加工合作项目——在银川签约。

"没想到宁夏的马铃薯竟然这么好吃啊！"莆田人签完约，接过西吉人送来的烤马铃薯，越吃越觉得有滋味，豪言道，"我敢打赌，这么好的马铃薯拿到我们那边去，一个马铃薯换回一只海参！"

"这样啊？！"这是宁夏人最喜欢听到的好话。因为马铃薯是西吉农民生存的主要食物之一，且由于海拔高、气温寒冷时间长，所以其口感好、耐贮藏，在全国马铃薯中品质居上，故西吉素有"中国马铃薯之乡"的美誉。西吉马铃薯，自古出名，一个县的马铃薯种植面积达百万亩，平均亩产近2000公斤。农民每家每户种的、吃的，百分之八九十就是马铃薯。

福建人到宁夏最先关注到的就是马铃薯，就像宁夏人到福建后当地人喜欢先请他们吃海鲜一样。

一个“好吃”，再一个“比国外的马铃薯片不知强多少倍”，因为这样的“第一印象”，加上宁夏漫山遍野、随处可见的马铃薯，所以福建人来到宁夏做生意，目光自然而然先盯在了马铃薯上……

这是生意人的眼光。双方都得实惠，也符合民情。

然而福建的领导们则把深情的目光投向宁夏的每一片干渴与贫瘠的土地，去寻找最需要帮助的那些点与面。1997年3月，六盘山上的积雪尚未开始融化，以福建省政府办公厅党组成员、省对口帮扶宁夏办公室常务副主任林月婵为首的一行人便已经来到宁夏。

“我是奉习近平同志的委托，先行前来了解和考察一下两地对口帮扶协作项目的……”林月婵一下飞机，就把自己此行的任务告诉宁夏的同志。之后的十几天里，这位干脆利索的福建女干部带着她的一行考察组人员，按照习近平同志的指示，重点对拟定的两地合作的相关条线进行了认真考察。也正是此次全范围的实地考察，林月婵等福建同志对宁夏全区在当时和之前的贫困现状有了较为全面的了解。

“黄河百害，唯富宁夏。”在我采访林月婵时她感叹地反复说着这句话，后又说，“可在宁夏却也有贫富的天壤之别现象啊！”

原来宁夏的地形分为完全不同的两个区块：北部宁夏平原系黄河自流灌溉区，南部则是六盘山山区和干旱带。前者由于历史上尤其是中华人民共和国成立后兴了黄河之利，农业相对发达，并且出产闻名的“宁夏大米”，素有“塞北江南”之称；后者则是干旱居多的贫瘠之地，尤其是西海固地区，这里年平均降水量不足180毫米。“等于我们福建沿海台风季节老天爷翻一回脸的降水量……这不把人和牲畜渴死才怪嘛！”福建人第一次听宁夏当地人介绍缺水的情况后，惊得半阵子没合拢嘴巴。

“旱的年份，颗粒无收。”宁夏人说。

“真的颗粒无收？”福建人有些不信。

“就是这个样。”同心县的人对林月婵他们说，“远的不说，1980年到1982年，连续3年县上50万亩旱地作物就是颗粒无收。”

“那百姓吃啥呀？”这样的事对福建人来说，绝对是不可思议的。但令他们更想不到的是，一旦遇到这种年份，这些干旱地区的百姓想吃上、用上清水，就得花十几元甚至二十多元才有可能买回一桶水……

“哎呀呀，本来他们就穷，庄稼没了，还要出那么高的价钱买水喝，这日子怎么个过法嘛！”林月婵一行人听到这儿，双脚都跺了起来。

宁夏当地人尴尬地搓着手，低头轻叹：“唉，我们过去就这么过来的……”

“不能再让我们的宁夏亲人过这种日子了！”福建人揪心而又郑重地说道。为了在即将召开的闽宁对口扶贫协作第二次联席会议上让双方领导能够确定具体合作项目，林月婵他们与宁夏扶贫办等部门的同志初步确定了四个方向：打井打窖、坡改梯田、移民“吊庄”、希望小学。

打井，我们上面已作介绍。兰州军区某给水团和百姓自救中就有许多例证。打窖也是宁夏山区农民和科技人员想出的一套抗旱办法：在山坡上打个地窖，配合拦水沟，把雨季时沟、峁、墚上的雨水、积雪、冰块蓄起来，然后留着给人畜及浇地用。这样的一口窖，建设费用约400元。在林月婵他们去之前的1996年，宁夏推出这个项目后，群众打窖的积极性很高，只是计划中的42万眼窖，3年中才打了10万余眼，资金和时间都给自治区各级政府带来很大压力。“一眼窖所蓄的水绝对不够一户百姓用的，所以规划是帮助每户农民打5眼窖。这5眼窖什么时候打好，需要多少资金，对我们宁夏来说，又是个不小的难题。”宁夏同志有些不好意思地向林月婵等福建人倒苦水。

“移民吊庄”，这是宁夏在解决贫困地区移民实践中所探索出的一个创举。它有两种形式：一是本县境内“吊庄”，贫困农民不出县，搬迁距离近，所移民的人员不改变隶属关系，到新地方以后由县里调拨给每人两亩耕地，每户两间房、一口水窖和一年的生活口粮以及种子、肥料，第二年待生活、生产安排就绪，全家再搬迁来正式定居；二是县外“吊庄”，由自治区指定地点划给宜耕荒地，由迁出县将搬迁移民组成新的村镇，并领导开发建设，隶属关系也不变，虽然出了县，仍是原来县的一部分。两种做法的共同点是：一是迁移到新地方以后，原来的承包地不收回，愿意的可继续耕作；二是移民可以在新的地方试一试是否生活得下去，愿意生活下去的就留下，不愿意的可以不迁；三是一户中如有部分人愿迁、部分人不愿迁的可以作不同选择，把家“吊”在两处也行，相互关照；四是集体搬迁，仍能保持原来的左邻右舍以及宗亲关系，尤其是少数民族更有保持民族风俗习惯的方便和自由。

建希望小学是当时全国都在推行的一件大事。再穷不能穷教育，孩子不能没学上，这就是国家下了巨大决心的“希望工程”。

“但我在考察宁夏山区百姓的情况后，又提出了医疗卫生和支教方面的项目建议。”林月婵谈起这事时又激动起来，靠在椅子上的整个身子也剧烈地抖动起来，“我当初到山区的那些农民家去看，尤其是跟那些妇女姐妹们聊的时候，知道她们因为水和卫生条件差的原因，患妇科病的比例超高。甚至有的女孩子月经才来没多长时间就患上妇科病了……很可惜，也让人心疼！”

“穷有客观原因，但没有文化是永远改变不了贫穷命运的。我在考察时发现，那边虽然九年义务教育国家包了起来，但中学教育由于师资缺乏及师资水平相对较低，这样县以下的中学生生源越来越少，其次是考上高中、考上大学的孩子的比例太低。如果不在教育上下功夫，贫困家庭很难真正摘帽。所以我后来向省里、向近平书记多次呼吁要在两地帮扶项目中增加医疗卫生和支教两个方面……让我欣慰的是，近平书记和省里的领导对这两件事都很支持。”

林月婵此行其实除了受习近平同志委托，为进一步有针对性地落实两地对口帮扶项目外，还有一个重要任务就是为省领导第一次来宁夏参加闽宁对口扶贫协作第二次联席会议打前站。

“来了！来了！贺省长、习近平副书记等都来了……”4月15日下午，福建代表团抵达银川，这是新中国成立以来宁夏迎接的第一个规格最高的福建省党政代表团，一行共35人，用宁夏人的话说就是“我们海边的亲人来了！”那几日这种“家里来了亲戚”的浓浓的亲情气氛，也感染了当时的银川城。

次日上午，闽宁对口扶贫协作第二次联席会议正式召开。时任宁夏回族自治区党委书记黄璜、自治区主席白立忱和马启智、康义、张立志、周生贤、吴尚贤等自治区领导出席会议，福建省省长贺国强、省委副书记习近平等福建代表团全体成员参加。就在这次会议上，作为福建省对口帮扶宁夏领导小组组长的习近平发表了热情而又深情的讲话。

习近平的讲话，许多当年参加会议的宁夏扶贫战线的老同志仍记忆犹新。他们告诉我，习近平的讲话既有高度又很实在，没有居高临下的感觉。

习近平说，在1996年9月召开的中央扶贫开发工作会议上确定福建与宁夏为对口帮扶对子，这是党中央、国务院对我们的高度信任，是历史赋予我们的光荣责任。

宁夏的同志对我讲，他们当时在听习近平的讲话时，就有种与众不同的感受：“比如他这句话里的一个‘高度信任’，一个‘光荣责任’，换到别人的口中说出来，可能就是大话、套话，但在他的声音和语调中，我们能深切感受到它的真诚、真挚和掷地有声。你看这话中不是有两个‘任’字吗？难道它不就是一位我们亲切和敬爱的党的领导人内心所担起的历史性大任吗？”

大任大任，斯于大任！中国数亿百姓的扶贫与脱贫重任，落在中国共产党人的身上，谁人能将此大任自觉地扛在肩上并努力实现奋斗的目标？

习近平也！历史走到今天，已经作了最响亮而有力的回答。2020年完成全国脱贫任务，是习近平总书记提出来的，也是在他任党的总书记和国家主席的岗位上实现的，难道这还不足以让我们认识“大任”之意吗？

如古人所说“天将降大任于斯人也”，中国扶贫、脱贫的伟大战役，可谓“天降于”习近平及以习近平同志为核心的党中央身上。这是历史的选择，也是中华民族现实之大幸。

1997年的宁夏人，其实还没有几个人真正熟悉和了解他们的“亲家”习近平，只知道他是福建省委副书记和福建省对口帮扶宁夏领导小组组长，而且非常年轻（时年44岁）。其实，绝大多数宁夏人还不知道习近平在出任福建省对口帮扶宁夏领导小组组长的8年前，就在福建宁德地区任地委书记。1988年6月至1990年4月，年轻的习近平同志就在宁德这一闽东贫困地区摸索出了一整套“弱鸟先飞”“滴水穿石”的扶贫、脱贫经验。老革命家、福建省委原书记项南同志这样评价习近平与他“一班人”在那段时间的工作：他“一扫时下那种说大话、说空话、

说套话的弊病”，“他留下的这份精神财富，肯定会对继任者起承前启后的作用”。（见习近平《摆脱贫困·序》第1页）

“宁夏和福建所处的地理位置和自然环境有着明显的不同，彼此协作具有较强的互补性。双方可在‘优势互补、互利互惠、长期协作、共同发展’的原则指导下，以促进贫困地区经济发展为中心，以解决贫困地区群众温饱为重要任务，广泛深入地开展多种形式的扶贫协作，促进闽宁双方共同发展。”习近平在4月16日上午代表福建方发表的讲话，让宁夏方面宛如习习春风拂面，因为习近平宣布，今后3年中，福建方面决定每年从财政上拿出1500万元用于双方议定的扶贫协作项目，并准备动员更多的国有、乡镇、“三资”、民营企业的企业家到宁夏投资办厂。“通过广泛开展经贸协作、培植扶贫支柱产业、扩大劳务输出、加强资源和山地综合开发、兴办社会公益事业和加强干部交流、人才培训等多种途径，促进宁夏贫困地区尽快脱贫，推动闽宁两省区经济和社会的持续、快速、健康发展。”

“老实说，当时习近平书记的这些话，对我们宁夏人来说，感觉特别新鲜，因为我们是经济欠发达地区，虽然到1997年时也已经有快20年的改革开放时间，但毕竟宁夏的步子迈得很慢，特别是在扶贫、脱贫上到底怎么搞，如何运用经济杠杆及社会综合功能方面，几乎是一张白纸。所以习近平书记的话，我们听了既新鲜又好奇，确实如涓涓清泉涌入心田……”宁夏扶贫办的老同志这样对我说。

“心里话？”我笑着追问。

“绝对心里话。”宁夏的同志认真了，大声回答，“你不知道，习近平同志当时的讲话还有一段真的特别像春风一样，吹到了我们宁夏人的心坎上……他在这次联席会上说：福建省委、省政府和全省人民决心按照中央的要求和闽宁对口扶贫协作第二次联席会议精神，以‘不到长城非好汉’的豪迈气概，同宁夏各族人民一起全力以赴、扎实有效地做好对口扶贫协作工作，为实现我们党向全世界作出的本世纪末在全国消除绝对贫困的庄严承诺，为21世纪使中华民族屹立于世界民族强者之林，做出无愧于历史的突出贡献！朋友，这可是20多年前习近平同志讲的话呵！这些话现在听起来，依然能叫人热血沸腾！因为当时全国对口扶贫刚刚开始，大伙对能不能真正让像宁夏西海固地区那些近似赤贫的百姓摆脱贫困，心底其实还是有很大的怀疑，甚至不那么有信心。这是当时的一个比较正常的心态，像我们宁夏特别是西海固一带，关于扶贫工作也不是九几年才开始有的，几乎从新中国成立后就一直在喊，一直在做，但就是收效不是很大，百姓的生活没有得到根本性的改变，贫困仍然非常严重。这回闽宁两省区对口扶贫就行了？我们也在看，也在观望。但习近平同志的话确实让我们振奋！尤其他的那句要用‘不到长城非好汉’的豪迈气概和坚强决心，来帮助我们宁夏脱贫，这种信心，这种气概，这种绝对不是应付而是必须说到做到、做到彻底、做不好决不收兵的意志和真诚，能不感动和激励我们宁夏人吗？所以当时我们宁夏有个说法，说福建的亲人来了，我们宁夏这个春天比以往温暖了许多。我感觉就是这样，是福建人，是习近平同志，他们用真诚的心温暖了我们……”

心，是这个世界上最敏感的器官，它能辨别这个世界所有的真与假、善与恶、美与丑。这就是我们人类的心之伟大所在，而它也能最真切地感受到温暖与冰凉。

习近平同志和福建人的真情深深地打动和温暖了宁夏和宁夏人民。

1997年的那个春天，宁夏大地确实处处沐浴春风，一片暖意，格外明媚。六盘山与贺兰山的积雪，似乎也比往年早了些时间融化，嫩嫩的青绿在4月的日子里，早早探出小脑袋在等待远方的贵客到来，等待一片如春的光芒普照到自己身上……

8 是诗，是情，更是金子

如古长城的残垣一般，千年封冻的雪山和荒原，如果不是春光长照，不是雨润水浸，它是难以敞开酥软的胸怀的。扶贫之路，在西北、在宁夏、在西海固的艰难与艰巨也是如此。

宁夏人早已在等待雪融后的春暖，也在等待扶贫和推进经济发展、改变旧貌的历史性变革。

这个时候，一个身材高大、敦实稳健、意气风发的人，带着亲切和关切向宁夏人走来，走到了他们中间……

他就是习近平，时任福建省委副书记、福建省对口帮扶宁夏领导小组组长，宁夏人说的亲人。

1997年4月16—17日，闽宁对口扶贫协作第二次联席会议结束后，正值当地群众过古尔邦节，一份浓浓的节日气氛让福建亲人们也顿然感到“塞北江南”与黄土高原的独特韵味。在签订完《闽宁对口扶贫协作第二次联席会议纪要及五项具体事项》后的次日，自治区领导白立忱、马启智、周生贤陪同贺国强、习近平一行开始了从北到南的深入贫困地区的考察访问……

宁夏的贫困到底什么样？到底以怎样的方式来帮助宁夏的贫困百姓解决温饱问题直至摆脱贫困？落后地区的扶贫、脱贫如何走出一条与以往不一样的路子？这是习近平没有挂在嘴边，却早已在思考的问题。于是，他一路走，走得非常仔细，脚步时不时地在田埂和山岗上停下，时不时地蹲下身子抚摸一把板结的黄土和开裂的水窖，时不时地低头弯腰，走进农户家掀开锅盖，拍一下炕上那些薄薄的旧被……

“我随习书记一路走了五六天时间，从北到南，他对每一个地方都走得很认真、很深入，而且不时提出自己的一些看法与建议。”当年习近平第一次到宁夏考察访问期间林月婵全程陪同，她对1997年那个春天的“宁夏行”的每个细节都记得十分清晰。她说：“两地的第二次协作会议正式会期是两天，但宁夏方面考虑到尽可能地让我们福建的领导们多了解一些宁夏的情况，所以在16—17日每天利用半天时间在银川和周边参观考察。16日下午，我们随贺国强省长和习近平副书记一起到了银川的南关清真大寺，与群众座谈，了解他们的生活特点和习惯等；17日下午，习近平书记提议，希望我带他到附近扶贫做得好的点上去看一看，看一看我们福建对口扶贫能不能找出些符合宁夏特点的好做法。习近平书记专门说了，这回福建对口帮扶宁夏，我们的工作一定要做到有实效。他这话是在16日晚跟我讲的，所以当晚我就赶紧跟在宁夏的我们福建省援助宁夏建设的挂职干部联系，马上我们的同志就告诉我说：镇北堡的华西村非常成功，这是个‘吊庄’式移民点，他们在江苏华西村的帮助下，一两年时间就搞得非常成功。我向近平书记汇报后，他兴致勃勃地说，就到那里去看看。这样，17日下午，我们就随习书记到了镇北堡华西村参观考察……”

这日下午，习近平专程来到银川郊外贺兰山下的镇北堡华西村。退伍军人秋万全是在前一年担任这个村的党支部书记。习近平好奇地问秋万全，你们是与江苏华西村对口协作建设的村庄？连名字都叫“华西村”了？

那时的秋万全刚过30岁，年轻有朝气，身上有股军人气魄，他挺着身板向习近平报告：“我们这个华西村是1996年初由江苏那个华西村与我们宁夏商定合作创办的一个‘吊庄’移民项目，现在全村的600多个村民都是从南部的西海固一带自愿搬迁过来的贫困山区农民。当时原则上要求的条件是初中以上文化程度、年龄在35岁以下，每个人都由江苏华西村补助300元安家费，用于建房子。江苏华西村还负责为村上建公共设施等。正是鉴于吴仁宝和江苏华西村的情谊，我们

▼银川市华西村 1997 年面貌

自治区就决定将这个‘吊庄’移民村叫宁夏‘华西村’，而且直接隶属原自治区农建委领导。”秋万全说：“移民们刚到这儿也有些不习惯，因为这边冬、春、秋三季中隔三岔五就黄沙蔽日、昏天黑地地刮大风，跟南部山区的气候不一样。一到春季，遍地浮出白色盐碱，道路返潮泥泞难走，生活和农耕十分艰难。当时全村仅有的两辆手扶拖拉机是唯一的交通工具，可以说日子有些难过。但村支部和村委会班子在江苏华西村和吴仁宝的帮助下，在原自治区农建委专家们的指导下，掀起了一场艰苦卓绝的战斗。”秋万全继续报告：“我和村里的干部鼓励村民们说：困难是暂时的，坚持下去就是胜利！后来我们先从修路、植树、挖渠开始，一步步地朝着建设一个新农村和美丽家园的方向努力。因为这里到处是盐碱地，改良土壤是生存的第一步，所以我们发动全村村民硬是用一个月时间，挖了深3米、长1000米的排碱沟，一亩一亩地刨出了可以种农作物的新土地……现在虽然才一年多时间，但全村村民已经不怕在这里待不下去了，因为已经有人成功地在新土地上种出了枸杞等作物，从山东引进的良种猪还有本地的滩羊等也都有了收获。现在全村人生活稳定，人心稳定，村建设发展稳定。”

习近平听了秋万全的汇报，频频点头。林月婵等福建人又饶有兴致地问秋万全：“你自己怎么从贫困走出来的呀？”秋万全笑了，说：“我可能是当过兵的原因，看过外面的世界，脑子活泛点呗！1989年从部队复员后，一开始我在老家过的日子也非常艰难，所以去年年初听说自治区要搞‘吊庄’移民，就报名了，带着妻子和儿女来到这个地方。

当时来的时候大家基本上都是‘两手空空，一穷二白’。”秋万全说自己虽然是村支书，但也是个十足的贫困户家庭。“我们老家是山区，第一次到这里一看，原来是一望无际的大平原，我就很激动，心想：这里可比我老家好几百倍！肯定能带领一家人致富。所以我暗暗下定决心干了……”秋万全说，最先开始他带着年轻的妻子帮人打土坯、抱石头，以打工为生。后来积攒了1000元钱，就利用这点钱买回了8头小猪，精心喂养，当年收入增加了3000元，后来又赚到了8000元。之后又利用这点钱学习汽车修理技术，购买了工具，办起了汽车修理厂。修理厂赚了更多的钱，就又带领身边一些有建筑施工技能的乡亲们组建了一个建工队，到银川市区和周边承揽建筑工程，这一干就发啦！“要想村里富，村支书就得学会比别人早富、快富的本领才行啊！”秋万全自豪地说，现在他的精力集中在带领全村人都富起来的工作上，要把这里建设成“塞外华西”！

“好！期待你们尽早成为真正的‘塞外华西’！”习近平同志道。

“这个‘吊庄’移民和‘塞外华西’，我能非常直接地感觉到它给习近平书记留下了很深的印象，在参观完镇北堡华西村后回程的车上，他就对我和车上的宁夏领导同志说：‘既然吴仁宝的华西村在这里搞成了一个很好的“吊庄”扶贫村庄，那我们福建省跟你们宁夏也搞个“吊庄”村，将来可能成为“吊庄”镇，不是很有意义嘛！’”林月婵说，“当时习近平的建议和想法我们都觉得好，宁夏的同志更积极，说：‘习书记，你这个提议太好了！我们银川郊区还有广阔的沙漠地，如果选块空地，搬迁几千人来建设个新村庄、新乡镇肯定没问题。’习书记听了很高兴，又说：‘这个新村庄最好要离水源近一点，这样能够解决用水问题。’宁夏的同志一听马上向他报告：‘有！这样的地方有。像银川西南部的玉泉营一带就离黄河不远，十来里路，那个地方有广阔的空置地。’习近平一听连连点头，并指示我再与宁夏的同志深入细致地研究一下他提议的方案。后来我就迅速与自治区和银川市等单位的同志找来地图和相关资料，最后交给习书记，请他选定地点。习近平书记很快同意和批准了福建省与宁夏回族自治区在玉泉营共建一个‘吊庄’移民扶贫工程的方案，而他的这一决定，也为日后闽宁对口扶贫协作甚至整个中国西部地区的扶贫、脱贫攻坚提供了一个样本……”

林月婵在回忆这一情节时异常激动，令我有些担心她的身体。然而她艰难地朝我摆摆手，颤颤巍巍但又像是在高喊：“这个……这、这个……完……全是、是……近平、近平……书记当、当……当年……提议的事，完、完全是……是在……他、他亲自……主、主张……和确定、确定的……方案下……实现的这件事……”

“林主任您放心，我知道，我知道。闽宁镇那个地方我已经去过一次了，太成功的闽宁对口扶贫协作模式了，它应该是中国东西部扶贫协作的成功范例，对全世界不发达国家摆脱贫困都是一个样本！”

“对！对！对！”我突然发现这回林月婵说这句话时没有断断续续，而是一口气说出的。

“19年后的2016年7月，习总书记再次到当年他圈定的闽宁镇时，他讲了一句非常重要的话，我都记着了！总书记说：‘闽宁镇探索出了一条康庄大道，我们要把这个宝贵经验向全国推广！’”

“对！对对……那时我虽然已经患病了……但、但总书记还是邀请……我一起去了……闽、闽宁镇……”林月婵说到此处，眼眶中落下两行泪水。

这是一件令她特别激动的事，也是闽宁对口扶贫协作20多年中极其出彩的一个点。我知道闽宁镇从无到有，从有到辉煌，渗透着习近平总书记20余年对闽宁对口扶贫协作的关注与心血，也是闽宁对口扶贫协作的示范与典型，是闪耀着习近平扶贫情怀与中国扶贫思想光芒的一个地方，它当然也是林月婵20余年心系宁夏的一个最让她牵挂的宝贝疙瘩。

“我……一闭眼就……就会想起它……一想起它就……就……”林月婵说不出后面的话。

“我知道您要说什么……”我赶紧告诉她，一定会按照总书记的要求，认真把闽宁镇的事在这部书中写下重要篇章并把闽宁镇的经验好好总结。林月婵的情绪这才稍稍平静了下来。

于是我们的思绪才又开始回到1997年春天习近平自银川“南下”的路线——

4月18日一早，在自治区领导陪同下，贺国强、习近平等福建代表团一行人从银川出发，到南部贫困地区考察。

第一站是同心县。

从银川到同心县，现在有高速公路，大约需要3个小时，而1997年时需要花4个多小时。根据主人的安排，福建代表团要考察走访当地两个点：一是县城旁的河西镇，同样是一个落成不久的“吊庄”移民点；另一个是喊叫水乡的几户贫困家庭。

“这里为什么叫‘河西’？”

“因为我们在清水河的西边……”

“噢——那清水河的河水是不是长年累月都不断水呢？”

“也不是，不过在我们这儿它可就是大水源了！”

“‘吊庄’之前这里的当地百姓多不多？”

"很少，只有几个农场……"

习近平对河西镇的"吊庄"移民有了更进一步的认识和了解：原来宁夏不像福建，这里有许多平原——其实是盐碱沙地——但很少有人，如果这些地方解决了土壤问题，就是移民的好去处。好比福建沿海地区，如果填海成功，就是新的良田，新的城乡……

深入调研，细心观察，从实际出发，抓住当地优势，开拓思路，寻求改变旧面貌，闯出一条贫困地区的发展之路，这是习近平在福建宁德的从政之道。也正是这样的实践与探索，形成了他后来的领导包括闽宁对口扶贫协作在内的中国扶贫与打赢全国脱贫攻坚战的伟大思想。

一路随习近平走访的林月婵说，她注意到，习近平同志第一次到宁夏考察时，每到一地，一是看，二是问，三是默默地思考。"这是他的一贯作风，当年在宁德抓改变贫困、发展当地经济时就是这个样……"林月婵说。

吕居永，1983年至1988年任福建省宁德地委书记，后习近平接任他担任宁德地委书记。90多岁高龄的吕老在接受采访时对当年习近平接任他工作时的情形记得十分清楚。

他说，习书记一到宁德，就下到基层搞调研，仅用了一个月时间就跑遍了闽东9个县，并很快根据自己的这个调研，总结出宁德的三个特点、三个弱点、三大优势。这三个特点是：革命老区，9个县都是重点的革命老区；少数民族畲族聚集区，全国的畲族集中在福建，福建的畲族集中在闽东；贫困地区，宁德是全省最贫困的地区，也是全国18个集中连片贫困区之一，所以被称为"老、少、边、岛、穷"，占全了。宁德还有三大弱点。第一个弱点是交通闭塞，那时福州到宁德只有一条福安公路，全程要走4个小时，宁德内部的交通条件更差；第二个弱点是没煤少电，当时宁德只有一个小型水电站，没有水库，只能靠河流发电，丰水期有电，枯水期就没电，发电基本靠天；第三个弱点是群众思想观念陈旧，大多数人认为种田是为了吃饱肚子，养猪是为了过年，养鸡是为了买油盐，小农经济思想严重。但习书记也总结出了宁德的三大优势：第一个是政治优势，革命老区，有光荣传统；第二个是山海资源优势；第三个是宁德劳动人民的淳朴风气和艰苦奋斗精神，形成了一种人的优势。

有位哲人说过，人生的轨迹决定着一个人的理想方向。国外政要们对中国脱贫攻坚战和领导这场人类历史上少有的伟大战役的习近平总书记有很多崇高评价，认为习近平和当代中国共产党人是可以改变民族命运的理想主义者。然而他们还有一点并没有说到，那就是：习近平和当代中国共产党人更多的是干实事、求实效的先进生产力的实践者形象，他们善于通过深入的调查研究发现问题，并按照中国国情迅速调整和作出正确的决策，随后全力以赴地去实现其决策的奋斗目标。

中国仍是个人口众多的经济较落后的国家，区域之间的差异性极大，多数山区和中西部地区的自然条件又相当差，欲想改变那里的贫困落后面貌，难度大之又大。那么路在何方，从何入手，结果又会如何，等等问题，致使扶贫和脱贫最不易解决，甚至容易走向倒退等。也许正是如此原因，贫困问题被联合国称为"世界级难题"。

再难，也必须解决！从毛泽东、邓小平开始的一代代中国共产党人决心在自己的国家将这一"世界级难题"化解成人民幸福的康庄大道。

历史重任落到了以习近平同志为主要代表的新一代中国共产党人肩上。难道真的无从下手？有功无果？

"习书记一到同心县后，就特别细心地深入到当地贫困百姓家中实地调查，听取百姓意见，与他们聊天……每到一户百姓家，他都要看一看他们的锅里有没有食物、有没有水，孩子穿什么衣服，上学了没有，等等。看起来都是百姓的日常事情，但我能感觉到他是在细心地观察和分析当地贫困的原因，寻找解决贫困问题的实际办法。我们知道习书记在宁德时就是这样做的，也正是因为他的这种扎实的工作作风和真心为百姓改变贫困面貌的坚强意志，在宁德短短的两年时间里，闽东大地就成功脱离了贫困线……”在随习近平走进同心县喊叫水乡周段头村4户贫困群众家中时，林月婵的这番感受更加强烈。

“喊叫水乡？这个地名很有意思。这里一定很缺水吧！要不怎么又喊又叫的……”像所有其他外地到喊叫水乡的客人一样，福建代表团一行一到这里，就有人问起这个很独特的地名来。

“可不是嘛！我们这儿距清水河虽然只有几十里，但清凌凌的河水就是到不了我们这里，所以祖辈们只能站在山头上又喊又叫的，故得此地名……”喊叫水乡的百姓这样对客人说。

“在我们西边的乡叫下流水乡，他们连叫喊的声音都没有，只能看着我们会不会喊叫几声把清水河的水叫喊动了，他们那儿才可能会有几滴水流过去嘛！”老乡们往身后的西边指指，自嘲自乐道。

水啊！没有水的大地就是沙丘与戈壁，或者就是盐碱地……习近平默默地注视着身前身后一望无际的盐碱沙丘地，目光中透着凝重。而当他将目光从远方的盐碱沙丘地收回到咫尺之间的老乡一双双紧握着他的手时，分明又变得那样温暖和亲切起来。经常在习近平身边工作的林月婵已经非常熟悉这样的场景：每每走进老百姓家，与乡亲们聊天的时候，习近平总是那么平易近人，让那些第一次见他的老乡感觉像是自己家来了位近亲，谈话无拘无束，亲切和蔼，没有半点架子。这也让那些生活在最底层的百姓能掏心窝地对他吐露真实情况和希望，从而在听取各方面意见、建议的基础上，找出解决问题的“桥”和“路”来。

“领导者的责任，主要是解决‘桥’与‘路’的问题。”1989年1月习近平在接受《安徽日报》记者采访时这样说。（见《摆脱贫困》第76页）

关于“桥”和“路”的问题，习近平进而解释：

“桥”，即搭桥，为群众发展商品生产疏通渠道，架设桥梁。比如，对全区经济合理布局，正确指导，提供有效服务。但这还不够，还应注意解决人民群众在改革开放中出现的模糊认识，摆正一些关系。比如，党的十一届三中全会提出“治、整、改”方针，不少人认为是建设、改革要收了，要停了，这是没有从积极的角度来理解三中全会精神所致。犹如整顿交通秩序、修理路面是为了车辆更加畅通一样，治理整顿是为深化改革创造必要条件。这就要求我们既要顾全大局，又要结合本地实情；既不能强调特殊性而不贯彻执行中央的方针，又不能搞“一刀切”。所以，我们应该有乱治乱，有热消热，有冷加温，做到有保有压，有促有控，以推动经济健康稳步发展。这是解决“桥”的问题。

至于“路”，就是确定本地经济发展的路子，要从中央和省里的总体部署，从全局工作的大背景、大前提和本地区的实际情况来考虑。闽东属于老、少、边、岛、贫困山区，有913公里海岸线，300多个岛屿，建国后因大家都知道的原因，国家很少在这里投资，至今经济仍然相当落后。怎么办？从现实出发，发挥沿海优势，抓住机遇，组织实施沿海经济发展战略，不攀比、不消极、不蛮干，紧中求活，活中求发展。“千里之行，始于足下”，足下的第一步要抓那些近期能做到的工作，这就是我们所遵循的路。（见《摆脱贫困》第76—77页）

曾经在宁德与习近平一起工作过的原宁德地区专员陈增光，经常会给身边的人讲当年他随年仅35岁的习近平第一次在闽东下乡的两件事：

那年夏天，习近平带着地委几个干部到福安县的坂中畲族村。当地畲族待人最高的礼节是吃糯米糍，就是将大米煮熟，合着花生、芝麻一起做成团，滚成一块一块，取个“时来运转”的好兆头。贵客来时，畲族人以此相待，因为这种食品制作非常耗费精力，光是食材就得准备几天。吃糯米糍有一个特色，必须用手抓。当时随习近平书记一起的陈增光怕习近平吃不惯，又觉得有些不卫生，就要给他去拿双筷子，被习近平制止了。习近平说，那怎么行？人家用手抓，我们也用手抓，你拿了筷子不是让人家觉得，你当官的吃东西都和老百姓不一样么？说着习近平就学着乡亲们的样子，盘腿而坐，又抓起糯米糍往嘴里放，还连连向畲族群众竖大拇指，说很好吃。当地老百姓连夸习近平，说这个地委书记怎么这么朴素啊，跟我们一样地吃东西。于是后来畲族乡亲们纷纷围过来与他们第一次见到的“大干部”聊起家常来……

在宁德屏南县，习近平去走访一位老干部。当地最高的礼节是艾叶冲茶蛋。艾叶是一种中草药，当地老百姓拿它冲开水，再用这个开水直接冲打碎的蛋液，再放一点砂糖，就叫作艾叶冲茶蛋，也是他们接待贵客的礼仪。当地人听说习书记要到家里来，很是高兴，执意要做个艾叶冲茶蛋给他喝。陈增光等随行人员知道这个东西如果开水不够热，蛋液不容易熟，所以一般外人喝了就不容易消化。他们怕刚到宁德的习近平水土不服，就说习书记你表示一下就行，不用真喝了。习近平笑笑，没说话。当主人端上一碗艾叶冲茶蛋时，他稳稳端起，毫不犹豫地全喝了下去。"好啊！习书记就像我们的老亲戚呀！"当地人见后，高兴得不亦乐乎。

"习近平书记的工作特点，就是他一边调查，一边研究，一边思考解决问题的路子。"陈增光回忆起当年习近平初来宁德时一口气走了9个地方，他给每个地方都指明了发展方向。

▲古田会议旧址

第一站是古田县。这个县是因古田溪而得名的革命老区，也是个贫困县。看了当地百姓利用林木树枝和棉籽壳作为原料发展食用菌生产，习近平作了充分肯定，指出：这是农民的创造，是一项技术成果，一定要好好发展。

在屏南县，习近平听说这里曾经留下过这样一句话：屏南屏南，又贫又难。他分析指出，屏南县虽然现在经济不发达，但我们不能把它讲成"又贫又难"，而要看到它是大有潜力、大有希望的，多讲振奋人心、鼓舞士气的话，不能自己把自己看扁了。

在周宁县，他了解到这里有个鲤鱼溪，自然生态很好，便饶有兴趣地聆听当地人的介绍。原来鲤鱼溪有一个典故：几百年前，沿岸有两个村不和睦，经常发生械斗，他们的祖宗就想到在溪里养鲤鱼，这样就不怕对方在水里下毒，因为一下毒，鱼就会被毒死，也就知道水不能喝了。渐渐地，整条溪里就有了几千尾、几万尾鲤鱼，就变成了鲤鱼溪。习近平说，鲤鱼溪有文化、有传统，可以发展旅游产业，带动当地发展。随后他还特意走访了一个叫黄振芳的林业大户，当得知这位山民在山上造了一大片林子，并把整个家都搬上山去了，习近平便冒着酷暑执意要亲自上山去看望。见到黄振芳后，他鼓励道，你的做法是山区致富的一个方向，你是致富的一个标兵，一定要坚持下去，有什么困难我帮助你。后来习近平在所著的《摆脱贫困》一书中还提到了黄振芳，说：“周宁县的黄振芳家庭林场搞得不错，为我们发展林业提供了一条思路。”陈增光认为，后来习近平的“绿水青山就是金山银山”的理论，其实在那个时候就有类似观念了。

在寿宁县调研时，习近平听说冯梦龙当年在此当过知县，并留下一本《寿宁待志》。习近平博览群书，熟悉冯梦龙的文化贡献，在谈论《寿宁待志》时，他说，冯梦龙著此书时很有讲究，意识到自己没有把事情做圆满，就有了让后人去填补之意，所以叫“待志”，说明冯梦龙这人有水平、有境界。另外，冯梦龙提倡男女平等。过去，寿宁有一个陋习，就是一定要生男孩，如果生的是女孩，那么女孩就会被扔掉。冯梦龙当知县的时候遇到很多这样的事情，他很不满，就在县上的凉亭里贴了一个布告，大意是说：男人女人都一样，你的母亲就是女人，没有你的母亲哪有你。习近平讲完这一故事后动情地说，一个封建朝代的历史名人，能有这种民主精神和进步观念，令人敬佩。冯梦龙还创立了

“无讼”的理念，提倡把矛盾解决在基层，这样到了一定程度就没有人来申诉了，也就是“无讼”。当地干部有人向习近平提到寿宁的落后情况时对未来发展有些畏难情绪，习近平语重心长地说，寿宁基础条件确实较差，百姓生活也比较困难，但你们这儿比河南兰考还是要好不少。你们要像焦裕禄那样，用全心全意为人民服务的思想和精神去工作，去努力几年，就一定会改变旧貌的。

“9个县跑下来，习书记心里便对闽东整个地区有了底，随即他作了一个全面总结和思考，提出了落后地区如何发展的思路，即后来被宁德人称为摆脱贫困的灵丹妙药的‘弱鸟先飞’和‘滴水穿石’的思想理论。”陈增光说。

“‘滴水穿石’好像容易理解，就是决心和坚韧的意志。‘弱鸟先飞’是啥意思？林主任你们快给我介绍介绍呀……”这个春天，宁夏大地显得异常温暖，因为福建来的亲人们一路考察，一路给他们传经送宝。这不，当宁夏人听说习近平书记原来在宁德就有一整套扶贫经验，便向他的随行人员打听起来。

于是林月婵等福建亲人便开始给宁夏同志介绍习近平在宁德创造的扶贫经验和扶贫理念——我们现在可以从习近平所著的《摆脱贫困》一书中找出他的相关论述：

毫无疑问，在发展商品经济的海阔天空里，目前很贫困的闽东确是一只“弱鸟”……这只“弱鸟”可否先飞，如何先飞？（见《摆脱贫困》第 1 页）

是嘛，我们宁夏、我们西海固的这些贫困县就是“弱鸟”中的“弱鸟”，也能先飞吗？宁夏的同志说，他们是国家的西部地区，一直以来大家内心都认为自己是属于“天然的贫困”，只有等、靠、要，没有其他路子可走。他们甚至觉得靠自己的努力摆脱贫困是徒劳。所以当他们听说习近平在宁德成功领导当地摆脱贫困，便十分好奇和热切地想知道他当初到底是如何领导当地百姓走出贫困的。

“那故事可就多了！”林月婵等一听宁夏同志的请求，就乐了。确实，在福建采访和在北京听宁德来的文友们讲起当年习近平同志在宁德的故事，真的感到特别的丰富和精彩。

陈修茂，原宁德县委书记，当年曾在习近平领导下主政宁德县一方经济与社会发展大任，他的口中，满是当年习近平同志如何带领干群摆脱贫困的精彩故事。陈修茂说，经过一段时间的深入调研，习书记对整个宁德地区的面貌有了较深刻的认识，他就给我们开会。他说，现在宁德上上下下都有想摆脱贫困的愿望，但多数人还是在这么想：我们闽东是“老、少、边、岛、穷”地区，在沿海地区属于“弱鸟”。既然是“弱鸟”，过去又一直是国家的国防前线，那么大家的想法就又回到了“等、靠、要”上。于是“弱鸟”就只有一个出路：什么时候“等”到、“要”到、“靠”上了，就有好日子了！这是不行的，也不会真正有好日子的。于是有人就提出疑问了：“弱鸟”的我们，能先飞吗？习近平听后，便说，他认为是可能的，而且完全是有可能的。于是他耐心地劝导我们说，宁德扶贫要先扶志，要想发展，就必须首先摒弃“等、靠、要”的思想。从宁德的地理和自然及传统优势看，“弱鸟先飞”完全是有可能的，关键在于我们首先就要有信心和信仰。贫困是客观事实，有历史和现实的原因，但是贫困地区的人尤其是干部，在观念上绝不能“贫困”，尤其不能“安贫乐道”“穷自在”，或者怨天尤人。这些观点应当全在扫荡之列。“弱鸟”可望先飞，至贫可能先富，而能否实现“先飞”“先富”，首要的是看我们头脑里有无这种意识。所以我们的当务之急，就是干部和群众要来个思想大解放、观念大更新，四面八方去讲一讲“弱鸟可望先飞，至贫可能先富”的辩证法，这样，既可跳出老框框看问题，也可以振奋我们的精神。

陈修茂说：“习书记进而又对我们说，不少同志希望国家多安排一些计划内原料，总之，‘韩信用兵，多多益善’。一般来说，关照多一点点总不是坏事。这心情可以理解，但我们有必要摆正一个位置：把解决原材料、资金短缺的关键，放到我们自己身上来，这个位置的转变，是‘先飞’意识的第一要义。我们要把事事求诸人转为事事先求诸己。比如，可以着眼于挖掘潜力，降低成本；可以通过外引内联，建立稳定的物资协作网络；可以鼓励各县制定一些让利政策。我们完全有能力在一些未受制约的领域，在贫困地区中具备独特优势的地方搞超常发展。也就是说，贫困地区完全依靠自身的努力、政策、长处、优势在特定领域‘先飞’，以弥补贫困带来的劣势。这并不乏其例证。在城市乃至特区的电子行业中的许多重要企业开工不足、举步维艰的情况下，我们贫困地区的霞浦却让自己的电子按摩器等源源不断地进入国内外市场，而且供不应求，声誉甚好。显然，不能说霞浦的条件优于大城市和特区，也不能说霞浦的电子产业条件优于那些重要的电子企业；这只能证明，‘先飞’不仅是可能的，而且是现实的。商品观念、市场观念、竞争观念对贫困地区来说，都是崭新观念，都应成为‘先飞’意识的组成部分。没有这些观念，我们即使天天高喊商品经济也只是一句空话。习书记又跟我们比较道，沿海开放省份广东开放得早，又走得快，成绩斐然。最重要的是广东人从上到下，都有种‘先飞’意识，‘先飞’欲望极其强烈，终究飞起来了嘛！他又列举了宁德的近邻温州，因为习书记在带着我们走完闽东9个县后随即又带我们一起到了温州。他说，你们都看到了吧：温州就挨着宁德，说优势也不是太多，但那里的人思想解放，有‘先飞’意识，所以他们这只‘弱鸟’这些年一飞再飞，远远飞到全国各地的上空和前面了……”

“哎呀，你们的习书记太厉害了！他这些话太对路我们宁夏今天的现状了！要说吧，宁夏的扶贫工作主要难点之一，就是许多干部和群众的头脑里积了太多的想法：等国家、等外面来帮助我们，要不就愁着叹气，说这也不行那也没法，就是少了些敢于站出来说要‘弱鸟先飞’的人！”宁夏的同志听福建亲人们讲了习近平带领宁德摆脱贫困的执政理念和做法后，感慨万千，趁着福建代表团一路“南下”考察调研，恨不得每天多听一句、多看一眼习近平书记他们是怎么看宁夏的，是怎么说宁夏眼下该如何扶贫的。

“什么？习书记想去看看陕甘宁省豫海县回民自治政府成立所在地的那座清真大寺？！”同心县的干部一听林月婵说这事后既意外又高兴地说马上安排。

18日当天，在走访两个乡的间隙，应习近平的要求，同心县立即安排他与林月婵等几位福建援建宁夏的干部前往同心县城郊外的同心清真大寺参观。

“同心县的名字起得真好！似乎这里的每一个地名都有深意和讲究……”在去清真大寺的路上，习近平一行一边颇有兴趣地观赏路途两边的自然风景，一边热情地议论起“同心”这个地名。

“是啊，同心同心，就是我们这里的各族人民跟党一条心嘛！”同心县的一位干部说。随后他深入介绍道，同心县历史上曾经叫过“三水""韦州""平远""豫旺""豫海"等地名。500年前，这里就开始成为回族聚居地。1936年红军西征部队红十五军团进入该区域，著名红军将领彭德怀、聂荣臻、徐海东等都在此战斗过。《红星照耀中国》的作者——美国著名记者斯诺——在1936年到此地时受到彭德怀司令员的盛情接待。当年10月，由中国共产党领导的第一个县级回民自治政权在此成立，成立地点就在同心清真大寺。由党领导的、当地回民领袖马和福任政府主席的红色革命政权"豫海县回民自治政府"的建立，成为中国红色政权在少数民族地区的一面旗帜，受到毛泽东和党中央的高度赞赏与重视。1938年，原豫旺县与豫海县合并，新县城设在原豫海县同心镇，故取名"同心县"。

"原来'同心'二字是这么个来历啊！"习近平和其他福建同志听完这番介绍，齐声欢笑。有人便说："现在我们响应中央号召，对口协作扶贫，宁夏与福建结对，又一次'同心'奋斗！"

"说得好！"在驶向清真大寺的路上，亲切的欢笑声不绝于耳。

在同心清真大寺内外，习近平和随行人员认真细致地参观了大寺的建筑与寺内有关建立回民自治政府经过的史料。当走上大寺的亭台层时，习近平沿亭台四周，举目远眺，心潮起伏许久，随后他对同心县的干部和随行人员说："这片土地上曾经流下红军先烈和回族革命同胞的鲜血，我们一定要尽快将它建设好，让这里的人民过上幸福生活。"

当大寺工作人员指着亭台上一棵千年寿命的"枸杞王"介绍时，习近平上前轻轻地抚摸那郁郁葱葱、生命力依然旺盛的枸杞树，不无感慨地说："枸杞是宁夏一宝，要让它成为群众致富的一宝啊！"

"我发现，在你们习书记的眼里，我们宁夏也满地是宝啊！"考察访问的行程仍在往南延伸，同行的宁夏同志不时悄悄地对林月婵等福建人说。

林月婵和福建干部们会心一笑，轻声说：“习书记善于从优势中寻找更有潜力的强势，在劣势中又能找到优势，这是他与众不同的领导艺术。”

是的，后来的宁夏同志和现在的我，有机会阅读到1988年习近平所写下的《弱鸟如何先飞》一文中有关动员和教育那些贫困地区的干部与群众要懂得“飞洋过海的艺术”的文字——

他说，既飞，当然力图飞洋过海，要向外飞，在国际市场上经风雨，在商品经济中见世面。在论述贫困地区如何面对本地客观条件上的“硬”与“软”时，习近平指出：“硬”通常是贫困地区所缺少的条件，但可以多讲“软”的条件。软环境建设方面，通常也是可以做成一篇好文章的。越是“硬”条件不足的贫困地区，越要注意发挥“软”功夫。“软功夫是贫困地区这只‘弱鸟’借以飞洋过海的高超艺术。”

“根据各个贫困地区的区域特色，对百姓已有和所能创造的发展潜力进行发掘与发扬，这是习近平书记在宁德的一大执政创新经验，并且获得了巨大成功。”陈修茂深情讲述道，当年习近平书记给整个宁德地区的脱贫致富制定了一个长远规划，即在保护环境、植树造林的同时，结合当地实际情况发展多种经济。每个县都可以根据自身特色，制定不同的发展目标。比如像我们宁德县既有沿海乡镇，也有山区乡镇，属于复合型城镇，同时又是地委、行署所在地，所以当时习书记对我们宁德县的定位就是：发挥地区所在地优势，以沿海带动山区，发展目标就是建成地区经济发展中心。这一规划既具有针对性，又有深刻的远见，让宁德受益匪浅。

陈修茂回忆道：“1987年9月，宁德九都乡畲族村九仙村，因为连降暴雨，水土流失，一天晚上出现了山体滑坡。除1人逃过一劫外，其余15户32位村民全部遇难。我们都感到很痛心。后来，我陪习书记专门视察了该村灾后重建家园的生产生活情况，在得知宁德地区山体滑坡频发的主要原因是森林破坏严重时，习书记要求我们首先要把这个村搬到平整的、不会出现滑坡的地方，然后整片整片地造林。于是，我们就根据他的要求，重新选址建立了新九仙村。后来，习书记又专门去看望新九仙村的群众，向乡亲们讲起植树造林的重要性，坚定了农民们多种茶树与果树的信心。后来我们坚定地贯彻了他的这些高瞻远瞩又实事求是的理念，所以整个县域经济发展迅速发生了变化，百姓的温饱问题得到了根本性的解决。”

“要使弱鸟先飞，飞得快，飞得高，必须探讨一条因地制宜发展经济的路子。”习近平一语点出了落后地区摆脱贫困的要义。（见《摆脱贫困》第6页）

4月19日起，习近平一行来到西海固地区，这是他第一次踏上这块古老而又有过辉煌文明的热土。随行人员发现，始终身穿夹克上衣、脚穿运动鞋的习近平，在这里总是独自抬头默默地遥望四周高高的六盘山，时而脚步快速地行走在陇上的黄土墚上，时而又突然在一条条干裂的沟谷面前停下步子，久久地凝视着，凝视着……那目光里饱含着异常复杂的情感，似乎在询问，又似乎在寻找答案。当他的双足再次走进一户户贫困百姓家里时，眼中满是关切与怜悯：

家里的粮能够吃多少时间？
孩子都能上学吗？
有了病能治疗得起吗？

这水窖里的水有多少天稍稍干净些？

…………

他问得很多，问得很细，声音也很沉，甚至有些颤……

在这里，他看到了比曾经插队生活了7年多的陕北更贫穷、更干旱的黄土陇塬；在这里，他听到了一曲曲嚼着土豆和满嘴黄沙，盼着有一口水喝的“天堂”山歌——

西海固，饮你一口水就算上了天堂哟

哟上了天堂，我喝上了一口水哟……

我的西海固，你给了一口水我就去天堂

也乐个屁颠颠哟——

心要碎了，情在燃烧。他的目光在古长城的巍峨身影上驻足，然后心中涌起一个伟大的声音——

天高云淡，望断南飞雁。

不到长城非好汉，屈指行程二万。

六盘山上高峰，红旗漫卷西风。

今日长缨在手，何时缚住苍龙。

1997年4月21日，一架银燕划破长空，洒下一片光芒，照射在西北陇上大地，温暖了每一个宁夏人民的心头：

我们要以“不到长城非好汉”的豪迈气概和决心，对所承诺的事一件一件地抓紧兑现和落实！

你以为这是诗吗？它朴实得与黄土本色一样，它又如黄金一般闪耀着真情。

你以为它不是诗？它比最经典的抒情诗更让民众振奋和激情澎湃！

它就是中国共产党人的信仰与执着、意志和毅力，以及敢于担当的品质和对人民的无限深沉的爱！

是诗？是情？是金子？

是诗，是情，是金子——对宁夏和宁夏人民而言，习近平和福建亲人们在1997年春天的“宁夏行”就是这般诗情画意、真金白银，因为习近平的有关“摆脱贫困”的思路和在福建宁德创造的诸多扶贫理论与经验，就是指导宁夏未来10年、20年脱贫进程的经典与范本。

一本1992年出版的习近平所著的《摆脱贫困》，我知道宁夏扶贫干部和自治区相当多的领导干部早已非常熟悉且熟读它了。

第三章 洒满阳光的金沙滩

9 "吊庄"——扶贫的革命性创举

"黄河水甜，共产党亲。"一开始听宁夏那些脱了贫的百姓说这句话时我有些不解其意，甚至怀疑过。但后来我明白了，并且完全认同了他们的这种说法。越到后来，再听这句话时，满是悦耳和心旷神怡之感……是的，只有当你情之所及，方能感受到宁夏人这股从心底里自然冒出的感恩之情。

或许，这话可以成为类似"东方红，太阳升"一样的经典之声。宁夏人用方言告诉我："哎，是这个理！"

好吧，请读者们一起随我的笔触去感受这句话的真实意味吧——

一个宁夏，几重天地。如果你不是生活在这里的人，你可能需要花相当长的时间才能搞明白宁夏原来是这样的一个地方。在贺兰山东边的黄河两岸，这里是一片平坦的原野，有渠有水，牛壮羊肥，瓜果飘香，也就是宁夏人常自豪的"塞北江南"。确实，仅看此地，你绝对难以将"穷困"二字同宁夏连在一起；然而，宁夏中南部则是广袤的干旱带和六盘山区。或许你只需在银川换一个方向驱车去看一看，就会感觉是另一重天地。不用费多少时间，到闻名天下的西夏陵去看一看，你就会发现原来宁夏其实与内蒙古和新疆一些沙漠戈壁地区极其相似……那种长风呼号、枯草翻卷，唯有高空上飞翔的雄鹰和白云相伴的景象，在此随处可见。

在中华文明史上留下独特印痕的西夏王国和西夏文化，在这片土地上能找到的具象物，就是那一座又一座王陵……

西夏陵其实十分雄伟，在中国帝王陵中算是“高大”的。它的伟大就在于它是在荒原戈壁上存在了近千年，几乎没有任何人为的力量帮助过它们去与近千年来数不清的恶劣环境的侵袭进行抗争……比起北京郊区的明清皇家陵园的那种人为的维护，西夏陵其实靠的就是自身最纯粹的“土”质——这与这个民族的精神和本质是一致的，勇敢、无畏，流血时再痛苦也不会眨一眼。飞石与风暴来袭时，用以抵挡的就是赤身筋骨。这是西夏人最让人敬佩的地方。

作为一个少数民族建立的王朝，西夏是我国11世纪初以党项羌为主体建立的封建割据政权。1038年，元昊在兴庆府（今宁夏银川市）称帝建国，传10帝，1227年被蒙古所灭。其疆域“东尽黄河，西界玉门，南接萧关，北控大漠”，地“方二万余里”，鼎盛时期面积约83万平方公里，包括今宁夏、甘肃大部，青海东北部、内蒙古西部、陕西北部及蒙古国南部的广大地区。前期与北宋、辽平分秋色，中后期与南宋、金鼎足而立，被人形容是“三分天下居其一，雄踞西北两百年”。西夏的建立对我国西北地区的局部统一，社会经济、文化的发展及多民族大家庭的形成作出了积极贡献。现今我们所能了解和认识的西夏似乎只有两样东西最为引人注目：一是它的文字，二是坐落在银川市西部贺兰山东麓的西夏皇家陵园。

王陵坐落的这片土地很开阔，一望无际，但土地都是风化的乱石戈壁荒滩，可以感受到疾风吹动中乱石翻滚的情景。在划定的方圆58平方公里陵区范围内，有9座帝陵布列有序，271座陪葬墓星罗棋布地屹立于此。这是我国现存规模最大、地面遗址最完整的帝王陵园之一，因为一面背靠雄伟连绵的贺兰山，一面是无际的戈壁平川，所以陵园颇显气势。游人所能靠近的3号陵墓，亦称“泰陵”，是西夏陵墓中最大、最高的一座。

泰陵历经近千年，虽地面建筑屡遭破坏，但陵园的阙台、陵台基本完好，陵城的神墙、门阙、角台大部尚好，布局清晰可辨。在陵园工作人员的引领下，我有幸紧挨高高的陵墓，抚摸这饱经风沙洗礼的完全土质的古墓，有种神圣与肃敬之感，让人深切感受到什么是真正的英雄和王者之气！

将仰望高高陵墓的目光收回到地平线上，所看到的土地则又让人产生一份心痛之感——这里除了黄沙、乱石，就是稀少的一丛丛灌木。目光可及的方圆几十里内见不到一棵像样的树，更不见村庄与人影……需要走上一段车程，才能看到一片低矮的土墙围着的房子。

“这里过去是部队的农场场部所在地，1974年就弃之不用了。”当地政府官员告诉我。后来我才知道，在西夏陵一带的数百平方公里的土地上，1969年之前并没有什么人烟。那年中苏“珍宝岛事件”后，兰州军区才派来一队官兵在此建了一个“战备农场”，开始垦荒。5年后部队撤离，将农场留给了自治区农垦局。离这片土地比较近的一个属于农垦局管辖的国营连湖农场正式接管部队农场的财产。又过了4年，这片土地被划归玉泉营农场。因为这里位于黄河古灌区，又有西干渠的灌

▲当地农户在今日玉泉营农场打理葡萄

溉之利，玉泉营农场虽地处银川市西夏区南部，面积却能抵得上几个银川中心城区，但荒漠地占了绝大多数。当地有句话这么形容："同为一个银川市，却如天堂与地狱。"这个比喻用于城区与荒漠地区的自然环境与生存环境对比，确实很形象。也许正是这一原因，又受土地承包风影响，自治区农垦局对从部队手里接收的玉泉营这一大块"狼不拉屎"的地方采取了对职工承包的形式——也就是说：张三，你想不想种那块地？你要想，就归你了！李四，你也想干？行，张三旁边的那块地就归你了！如此这般，张三、李四等就当上了"地主"……

"那是个屌地主嘛！就是把天、把地全部送给我，我也只能喝西北风……谁愿来我就给谁种吧！"有一回，农垦局承包这片土地的一位职工是西海固人，他把自己从国营农场那里承包下来的400多亩地就这么挥挥手转包给了他老家的人。

这一转包不要紧！要紧的是此人是以每亩120元"倒卖"给了那些从没见过平地的山区老乡们。

"120元一亩，就是要了我全家一半人的老命！但为了让全家人继续活下去，咱们就是拼了命也要把这地想法弄到手呀！"西海固人的性格与大山一样执着。说好的事莫回头，说定的事也莫改了辙！这都是石头球球之间硬碰硬的事儿，反悔就是不要命的事了！

那些出了钱、看过地，又准备举家浩浩荡荡、不远几百里从南到北来种地和落户的村民们有一天突然被告知：这些地是国家的，某某人转包违法，你们不能种这些地！

什么？我们出了大价钱不能种这地？这是什么天理？丧尽天良！

走！说理去！村民们愤怒地来到银川，来到要"封"他们"种地权"的农垦局上访……

"我们要吃饭！""我们要种地！"横幅拉开，口号震天，一些激进和愤怒的人甚至开始向农垦局的办公楼里冲去——"还我土地！""我要吃饭！"

银川城里出现了不多见的上访队伍。这对一向"安分守己"的银川来说，犹如一声闷雷划破冬日的天空。

自治区领导出面了，气愤了，责成农垦局尽快妥善处理。然而农垦局越处理上访的人越多，开始是三四十人，后来增加到一百多人，再后来是几百人……黑压压的一大片，几乎将农垦局院子团团包围。

"不得了啦！我们连班都上不了啦！请求领导帮助……"

"帮？怎么帮？你过来看看——我们自治区政府的门口也都聚满了上访的人啦，我的同志！从去年11月一直闹到今天，都快半年了……现在连《美国之音》都在说我们的这档子事了！你说怎么个帮你忙？"

农垦局和自治区政府两名官员之间的对话，让我们知道了玉泉营买卖土地事件的严重性。而这场春天里的人为"风暴"也正在孕育一次宁夏移民史和扶贫、脱贫史上的革命——这就是今天有名的"吊庄"革命！

之所以说这是一场革命式的"风暴"，是因为它有几个特点：一是这是那些渴望获得翻身的人民群众争取最基本权利的一种被迫的行动；二是党委和政府顺应了人民群众的这一行动，做了个得民心的事；三是决策之后，俗称"吊庄"的移民扶贫、脱贫便进入了前所未有的发展阶段，并且取得了巨大成果——"革命"必须是成功的，成功的革命才可以进入我们这样的中国脱贫样本之中！

现在在玉泉营落户的第一代西海固人非常自豪地告诉我，正是他们持久不断地坚持上访，1990年"五一"国际劳动节前后，自治区党委和政府连续责成民政局、信访局出面协调，之后又派出自治区党委办公厅、自治区政府办公厅召集西吉、海原、固原县领导与自治区农垦局协调处理意见。

最好的也是最实事求是的办法是：让这些出钱的老百姓有计划地到玉泉营安家落户，开荒种地。

那么他们的户口和管理到底归原籍还是新的落脚地呢？

玉泉营所在地提出这一问题："我们可管不了他们。那里国营农场也不容易生存，他们都是散户农民，弄不好又成了'烫手的山芋'，最好让原籍来管理他们。"

西海固各县的党委和政府提出反对意见："他们离老家十万八千里，我们咋管？这事不好弄。"

"是啊，你们弄不好，就别把包袱甩给我们。最管用的办法就是：你们把人领回去。"

"笑话，要能领得回去，我们还用跑到银川来吗？再说，你们也照顾照顾吧——我们那儿山高坡荒，种不出几粒玉米籽，刨不出几个红薯……他们既然出来了，又有决心留在那个地方，你们就发发慈悲吧！"

"也是。如果他们真的能留在那里，说不准干上十年八年，把那块荒凉的土地变成另一片'塞北江南'也是大好事呀！"

"是的。我们一起朝好事上努力！"

"行！朝好事上一起努力！"

"地主"银川和西海固来的客人一起坐到了自治区党委、政府办公室里，一起向领导建议：在玉泉营那个地方划出一块地，给那些想到那边种地的西海固农民。

这个似乎问题不大，银川西南部的这块荒漠戈壁地荒也是荒在那里，能有人把它种熟了，在那片地上安家了，这是积德的好事。自古以来，历朝历代都没成的事，我们人民政府能把这事做成了，功德千秋啊！自治区领导一听十分高兴。

又问：“那么这些人如果干了一段时间留不下来，还想回去咋办？西海固你们那边怎么处理？”

西海固几个县的领导很干脆地回答：“这个简单，哪里来回哪里，反正是我们的人。”

“好。来去自由，留走自便。”自治区领导点点头。

又问：“这些群众成群结队到玉泉营后想把家安在那里，以后户籍管理你们认为怎么处理？听说你们银川市不太想接管啊？”

银川市的同志笑了笑，说：“请西海固的同志说吧，他们已经有了好办法。”

“噢，西海固的同志请说。”自治区领导把目光转向西吉、海原、固原几个县的领导。

“报告领导，我们这样想：既然这些人是从我们那边出来的，他们有可能一部分人全家搬到这边，另一部分可能暂时不全部搬过来。比如有的儿子愿意搬过来，但老人可能不想搬，这样的情况如果交给银川来接管，确实问题不少。所以我们想，干脆户籍和管理不动，仍然由我们来负责。”

“远隔几百里，你们怎么管理？”自治区领导又提出了一个必须要考虑的关键问题。

“我们已经想好了：作为县政府，将从相关部门派出干部到这边来驻地管理，完全按照在原来的地方一样的管理模式。县上会责成一位副县长来具体抓这事，这样责任到人，不会落空。银川市领导还想了一个更有未来意义的设想，如果能够实现，将是天大的好事！希望自治区领导批准。”

“什么好想法？快说来听听。”自治区领导等不及了，转头询问银川的同志。

“我们这样想：东部沿海地区不都在搞‘开发区’‘特区’什么的嘛，我们也可以解放一下思想，向他们学一学，把玉泉营划给那些搬迁来的贫困群众，形成一个特别又独立的‘经济开发区’……同时我们政府根据他们的发展需要，给予一定的政策和资金上的支持，说不准那片荒凉的土地上会诞生出个‘小深圳’呢！”

“哈哈哈……这个想法好！有创新！好，自治区党委和政府尽快研究出台相关政策，让那些愿意搬迁到这边来的贫困群众有个脱贫致富的机会和可能！自治区一定全力支持，说不准这个做法会给宁夏整个扶贫和脱贫工作带来历史性的转折！”自治区领导大喜，随即又问，“对了，这种从一个地方像吊水桶似的甩到几百里外的另一个地方，应该叫什么来着——一个村庄‘吊’到另一个村庄，你们这些诸葛亮给想出个名来！”

“这个‘吊’——村庄……哈哈，蛮有意思的。”

“既然是把村庄‘吊’来‘吊’去，那就叫‘吊庄’吧！”

“‘吊庄’？有点意思！怎么样，就叫‘吊庄’？”

“好，就叫‘吊庄’！”

吊庄——这个名词如今在宁夏家喻户晓，而它在数百万宁夏贫苦农民的心中，就是幸福与希望的代名词……

它，让无数人梦牵魂绕；它，又让无数人泪湿衣襟。

10 走出大山之路

走哩走哩哟，远远地远下了
心里像刀子搅乱了
哎嗨哟的哟
眼泪的花儿把心淹下了……

走哩走哩哟，越哟远的啊
褡裢里的锅盔轻了
哎哟哟的哟
心里的惆怅就重了
重了，我的泪花儿哗哗地掉
…………

这应该是80多年前的一个黄昏时分，荒原上风沙弥漫，一位孤独的青年正在一片黄土山丘沟谷道上艰难地跋涉。突然，他的身后传来一阵高亢中又略带着沙哑的"花儿"。

那歌声是忧伤的，也是多情的，是车马店女老板五朵梅在为这个远行的青年送行。

青年朝歌声传来的方向回神的那一刻，"眼泪儿哗哗地湿透了衣襟"。这个青年就是后来成为"西部歌王"的王洛宾。

哎哟哟啊，妹妹是那牡丹那花园里长呀
哎哟是阿哥的肉呀
二阿哥就是空中的个凤凰吔
哎哟，旋去来嘛旋去它没妄想呀
吊死在白牡丹的树上哟
尕妹我的心也跟着吊在空中哟
晃荡着不安心哟
不安心哟——
“吊庄”把哥哥儿你心呀哟
吊到了天边去哟
尕妹我心不安哟
心不安哟……

30年前的那个春天，这首情歌在西吉、海原等六盘山一带的山梁间时常回荡。那歌声夹着半是凄凉、半是期盼的悲调，让许多从大山迈向远方的伢儿在路上一步一回头……

这一幕，是宁夏扶贫、脱贫攻坚中最为悲壮而又最为难忘的印记。它也拉开了宁夏“吊庄”扶贫的历史性序幕，并且日后“吊庄”移民又将成为史册上的经典篇章。

“到底谁是第一个走出大山，成为真正的‘吊庄’移民的？”当我来到今天的“塞北新绿洲”玉泉营时，那些早已住上新房子、过上富裕日子的干部和村民们咧着嘴笑道：“我们都是……”

“你们都是？！”

“是，我们都是。”

我也笑了，他们确实都是……因为第一批总共是400多户贫困家庭的移民，这400多户加起来就可能是几千人，几千人后面又跟着几千人……还有当时一些正怀孕的妇女……

他们理当是第一批走出大山的人，他们是吃“吊庄”螃蟹的人……

“真要追根刨底的话，我可以跟你讲——我们几个是真正第一批走出大山的人。”已经退了休、自己的家仍留在西海固的3个人却这样对我说。

是吗？怎么反而会是他们呢？当我好奇地询问现今的固原市委领导时，获得的答复竟然是肯定的。

原来还真是如此。丁建懿、马强和谢君清3人就是当时最早从西海固走出大山的人，但他们不属于第一批搬迁的400多户贫困户，他们确实比这第一批搬迁的贫困户还要早两个月来到当时一片荒凉的玉泉营“吊庄”移民区……

他们是为这第一批“吊庄”移民服务和落地的“干部先遣队”——西吉县委、县政府给了他们一个工作单位：西吉县玉泉营吊庄移民基地办公室。

其实他们就是真正的被“吊”去的新移民。这3个人的命运后来与那片土地和“吊庄”移民事业紧紧地联系在一起。

丁建懿，西吉县兴隆镇原副镇长；马强，西吉县农业建设办公室原副主任；谢君清，西吉县文工团原党支部书记。至于当时县里为什么调他们3人去开拓和开创那片土地上的“吊庄”移民事业，可惜西吉县当年的县级老领导都找不到了，他们3人自谦地说，可能是因为这几个原因：一是县上有设想，如果“吊庄”成功的话，会在那边建一个贫困户移民镇级单位，所以抽调了3名副科级的干部，意在探索和实践，作为能进能退的方案考虑；二是3个人来自不同单位，丁建懿当过副镇长，有行政经验，马强是农业建设办出来的，在农村基础建设管理方面是行家，文工团党支部书记身份的谢君清，大概属于能说会道的思想政治工作人才吧——他自己这么定位。

其实，当时的西吉县委就是这么个意图。

集体上访事件后，自治区党委和政府在与西海固几个县及银川市和自治区相关部门进行认真细致的协调和调研基础上，由时任自治区副主席李成玉主持召开了一个协调会。会后以自治区政府的名义作出决定：将自治区农垦局下属的连湖农场10队和11队搬迁出来，划出26000亩土地作为西吉移民“吊庄”基地，同时对海原、固原上访的那些农户也进行了安排。相关文件规定：玉泉营“吊庄”的界址，东界西干渠，西接沿山公路，南毗连湖农场，北邻永宁县。东西长5.2公里，南北宽3.75公里，总面积29200亩，可开发面积21100亩，农田面积17800亩，其中铁路以东9800亩，铁路以西8000亩。之后有关文件又指出，扶贫扬黄骨干工程完工后，青铜峡甘城子还将划出净面积的40%，即18000亩土地作为西吉县“吊庄”移民基地。之后1995年、1996年又两次对玉泉营“吊庄”基地土地进行调整扩大，总面积接近6万亩，包括玉泉营、连湖农场、黄羊滩农场及青铜峡市、永宁县等部分地区，计划移民10000人。

“吊庄”移民是宁夏人的发明，也是一届又一届自治区党委和政府在中央扶贫、脱贫精神指导下书写的具有创新意义的一部已经载入史册的史诗。而当年，从事具体工作的那些扶贫工作者以及从大山里走出的父老乡亲们，则是这部伟大史诗中最动人心弦的音符——

"明天就走吧！想好了带啥就带啥……去了就不能当逃兵！你们仨都是干部，又是党员。"县委书记、县长，还有分管的一名副县长和人大常委会副主任及组织部部长集体跟丁建懿、马强和谢君清谈话，县长这么说。

县委书记接着说："这个任务非常艰巨，也非常光荣。自治区领导看着你们，全县几十万人民看着你们。一句话：只许往前行，不能往后退！咱西吉人祖祖辈辈在这块土地上就没过上过好日子，因为我们这块土地太亏肥了，人又多……所以先得把一批人吊出去！吊好了再吊一批出去。把这些吊出去的人先弄富了，其他人就跟着一起富起来了。所以说，你们肩上担的不仅仅是工作责任，还是咱西吉人、西海固人的希望和未来啊！"

"书记、县长你们放心，我们就是把骨头烂在那里，也要把移民'吊庄'建设好！让先到那里的人扎下根，富起来……回头我们再回来一批一批地带出去！"

"对对，一批批地带出去！"

丁建懿、马强和谢君清纷纷当场表态。

1991年元旦后上班的第一天，西吉县委、县政府开了一个专门会议，决定了人事调动，和吊庄办公室班子成员进行了集体谈话。

"紧接着我们就开始准备到远隔几百里外的玉泉营'吊庄'基地工作的事宜……"丁建懿的职务由"丁副镇长"变成了"丁主任"——西吉县玉泉营吊庄移民基地办公室主任，另两位就是分管不同工作的副主任了。

"既然是办公室，就得有七八条'枪'。"丁建懿他们便开始手忙脚乱地筹备起来。说手忙脚乱是因为县长要求他们在接到通知后"立即出发”。

“当时我们就像当兵的那样，接到任务后就准备马上走。再说，其实也没有啥可准备的……那个时候办公室能有啥呀？打字机、复印机都是不可能有的。电话也是有线的，等到那边好几个月后才有……打一次电话向县里汇报工作，要专门跑到银川市里去。”丁建懿他们说。

“知道那个时候我们的全部家当是什么吗？”几个老吊庄办公室人告诉我，他们在丁建懿等人的带领下，坐在一辆县里专门调度出来的老解放牌汽车里，“上面除了我们几个人自带的粮食与被子外，还有从县委党校借来的30多张旧床板和几张办公桌、几个凳子……也就是说，这些就是我们‘吊庄’事业开始的全部家当。”

“那时从我们南部山区到银川没有高速公路，一条省道也是坑坑洼洼的。1月份天又冷，风又大，我们的老解放牌汽车走了整整两天才到达银川……记得那天到银川时已经夜深了，我们就住在郊区的一个小招待所里，第二天一早就到自治区农建委报到。之后赶往连湖农场11队所在地时天又黑了。原先说好我们一到，农场就腾间旧房子给我们住，可到了那儿人家说不知道，没人通知他们。这可怎么办？只能就地窝一宿吧！”

丁建懿说他一辈子都记得那一夜他们是如何度过的。1月的宁北大地仍然寒风刺骨，气温在零下十几摄氏度。“吃的我们从老家带着，不怕。可水没有呀！于是，只能临时去小店买了几只铁桶。我就派了4名干部穿过西干渠打水，在那里4个人提了4只铁桶，来回整整走了4个小时，结果回到我们夜宿的地方只剩下两桶半水，因为一路坑坑坎坎，又是走夜路，所以能剩下两桶半水已经非常不容易了！”丁建懿说，“水解决了，睡觉又成了问题，毕竟大冬天的，晚上气温低至零下二十几摄氏度！我又派几个干部到沙滩上铲蒿子来生火，然后垒了砖，支一口锅，开始烧水，喝水暖肚子，烤火暖身子。但风太大，一口新铝锅全熏黑了仍然没把水烧开，只能凑合了！睡觉只能从车上拿下几块床板，围了一个圈，大伙坐在铺盖上……就这样一直坐到天亮。"

这是"吊庄人"度过的第一个夜晚。这个夜晚的景况其实预示着"吊庄"移民本身的艰难，更展示着扶贫、脱贫攻坚战的峥嵘岁月是如何开启的。

这是一批能吃苦、能吃大苦，又能干成事、干成大事的"吊庄"移民工作干部——丁建懿一行，仅仅用了20天时间，就对自治区划定的2万多亩"吊庄"移民基地的地理环境、自然条件、土壤状况、发展前景等进行了详细调查和论证，同时也完成了资源调查、土壤普查等工作，在满是风沙的床铺上写下了《西吉县玉泉营吊庄建设总体规划报告》和《搬迁计划报告》等。

很快，西吉县和海原县等有相关"吊庄"移民计划的县还统一制定了搬迁的安置和管理办法：

1. 吊庄办公室负责安置和管理工作。吊庄办公室按照搬迁通知单和身份证按审批的居民点顺序划给宅基地，每户0.5亩（净面积）。对于无手续和手续不全的农户，一律不予接收。

2. 吊庄共安排32个居民点，1个居民点安排55户约275人，4—5个村民小组（居民点）为1个村民委员会，共安排5个村民委员会。为了照顾搬迁农户的生活习惯，分民族安排居民点。

3. 房屋建成后，吊庄办公室按审批人口划分基本农田和经济林地。

4. 搬迁户不准买卖或以其他形式非法转让土地。

5. 对现有的树木、果园和园内的350亩耕地，由吊庄办负责集体统一经营管理。

6. 搬迁农户在通知之日起两个月内不建房者，通知原籍乡镇人民政府另行安排农户。半年内不建房者，注销搬迁指标，吊庄办再另行安排给其他乡镇。

7. 搬迁农户必须服从吊庄办公室的统一领导和管理，对无理抢占土地，抢种，破坏和干扰搬迁秩序，影响群众生产、生活者，吊庄办公室有权取消指标，限期返回原籍。所造成的损失由本人承担，并视情节从严处理。情节严重的，由公安机关给予治安管理处罚；违反刑律的由司法机关依法追究刑事责任。

8. 吊庄办公室根据搬迁进度逐步成立基层组织，加强对搬迁农户的教育和管理。

9. 搬迁农户原耕种的各类承包地从吊庄新分配土地开发耕种起3年后收回。在此期间必须履行承包合同规定的各项义务。

在此基础上，自治区也要求西吉县等在搬迁上需要有进度标准，明确要求各部门按规划建立健全各种服务机构。1991—1995年，先后要建立水管所、卫生院、小学、农业综合服务站、林业站、畜牧兽医站、供销社、派出所、乡政府、粮库等。至此，宁夏和西海固历史上不曾有过的一段独具创新意味的“吊庄”移民史，便这样拉开了轰轰烈烈的战幕——

“娃儿，你要走了，什么时候娘才能看得到你啊？”娘送到村口，拉着就要扬鞭而去的儿子，死死不肯放手。

"哎呀，娘——我去那边安好家后就会把你和俺爹接过去的！"儿说。

"接过去了，这边的家咋办？"娘疑惑道。

儿子笑了："扔了呗！"

娘哭了，就地而坐，哭叫起来："娘不去！你也不要去哟！"

"哎呀，行了行了！等着过好日子吧！马儿走——驾！"儿子扬鞭而起，马儿四蹄奔腾，山道上扬起一阵飞尘。

村口尽头，早有数十辆马车、板车、拖拉机……汇集成一股细细的"吊庄"洪流——与巍峨的六盘山相比，它宛如在山谷间的一条细流。然而它异常的顽强不息、勇往直前，一直向远方的未来前进……

这是另一个村口。

阿妹等在无人瞅得见的山梁后，等着阿哥的拖拉机出现……

"突突突"的引擎声，振动着阿妹起伏的胸膛。

"停一下！快停一下！"阿妹着急了，背着小包袱，飞步从山梁后冲向山道上，然后扑到阿哥的拖拉机前，将小包袱塞进阿哥的怀里，又扔下一句话："安顿好了就来信啊！"

"知道了——等着吧！"阿哥的声音回荡在山谷与山梁之间，如一曲不散的情歌，让阿妹站在山岗上痴痴地听了一宿又一宿……

这个村口有些与众不同：

十几辆板车装得满满当当。这是五户人家倾巢而出，每一组板车上都是祖孙三代人，老的七八十岁，小的甚至才四五岁……

"我们不想回来了！我们穷怕了！我们只想……只想出去过上哪怕是一天好日子也不情愿再留在这穷山窝窝了！"这是那位抖着山羊胡须的老者说的话，因为他有这份心，全家9口人没有一个再留在老宅子。

与他家同行的是同村人，他们都吃尽了苦，连炕头上前年解放军送来的慰问棉被也都被睡出了一串串洞洞……他们全都是家里几乎啥都没有的贫困户——如果再留在老宅，也许下一个冬天老人没了，孩子饿得只能啃泥巴，男人和女人都跑了……不如现在全家一起到一个新地方闯一闯，或许能闯出一条新路，至少全家人还能在一起拼一拼！

于是这几家就这样团结一致，一起奔向远方的那个他们从未去过的“北边”——未来的他们的家，在当时，那仅仅是个梦想。而梦想就是一种希望，有希望就有力量支撑着他们前行……

这份前行的力量来自这些吃够苦的山里人心中装着的一个梦想，所以他们不顾一切地放弃祖先留给他们的土地和老宅，开始走出大山，向一个不曾知晓的地方前行。

这需要多大的勇气和决心？！

“因为留在老家实在没法再把日子过下去了！与其那样，还不如出来走一步看一步吧！”许多人都这样对我说。当时加入“吊庄”移民大军的乡亲们十有八九怀此心态。

一位西吉县的老领导介绍说，1991年那会儿，他们西吉县的多数农民家庭，家徒四壁，满打满算平均也才三四百元的家当，一趟推车就可以把全部家当拉走了。“说得难听一点，有的女孩子刚嫁人，倘若外面有男人给她几百元钱，她可能就动了跟人家走的念头……婆姨一走，这家不就垮了？！老的等死，小的饿着，没了婆娘的男人还能扛下去吗？这就是当时我们许多西吉人、西海固人面临的现实！”这个干部说的是大实话。

他还说，如果家里有个病人，有个残疾人，景况还不知怎么形容呢！

“这就是当时的现实。”他的一个“现实”，能把人的眼泪催下来。

西吉人苦，西海固人苦。所以他们拼着命想找到一条能够活着的有希望的路……

"玉泉营？好！听着名字就是块宝地！去，我报名！"

"我们家也报名！玉泉营，一定有泉水！有泉水的地方也就是好地方！"

玉泉营后来成了那些加入"吊庄"移民大军的村民们的一种向往和梦想。

"屌，啥玉泉营好地方！我们西海固有一百个'满水村'……哪个'满水村'你见过有水啦？半滴尿水都冇见嘛！"也有人这么说。

"是的嘛！老祖宗留下的山，留下的峁，再穷，也是咱的。就是冇了裤衩衩，咱溜光出门也不会有人嘲笑咱嘛！"更有一些守穷守家的人这样说。

从各种不同的议论中，我们可以感受到脱贫攻坚战来自内部和自身的阻力是何等强大，任务何等艰巨。然而，历史的车轮依然在向前，那个远方的玉泉营如梦般地吸引着更多怀揣希望与致富梦想的人……他们不再为他人的讽言讽语所动，他们只为自己的前行加油！

"加油！"

没有人可以阻挡他们。"嘚儿——"一声鞭响，催动了他们的板车轮、拖拉机车轮、马车轮，还有自行车轮。

眼泪是要流的，毕竟要离开生长的土地。

眼泪必须流，因为既要告别老宅，还要告别乡亲，更要告别那片熟悉的又恨又爱的山岗与山崖……

但这眼泪太咸，咸了几辈子，没有一天是甜的。即使新中国成立几十年了，仍然是咸的：孩子上学交不起学费，老人死后买不起棺材，媳妇进门后几十年添不上一件新衣，所有的生活里难见几丝甜味，唯有咸味——那是大山人的汗水浸泡出的苦涩味。它是宁夏人、是西海固人的生活本色之味。是它，才让宁夏人想出了一个“吊庄”的名词。

“吊庄”二字，在我看来，它几乎可以等同于人类从落后的自然文明到先进的现代文明过渡这样一个巨大的历史性跨越。难道不是这样吗？

这一步的跨越，不仅是一个简单的地域和距离的问题，它更是人类争取彻底改变自然条件的一场堪称悲壮的文明革命。看起来似乎仅仅是从“这地”搬迁到“那地”这么一件事，其实对个体的百姓，对一对正在热恋的山伢山妹或一个家庭来说，它意味着的可能是终身的改变、命运的改变，而随之又可能是几代人、几个世纪的彻底改变——这种改变，对一个地区来说何尝不是如此。

今天我们回头看“吊庄”时，已经证实我上述的这种观点。然而在30年前的20世纪90年代初，那些为改变命运而走出大山的农民们，他们面临的重重客观的和心灵世界的阻力，可以让巍峨的六盘山震动，也可以让黄河水倒流……

无论是谁，只要不是那场“吊庄”搬迁的亲历者，任何一个外人都无法来描述当时他们这些人所经历的是怎样一番酸苦。从1991年1月到2020年2月15日（新冠肺炎疫情暴发时）我正在写此作品时，已长达10000多个日夜，中国经历了多少惊天动地的大事！有关当年宁夏的“吊庄”移民史话也许没有几个人能够真切地将其描绘出来。恰在此时，我读到了王富荣先生当年所写的《搬家的日子》一文，令我感动不已——

金秋的一个下午，太阳照在老家的一个山梁梁上，一大片向日葵像情窦初开的少女，羞涩地低着头。秋风就像骚情的男人，轻轻抚摸着少女的头，萌动了一地的心跳；让山里的妹子含情绽放，烂漫了一座山梁，浪漫了整个季节。

蜜蜂找到了花的海洋，忙碌地采摘花粉，正在酿造甜蜜的生活。花儿的香味飘得很远，散发着蜜糖甜甜的味道，沁人心脾。微风轻轻地吹着，天气很凉快，村庄显得很安静、很祥和，这个村庄叫王家大湾。

热赫曼就住在这个村子里，今天他要搬家了，搬到很远的一个叫闽宁村的地方去生活，听说他在那里买了一院地方，村子里有几个女人流着泪在议论着。

热赫曼叫来了一辆准备搬家的大卡车，媳妇法图麦早把家里的东西整理了好几天，整理了好几遍，实在没有啥值钱的东西了，但每一件都舍不得丢下。法图麦自言自语着：这是真的要搬家了，搬到离娘家800里路远的闽宁村去。看来以后浪娘家就难肠死了。咋舍得离开这个院子、房子、亲戚哩，她的心都碎了，眼泪把心都淹了。

乡亲们知道了，好多人都来帮忙往车上装东西，几个老奶奶拄着拐杖，拖着孙子颤悠悠地来为热赫曼家送行。她们拉着法图麦和娃娃的手，80岁的白奶奶说：“媳妇，你们要搬走了，咋舍得让你们走哩，这一走我就再见不到你们了。”说的在场的人都流下了眼泪。法图麦再也忍不住了，放声大哭了起来，哭得很伤心。大家都劝她不要哭了，白奶奶说：“娃娃，你们的路还长，搬过去好好过日子，那里的地方都比咱们这里好。”

从结婚到现在，法图麦已经在这个庄子上整整生活了15年了，两个孩子都10岁多了，故乡难离，故土难离，最舍不得的是乡亲们，还有娘家的亲情。村子里的媳妇从前都在一起干活，挖柴担水，闲的时候就坐在一起纳鞋底，说东拉西地说闲话。现在听说热赫曼家要搬走了，心里觉得很难受都来送行了，她们抱在一起，哭成一团。都说法图麦是很孝顺公婆的好媳妇，心软、不得罪人，把谁家的孩子都看在眼里，把谁家的事都装在心里，对村子里的老年人都很尊敬，只要看见村子里的老人都要说色俩目问候，谁家忙就帮谁家干活，谁家有事就给谁家帮忙。“唉，真是个好媳妇啊。你走了让我们看见这个院子多凄惶啊。”村民们说。

乡亲们你十块、她八块地往法图麦和两个娃娃手里塞钱，这是村子里送行的风俗。煮熟的鸡蛋，炸好的油香、面包，装了两大包。法图麦把自己用过的铲子送给了邻居家的媳妇，一把铁叉送给了邻居大嫂，一口吃饭锅送给了弟媳妇，还有些柴草送给了邻居。“给娃娃填个热炕，做个留念吧，我的亲戚，有在言语上得罪了大妈大叔、大哥大姐的地方，就请大家给我一个口唤，给我们做个好都哇，以后见面的日子少了，想念的日子长了，照顾好老人娃娃，想了我就给你们打个电话问候……”千叮咛万嘱咐的话说了再说，送别的场面很揪心，也很感动人，这就是热赫曼的邻居，热情的父老乡亲。

车上装的是要盖房的椽子、檩条。几个老爷爷把铁锨、镢头装上了车。“娃娃，我们是庄户人，走到哪里都需要用铁锨，要买没有钱。"几个老奶奶把法图麦背过的背篼、筐子都装上了车，几个年轻人把一辆压车子抬上了汽车。搬个新家啥都要买哩。最后装上车的是热赫曼和法图麦结婚时娘家陪的一对嫁妆箱子，这是她一辈子不能丢的念想。

热赫曼走进了老坟地，给父亲、爷爷、奶奶、太爷等所有无常的亡人坟上点了香。他深深地弯下了腰向亡人说色俩目，之后双膝跪下开始上坟……这时热赫曼再也控制不住内心的酸楚，放声大哭了起来。他看着睡在这里的亡灵，想到今天告别后就不能经常来这里给父亲、爷爷、奶奶、太爷及所有的亡人上坟了。跪着哭着告诉父亲、爷爷、奶奶，他要搬家了。他要离开这个生活了35年的故土、故乡，要离开生育养育他的黄土地，要告别亡灵，要告别所有的乡亲、亲情，要告别这里的山川草木。热赫曼心里像火一样地燃烧着、矛盾着……泪水像断了线的珠子，刷刷地滚落到了衣襟上、坟地里，他久久地久久地跪着不肯起来。

其实热赫曼跪着不起来是有原因的。前几年，热赫曼要搬到闽宁村去，他问父亲，向父亲讨口唤，父亲没有同意。父亲说："我知道你要搬走了，因为你的翅膀硬了，我们老了。这里咋就养活不了你哩？祖祖辈辈都生活在这里，就你生活不了，就能把你饿死？这里穷吗？儿不嫌母丑，狗不嫌家穷。坐上三年搬不动，跑上三年一条棍。这里是你的家，有土地，有亲戚，有房子。外面的金窝银窝不如家里的土窝。闽宁村没有你的爹没有你的娘，举目无亲，无依无靠，娃娃没有个上学的学校。你能受得了被蚊子叮咬的苦吗？那里全是沙子没有水，太阳把人的脑子都能烤焦，你受不了那个苦，娃娃。玉泉营、黄羊滩来的人都说，那地方就不是个人住的地方，一年一场风，从春刮到冬。天上无飞鸟，地上不长草，百里无人烟，风吹石沙跑，荒凉得不行。儿子你想想，那地方要是好的话，黄羊滩人早就开发了，还等你个山里娃去开发吗？”父亲的一番话打消了儿子搬家的念头。父亲也是心疼儿子，特别是怕孙子受罪，没有同意让儿子搬迁出去。

几年过去了，现在父亲无常了，儿子要违背父亲的心愿，违抗父亲的命令，这是大逆不道的行为。这就是热赫曼长跪不起一直悲痛哭泣的原因，他认为自己是背叛了父亲的遗言，心里很矛盾、很痛苦、很悲伤。

母亲拉着热赫曼的手，流着泪说：“儿子，走吧，走吧，生活是你们自己的事，老地方我守着，那里过不下去了就回来，老家不能丢，妈妈给你看着，老祖先的坟妈妈守着。”热赫曼安慰妈妈说：“妈妈，我把房子盖好了，住稳当了就回来接您老人家，现在上去很艰苦，您老人家给我口唤就行了。”热赫曼给母亲说了色俩目，老母亲用手抹着眼泪说：“走吧，好好下苦啊，能吃苦就有出息。”热赫曼答应着妈妈的话，给母亲说了色俩目，慢慢松开了母亲的手，心里就像刀子在剜肉一样地疼。

搬家的汽车开动了，庄子里男女老少都跟着汽车往前走，一片撕心裂肺的哭声。大家跟着汽车走了二三里路了，最后热赫曼一个一个向送行的乡亲说色俩目劝回。乡亲们站在那里流着泪挥着手，搬家的汽车消失在一片哭声之中……

王富荣在文章最后写下这样一句话——送别的乡亲们站在高高的山梁，向走出大山、奔向远方的亲人们高声企盼道：“常回家看看啊——”

“常回家看看？！”家在何处？是身后的那个老宅、老村子？还是在那个叫玉泉营的土地上的新家？似乎都是，似乎都不是……于是所有远行的人，不管是大人还是孩子，不管是女人还是男人，他们都哭了，有的哭得直不起腰，将头埋在双腿之间。孩子同样在母亲的怀抱中号哭，女人靠在开拖拉机的男人的肩膀上抽泣……

那些赶着车、开着拖拉机的男人们也在流泪。但他们不能出声，也不想让自己的孩子和女人们看到，他们的眼泪只迎着风流淌……然后，他们对着前面的高山，前面的峡谷，前面的山梁和渐渐开阔的沙丘与戈壁……他们再也忍不住地号叫起来——

“我们要活命啊！”

“我们要活出个人样啊！”

“我们要个像样的家啊！”

“不要问多远——我们永不回头！”

“我们永不回头！誓死不休！直到致富！”

开始是一个男人在喊，后来所有的男人在喊。

开始是男人们喊，后来女人和孩子、老人都跟着一起喊……喊得惊天动地，喊得六盘山在发颤，黄河水在翻滚，贺兰山在响应！

那寒冬与原野上的野风里，竟然飘落出男人和女人们、老人和孩子们的泪花花来。这一回泪不再是咸的，而是热的，滚烫着的热……

11 戈壁滩上的梦想

我到宁夏真正见到的第一位从贫困户脱贫致富的农民叫谢兴昌，他也是我见到的第一位因闽宁对口扶贫协作而得利、出名的宁夏老百姓。

谢兴昌现在在当地是很有名的人，除了作为贫困农民群体中因闽宁对口扶贫协作而致富的代表人物之外，还有一个重要原因：2016年习近平总书记来到当年由他亲自确定的闽宁对口扶贫协作样板——闽宁镇（最早为闽宁村）——考察时，谢兴昌作为移民致富的农民代表向习近平总书记作了汇报。尤其是在汇报当年刚到“吊庄”移民点所面临的恶劣生活环境时，谢兴昌顺口说的四句话后来成为习近平总书记在银川主持召开的东西部扶贫协作座谈会上的“流行语”，老谢从此在当地声名鹊起。他说的那四句话形容的是当年他和其他移民从西海固那边的西吉县来到闽宁村时所见的情景：“空中无飞鸟，地面不长草。沙滩无人烟，风吹沙石跑。”

“不是我编的，当时就是这个样。我们天天面对的就是这景况……”2019年7月19日，我来到谢兴昌家采访，他这样自豪地说，“那天习总书记到我们这儿考察，听了我的汇报后，总书记当着许多人的面对我说：‘你是移民的引路人，又是移民致富的带头人，还是闽宁镇发展的见证人。’我现在特别自豪！”

我问镇上的干部是有这回事吗？他们都说有这事，习总书记确实是这么说的，有录像为证。

“了不起啊，老谢同志！”我不由自主地握着63岁的谢兴昌的手说道。

“哈哈……是大家的光荣，总书记是表扬我们宁夏，表扬我们闽宁镇和闽宁对口扶贫协作工作做得好。我只是其中的一个代表。”谢兴昌说他前些年已经从村干部的位子上退下来了，现在是“自由职业者”——一是为镇上做义务宣传员，向全国各地来学习参观的人宣传习近平总书记一手关怀下建设成的“金沙滩”——闽宁镇的扶贫、脱贫奔小康的经验；二是得空帮女儿看看药店。

走进谢兴昌女儿开的达美药店，有一种很气派的感觉。药店上下两层，每层有两百来平方米，下层是店铺，上面则做办公、仓库和住宿之用。

“都是镇上统一建的，然后公开招标购买，再按相关政策补贴每户多少钱，这对我们这些贫困百姓是极大的关爱、帮助。也就是说，你只要花很少的钱，就可以抱个致富的‘金娃娃’……”谢兴昌指着他女儿经营的药店向我介绍，这个店铺自己总共花了36000元。

“这么便宜呀！”我无法相信。

“政府对我们搬迁移民特别关照。闽宁对口扶贫协作中我们这些人是最早得益的一批人。”谢兴昌心怀感激道。

“一年能有多少收入？”我问他女儿。

“因为我跟北京的卫生部门和药检部门比较熟悉，所以我的药店比一般同类店铺可能生意好些……一年有那么二三十万收入吧！”女店主笑着说。

看样子有点谦虚。我内心真切地希望她多赚些钱，当然更重要的是，通过她能让很多有病的百姓买得起药、看得起病。

“我要求她的就是要以最低的价格把药卖给众乡亲。”谢兴昌说。

“你是哪年移民到这儿的？”

“闽宁村建设时的第一批人，也就是1997年来的……”谢兴昌说，“当时我们并不知道这边的事，只知道福建和我们宁夏有个扶贫协作项目，就是要建一个闽宁村，而且听说福建省的领导要出席建村的奠基仪式，所以要求3月份前报名到这边，成为搬迁的‘吊庄’移民之一。”

“那时你们知道这个闽宁村是习近平总书记亲自抓的项目吗？”我有些好奇地问他。

老谢连连摇头，说：“不知道，根本不知道！要是像现在大家都知道是我们党的总书记、国家主席抓的扶贫项目，那不知道有多少人抢着过来哩！”说完他自个儿大笑起来。

谢兴昌这笑不是没有道理的。当年他听说上面又有“吊庄”移民的消息后，作为西吉县王民乡红太阳村党支部原书记，就动了心思。“当时我有这个心思，一方面是听说在我们之前已经有些村搬迁到了玉泉营，上级希望我们村上的贫困群众也能够去一部分；最主要的是我自己也想到外面闯一闯。我们王民乡在六盘山西侧的大山沟沟里，我自己一家共有18亩地，因为十年九旱，一家人日子过得太紧巴，也太苦了！不说其他的，光说每天喝点水，都得跑到几里外的一个‘冒眼’——山泉——窝里去舀那么几碗。你想一个村庄有几百口人，靠那么点水咋过日子？牛羊不喝了？还有地里的庄稼……唉，没办法。加上县里开会号召我们参加‘吊庄’移民，我想我有责任给村上的贫困农民兄弟们带个头，为后面的村民们做个榜样，这样我就一个人先到了玉泉营这边看了看……”

“第一次来看到了什么？”

“巧啦！”谢兴昌有种中了头彩似的喜悦，说，“我记得非常清楚，我是1997年7月13日那天到的玉泉营这个地方。一到这儿，我们县上在这里的吊庄移民基地办公室的人告诉我，说后天福建省的习书记等领导要来参加闽宁村的开村建设奠基仪式，让我一起参加这个活动。我心想，这是好事啊！人家省里的大领导要来，而且这个闽宁村是福建和宁夏的合作项目，以后一定错不了！但老实说，当时我们并不熟悉习近平书记呀！”谢兴昌又大笑起来。

他说：“这一次我从西吉来玉泉营是县上组织的专程班车，路上还好，但确实看到划定的闽宁村其实是一片戈壁滩，除了沙石、盐碱地外，光秃秃的，啥都没有。但周边不远的地方已经有些绿了，也有些长得不错的庄稼地，它们就是先到这儿的移民种的。”

闽宁村是闽宁对口扶贫协作的重要项目，它是习近平在1997年上半年第一次到宁夏考察后当场定下的协作扶贫示范点，所以从一开始就渗透着习近平同志的关切与心血。原定要参加闽宁村建村开工奠基仪式的习近平同志因其他重要会议不能前来，他专门委派福建省扶贫办主任林月婵带领相关人员参加了闽宁村奠基仪式。

1997年7月15日，这是个值得在中国扶贫、脱贫史上被永久纪念的日子。这一天，骄阳晒在贺兰山脚下的一片戈壁滩上，几百位自治区、银川市和西海固来的干部、移民群众代表披红戴花地出席了隆重的奠基仪式。林月婵代表习近平宣读了他发来的贺电全文——

在举国欢庆香港回归和庆祝中国共产党建党76周年的喜庆日子里，象征闽宁两省区友谊的闽宁村今天在这里隆重奠基了。我谨代表福建省对口帮扶宁夏领导小组，对闽宁村建设开工奠基表示热烈的祝贺！闽宁村的正式兴建，是闽宁两省区开展对口扶贫协作的一项重要成果。

坚持东部和中西部经济协调发展，这是我国国民经济和社会发展“九五”计划和2010年远景目标中的一项重要战略举措，是我们今后经济发展必须遵循的基本方针，体现了邓小平同志走共同富裕道路的重要思想。福建省正在认真按照闽宁对口扶贫协作第二次联席会议精神，抓好有关事项的组织实施。让我们共同祝愿，闽宁两省区对口扶贫协作更加健康发展，闽宁村早日建成，闽宁人民友谊长存。

“虽然我们当时有点遗憾没有见到习近平书记，但听他的贺信内容，我就觉得这个闽宁村今后一定是个幸福村，所以我就下决心要把西吉那边的王民乡的穷兄弟们带到这个地方来。所以，当天参加完建村开工奠基仪式后我就往西吉走……可一想又不能这样空着手回去呀！那个时候也没有手机，如果现在照上几张现场照片，让乡亲们看看那么多自治区的、福建省的领导出席建村的隆重仪式，谁还能不相信今后这里是个好地方嘛！”谢兴昌说。

“那你怎么做的呢？拿什么让你的穷兄弟们相信你呢？”

“我有办法啊！”谢兴昌确实属于那种比较聪明的农民。他说他是县卫生护校毕业的，中专生，当过好几年生产大队的赤脚医生。难怪。

老谢说，他本来可以成为吃商品粮（城镇居民户口）的人。我知道在那个年代，农村户口与城镇户口对一个农民出身的家庭和他本人来说，简直就是天壤之别。“我1975年入党，一直挺积极、挺先进的。但计划生育没做好，生了5个孩子。”老谢自己都笑了，说，“在我们那儿生五六个孩子不算多，越穷越要多生孩子，怕人家欺负咱。所以西海固人穷的一个重要原因就是人口出生率太高，土地又那么乏，人口翻着番剧增，肯定是穷上加穷。但你少生了也吃亏呀，在我们原先那些地方，你家里少了娃就是容易受人欺！我是党员，按理不能生那么多，但扛不住人家比呀。生完第三个后，老婆又怀上了，本来应该去做掉的，我是村支书嘛！但到医院一检查，医生说恭喜你呀老谢！我说有啥恭喜的？医生说：‘龙凤胎！必须保！’这不，人家医生也坚持要保这一胎，我当然也愿意嘛！我们那儿双胞胎的情况很少，这样我就成了真正的超生户。领导找我说你这不行，党员是要为这受处分的。这样组织上就给了我一个处分，不过还是保住了党籍……但也丢了一个吃商品粮的机会。”

如今的谢兴昌当作笑话似的跟我谈论年轻时的往事，但可以想象当年他为这些事一定没少烦恼。

“农民的问题一定要以农民的方式来解决。”当了数十年村支书的谢兴昌颇有经验地告诉我，那天他参加完闽宁村建村开工奠基仪式后，便往老家走。他心想：怎么才能让本村的穷兄弟们跟自己到玉泉营这边的闽宁村来安家落户呢？“你得跟人家说这边好嘛！可光说好，这种空话谁信？”

“当时的闽宁村还是一片黄沙，你能带什么东西让众乡亲信你呀？”我问。

“是嘛，我也着急，大家看不到好的东西谁信我？”谢兴昌说，就这么一着急，他在路上左右摇晃着脑袋往四周瞅……“这一瞅就瞅到了一片玉米地。”

谢兴昌兴奋地说：“我就直往那片玉米地跑去……你不知道呀何作家，这边的玉米长得比我们老家的玉米不知大好几倍呢！那个玉米棒子一个顶我们老家的七八个！我想我啥都不用带回去，就带几根玉米棒子回去让大伙看看就行了！”

“你挑大的，大的！尽管挑！”老谢说他到了那边的玉米地后，正好有两个人在地里干活，听他一说理由，人家便让他自己挑。

就这样，谢兴昌背着几根玉米棒子回到老家西吉县王民乡那个大山窝窝。

“村民们，你们可以啥都不信，但你们可以看看人家那边的玉米棒子吧！人家也是种玉米，可个头比咱的大好几倍呢！”村民大会上，谢兴昌举着玉米棒子，作移民动员。

但因为有两个人站出来拆台，谢兴昌在自己家所在的村民小组的动员失败了。他背着玉米棒子又跑到另一个村民小组再去发动……

最后连同自己一家，全村共12户贫困家庭报名参加“吊庄”移民，计划搬迁到数百里之外的闽宁村。

出发的那一天并不壮观，一台“兰驼”牌农用三轮车，坐着连同谢兴昌在内的14个人，加上他们准备的一路吃喝睡用的物品，满满当当。“多出一个屁股都没地方搁。”谢兴昌说，“14个人中只有我老伴一个女人，其他都是一家一人，是先去建宅基和划地的，好让后面的家正式搬过去，所以一家先去一个。我老伴去是因为我们这一伙人去后得有人做饭给大家吃，她的任务就是这……”

“开着农用车到那边要多长时间？”我问。

“1997年那个时候公路路况已经不错了。我们一早从西吉王民乡出发，到那边已是晚上九十点钟了，十几个小时，还行。许多人第一次出大山，一路上都很开心……”谢兴昌说。

我知道，其实早谢兴昌几年迁走的那些“吊庄”移民，包括晚他几年的更多加入“吊庄”移民大军的贫困群众，他们都经历了不同程度的出山之路的艰难。

不用问走出大山以后的创业岁月如何艰辛，单说他们走出大山的路就足够令人感叹与感动。

距王民乡近百里远的沙沟乡，地处固原、海原和西吉县三县交界地，属于真正的大山窝窝。玉泉营“吊庄”移民的消息刚刚传到乡里时，回民马炳孝那年已经70岁了，他立即找到负责这项工作的副县长，恳求全家报名移民。“再不搬，我马家就会断子绝孙了！再晚一些日子搬，可能家里过一段时间就会少一口人……”多年后，有人问马炳孝老汉为啥那么积极想当“吊庄”移民，不识几个字的马炳孝直截了当地回答。

与其说这是马炳孝从口中吐出的话，不如说是他内心深处淌出的血……

为了生存，七旬老人拼了：从偏僻的西吉县沙沟乡到县城赶毛驴车就要近一天，然而马炳孝这一次是带着全家三代七口人一起上路的——从他家老宅出发，到银川这边的玉泉营到底有多远，马炳孝老汉当时并不清楚。村里人就跟他开玩笑：“你赶着毛驴要一直往北走，别弄错了方向啊！”

“咋会弄错了方向？等我到北边去了，你们还有啥嘲笑我的？”马炳孝回敬说，“这回我是带着全家去奔小康生活的，你们以后别眼红便是了！”

“好得很！你要是找到了那个叫玉泉营的地方，半年不回来，证明那里好着呢！我们就也跟着过去。”村民们跟他打起赌来。

“说定了！”马炳孝操起鞭子，“啪——”一声响亮的鞭子声在山沟沟里回荡。只见坐满一家七口的毛驴车颤颤巍巍地走出大山沟谷，向远方驶去……

我们闭上眼，设想一下：20多年前的一个日子，一个70岁的老汉，戴着小白帽，赶着毛驴车，那毛驴车上是男女老少一家7口人，还有全部的家什——尽管破破烂烂，但毕竟是一家三代人的生活与生存所用之物。他们怀着一颗“寻找活路”的心，向着“有口饭吃”的前方，一里路一里路地往北前行……对一个家庭来说，这是多么悲壮的一次旅程，因为它意味着没有后路，只能向前——假如退回到村里是多么丢面子的事情啊！马炳孝早就跟家人说好了：前面就是刀山火海，我们也要往里跳，不可能再回到沙沟乡了！不能让村上的人嘲笑我们！你们答应的就跟我走，没这胆的就留在老宅基上。

后来，儿孙们都点了头。于是马炳孝老汉临离开村庄时干脆把老宅都扒了，意在誓不回头。

“不易啊，我们走了整整七天七宿啊！”马炳孝后来跟人说。

不说人有多乏，单说那头毛驴，虽过去一直在马家任劳任怨，可那是在近村近地的田头或磨盘旁，再累也可以偷个懒、打个盹。然而在陌生的长途跋涉中，毛驴第一次遇上它从未有过的艰辛：山道上，它要小心崎岖陡峭的山路；公路上，它要让着、躲着争抢道路的来来往往的汽车和人流！白天的风，夜间的雨，还有陌生的街道与岔路口……毛驴从没有见过如此复杂、如此多变的路途。

它想歇一口气，只听主人们在谈论：今天必须赶在太阳落下的时候到某地。它渴得直冒白沫，想饮一口水，主人们则在议论：还有一勺水，谁能不喝的尽量不喝，留给爷爷喝吧，他要赶车……爷爷——马炳孝没有喝，而是把剩下的半勺水放到了它的嘴边……

它喝了，于是它又不遗余力地往前走。

马炳孝一家人就是这样走了七天七宿，到达了他们做梦都在想的地方——黄河灌区的西干渠旁的玉泉营“吊庄”移民基地。

七天七宿，一头毛驴，一家三代……这样的旅程，对马炳孝一家来说，就是一次为了改变命运的“长征”。这是宁夏数百万贫困百姓的一个缩影。与马炳孝走了同样多、同样远、同样艰辛的“长征”之路的还有许多人。

现在在闽宁镇园艺村落户的马守珍，是另一户回民。马守珍说他原来的家“出门就是崖，背后就是山”。他的儿子幼时因出门玩要不慎掉到了自家门口的山崖下而致残。马守珍形容自己一家人过去是“等死人生”，因为他家里除了残疾的幼儿外，还有另外4个尚未成年的孩子，如果继续留在老家，难免会再出大祸，所以他毫不犹豫地报名加入了“吊庄”移民的搬迁大军之列。走出大山那年，孩子们都还小，一路上孩子们开始还有些好奇——他们好奇外面的世界，但走了一天又一天后，孩子们都哭了起来，哭着要回家。

“哪还有家可回呀！”

“家在前面！”

“前面就是我们家了……”

“前面……”

开始马守珍还很有力气地训斥孩子们，也很有底气地告诉孩子们“家就在前面”，可后来走着走着，他自己心里也毛了起来——前面的家到底是啥样，其实他也不知道。

有一夜，马守珍一家在乱石戈壁滩上露宿。全家人裹着两条被子。为了不让孩子们冻着，马守珍自己的身子就不在被子里，他的身子底下是硌得他腰酸背痛的砾石……

“那些砾子块很气人，让你睡不着觉。也不知咋的，可能是一路太累了，后来就迷迷糊糊地睡着了……睡着睡着，就做了梦，梦中发现自己竟然掉进金蛋蛋窝里去了！”马守珍一下笑醒了，他把梦中的事告诉给孩子和媳妇，全家人开心得蹦了起来，说我们家要发啦！要过上好日子了！

“当时我就对孩子们说，你们都给我听着：到了新家，要好好劳动，好好读书，把我们家的日子过旺了！”马守珍一家后来真的在闽宁镇过上了好日子，不仅如此，他的3个儿子也都上了大学，成为移民中的一个佳话。

谢兴昌比马守珍来得晚，早期玉泉营的“吊庄”移民过来时还没有建闽宁村，而谢兴昌不曾想到的是，他兴高采烈地来到的新村庄——闽宁村——其实也是一片戈壁滩沙丘地。这跟比他早来玉泉营五六年的那些乡亲们所经历的没什么两样。

天将晓，蚊子醒来早。昨夜嗡犹在耳，戈壁生活何时了，谁言此地好？

天已午，饥肠响如鼓。丈夫生来不下厨，戈壁滩上生烟火，泪水和米煮。

日西落，孤独向谁说？蚊子佬最得意，常常咬肿手和脚，你说怎奈何？

午夜月，朦胧似唱歌。大风怒吼百草折，飞沙走石屋顶掀，浑身直哆嗦……

诗人王富荣这样形容“吊庄”移民初期的生活情景，惟妙惟肖，真实生动。

其实，无论是第一批落户到玉泉营的移民，还是谢兴昌他们这批幸运的闽宁村村民，在他们离开家乡踏上另一个新家时所经历的环境和困难基本上是一样的，因为戈壁滩的本色就是荒凉与孤独，风沙伴寂寞。也就是说，你想在这里落脚，唯有苦干，唯有一往无前地苦干到底，就像移民们第一次想在这儿喝上清清的泉水一样，必须义无反顾地往地底下挖……直到胜利为止。

谢兴昌一行14人是闽宁村的第一批移民，也是最早来落户的人——现在谢兴昌经常这样自夸，因为现在美得跟花园一样的闽宁镇原来就没有一个真正在那里住着的居民。“它是一片荒地嘛！是彻彻底底的戈壁滩地……我们是第一批。我们来之前的7月中旬，福建和宁夏两边的领导在这儿奠基。奠完基后，盖房、筑路、垦荒就是我们的事了。所以我们是这块土地上真正的‘土著’居民！”谢兴昌说得也在理，没有人反驳他，也确实驳不倒他。

但在当时，同他一起过来的另外12位村民一下车就骂他是“骗子”：“你个支书还骗我们哩！”

谢兴昌说：“我咋是骗子吗？”

村民们瞪他一眼：“你不是骗子是啥？你说这里比我们家那边好，有‘金窝窝’。咋没有呀？啥都冇嘛！”

谢兴昌用脚狠狠地踩了一下滚满砾石的戈壁滩，反问道：“啥冇？这里不是‘金窝窝’？”

村民们你看我，我看你，全有些傻了：“你说这就是‘金窝窝’？”

谢兴昌更来劲了，在原地连跳了十几下，还大声嚷着：“这不是

‘金窝窝’？这不是‘金窝窝’？！”

“哎呀，你个大骗子！大骗子呀——”立马，有村民一屁股坐在地上号哭起来。

“起来！你给我起来——”谢兴昌火了，一把将那个号哭的村民拉起来，对他说，“你别给我丢人现眼的！咱们是头一批代表西吉县王民乡的移民，我们到了这儿，也就是说我们现在已经是闽宁村村民了！知道为啥叫闽宁村吗？因为这是我们宁夏和福建两个地方合起来为咱西海固的穷人建的村庄，人家习近平书记亲自定的地方，定的名！你不感到光荣反倒哭丧个脸，你不觉得丢人，我可丢不起这个脸！你要说这儿没有‘金窝窝’，是我骗了你。但我告诉你，你给我听明白了——你们大家都给我听明白了：以后两个月里，如果你们听我指挥、听我的话，我保证你们每家每户都能见到‘金窝窝’。如果等两个月后你们有见到‘金窝窝’，那你们或者劈了我的头，或者就回老家去，路费我出！你们说咋样？”

“好！就再听你一回！你是村支书，你骗我们老百姓就丢你这个官，丢你这个脸面。我们不怕啥，撑死了打自个儿几个耳光，再垂着个头回去呗！”

“就这样说定了！明天开始听我指挥——今晚我请大家吃一顿！”谢兴昌回头问蹲在地窝子里烧饭的婆娘：“饭好了没？把带来的几瓶酒一起拿出来，今晚我要跟他们一醉方休！”

这一夜，连谢兴昌婆娘在内的14个王民乡来的“吊庄”贫困移民，喝着酒，号着山歌，醉倒在那个荒无人烟的闽宁村……

可惜这一幕没有人用镜头记录下来，那个时候谢兴昌他们不可能有手机，他们手中只有两个手电筒和十几支蜡烛，这也是他们从老家带来的唯一照明用的"电"与"灯"了。而就是这些近乎原始的光芒，映照着第一批闽宁村人建设新家园、走向致富路的前行航程。

"当时只有我身上带着几百块钱，怎么把一起来的村民稳定下来，其实难题不少。比如戈壁滩不像我们山区，你没地方住，在山坡上挖个洞，不就能待下去了嘛！乱石满地滚的戈壁滩可就不一样了！"谢兴昌说，"到的第二天我一早就跑到玉泉营吊庄移民基地办公室要到了闽宁村的规划设计图，也就是说我们要把自己的宅基地在哪个地方先落实好了，这样才可以动手干呀！"

但事情并没有那么简单。谢兴昌趁着去镇上一趟，给一起来的各家备了建房的料。回到歇脚地，看准了自己家的宅基地位置，谢兴昌对一起来的村民们说："为了确保以后我们每家的房子越建越好，第一家就从我家开始……你们有没有意见？"

"没意见。这样好，你支书家建好了，我们就照你家的样子盖。"

"好。我觉得这样好！"

大家意见一致。

都是农民出身，不像城里讲究钟点上班——大家有活就干。第一天正式出工干到下午5点左右，见天色渐黑，谢兴昌吆喝了一声："收工。"然后又问婆娘，"饭熟了吗？"

"熟了！"他婆娘说。

"开饭了——大家围过来吃！"谢兴昌又招呼大家。十多个人便围到了一起，周边是一片大风呼呼直吹的戈壁滩……

众人端起饭碗的那一瞬，一阵更大的狂风夹带着黄沙吹得连人都蹲不住，一半人的饭碗被丁零当啷地吹出十几米远。"这啥鬼地方嘛！还不如老家！"

几个村民的情绪降到了冰点。“唉——”此刻的谢兴昌无言以对，只得默默地让婆娘重新给大伙儿盛上饭，一个个端过去。

“支书，我实在不想在这儿干了！你看看，连个躲风避寒的地方都冇嘛！还不如在我们老家的大山里呢！”有人又在嚷嚷了！

“你要嫌苦现在就回去！我反正死也死在这里了！”谢兴昌这回真生气了。他把饭碗一扔，拿起一把铁锹，开始在乱石地上往下挖……

“支书，你这是干啥呢？”有人过来问。

“不是说没有地方躲嘛！我挖个地洞，看它黄沙狂风还能刮跑我不！”谢兴昌越干越发狠劲。

“对啊，咱们挖个地洞，往下面一钻，管它狂风还是黄沙都不怕嘛！”众人情绪又高涨起来，纷纷拿起铁锹和镐子，加入到谢兴昌的挖洞战斗中。

地洞挖成了，上面再搭块塑料布一压，呵，里面还挺不错的！

这回军心得到了稳定。稳定了军心，干活的精神和速度就不一样了。第一间长6米、宽4米的房子建好了，挺宽敞！“以后我们的房子标准都是这个样。我家7口人，按规定可以盖这样的房子5间，你们各家各户，也都按这样的标准盖……”谢兴昌指着自己的“样板房”跟大伙儿说。

“太好了！这房子可以让我找媳妇不愁了！”

“可不，我做梦都想不到这辈子还能有这么好的房子，这么宽敞的院子啊！”

众人情绪大转，也大振！

“哎呀，支书呀，我没有钱盖房咋办呢？”也有村民发起愁来。

“怕啥？告诉你们吧：我们是谁？我们是闽宁村人！闽宁村的村民

享受的待遇比别的‘吊庄’移民更好，有更多的优惠政策。来来，我给你们讲讲……”谢兴昌把从吊庄移民基地办公室听到的相关精神给村民们一说，听得大家个个喜上眉梢，连声道：“值了，值了！”

事实上，谢兴昌确实获得了实实在在的好处——正式建房之后，他又往镇上跑了一趟，贷了第一笔款，这种贷款因为沾闽宁对口扶贫协作的光，所以特别优惠。“你想想：像我这样中等情况的家庭，每户6亩地、2亩宅基地，个人才交2000元，这样的好事等于天上掉馅饼，除了我们闽宁村，你还能在哪个地方找出这样的好事？”谢兴昌很自豪地告诉我，他就是靠这样的优惠政策和无息贷款及移民补贴，先把自己家的房子盖好的。一起来的那些村民就以他家为“根据地”，然后由他和另外13个人（包括他老婆在内）作为闽宁村“吊庄”移民的“革命种子”。建好了第一批房子，让一起来的11户村民都有了落脚、安心的宅基地，然后再回到老家，接那些半信半疑的贫困乡亲们来参观。现场一看，那些西海固的老邻居们眼红了：这么好的地方，这么好的房子，这么优惠的政策，再不来就是傻子！

就这样，谢兴昌从把自己家作为“革命根据地”，到把第一批新建的11户村民院子作为“革命根据地”，再到把第一个村民小组作为“革命根据地”……最后他的“移民根据地”不断扩大，到1997年年底，已经有400多户在闽宁村落户。至此，他这个“村支书”也名副其实了。

“这回你们信了吧？这样的新房子、新宅基地，在我们西海固那边能有几家？不是‘金窝窝’还是啥？”落户到闽宁村的第一个大年三十，谢兴昌把全村人叫到自己的新家里，让自己的婆娘和左邻右舍的十几个女人给大伙儿做了一顿特别丰盛的年夜饭，而且还特意从镇上买了几瓶五粮液、两条中华烟，一一给大家敬酒、敬烟。酒过三巡，他这样问大伙。

大伙齐声道："支书说得对！我们现在喝的是黄河水，住的是'金窝窝'，这是啥生活？这才叫黄河水甜，共产党亲！"

"黄河水甜，共产党亲，大家都住上了'金窝窝'！"那一个春节让许多西海固人羡慕，那一个春节也让闽宁村在西海固和宁夏名声大振！

闽宁村？噢，就是福建亲人帮助我们建的扶贫新村！

闽宁村？噢，就是习近平书记亲自定的点，也一直在关心的贫困百姓的幸福村！

闽宁村的名声从此传扬四方……

写到此处，细心的读者可能已经注意到：为什么当年谢兴昌第一批带出的12户贫困户最后成了11户呢？谢兴昌说："有一户当时跟着我来后感觉戈壁滩没希望，所以回去了，后来到新疆去打工。他没有坚持下去，没有参加我们建设家园的创业，所以他没有'金窝窝'……"

"我们的宅基地和后来政府卖给每户新居民的铺面房，如果按照现在的市场价，那都是二三百万元了！"难怪闽宁村的"吊庄"移民都说自己掉进了"金窝窝"……

朴实的比喻，常比经典的诗句更透着人间的温馨与理想，以及信仰的终极意义。

12　"村"至"镇"，就是一部史诗

闽宁村现在已经没有了。20世纪90年代末，谢兴昌刚来时的闽宁村如今早已发展成为银川市永宁县的一个乡镇级单位。

我们现在可以从百度上非常简单地查索到关于闽宁镇的如下简介：它是中华人民共和国宁夏回族自治区银川市永宁县下辖的一个乡镇级行政单位，下辖福宁村、木兰村、武河村、园艺村、原隆村、玉海村等6个村庄。

谢兴昌说，他最早来的时候，那片习近平"画圈"的闽宁村就是一片荒凉的戈壁滩，后来变成了几个村，他是最早的闽贺村的支部书记，后来这个村与邻近的兰子村合并，成为新的福宁村。直到2009年，谢兴昌才从村支书岗位上退下。

从戈壁滩到金沙滩——谢兴昌和数万名西海固贫困百姓是这一过程的亲历者和创业者，当然也是受益者。毫无疑问，他们都是这片土地上的功臣。

从1996年中央定下东西部对口扶贫协作，闽宁对口扶贫协作第一次联席会议召开至今，仅24年时间，近1个世纪的1/4。追溯一下人类文明史的进程，你会发现很少有国家能够像中国一样可以在这么短的时间里，将一块一无所有的戈壁沙滩，变成一个应有尽有、四通八达、人均年收入超过14000元，甚至率先用上了许多城市都还没有用上的5G这样最先进的通信技术的现代化城镇……2019年夏天，我第一次来到闽宁镇后，走进了一户户曾经从西海固贫困山区迁来的农民家庭，以及他们现在开的商店、工厂、酒庄和镇里的学校、医院、文化广场、合作社等地方，我不得不相信一个事实：这里，确实并不亚于富饶的江南大地；这里人民的生活也基本都达到了小康水平……他们所在的城镇、村庄和田野，以及通向外面的道路，都够得上内地经济发达的地方。

闽宁镇正如一颗耀眼的中国脱贫史上的璀璨明珠，在宁北的大地上闪闪发光……"无论你来自哪里，请把这里当故乡"，盘旋在镇街上的悠扬歌声，时时牵动着我们这些第一次踏上这片如花似锦的土地的外乡人的心，我感觉自己仿佛真的回到了我时常惦念的老家姑苏。

“真有这感觉？我没有去过你们苏州呀！苏州是古人说的人间天堂……”镇史馆的姑娘惊喜地对我这样说道。

“传说中的天堂你去后或许有些失望，但闽宁镇就是千百万贫困群众所享受到的现实天堂……我羡慕你们，也敬佩你们，因为这个天堂是你们用了不到25年时间就建设起来的。”我真诚地告诉她。

“哎呀！您这是鼓励我们！”她兴奋得跳了起来。

我心想，自然是有鼓励的成分，但更多的是真情实感：如果在我故乡的一块土地上，用20多年时间建起一座新城，这并不算什么奇迹，然而这里曾经是戈壁荒滩。整治戈壁滩本身就是一个世界级难题，更何况欲在世界级难题之上，仅用20多年的时间建一个现代化的新城，这就是

▲谢兴昌一家欢度 2020 年春节

巅峰上的巅峰之作。倘若全中国有1/10的戈壁滩能够建成像闽宁镇一样的现代化城镇——就算用100年的时间，那么中国甚至全世界，还会惧什么没有土地、城市户口紧张、经济疲软之类的问题吗?

绝对不会。这些绝对不会是问题!

从闽宁村到今天的闽宁镇，就是中国扶贫开发和脱贫攻坚战役中的一个经典篇章，而绘制这个经典篇章的总指挥就是习近平总书记。

除了已经说到的1997年4月的那次外，2008年习近平作为党和国家领导人又来考察过一次，之后便是作为党的总书记和国家主席的他，于2016年7月18日至20日第三次来到宁夏。考察最后一天，习近平总书记主持召开了东西部扶贫协作座谈会。3天时间在国内的一个地方考察与开会，这是习近平担任总书记、国家主席之后少有的安排，可见宁夏扶贫和闽宁对口扶贫协作、全国脱贫攻坚在他心中的分量!

2016年的7月，对宁夏和宁夏人民来说，特别难忘。这一个月太阳的光芒格外灿烂，从南到北的景致也异常艳丽……这个时间是宁夏一年中最好的季节。宁夏扶贫和闽宁对口扶贫协作中人们最想念的人在这个月又一次来到这里，他就是习近平总书记。

从18日一下飞机便到了西海固，习总书记从南到北在宁夏大地上考察，一路将温暖和温馨带给了数百万宁夏人民。《人民日报》记者这样记录了习近平总书记的此次考察行程:

……夏日的塞上江南，古风新貌，生机盎然。……18日上午，习近平从固原市六盘山机场一下飞机，就驱车1个多小时来到西吉县将台堡，瞻仰红军长征会师纪念碑，参观红军长征会师纪念园、纪念馆。他向纪念碑敬献花篮，向革命先烈三鞠躬。在纪念馆一幅幅图片、一件件实物面前，习近平不时驻足凝视。他深情地说，我们党领导的红军长征，谱写了豪情万丈的英雄史诗。伟大的长征精神是中国共产党人革命风范的生动反映，我们要不断结合新的实际传承好、弘扬好。推进中国特色社会主义事业的新长征要持续接力、长期进行，我们每代人都要走好自己的长征路。

18日下午，习近平在固原市冒雨考察了两个村的脱贫攻坚工作。在泾源县大湾乡杨岭村，他察看村容村貌，到回族贫困户马科、马克俊家中详细了解脱贫措施的制定和落实情况。从住房、设施、牛棚到就业、收入、上学、看病、公共服务，习近平一一察看、关切询问。在同村民代表交谈时，村民代表纷纷述说村里这些年在水、电、路、产业发展等多方面发生的显著变化，特别是对贫困户实施人均发展一亩粮、一亩菜、一头牛的帮扶措施，使贫困户收入越来越有保障。习近平指出，好日子是通过辛勤劳动得到的。发展产业是实现脱贫的根本之策。要因地制宜，把培育产业作为推动脱贫攻坚的根本出路。离开村子时，闻讯前来的村民们感谢总书记的关怀，习近平同他们握手，祝乡亲们脱贫致富的路子越走越宽广。

在原州区彭堡镇姚磨村，习近平侧重了解了党员示范带头和能人大户带动、发展冷凉蔬菜种植产业帮助农民脱贫的情况。他看工作展板、看蔬菜瓜果，同种植大户和务工群众交流，向他们询问土地流转的具体操作和无公害种植的基本要诀，同他们一起算投入产出账。习近平肯定他们依靠村党组织带头人和致富带头人实施“双带”工程、帮助群众脱贫致富的做法，希望村党支部增强联系群众、服务群众、凝聚群众、造福群众功能，激励和帮助群众更有信心、有决心、有恒心地克服困难，实现致富梦想。

19日上午，习近平来到银川市金凤区新城清真寺。他在中国伊斯兰教协会副会长、宁夏伊斯兰教协会会长杨发明和该寺开学阿訇马生明陪同下进入寺院，了解清真寺日常管理和宗教活动开展情况，同自治区伊斯兰教界代表人士热情握手、亲切交谈，之后又在礼拜殿外同信教群众交流。听了该寺依法依规开展宗教活动、在信众中宣讲伊斯兰教爱国爱教的精神、积极引领信众参与社会建设、为维护当地和谐稳定发挥积极作用的介绍，习近平称赞他们做得好。他强调，我国宗教无论是本土宗教还是外来宗教，都深深嵌入拥有5000多年历史的中华文明，深深融入我们的社会生活。要积极引导宗教与社会主义社会相适应，支持我国宗教坚持中国化方向。我国伊斯兰教要做好解经工作，注重宣讲最新的解经成果，大力培养宗教人才特别是中青年宗教人才。习近平希望他们坚持和完善好的做法，不断精进宗教造诣，更好深入信众、服务信众、引领信众。

之后，习近平来到银川市永宁县闽宁镇原隆移民村考察。这里是20年前习近平亲自提议福建和宁夏共同建设的生态移民点。20年过去了，这里已经从当年只有8000人的贫困移民村发展成为拥有6万多人的"江南小镇"，从当年的干沙滩变成了今天的金沙滩。他沿途听取镇区规划建设情况介绍，实地察看花卉香菇种植、蔬菜香菇种植等农业科技大棚，了解该村种植、养殖、劳务等产业发展情况。在村党群服务中心，他详细了解闽宁镇扶贫攻坚、福建省对口帮扶等情况，并视察民生服务大厅、卫生计生服务站，对现场工作人员和办事、就医的群众表示慰问。随后，他来到回族移民群众海国宝家中看望，并同村民代表交谈。1997年从西吉县移民到闽宁镇的谢兴昌激动地告诉总书记，一家人搬到这里近20年，感到天天都在发生新变化，要说共产党的恩情三天三夜也说不完。习近平回应他说，在我们的社会主义大家庭里，就是要让老百姓时时感受到党和政府的温暖。看到这里的移民新村建设得很规整、很漂亮，大家摆脱了过去的贫困日子，我打心眼里感到高兴。习近平指出，移民搬迁是脱贫攻坚的一种有效方式。要总结推广典型经验，把移民搬迁脱贫工作做好。要多关心移民搬迁到异地生活的群众，帮助他们解决生产生活困难，帮助他们更好融入当地社会。

19日下午，习近平在银川考察了宁浙创业园和宁东能源化工基地。在宁浙创业园，他观看创业园规划建设视频短片，到“义乌购”运营中心通过大屏幕实时了解义乌商城建设、运营及宁夏商品在浙销售情况，了解宁夏本地电商企业发展和发展跨境电商产业情况。习近平对宁浙协作取得的成绩表示肯定。他指出，东西部扶贫协作是加快西部地区贫困地区脱贫进程、缩小东西部发展差距的重大举措，必须长期坚持并加大力度。要鼓励支持更多企业参与西部地区脱贫攻坚工程。

…………

据宁夏的同志介绍，习近平总书记此次对宁夏考察特别认真，并且一路跟干部群众讲了很多“热心肠的话”“鼓劲的话”和“希望与激励我们把工作做得更好的话”……

“你可以看看《人民日报》2016年7月23日那篇《“社会主义是干出来的”》文章。”自治区扶贫办的同志说。

很快，我读到了这篇习近平总书记考察宁夏的回访文章（节选）：

七月的宁夏，天高水阔，重峦叠翠。

18日至20日，习近平总书记深入宁夏调研考察，在固原、银川等地走访了革命传统教育基地、农村、企业。

全面建成小康社会决胜阶段，脱贫攻坚冲刺阶段，宁夏作为西部地区、民族地区、革命老区、欠发达地区如何与全国实现同步走？如何打赢脱贫攻坚战？习近平总书记念兹在兹，牵挂在心。

循着考察足迹，记者回访了和总书记面对面交流的部分干部群众。

历史长河里找准方位：走好我们这一代的长征路

考察路线：18日上午，固原市西吉县将台堡

宁夏南部，距离固原市六盘山机场一个多小时车程的西吉县将台堡，记录着红军艰苦卓绝的征程。

红军长征胜利80周年之际，习近平总书记选择这里作为宁夏考察第一站。

夏雨绵绵。在红军长征会师纪念碑前，习近平敬献花篮，

整理缀带。1936年10月，红军三大主力在会宁和将台堡会师，标志二万五千里长征胜利结束。

红军长征会师纪念馆，讲解员王凤杰深情地回忆起接待总书记的一幕："他看得细、问得深，刚进门就在'红25军单家集布告'前驻足。单家集一带是回民聚居区，红军宣传党的民族政策和宗教政策，制定了这则布告。"红25军经过单家集时，向当地传授粉条技术，回族群众因此称之为"红粉"。王凤杰说，总书记对这段长征史饶有兴致。

纪念馆里，王凤杰多次诵读毛泽东的《清平乐·六盘山》，"真想听听总书记吟诵这首诗，遗憾的是，这一次时间太短。'不到长城非好汉'，不正是今天中国的精神写照吗？"

长征路线沙盘前，习近平总书记讲了一席话，固原市委书记纪峥几乎能一字不落地背下来。"我们要继承和弘扬好伟大的长征精神。有了这样的精神，没有什么克服不了的困难。我们要走新的长征路，长征永远在路上。当年的长征，是中国共产党带领人民夺取政权的长征，我们现在是改革开放新时期实现'两个一百年'奋斗目标的新长征，这是接续进行的。我们这一代人要走好我们这一代的长征路。"

"总书记话语间展现出强烈的历史担当。这席话让我想起他反复强调的'不忘初心'4个字。我们接续的这一棒，就是要打赢脱贫攻坚战，让固原和全国共同实现小康。"纪峥说。

纪念馆外，上百位干部群众闻讯赶来。霍家沟的马国栋一身湿透，却美滋滋地浑然不觉。"听说总书记来了，谁都顾不上拿伞。”总书记边握手，边问候乡亲们“身体可好？”“种了几亩地？”“总书记惦念着革命老区人民的生活，这份关怀暖和得很。”

小康路上补齐短板：脱贫攻坚靠干部群众齐心干

考察路线：18日下午，固原市泾源县大湾乡杨岭村、原州区彭堡镇姚磨村；19日上午，银川市永宁县闽宁镇

“全国还有5000万贫困人口，到2020年一定要实现全部脱贫目标。这是我当前最关心的事情。”习近平对扶贫工作关怀之深、思虑之细，西海固地区是一个生动的见证。

这是习近平第三次来到西海固。这块昔日“苦瘠甲天下”的贫瘠地区，20年前同他结缘。1996年，党中央、国务院做出开展东西部扶贫协作的重大战略部署，闽宁合作由此起步。时任福建省委副书记的习近平任组长，牵头负责对口帮扶宁夏工作。坡地改梯田、打井窖、移民吊庄，习近平当年主导的这些扶贫措施，改变了无数贫困家庭的命运。

20年来，他始终惦念着这里的乡亲。

习近平想到艰苦地方再去看一看。泾源县大湾乡杨岭村，是个“穷村子”。村里的贫困户马科，没想到在家中见到了总书记。习近平站在绿意盎然的小院里，和他聊起家常。马科兴奋地向总书记汇报：“过去日子揭不开锅，现在养了5头牛，种了15亩地，农闲时外出打打工，全家一年赚个四五万块。”

“粮食够吃，孩子有学上，看病有新农合，下一步你还有什么打算？”总书记笑意盈盈，马科一时不知从哪讲起。习

近平殷切嘱咐他："首先抓好孩子的教育，不能让下一代输在起跑线上。再一个，扎扎实实把生产搞上去，持续稳定地增加收入。"

贫困户马克俊家格外热闹："就在咱家这炕上，总书记拉着我的手，叫我老弟。这感觉一辈子都不会忘。共产党带着我们庄稼人实现梦想，日子越过越有奔头。"

村干部、党员代表、养牛大户和贫困户代表，满满当当挤了一屋子。"村里路修好了，雨天不是一脚泥了""过去挑水，现在自来水哗哗流""干部都下村了，过去电视里认识的现在当面见到了"……村民们打开话匣子，争相讲述这些年翻天覆地的变化。养牛是杨岭村产业脱贫的重要途径。养牛大户马全龙想着继续扩大规模，从现在11头增加到20头。"总书记勉励我发挥好示范带头作用。这两天，我正寻思着把养牛的乡亲们聚一起说道说道。"

兰竹林是杨岭村第一书记，下村9个月。讲起脱贫工作，数据信手拈来。习近平扭头问村支书马安林，你们配合得怎么样？"我连声称赞，配合得好，第一书记工作扎实得很。""总书记的话，我都记在了小本上：'一个村子建设得好，关键要有一个好的党支部。''要因地制宜，把培育产业作为推动脱贫攻坚的根本出路。'我向总书记拍了胸脯：'请放心，保证完成好任务！'"

山坡上，十里八村的乡亲赶来了，里三层外三层。雨还在下，他们扔下伞，热烈鼓掌，争相同总书记握手。"有叫'总书记’的，有叫‘主席’的，还有叫‘习大大’的，大家美得很、乐得很，有人掉着泪珠咧嘴笑。”马安林难忘此情此景：“这就是民心。”

原州区彭堡镇姚磨村，通过发展现代农业，脱胎换骨成了“富村子”，万亩冷凉蔬菜基地声名远播。总书记一下车，许多种植大户和务工村民围拢过来。

姚磨村的致富路，得益于“双带头”：大力培育农村基层党组织带头人和致富带头人，带动农民致富。马秀会就是一位致富带头人。14年前她在村里带头种辣椒，如今牵头一个蔬菜种植专业合作社。“总书记看了我们新鲜采摘的辣椒和蘑菇。宁夏的蘑菇种植受益于福建农学家林占熺的菌草技术，没想到的是，这是总书记曾经点将派过来的。林占熺的技术推广和应用，成为闽宁合作的一个生动故事。”

姚磨村本来是一个娶不上媳妇的穷村，而今成了争相嫁过来的福地。郭少玲是冷凉蔬菜基地里的流转务工人员：“总书记问了土地承包费、务农打工费、入股分红，他心里有一本账呢！”

罗军是种植大户，晒得黝黑，裤脚沾着泥。过去一瓢种子、一把粮，自己肚皮都填不饱；而今，他担任一家信用合作社理事长，操心着上百户村民的口粮。“我提出，‘想更好了解市场需求’。总书记讲得透彻：‘防范市场风险，既需要经营个体敏锐把握，也需要政府加强服务，尤其要做好信息服务工作。’”

一个细节让姚磨村村支书姚选印象格外深刻。习近平仔细看了展板上的党支部图表，蔬菜产业党小组、肉牛养殖党小组、劳务输出党小组……“总书记这时候说了一句话，‘产业链上设立党组织’。多生动的方法论！这句话既是我们的党建路，也是致富路。”

贺兰山脚下的闽宁镇，是东西部扶贫协作的一个样本。19日上午，总书记到来的消息，传遍了小镇。

1997年，来宁夏扶贫的习近平深入调研，启动一项根本性工程“移民吊庄”，让生活在“一方水土养活不了一方人”的西海固群众，搬迁到这里。他亲自命名“闽宁村”：“闽宁村现在是个干沙滩，将来会是一个金沙滩。”

春去秋来，沧海桑田。昔日“天上不飞雀，地上不长草，风吹砂砾满地跑”的干沙滩，真的脱胎换骨成了金沙滩，闽宁村升级成闽宁镇，村民收入翻了20倍。

红瓦白墙，小楼鳞次栉比。习近平一行先是乘车绕着小镇转了一圈，看看新村新貌。永宁县委书记回忆路上情形：“他一路都在问老百姓的收入、上学、就医，问村里基础设施配套。他说‘闽宁合作探索出了一条康庄大道，这个宝贵经验可以向全国推广，做一个示范，实现共同富裕。’这对我们来说是光荣的担子。”

原隆移民村是永宁县最大的生态移民村，安置了来自固原市的14个村组10515人。戴着两千度近视镜的万军红，家中老人年迈、爱人残疾。移民闽宁镇后，他在农业科技大棚务工，手头一下宽裕了。这天上午，他正专心侍弄蘑菇菌棒，一抬头，总书记进了菌棚！万军红激动万分。“我总是一遍遍想起当时场景，今后更要好好干，不辜负总书记嘱托。”

王泉对农业科技大棚如数家珍，他所在的青岛昌盛日电太阳能科技有限公司是支持当地产业扶贫的企业之一。村民缺技术、缺资金，依托企业学技术、找市场。总书记对他说：“当地企业要在产业扶贫过程中发挥好推动作用，先富帮后富。”王泉深感责任重大。今年春节一过，150多个村民排队争相承包大棚，可粥少僧多。“这两天，我就定下了方案，‘具备劳动能力的贫困户只要提出承包，我们就尽力支持’。不仅要让村民通过务工实现脱贫梦，还要让更多村民承包、入股，参与创业，实现致富梦。”

从农业科技大棚出来，习近平又来到党群服务中心。大学生村官李霞正在民生服务大厅忙活。她在微信朋友圈转发了总书记来村里的照片，收获几百条留言。“2013年考大学生村官的时候，报名有2000多个学生。总书记很关心大学生村官的成长成才。”

来民生服务大厅办事的陈国学“听到欢呼声，一转头就在人群中看到了他”。“个头高，手厚实，我一激动就忘了撒手。”不撒手，让他成了村里名人，村民见到他都说羡慕。

隔壁的卫生计生服务站，由镇上卫生院派来医生和护士，他们是村里不少老病号眼中的“宝”。总书记和几位病人攀谈起来。村民田成林移民前后，从家到医院的距离，5公里缩短到了300米。村民马保强有创伤性关节炎，过去买块膏药得翻座大山，现在走几分钟、花七八块钱就能来这做一次理疗。

村南区6组16排14号，习近平走进回族移民群众海国宝的家。院落敞亮、饭菜飘香，移民生活就从这间屋子说起，政府给每户移民分了54平方米住房，同时在一旁留出空地，让他们靠双手勤劳致富。海国宝说："现在4间屋100多平方米是我后来加盖的。我作为老党员代表乡亲们给总书记讲句心里话，'不能等靠要，我们好好干才能不辜负总书记的关心'。"

谢兴昌是第一批来到闽宁镇的搬迁户，"19日那天，我就坐在总书记对面。当年是他在闽宁村奠基仪式上的一封贺信给了我搬出山沟沟的决心。我到闽宁村附近农场掰了4个玉米棒子、4个高粱穗子，回西海固后到处宣传这儿的好。山区农民世代梦想着走出大山，盼着不缺粮、不缺水，现在终于梦想成真！""我越说越兴奋，告诉总书记'要说共产党的恩情三天三夜也说不完'。"

闽宁镇党委书记钱冬深切感受到两份真挚情感。一份情感是脱贫致富的百姓对"带路人"习近平的感恩，听闻总书记的到来，村民们纷至沓来，都想讲一讲自己的美日子；一份情感，是总书记在字里行间、举手投足时流露的真情，"他热爱这片黄土地，始终挂念着黄土地上的百姓"。

…………

文章还有一部分是记述习总书记考察银川市金凤区新城清真寺、贺兰县宁浙创业园和宁东能源化工基地的神华煤制油项目等内容，他的关于“社会主义是干出来的”等一些话，牢牢地烙在干部群众脑海之中。

这是少有的好新闻报道，因为它的字里行间有“热度”——这个热度来自于党的总书记与人民群众之间的相互关切与互动，是心贴心的那种真实的热度。

宁夏的同志告诉我，习近平总书记能把东西部扶贫协作座谈会放在宁夏、放在银川召开，一个重要原因就是闽宁对口扶贫协作所彰显的有效成就和闽宁镇从无到有、到成为“江南小镇”的历史性变迁。“他对闽宁对口扶贫协作、对闽宁镇有感情……”宁夏人、闽宁镇的乡亲们一再这样对我说。

讲感情、有感情，特别是对人民、对贫苦的人民群众讲感情、有感情，这是习近平与毛泽东、周恩来、邓小平等老一辈无产阶级革命家的共同品质。

生成一个人的感情，首先是他自己属于“多情善感”之人。对人民群众和自己的国家与民族有感情，这是中国共产党人的本质体现。

那天在闽宁镇镇史馆参观时，当地干部群众指着墙上挂着的一段习近平总书记在2016年考察时所说的话，异常激动地跟我说道：“我们深深感觉习总书记他自1996年出任福建省对口帮扶宁夏领导小组组长后，对我们宁夏、对闽宁镇（村）充满感情，并时时挂念，让人无比温暖……”

是的，读总书记当时留下的这段话，我们都会与宁夏的同志一样内心充满温暖：

1997年我来到这里，被当地的贫困状态震撼了，下决心贯彻党中央决策部署，推动福建和宁夏开展对口帮扶。那时，重点实施了“移民吊庄”工程，让生活在“一方水土养活不了一方人”那些地方的群众搬迁到适宜生产生活的地方，建起了闽宁村。20年来，闽宁村发展成了闽宁镇，你们的收入也从当年的人均500元增加到现在的1万多元，将近20倍。看到你们开始过上好日子，脸上洋溢着幸福，我感到很欣慰。闽宁镇探索出了一条康庄大道，我们要把这个宝贵经验向全国推广。祝愿乡亲们生活越来越好，宁夏脱贫奔小康的目标早日实现。

——习近平

作为文学作家，我在参观考察和同当地百姓、干部及自治区扶贫工作人员交流之后的强烈感受是：在一片荒凉的戈壁滩上，从习近平当年在这里“画了一个圈”之后所出现的闽宁村再到闽宁镇的过程，就是一部中国扶贫、脱贫的伟大史诗，这一史诗是中国共产党在和平时期为全世界走向人类命运共同体所创造的迄今为止尚无第二部的经典杰作！

是的，自人类走出猿人社会之后，我们所有的想法和愿望就是让自己过得一天比一天幸福和美好，于是不同的人群、不同的民族、不同的国家都在进行着不懈努力，并且不断地探索各种制度下的可能性。在经历了数千年的努力之后，不同民族、不同国家、不同制度下的人类，也出现了完全不同的形态，有的发达和富有，有的强大而繁荣，但无论哪个国家和群体，都没有完成一件事，那便是消除贫困，让同一民族、同一国家的所有人都过上共同富裕的生活，这一任务始终没有完成。

在人类历史上，自共产党出现之前，没有哪个阶级和执政者公然声称自己是为这一目标而存在和奋斗的，只有共产党人出现之后，他们才宣布了这样伟大的使命——要让全世界所有人都能摆脱贫困，过上同样的幸福生活。

这就是共产主义。

170多年前，共产党的缔造者马克思和恩格斯在《共产党宣言》中就庄严宣布：“共产党人可以把自己的理论概括为一句话：消灭私有制。”因为在伟大革命导师的眼里，罪恶的私有制是阻碍人类共同富裕的最大敌人。因而他们如此坦荡地告诉全世界：“共产党人不屑于隐瞒自己的观点和意图。他们公开宣布：他们的目的只有用暴力推翻全部现存的社会制度才能达到。让统治阶级在共产主义革命面前发抖吧。无产者在这个革命中失去的只是锁链。他们获得的将是整个世界。”

之后，列宁领导的共产党（布尔什维克）在俄国建立了人民政权，他和他的继任者努力奋斗了70多年，梦想超越和战胜强大的帝国主义，实现全民族人民的平等与幸福，然而最终在内部发生了分裂，导致国家的彻底解体和制度坍塌。伟大的使命将不知何时在俄罗斯这个民族重新被人扛起……

中国共产党人成为中华民族这个苦难民族的执政者之后，历经几代人的努力，渐渐开始走向强大。特别是改革开放之后，国家和民族的飞速发展，让有奋斗精神和伟大情怀的新一代中国共产党领导人有了更高远的目标——到2020年实现我国现行标准下农村贫困人口全部脱贫，全面建成小康社会。然而，在那些自然条件极差、完全不具备人类居住条件的地方也要消除贫困，让那里的人们过上小康生活，这早已被其他国家和民族认为是不可能的事。在中国这个发展中国家，有这种可能性吗？谁人能啃下这块硬骨头？

有谁？有谁敢在全国人民和全世界面前立下誓言保证？

有。这个人就是我们的习近平总书记。2015年，他代表新一代中国共产党领导集体，向全国人民和全世界承诺：用5年时间，全面建成小康社会！

那个时候中国还有多少贫困人口？7000多万！

人口数量是一个方面，更重要的是这些贫困人口多数生活在自然条件差的偏远山区和戈壁荒滩，比如西海固等地方。这样的地方，这样的人群，能摆脱贫困吗？发达的欧洲国家早已声称“不可能”，即使在巴黎、伦敦这样的大都市，欧洲人早就认为“贫困存在是天经地义”的事，无须再去耗费心力；在美洲，最强大的美国也早已声称没有力量“背负本洲的贫困负担”，他们认为自己国家内部的贫困本身将是“永恒的国家现实”。辽阔的非洲大地是全世界贫困程度最严重、贫困面积最广大的地方，没有哪个政府或组织真正有能力去思考彻底改变非洲的全局性贫困问题。联合国成立快80年了，讨论和研究贫困问题一直是重要议题，然而至今仍没有看到全球贫困状况得以缓解，故而最终不得不一次次无奈地宣布它是一个“世界级难题”。这也意味着它已无多少能力去破解此题。

世界在贫困面前无计可施。

那么中国，一个世界上人口最多的国家，也是最大的发展中国家，难道就有让几千万贫困人口摆脱贫困的能力？世人以欣喜但怀疑的目光看着中华大地，也在聆听这样的声音：

“消除贫困是人类的共同使命”，我们要在2020年年底基本消除贫困问题，“这在中华民族几千年历史发展上将是首次整体消除绝对贫困现象”。

谁人有这样的远大志向和情怀？世界在瞩目，人们在关切——而唯有我中国百姓欣慰，因为我们知道和熟悉他：

“40多年来，我先后在中国县、市、省、中央工作，扶贫始终是我工作的一个重要内容，我花的精力最多。”

“让几千万农村贫困人口生活好起来，是我心中的牵挂。”

“多年来，我一直在跟扶贫打交道，其实我就是从贫困窝子里走出来的。”

是的，唯有这样情怀的人才能把解决人民的疾苦视为自己的神圣使命与责任，因此才有挑战和解决“世界难题”的担当和勇气。于是我们才会听到如此震撼山河的誓言，才会感受到这暖至心肠的话语：

“只要还有一家一户乃至一个人没有解决基本生活问题，我们就不能安之若素。”

“贫困之冰，非一日之寒；破冰之功，非一春之暖。做好扶贫开发工作，尤其要拿出踏石留印、抓铁有痕的劲头，发扬钉钉子精神，锲而不舍、驰而不息抓下去。”

“消除贫困、改善民生、实现共同富裕，是社会主义的本质要求。”

“脱贫攻坚越到最后时刻越要响鼓重锤。”

“不获全胜，决不收兵！”

这些都是今天我们在网络上可以搜索到的“平‘语’近人”中的条文内容，于是我们也就理解了习近平总书记在考察闽宁镇时回忆他

1997年第一次来宁夏后内心所受的那份震撼和他所下的那份决心！

就像当年谢兴昌从大山深处第一次来到闽宁村开工典礼地听到习近平的贺信之后获得的那份幸运，当年的闽宁村人和现在的闽宁镇人，毫无疑问是幸运者。

并非谢兴昌一个人有这样的感受和体会，所有闽宁镇的人都这样说：他们是习近平总书记关爱下的闽宁对口扶贫协作的最大受益者和幸福者。

李云峰应该是这座拥有10多万移民的新城镇中脱贫致富的代表性人物之一，而他也因为自家的脱贫致富又带动了数百户贫困家庭走上了小康之路。从西海固走出来的这位贫困群众，因为“巧遇”了开发建设中的闽宁村，所以李云峰在闽宁村（镇）这片热土上，一路顺风顺水，如今他已经是两个企业的老板，而且还被自治区评为“致富带头人”。

李云峰的个人脱贫翻身史，就是一部生动鲜活的闽宁镇史诗。

没有人相信现在意气风发、满脸笑颜、拥有两家企业、儿子上大学、家中收养两个孤儿的李云峰，曾经被贫穷逼出西海固，成为远走内蒙古的“绝命孤行者”。

“不敢再去想那一幕了……”每每回忆起20多年前的那个新婚10天后的漆黑长夜，从不轻易挥泪的李云峰就会潸然泪下……

20多年前的那个漆黑长夜到底发生了什么？

“因为我不知如何活下去，我看着新婚妻子，又知道她可能怀孕后又要生下孩儿，我靠什么把他们养活呢？所以我越想越害怕，越想越不知如何办，越想越不敢再在家待下去了，于是我做了一个男人最不该做的事——就在那个漆黑的夜里，我从家里偷偷地逃了出来……逃出了西海固……”李云峰在那一夜干了这件事，那天是他新婚后的第10天。

10天后就得正经过日子了，可李云峰觉得自己有愧于新婚妻子，是他把她“骗”了，因为他曾在婚前一次次向她发誓：只要跟我结婚，保证你过上好日子，过上比别的女人要好的日子。李云峰是个讲信誉和面子的男人，但他觉得自己无颜面对新婚妻子，因为他彻底食言了，根本无力兑现自己的誓言。不说家里一无所有，就连自己做新郎的外衣也还是他姑姑从集市上买的一件看上去像是新的其实是别人穿过的衣服，李云峰甚至觉得连妻子嫁进门后每天喝的一口水恐怕他都很难满足。大男人连这点都做不到，还有何脸面？但最重要和最让他无法向妻子解释的是：他的父亲为了给他娶媳妇，结果积劳成疾，而李云峰为了给重病的父亲治病，积下一身债务，可父亲依然不治而亡……

结婚之前，因为悲痛、因为惧怕，李云峰没有将自己家背负重债的事告诉将要结婚的对象。到了洞房花烛夜的那一刻，李云峰的心头便开始涌起这份忧虑。之后的每一天，这份忧虑越积越重，直至压得他喘不过气来。于是在新婚后的第10个夜晚，他做了一生中让他最自愧的事——趁着妻子熟睡，他偷偷逃离了自己的家……

李云峰当时并没有想到还有可能回到这个家、回到这片土地，所以他在摸出家门后，悄悄地到父亲的新坟上烧了一把纸，又磕了头，哭着说：“爸，儿不孝，儿无奈不能再为您烧香磕头了！爸——”这一声绝望的哀号，李云峰自己说，“连野狼听了都会吓跑！太悲恸了！”

离别西吉，逃出西海固后，李云峰就朝着内蒙古的方向，一路乞讨，一路流浪……当时他身上仅有10块钱，到黄河边时仅剩下5块。他就用这5块钱搭乘一个羊皮筏子，到了内蒙古。

“因为在家乡就听人说过，那里能够找到一天挣6块钱的活，所以我一心想着到那里找条活命的路……”李云峰说。

他找到了。但找到当地人时他已经饿得不省人事，连敲人家门的力气都没有，便倒在了地上。

“这娃儿咋啦？”好心人开门一看，急忙将他扶起来问。

“饿的。我从西海固过来找活的……几天没吃东西了……”此时的李云峰只剩一口气。

在主人家吃完饭后，李云峰立即跪下双膝，道：“你们家有没有活，我干3天，算这顿饭钱……”

“娃儿，快起来！有活！有活给你干……”那个让李云峰能记一辈子的内蒙古人高升科的话还未落音，宁夏西海固来的小伙子已经哭得撕心裂肺。

绝命路上，他活了过来。这个故事并不遥远，就在谢兴昌他们准备搬迁到玉泉营的前后脚。

李云峰逃出家后，村里没人知道他去了哪儿。新婚妻子就成了“寡妇”。她也哭，哭得更凶，但她没有失去盼夫归的一丝信心，所以她留在李家，直到一年后突然收到一封来自内蒙古的信……她哭了整整一宿：杀千刀的李云峰！你给我死在外面啊，永远别回来！呜呜呜……

其实这一年在外面的李云峰活得极其艰难：一开始在给他吃了碗饭的高家干活，人家给他每天一块两毛的工钱。突然有一天李云峰悄悄走了——“我知道人家也是穷人，没法多给我工钱，可我要找的是一天挣6块钱的活儿，所以就跑了……”

之后的日子，李云峰到处寻活干，但多数时候只有三五块一天的活儿，也是停停断断。直到有一天碰到一位同是西海固的老乡跟他说：“你还在外面浪费时间干啥？我们那边已经有许多人‘吊庄’搬迁到了银川市郊了。”这才让李云峰有了重回宁夏、重回故乡的强烈念头。于是他用草原的清泉水，认真地擦了一把自己那张早已被风刮干裂的脸，然后义无反顾地踏上了南归之路。

“这回我走对了，走上了一条彻底改变我和我一家人命运的致富之路。”李云峰说。

他到闽宁村时，正值“吊庄”移民大搬迁之时，盖房子需要大量劳力和有些技术功底的匠师。“其实那个时候，包工头是最吃香的，我就看准了机会，因为我在内蒙古那边干活时曾经当过小包工头。”在外闯荡过的李云峰比刚从大山里出来的西海固人脑子灵活些，于是他就挑头，带着几位有些手艺的农民工，当起了盖房子的小包工头。

他由此发了！

“你们谁想多赚钱，就跟我多干活！加班加点拼命干，就能赚大钱！”李云峰这样对他手下的农民工说。于是大家拼命地跟着他干活！

“我后来才知道：原来我们有盖不完的房子，是因为福建亲人们通过闽宁对口扶贫协作项目，给了我们这些从大山里搬迁来的贫困群众每家每户安家费呀！”李云峰说。再后来，他的活儿更多、更大——因为闽宁对口扶贫协作项目中还有引水工程、道路建设工程、医院学校工程……总之有李云峰干不完的活儿，越干越大的活儿，越干钱赚得越多的活儿！

他发了！开始是一个月能挣上四五百元，后来是四五千元。“再后来就是万元啦！”李云峰乐得嘴都合不拢了。

这个时候，他扬眉吐气地回到西吉老家，把妻子、孩子和弟弟一家全都接了过来，成了新的闽宁村人。

“我们是看着闽宁村像上了高速公路似的飞奔着往前走，后来才知道这一切都是习近平总书记关心关怀的结果……”李云峰说得没错。他和谢兴昌等一批“吊庄”移民就是乘着闽宁村（镇）建设的顺风顺水，走上了迅速致富的快速公路，成为如今闽宁镇上有头有脸的致富带头人。

李云峰后来又办了建材预制厂、养兔场，再后来他看到闽宁镇越来越漂亮，便承包了800亩农田，带领一帮乡亲搞起了“农家乐”，生意红红火火。当了老板后的他，致富后不忘帮助“穷兄弟”，他把镇上一些孤寡老人接到自己家无偿赡养，让他们安度晚年。镇上有一对幼儿的父母因疾病和车祸先后去世，李云峰看在眼里，疼在心头，他二话没说，便把这两个幼儿接到自己家抚养……

李云峰“闽宁好人”的名声，从此在曾经的戈壁滩、而今的金沙滩上传扬。在大学念书的儿子谈论起父亲李云峰这些事时，说：“其实我爸还是蛮伟大的。”

在今天的闽宁镇，像李云峰这样由曾经绝命远逃的贫困百姓，到成为富裕又有些“伟大”的人并非一两个，而是相当的多。而他们告诉我，发生这种巨变的重要原因是福建亲人给予了“营养液”。

“营养液？”一开始我没听明白。

“是啊。扶贫、脱贫是中央下的任务，上上下下、里里外外都在做，但闽宁对口扶贫协作使我们直接获得了习近平总书记关怀下福建亲人一年又一年的支持帮助，他们的帮助对我们这些贫困户来说，就是最好的‘营养液’。你看，我这蘑菇房，蘑菇已经种了快20年，就是福建省派来的专家帮助搞起来的。他们不仅带来种蘑技术，还源源不断提供蘑菇营养液……”在一位种蘑菇的农民家里，他这么形象地一解释，我就完全明白了。

从宁夏采访回京没多久，我就专程到福建进行采访。第一个接受采访的群体就是省农科院。在这里，我认识和了解了一批福建著名的农科专家，他们几乎无一例外地是闽宁对口扶贫协作的直接参与者，有的竟然成为"宁夏菇爷"——开始听成"宁夏姑爷"，后来才弄明白原来是宁夏人民所热爱的"蘑菇爷"。在习近平的直接领导下，在福建省对口宁夏帮扶合作中，有一个非常具体而形象的工程，叫作"一棵树、一枝花、一株苗、一棵草"的"四个一工程"。这"四个一工程"对宁夏扶贫致富具有战略性意义，因为"草"可以改善土地沙化，有利于戈壁滩改造，有了草，气候变化，降水量自然会增加；种树对自然环境和荒丘荒山的改善更不用说；"苗"则是广大百姓赖以生存和发展的基础；而没有花，何处有艳？福建农科院的专家告诉我，他们最初到宁夏时，从南到北基本上一种色调：冬天皆是黄；夏天有绿，偶尔也能见到花，但也仅是一两种颜色的小碎花儿，绝不会见到那种艳丽盛开的花……

但是这次我到闽宁镇一看，那小镇上到处都盛开着各种艳丽的花儿，不说那个高大雄伟的"闽宁镇"牌坊四周簇拥着多少争艳的百花，就是到了普通百姓庭院，你也随处可见向日葵、牡丹花、玫瑰花等，还有许多我叫不上名的鲜花。

"我现在有个别名叫'宁夏花痴'。"花卉专家吴建设自诩道。他说闽宁镇和固原许多地方他都去过，"因为在那里对口援助特有成就感"。他说："刚去的时候，无论是城区还是乡下，你在哪里都看不到什么花色，后来我们把种花的技术带了过去，跟当地人一起研究在黄土、盐碱地上如何种花、栽花，慢慢地花儿种活了，盛开了……看到盛开的鲜花时的那份喜悦劲儿，就是暂时还没有穿好吃饱的人都会露出笑容。这个时候我们就有一种满足感，有一种更大的责任感与使命感……

如此一年又一年地在当地种花栽花，如此一趟又一趟地往宁夏跑，连家里人都妒忌地说我真的成‘宁夏花痴’了！”

原来“宁夏花痴”的美名是这么得来的啊！采访现场哄然欢笑起来。

“习近平总书记在福建当省委副书记时分管农业，先后来过我们农科院4次，要求我们对口帮扶宁夏也十分具体，明确要我们在‘四个一工程’上为宁夏扶贫、脱贫作贡献。所以我们院也是省里最早参与对口援助宁夏的重点单位之一，派出了最优秀的专家前往宁夏，包括闽宁镇。可以说，只要宁夏方面召唤，院里就会派出最优秀的专家和技术人员去支援……”余文权副院长介绍说。

他的话让我想起了在闽宁镇采访时有人提到的一位叫林占熺的“菇爷”。因为闽宁镇上现在非常普及的一种双孢蘑菇菌种产业就是这位“菇爷”传播出来的。

“是的。林占熺先生是我省农林大学的著名菌草专家，有‘世界菌草技术之父’之称。”福建省扶贫办的同志兴奋地找了一份前一年的报纸给我看，上面有这样一则新闻：

2018年11月14日，在对巴布亚新几内亚进行国事访问前夕，习近平主席在巴新媒体发表的署名文章中提到，“18年前，我担任中国福建省省长期间，曾推动实施福建省援助巴新东高地省菌草、旱稻种植技术示范项目。我高兴地得知，这一项目持续运作至今，发挥了很好的经济社会效益，成为中国同巴新关系发展的一段佳话。”

这段佳话的亲历者——菌草技术发明人、福建农林大学国家菌草技术研究中心首席科学家、75岁的林占熺教授，此时正在巴新东高地省北高卢卡菌草旱稻示范基地，带领专家组与百余名来自东高地省各地的乡亲们汇聚一堂，参加一场特殊的聚会——"福建—东高地菌草一家亲"活动。习主席来访的消息早就传遍了东高地，当地民众以这样的方式庆祝中国国家元首首次访问巴新。

巴新当地时间15日晚10时30分左右，本报记者连线采访了林占熺教授。

"这是我第24次来到巴新！20年来，我们把他们当兄弟，他们也把我们当亲人！"电话那一头，林教授的声音激动而洪亮。

巴新是菌草技术开启援外之路走向世界的第一站。林占熺说，1997年5月，应东高地省之邀，他带领福建农林大学的专家团队在鲁法区建立了首个菌草技术示范基地。

"团队克服各种困难，没日没夜做实验，到1998年1月14日重演示范成功，实现东高地省菌菇栽培'零'的突破。鲁法区为此举办了盛大的庆典活动，巴新总督、副总理和多位部长都来了。东高地省的土地上第一次升起中国的五星红旗、奏响中国国歌！作为中国人，我感到非常自豪。"林占熺回忆起这段奋斗历程，话语声中仍掩不住兴奋……

在福建的采访，让我有机会知道了林占熺这位被宁夏人亲昵地称为"大菇爷"的菌草大专家的许多有关"菌草人生"的传奇佳话，包括他在巴布亚新几内亚的这一项目。后来林先生连自己的女儿也带过去一起为兄弟般的巴新人民做好事，而且一做就是20余年。

我知道的是，也是在1997年这一年，考察完巴布亚新几内亚东高地省的项目后刚刚回国，林占熺先生就接到省里指示：习近平副书记希望他到宁夏帮助那边的群众培训菌草技术，推广家庭致富的蘑菇种植。

“我这就去。”福建农林大学的同志告诉我，林占熺二话没说，背起行囊就往机场走。这一年林占熺已是年过半百、享誉世界的菌草大专家了。为了给刚刚建立的闽宁村贫困群众开辟第一个产业扶贫项目，他手把手地在蘑菇棚里教农民们种蘑菇。尤其是他在这里推广的双孢菇，日后成了当地农民发家致富的一大支柱产业。

菌草是林占熺的一个“异想天开”的科研成果，这是一种可以用来培养食用或药用真菌的草本植物。

野草和菌蘑，本不相干，但在林占熺的眼里，它俩应该可以“合二为一”，成为“为我所食”的佳肴。在南方，大家知道种植蘑菇一般都用木头做蘑菇棒，但同时也消耗了大量森林资源，“菌林矛盾”日益凸显。

野草有没有可能替代木头呢？这个想法在林占熺脑海冒出来之后，他就没有一天停止过对这一问题的思考与钻研……后来他在海南、云南和四川等地考察，发现很多干旱地区有一种叫芒萁的常见野草生长得比较旺盛，于是他用芒萁草代替木头尝试蘑菇种植，并获得成功。“野草＋蘑菇＝食用菌”的科研成果从此在我国诞生，并进入千家万户。1996年，在首届菌草技术国际研讨会上，林占熺正式将这种菌草的英文名确定为“Juncao”。当时有人担心外国人不明白此为何物，林占熺笑道：“这不要紧，可以让他们来学习嘛！我就是想让全世界知道，这个科研成果是我们中国人发明的。”

用菌草代替木头种植蘑菇，既解决菌林矛盾，又可防风固沙改善生态环境，这是林占熺先生的贡献，他因此成为名副其实的“菌草大王”。闽宁对口扶贫协作启动后，熟悉林占熺的习近平自然首推这位菌草专家亲赴宁夏指导推广他的权威技术。

林占熺来到宁夏，到当时的闽宁村后，面对一片荒芜的戈壁滩，他的眼睛被一丛丛骆驼刺和红柳苗所吸引……于是他又一次开始了“与野草为伍”的艰辛的科研探索，结果在1998年就利用菌草培育出与当地水土相符的“本土蘑菇”。就这样，闽宁村上第一个闽宁对口扶贫协作的产业项目——种蘑菇成为一大热门。“家家户户可以种”，“不出家门就致富”，“还有举手就可获得政府补助”……这么多好处，老百姓听得直接，看得清楚，立马踊跃参与。林占熺和他的助手们一时忙得不可开交，一天有时会跑上十几户、几十家，吃饭、睡觉都被农民们抢来抢去的。这“菇爷”的美名，随即也就传遍了闽宁村（镇），传遍了宁夏大地……

“哎呀呀，开始我们就是不相信那么又黑又臭的一堆草料里能生长出啥东西来！后来福建‘菇爷’耐心地给我们指导，你说怪吧！草堆里竟然长出又白又嫩的一片蘑菇来了！上街一卖，比鸡蛋还贵哩！”闽宁镇人喜滋滋地告诉我当年种蘑菇的情形。

闽宁镇园艺村的蘑菇种植最出名，后来全镇都推广蘑菇产业。2007年时，全镇的蘑菇棚多达1000栋5000间，棚均收入4500元。许多贫困家庭仅通过种植蘑菇就获得脱贫。

现今在闽宁镇最出名的闽宁蘑菇合作项目——宁闽合发生态农业科技发展有限公司，是一个在福建农科专家指导下建立的现代化蘑菇栽培和推广基地。走进这里的生产车间，一朵朵白色的双孢菇破土而出，娇嫩新鲜，农民工们正在忙着采摘新鲜的蘑菇。据该公司总经理何龙介绍，永宁县闽宁镇双孢菇工厂化栽培项目是福建省漳州市台商投资区管理委员会与永宁县人民政府签订的合作项目。项目利用福建省漳州市种双孢菇的成功经验，引进荷兰最先进的栽培技术，一年能够生产双孢蘑菇六季。“这一个项目，大约一年的蘑菇销售收入在4000余万元。”主人说到这个数目时，脸上堆满了喜色。

现在闽宁镇有多少产业，镇领导可以给我扳出将近10个手指，比如葡萄、蘑菇、枸杞、玉米、畜牧、劳务输出、商贸，还有光伏、建材……“这么说吧，一般较发达的乡镇所有的产业，我们有；他们没有的，我们也有……这就是今天的闽宁镇。”我去采访那天，中午就在镇上的食堂吃便饭，跟一桌的干部们推心置腹地谈了一番，末了他们颇为感慨道：“说句实话，闽宁镇能有今天，全仰仗着习总书记的福啊！没

▲当地农民工在闽宁镇双孢菇栽培示范基地采摘蘑菇

有他，没有他20多年来始终如一地关心关怀这里的建设和发展，就不可能看到戈壁滩变成金沙滩的闽宁镇……所以，这里的百姓，没有一个不感恩闽宁对口扶贫协作、不感恩习总书记的。”

他们说的是真心话。

没有1997年春天习近平来到戈壁滩上“画下一个圈”，今天闽宁镇所在的这片土地或许仍然是一片荒芜的戈壁滩；然而正是在习近平领导和亲自关怀下的闽宁对口扶贫协作，让这块沉睡千年的荒蛮原野，以雄狮般的苏醒之势，在短短的时间内，发生了翻天覆地的变化。

从最初的闽宁“吊庄”移民小村庄，到2001年发展为银川市永宁县所辖的新行政镇，仅四五年时间；从银川管辖区域中落后的闽宁行政小镇，发展成为著名的西北“江南小镇”，所花时间不足15年……前后20来年，跨越的是人类文明史上千年的历程，这难道不是一部壮丽的史诗吗？

今天，当我们这些外乡人第一次来到闽宁镇时，面对这片美丽如画、景似江南的土地，你无论如何也想象不出它在20多年前竟会是一片戈壁荒滩！而你，也会惊奇地发现这里到处可见许多醒目而又亲切的福建元素：比如街头的福建小吃，商店里的福建特产……甚至连中小学里也能看到这些特别之处。

在闽宁镇上的闽宁中学和闽宁小学，当我走进这两所校园，不仅发现校园内特别漂亮，校舍气派而崭新，同时也奇怪地看到许多楼房和建筑名字里都有“美”字，如中学校园内有几栋楼冠名为“志美楼”“育美楼”，小学校园内的几栋楼干脆叫“角美亭”“角美楼”……

“这是何意？”我不由得问陪同我去采访的闽宁镇干部。

“噢，这两个学校都是由福建著名侨乡漳州角美镇出资共建的。”

原来如此！

角美镇是华侨之乡，闽宁对口扶贫协作项目启动后，该镇发动海外的华侨和当地企业家积极参与，而闽宁镇的中小学校舍建设就是其资助的项目之一。“漳州每年还抽调优秀老师到我们这儿支教，他们真的把人间的真善美带到了这里，所以现在你只要去问孩子们一声：知道校园里到处可以看到的‘美’字代表什么吗？学生们就会告诉你：它是我们的福建亲人送来的深情厚谊……”

呵，这个“美”意味深长，这个“美”宛如灿烂阳光，它已经根植和温暖在闽宁镇人的心窝窝里。

7年前的一个春日里，宁夏来了位新任的自治区党委书记。他到宁夏后才一个多月，便来到了闽宁镇，4个月后他第二次来此。两次考察、调研，让这位新书记感慨万千，心潮澎湃地写下了如下文字：

……2013年5月，我在宁夏履新一个多月后，在到基层调研、熟悉情况时去了闽宁镇，这个镇的发展和群众的生活状况给我留下了深刻印象。9月上旬，我再次到闽宁镇专门蹲点调研，先后走访了2个村10多户群众，与他们同吃同住，到葡萄园参加劳动，到企业、学校了解情况，看望镇上的老党员。回来后，所见所闻不时在脑海浮现，群众的所思、所盼、所忧一直萦绕于怀。看到闽宁镇的巨大变化，看到绝大多数群众过上了富裕安康的日子，我感到很欣慰……

走进闽宁镇，感受最深的是这里的群众都怀揣梦想、充满期盼。蹲点头一天，我来到闽宁镇福宁村。这个村有2516户1万多人，是闽宁镇人口最多、发展最快的村。与村干部、村民聊了一上午，我基本搞清楚了闽宁镇的创业发展历史。20世纪80年代，这里是贺兰山东麓洪积扇上的一片戈壁滩，虽说距首府银川市仅百十里路，但自然环境却有天壤之别。开发之初，这里没有电，没有路，没有防护林带，没有像样的基础设施，种的地要靠自己动手开垦，可谓一张白纸。至今一些年纪大的移民回忆起创业之初的艰苦岁月，仍然感叹不已，过去的“烈日”“风沙”和艰苦场景已深深烙在他们的记忆中。当时，他们住在没有水电的土坯房里，白天在地里劳作，夜里听大风怒号。这里位于贺兰山风口的下风向，是全国日照最强烈的地区之一，夏天炽热的太阳晒得人没处躲，冬天大风卷着沙尘刮得没完没了。面对严酷的自然环境，移民群众不屈不挠，顽强拼搏，整日在戈壁滩上修路架桥、挖沟挑渠、开荒整地。这里土壤沙砾层厚，大大小小的沙砾占了一少半，连铁锹都插不下去，别说种庄稼了。开好一片地，得用筛子把沙砾一点点筛拣掉，留下的土壤才能耕种。闽宁镇4.3万亩耕地，就是这样一分分、一亩亩筛出来的。有时开好的耕地、挖好的沟渠一夜之间又被风沙埋掉，修好的路、建好的扬水泵站不时被山洪冲垮，盖好的房屋、砌好的院墙经常被暴雨冲塌，即将成熟的庄稼也经常被冰雹砸得七零八落。说起这些，年纪大的移民总是重复着同一句话：“当时让人死的心都有。”但他们始终没有放弃怀揣的梦想，始终没有放弃过上美好生活的希望。沟渠让风沙埋了，他们再开挖；道路让洪水冲垮了，他们再整修；房屋被暴雨泡塌了，他们再翻盖；庄稼绝收了，他们再播种。凭着这股坚韧不拔的精神，闽宁镇的面貌一年年发生了变化。防护林带长起来了，肆虐的风沙被压下去了，果园良田多起来了，柏油路四通八达了，烈日也不再“追着人晒”了，再也感觉不到昔日戈壁滩的蛮荒了。镇党委、政府驻地也已发展成一个像模像样的小城镇，道路宽阔，店铺林立，很难想象20多年前这里还是一片不毛之地。

究竟是什么力量让这里的移民群众坚持了下来？在与移民群众的攀谈中，听不到什么豪言壮语，听到最多的话就是：“这个地方只要能下苦，就能吃饱，就能过上好日子！”“这里离银川近，周围企业多，打工方便。”“农民嘛，不在地里下苦，难道吃沙子顶饱？”这些朴实的话，折射出的是一个求温饱、奔小康的梦想。正是这个在许多人看来有些微不足道的梦想，却支撑着他们在戈壁滩上创造了奇迹。对中国农民而言，有一套好的住房一直是他们的梦想。闽宁镇有的移民讲，20多年来他们的住房换了4次。第一次是移民开荒时搭建的土坯房，第二次是解决温饱问题后建造的砖包房（土坯房外层包砖），第三次是生活改善后建造的砖房，第四次是近年一些先富起来的农民建造的楼房。今天，闽宁镇虽然还有少数土坯房、砖包房，但大部分都是砖房，发展水平较高的村多是楼房。按中国传统的说法，如果30年算一代人的话，闽宁镇的创业者用了不到一代人的时间，干了过去几代人才能干成的事，他们就是凭着一股劲，一种不达目的不甘心、不罢休的精神，向着自己的梦想一步一步走近。

…………

2016年7月19日，习近平总书记来到闽宁镇移民谢兴昌家。当听谢兴昌介绍当年跟他一起到闽宁镇“吊庄”移民并安居下来的11户贫困群众中，已经有7户买了小轿车，共产党的恩情三天三夜都说不完时，习近平总书记深情地说道：“在我们社会主义大家庭里，就是要让老百姓时时感受到党和政府的温暖。”

是啊，人民需要党和政府给予的温暖，只有这样的温暖，才能让人民真正感受到什么是社会主义和社会主义大家庭。有了这样的温暖，昔日的戈壁荒滩，就能变成美丽似锦的金沙滩。

第四章 红寺堡传奇

13 “傲娇牛”想告诉你一个传说

2020年6月11日，我第二次去红寺堡时，这片大地上依然可见一股浓浓的喜气。因为就在两天前，习近平总书记刚刚来到这里，而当地人再次将我领到的就是当年的贫困移民户刘克瑞家。

老刘（其实才47岁，不过已经幸福地当爷爷了！）现在的脸上满是笑容，见来人就不由自主地说着：“我高兴得很！”他确实高兴，因为他作为一名普普通通的刚刚脱贫的农民，能够见到习近平总书记，而且跟总书记握手、坐在炕头聊家常，恐怕天下不会有多少中国农民能享受到如此幸福的厚遇吧！

“总书记太平易近人了，拉着我的手，问我家里的情况，到厨房揭揭锅盖、看看冰箱里的东西，坐在炕头问我现在生活过得怎样，我一一回答后，总书记非常高兴地笑了，说我们就是要过越来越好的生活。”刘克瑞最得意的是他家的安格斯牛太给力了，因为习总书记走进他家时，最先遇到的是牛棚里的三头“宝贝”——一头母牛、两头小崽，它们是老刘家的“小银行”。这一头母牛是老刘买来的，资金主要依靠政府的扶贫配套政策的补贴，自己只花了3000来元，而且这笔钱也可以到银行免息贷款，等于说无须老刘劳神，他就拥有了这头万元“家当”。母牛十分争气，成功怀胎，又成功生产。当第一头“宝宝”出世时，老刘高兴坏了，他说：“就像家里添了个女娃！”他有一个儿子，儿子已经成家，并且也有了两个娃儿。老刘十分疼爱孙儿孙女。可老刘自己没有女儿，这安格斯牛为他生了个“女娃”，他能不高兴嘛！

“从小我就一直抚摸它，它特别通人性，乖得很！”老刘像待闺女似的疼爱这头小母牛崽。要知道，一头母牛崽出生，就好比2万元的收入到账，因为添一头安格斯牛，饲养上10个月左右，就可以1万元出栏。母牛更了不得，来年再生一头小牛崽，等于3年稳稳当当赚了2万元！老刘不高兴才怪！

“你给老刘家争气，我就给你好生饲养。”平日里老刘一有空就进栏给小母牛抚摸身体，那小母牛似乎懂得主人的心意，也特别会撒娇和听话，只要主人一来，它就昂起头，亲昵地向主人的身子贴去，然后用鼻子蹭主人的胳膊甚至脸颊。小母牛越长越俊，会撒娇的它也越来越讨人喜爱。它满身淡黄色的毛毛和粉红色的鼻子，又让它显得格外漂亮和可爱，所以老刘对自己的“闺女”更是疼爱有加。

“它只识尊贵的客人，而且只对我和尊贵的客人做亲昵的动作哩！”老刘对小母牛的喜爱溢于言表。

这回谁也没有想到，最最尊贵的客人来了。2020年6月8日，村干部突然通知老刘，说有领导要到他家里看看。哪个领导吗？村干部并没有告诉老刘到底是谁，老刘问了一下也没问出名堂，干部们告诉他：“我们也不知道。”

“来了！来了！”

几辆汽车突然在老刘家门口的马路上停下，然后车上下来一位高大的领导，微笑着朝他家走去。

“这……这不是习总书记吗？”老刘一看眼前这位领导太眼熟了，“跟电视里的习总书记一模一样！”事后老刘开心地跟众乡亲说。“但更亲切！”有人非要让他说说真人跟电视里的有啥不一样时，老刘这么说道。

习总书记确实特别亲切地走上几步与迎上前的老刘握了手，随后跟着老刘往他家里走，这一走就到了老刘家的牛棚前。敞口的牛棚只有几根枝干拦着，不知是今天的客人太尊贵，还是小母牛有灵性，当习总书记健步走到牛栏前，那小母牛就从大母牛身边站起，然后轻步跑到栅栏前，将它那颗美丽的头颅伸到尊贵的客人面前。这是未经任何人为设置的情景，完全是老刘家的这位"特殊成员"的即兴之作，而它那昂首欲求亲昵的神情，让尊贵的客人停下脚步，随后伸出手，轻轻地抚摸了一下它的鼻子，那小母牛顿时傲娇地晃动起头颅，轻轻地蹭起尊贵客人的胳膊来。

这个场面太暖太有趣了！顿时，现场爆发出一阵欢笑，气氛轻松而愉悦。当日，新华社摄影记者抓拍下了老刘家的这头"傲娇牛"与总书记的亲昵情景，而后在媒体上刊出，于是老刘家的"傲娇牛"就成了网红。

"就是它！"时隔两天后，我来到老刘家，依然眉上挂喜的老刘首先将我引至他的"宝贝"跟前，指着圈内的小母牛说。

小牛崽确实惹人喜欢：身形苗条而结实，茸茸的毛儿光滑轻柔，尤其是那红嫩嫩的鼻子，格外招人怜爱。"看看，它又知道尊贵的客人来了！"见我靠近栅栏，这小家伙竟然从母亲身边走开，昂着头颅直朝我而来，随后将鼻子伸过来，冲我迎过去的手掌亲昵地蹭起来。

哈，它也太会撒娇了！可谓人见人爱。

"傲娇牛"出名了，老刘也跟着出名了。其实，"傲娇牛"和老刘能出名的底气源于他们脚踩的那块土地——红寺堡。

这是一块传奇的土地。在宁夏的版图上，它既古老，又新生。

说其古老，是因为它位于宁夏中部，生长于宁夏的怀抱之中，乃大地之腹，六盘山和贺兰山如同两侧巨壁，将其紧紧地裹在其中。千年枯干的风尘，使它渐渐变成了戈壁沙滩，甚至不见人烟千百年。直到春秋时期西戎部落出现，方有游牧民出现在此。汉朝之后，此地是匈奴降民的驻地。西夏时期，兵家常在此混战。据考证，“红寺堡”的地名由来，就是因为在茫茫戈壁滩中央有一个屯兵时用过的“堡”，亦称战乱时的古国边陲要塞之地。也有一种说法是，在这片戈壁滩中央有一座古刹——弘佛寺。“堡”，在古时又称兵站，所以古寺旁边就是兵站，漫长的岁月让曾经在此游牧过的兵民，渐渐在久远的记忆中留下了“红寺堡”这样的地名。明代以后，这荒凉异常的地方，便慢慢被民间固定下一块叫作“红寺堡”的无人区。

20世纪30年代，毛泽东领导的中国工农红军曾一度在这片土地上出现过，于是“红寺堡”又有了一份“红”的真切新意。但即使在宁夏回族自治区成立之后的很长一段时间里，这块古老而荒芜的土地上，并没有多少人烟，实在是因为它太干旱与贫瘠，夏日的地面温度能够达到四五十摄氏度以上，冬日又特别干冷，加之常年风沙不断，草木不生，再能忍耐的牛羊都无法待在此地，人更不用说。“红寺堡”渐渐地成了宁夏人知之甚少，又动之更少的一块“被遗忘的土地”。

新中国成立之后，红寺堡被纳入同心县境。但虽为同一境域，却并没有真正“同心”，因为这方圆百里的无人区，几乎没有人有能力去闯入，走进这片荒芜的戈壁滩地的结果，可能是无缘回头。

最近的半个多世纪里，有人真的进去了。不是别人，是解放军部队官兵。一位曾任固原军分区司令员的老兵这样回忆：

映入眼帘的除几处军用砖砌平房外，满眼全是黄沙土丘，看不见一缕炊烟，确实是个“兔子不拉屎的地方”，难怪鲜为人知。作训参谋告诉我，这个地方1965年有部队进驻，用来作为炮兵靶场……

当晚无眠，又翻阅《银南兵要地志》。西有烟筒山，东南有大罗山，北有牛首山，红寺堡位于三山之间的一个盆地……我想了又想，感到此地"场地大、扰民少、地形难找"，简直就是一块"绝地"，是炮兵靶场的最佳选地。

不毛之地，也算成了"用武之地"。

然而，随着我军现代化建设的不断进步与发展，旧兵器时代的枪炮已经被导弹和信息战所取代，于是大炮靶场也渐失作用。红寺堡再度成为无人区。

可，荒凉并不能阻止人类前进的步伐，无人区也非永远能阻挡后人的闯入。1986年，全国范围内掀起的有计划、有组织、大规模的扶贫开发的战鼓再次擂起。到1993年年底，全国农村没有解决温饱的贫困人口由1978年的2.5亿人减少到8000万人。可是，像宁夏西海固等绝对贫困地区的贫困人口并没有在根本上得到改变，8000万人口中，宁夏原有的贫困人口几乎尽在其中。1994年国家启动"八七"扶贫攻坚计划，把消除这一人群的贫困问题列入国家战略的议事日程，宁夏回族自治区的任务变得具体而紧迫。

自治区党委、政府的第一个想法，便是如何让被联合国相关组织判定为"最不适宜人类生存的地区之一"的西海固地区的100万贫困人口，迅速脱贫奔小康。

这是大手笔的战略，它基于宁夏贫困人口集中地的西海固地区之所以绝对贫困，就是因为这里长期干旱缺水。于是为了解决水的问题和变抗干旱为主动找出路的战略调整，自治区作出了这样一个大决策：按照国家“三西”建设“有水走水路，无水走旱路，水旱路都不通另找出路”的方针，在有条件的地区通过兴建水利工程解决移民生产生活用水问题，干旱地区以梯田建设发展旱作农业，水旱路都不通地区则开展劳动力转移或移民搬迁。就在这时，时任全国政协主席李瑞环同志来宁视察，望着西海固百姓一双双渴望水的眼睛，他感慨万千，随即回京向中央提出了宁夏适宜“高扬水灌溉，成规模异地移民，再建一个黄河灌区”的建议。

于是，国家级专家聚集宁夏，进行周密察看与调研，并与自治区党委、政府共同商讨，最终形成一个在宁夏扶贫脱贫史上堪称伟大构思的“1236”工程：利用黄河两岸尚未开发的连片土地，扬黄河之水，建设200万亩灌区，将山区不具备生产生活条件的100万人口迁往灌区，投入30个亿，用6年时间建成，从根本上解决贫困问题。

在宁夏回族自治区党委、政府和中央各部门的通力协作下，“1236”

▲红寺堡境内扶贫扬黄灌溉工程泵站输水管道

工程于当年12月获得国家批准，从此这一民心工程、德政工程，也是当时中国最大的扶贫移民工程正式启动。

1996年5月11日，是红寺堡历史上值得记录的一天：扬黄灌溉工程奠基仪式在工程选定的红寺堡一泵站站址隆重举行。40支来自各个地方的工程方队接收到中央领导的一声"开工"命令，向无人区和不毛之地挺进，开始了第一铲的战斗。随即，上百台推土机齐鸣，卷起的黄沙，犹如百条黄龙在亘古的荒原上奔腾起舞，气势磅礴，震撼山河。

引水工程，先得有水喝，有水喝方能把远方的黄河水引上来。于是，工程用水和参与战斗的工程人员的饮水是第一个需要解决的问题。谁人领此重任？宁夏水利水电勘测设计研究院的专家当仁不让："我们上！"

1996年6月2日，在柳泉的一个掘井现场，解放军某团官兵与当地水文工程人员一起苦战近一个月后，于这一天拔管试水。"起钻——"随着指挥员一声令下，十几名官兵奋力操作吊具，只见井口突然涌出一股清泉，随后呼啸着冲出地面数丈高……

"出水啦——"

"水甜啊——"

那一刻的红寺堡可以用"前所未有的震撼"来形容现场的气氛、来形容十里八乡的欢呼雀跃……因为这是块曾被称为"上帝喝干水的大地，被地王爷抽干血浆的荒原"，而今第一次见如此巨龙奔腾——经测量，该井单日涌水量达2000多方，仅此一井，可供10万人饮用所需。

"甜！太甜了！"自治区领导和所有参与"1236"工程的战斗人员无一不这样感叹！

他们看着清泉，想象着未来更大的黄河"巨龙"进入这片干渴的大地、荒凉的戈壁……

1997年的春天，一群福建客人远道而来，其中就有宁夏人民现在都熟悉的身影——习近平同志。他和福建来的干部们一起，在自治区领导和工作人员的陪同下，从南到北，察看宁夏贫困山区人民的生活状况和当地社会发展情况。扬黄灌区工程自然也是向客人们介绍的内容之一。在路经刚刚掀开战斗序幕的红寺堡荒原时，习近平默默地看着这片扬着黄沙的苍茫大地，目光凝重，思绪万千。在闽宁对口扶贫协作第二次联席会议召开之际，习近平约请在宁夏工作的11位闽商座谈时，希望他们把福建的先进理念和好项目带到宁夏每一块贫困的土地上，并动员更多福建企业家到宁夏找市场，搞开发，结成联合体。随后，闽商向宁夏“全线出击”。与此同时，闽宁对口扶贫协作第二次联席会议根据宁夏扶贫工作开展情况，包括红寺堡在内的4万名生态移民工作起步之后，如何让这些移民能够解决温饱问题，提出了具体的措施——福建专家帮助宁夏百姓种植菌草。

种菌草，如同山区移民从山区搬迁到黄沙曼舞的红寺堡一样，其历程艰难而充满挑战。然而，一种叫幸福的希望，总在前面映照着那些渴望摆脱贫困的人们。于是，这场“菌草造福”运动，成为闽宁对口扶贫协作24年漫长岁月中的“第一交响曲”，而且它的激昂旋律，至今仍然激荡着宁夏千千万万的百姓，并成为他们幸福生活的一部分。

福建农林大学教授林占熺就是从这个时候开始，以似火的热情，带着他的团队，在宁夏大地点燃起菌草的燎原星火，他的这一把火也让刚刚从大山里搬出来的移民们在黄沙飞舞之中看到了那片幸福的云彩。

“我们这儿的移民搬迁是1998年开始的。那时候红寺堡还叫‘开发区’，还不是独立的行政区划。可是移民工作却与这片荒凉土地的开发建设是同步的，而且起步时的运作方式也很特别：第一批移民点在现在的大河乡，7个贫困县各在这个地方建1个村。因为荒凉，因为寒冷，最初几年里，移民来的百姓，春天过来，冬天又回到原来的家。新家无法久留——太冷，又缺水，一切基础设施尚未建起，黄沙养不住人，人抵不住黄沙……"一位如今在盐池县任领导的"老红寺堡人"这样向我描述最初的移民景况。

他说自己是从同心过来的，当时任红寺堡开发区社会事业局负责人，社会事业局下设4个部门，教育、交通、经济发展等都包含在内。"其实我们总共才4个人，等于一个人管十来个对口单位，但那时我们的创业精神至今令我想起就会激动，那是真正的激情燃烧的岁月！"

每一个红寺堡创业者回忆起初创阶段的红寺堡时，都会泪眼蒙眬——

"勘察队员们必须按时完成任务，因为后面的建设大军正在赶着我们，所以每天的工作都得往前赶。红寺堡的名字很美，可踩在那块大地上，你才会知道它其实可以让一个意志坚强的人垮塌灵魂，可以让一头强壮的大象最终瘫地不起……没有一处可以避风躲沙的地方，更不用说有房住宿。晚上只能将毯子往沙地上一铺，上面盖条被子，算是唯一也是最好的选择了。早上起来一瞅，大伙笑了，因为每个人都半身被掩埋在沙中。吃饭是个困难，煮不熟是一回事，能盛在碗里咽下去又是一回事，风沙太多太大，稍不注意，吹进碗里的沙比饭本身还要多。但我们没有一个人后退，每天的工作还在继续，还在创造新的纪录。"这是勘测队员的日记。

"那时的红崖基地方圆几十里没有人烟，完全是一片荒芜。那个时候风一刮就是一整天，狂风所到之处，新建的平房顶上的瓦片哗哗地被掀掉一大片。有一次，大风一夜未停，第二天我起床一看，满屋满床全是沙土。走出房间，同事们个个灰头土脸，大家相互笑着，不知谁喊了一声：‘咱们像不像出土文物？’于是‘出土文物’成了我们的代名词。偶尔回家到银川坐公共汽车，有朋友见了，也会惊讶地喊我们一声：‘你咋变成了出土文物？’瞧，我们真的成了出土的稀有文物了！”这是自治区政府某机关的一位干部调到红寺堡开发区指挥部工作不到3个月后写下的日记。

“受条件所限，指挥部工作人员一天连个洗澡的地方都没有。刚开始还能闻到自己身上浓烈的汗臭味，久而久之，反而什么也闻不出了！胳膊上一搓就是一把小泥球，真正成了一个泥人、土人。指挥部里像我这样的女同志还不少，为了工作，姐妹们不得不奔走在烈日狂风之中，嘴唇裂得全是口子，脸晒得红肿透黑，疼痛难忍。无奈之下，我们想出一个好办法，将带来的丝巾全部蒙裹在头上，这也成了基地上一道亮丽的风景……我们为此很骄傲！”这是一位女开发者的日记。

这样的日记很多，它是红寺堡扶贫移民铺下的底色。但它还不是这片特殊的热土的扶贫移民主色。何为红寺堡的扶贫移民主色？是火！是比火更炽热的烈焰！是比烈焰更猛烈的燎原之火！

是的，红寺堡的扶贫史本身就是中国扶贫脱贫攻坚战中一部最具魅力的史诗。尽管今天20余万贫困百姓背井离乡的事也许其他地方也有类似的，但红寺堡的移民与扶贫毫无疑问是最为壮丽和壮烈的。所以我想借用曾经采访过的几位西海固移民的回忆来追溯一下无法复制的岁月往事。

镜头之一

顺着盘旋曲折的县乡公路，从宁夏固原县（今固原市原州区）开城镇一路西行至张易乡，再北行至彭堡乡。一路上随处可见条条羊肠小道在不知名的小山丘上蜿蜒。

农历三月初，张易乡大店村。村民王世杰兄弟三人，他和哥哥王世凯是首批搬迁去红寺堡的村民。两家拖家带口十余人，所有的家当都装在两辆蹦蹦车上。村头用来打碾粮食的大场上，汇聚了前来送行的乡邻们，和王世杰一样整装待发的还有其他七八家搬迁户。“东西都装上了吗？”“把路上的干粮和水都带上。”“把车检查一下，跑远路，安全要紧。”大场上送别的声音此起彼伏，有些将要远行的女人已经开始低声抽泣。

看着大场上依依惜别的人们，看来这送别还需要持续一段时间，妻子的哭声让王世杰有些心酸。“我想去坟上一趟。”王世杰低声对还将暂时留守在村子里的弟弟王世明说。他的提议得到了兄弟的默许。在父亲的坟头上，兄弟三人齐刷刷地跪下，王世杰一开口就已经哽咽了：“大（西海固部分地区子女对父亲的称呼），我们就要走了，再来看你一眼，这路途遥远，以后就不能经常回来了。”一旁的弟弟轻声安慰他：“你放心走，家里还有我呢。”听了弟弟的话，王世杰已经泪流满面：“我们过去要安顿下来，还需要一段时间，清明节你多给老人烧点纸，就算是替我们多尽点孝。”此后便是长久的沉默。坐在坟头上，兄弟三人抽了半包烟，方才起身离去。

大场上即将出发的人们从最初的喧闹，逐渐变得沉寂，到最后很少有人再说话。故土难离，作为向红寺堡搬迁的首批移民，人们身上带着一种“风萧萧兮易水寒，壮士一去兮不复还”的悲壮。毕竟，他们将要迁去的地方，还是块荒地，前途一片渺茫。

搬迁的车队十点钟正式出发。王世杰的妻子和女儿坐在车中的行李上。女儿年纪尚小，但已多少懂得这离别的含意。“大，我们走了还回来吗？”王世杰没有回头，他害怕女儿看到他脸上肆意流淌的泪水：“会回来的，咱们以前的家就在这儿，你爷爷奶奶也睡在这里，咱们以后会常回来看看他们的……”

镜头之二

西吉县白崖乡库坊沟村。搬迁移民马尤素在临行前进屋里向父母告别。父母年迈，身体都不太好，母亲眼睛已经看不见了，他原想带着他们一起走，可已经在这里生活了一辈子的父母，怎么劝说都不愿意离开，好在还有一个没有搬迁的哥哥可以照顾他们。马尤素不知道怎样向父母开口，炕上的母亲紧紧地搂着马尤素的儿子，一面哭一面往孙子的衣兜里装一些糖果。父亲是个豁达的老人，看着儿子欲言又止的样子，老人说：“赶紧走吧，不要挂念家里。走了也好，你看这天干火着的，日子苦焦的也没有啥盼头，牲口都没有水喝，人咋活呢？到那边了有水、有平地，路也好走，好好过几年苦日子就啥都有了。赶快走，赶快走……”

临走时，马尤素久久地环顾这个他生活了30余年的村庄，心里面五味杂陈。岳父、岳母就住在离他家不远的另外一个村庄里，他们也赶过来送行。岳母做了一些干粮交到他手里：“娃娃，路上不好走，你叫师傅开慢些，饿了就缓一缓，吃点东西再走。”在他身旁的妻子早已泣不成声，马尤素也忍不住落泪了。后来他回忆起当初走的时候的情景，感慨地说：“我从小到大就生活在那个地方，虽说条件不好，难养活人，可就是舍不得走，那时候就想痛痛快快地哭一场，哭过了，心里反而觉得会敞亮一些。”

镜头之三

泾源县移民禹万喜也是第一批搬迁的移民。这个30多岁的回族汉子，在乡邻们眼里是个“不安分”的人，养过羊，也贩运过粮食，但因为道路交通条件差，做生意成本太高，总是赚不上钱。红寺堡移民开发，他积极争取名额，想提前搬过去。他的决定不被父母所理解，为此还闹过别扭。尽管不乐意儿子走那么远，但在临走的时候父亲还是过来送行了。在村口，父亲从一棵柳树上折下一根柳条交给他：“娃娃，俗话说，一搬三年穷。你搬到那个地方去，到底能不能过好都很难说。我听说红寺堡那个地方是个大沙滩，连树都没有，你去了就把这柳树梢子栽上，树活了，人就能活下去，如果树活不了，你就回来……”带着父亲的嘱托，禹万喜抹了抹脸上的泪水，迈开步子，转身向那个叫“红寺堡”的方向走去……

往事如烟亦非仅有泪。人的泪总在甘苦间孕育与流淌，即使是苦泪，倾出之后仍是一种宣泄；甘的泪是幸福，幸福的泪水也常让人勾起对过往岁月的怀念。这就是人。

人渴望幸福，也铭记着幸福为何而来。今天的红寺堡百姓，谈起自己脱贫与致富的事儿，每个人都能滔滔不绝一番，实在是因为这片土地给予了他们太多可供回味的过往，这甜美的回味中，就有闽宁对口扶贫协作的甘泉。

“傲娇牛”的主人老刘就是其中每每回味都会笑出声的一个。他是2012年最后一批搬迁到红寺堡来的移民，他跟第一批落户此地的贫困户相比，少吃了许多苦，因为这一年他遇上了一个特殊的机遇：闽宁对口扶贫协作中，在红寺堡开发区正式成为吴忠市的一个县级行政区后，它第一次被列入对口帮扶“县”（区）。所以种玉米、养牛，进而脱贫和致富，是老刘家所走过的路。

那天到老刘家，坐在他和习近平总书记一起坐过的炕沿上，聊着他一家的幸福生活，老刘满脸都是笑。他说自己赶上了好时光，在老家原州区时，两个孩子上学后家里的负担开始加重，相关部门问他愿不愿到红寺堡，并且告诉他，那边种地有补贴，养牛也有补贴，还有闽宁对口扶贫协作的扶贫车间就在家门口，有空可以进厂子里打工赚工资。“这样的好事我不过来不成傻子了？”老刘就这样带着全家往红寺堡跑，一看落脚地，他咧嘴笑了：新房子已经建成，自来水也通着，院子比以前老家的还要大些，关键出家门走十来分钟路就可以进厂打工赚工资。

“孩子读书还有福建对口帮扶单位的补贴。”老刘觉得搬到红寺堡后，全家的生活就像掉进了蜜罐子里。

“知道我天天跟牛崽儿聊些啥吗？”老刘打趣地告诉我，他的那头爱跟尊贵的客人撒娇的牛崽出生后，见了他就喜欢蹭他，与他亲近。老刘说日久天长，他跟这位“闺女”的感情也非同寻常，一有空，他就蹲在牛栏里一边抚摸它，一边跟它聊：你看我们的红寺堡多漂亮，绿树这么多，青秆玉米这么甜，为啥呀？是因为这里的水多了，过去一年下不了200毫米雨，却要被老天蒸发掉2000毫米，你说这黄土飞不飞沙？那飞沙飞起来，咱人走不了，你也没法走。后来大工程扬黄水到了这儿，就把黄沙整没了，变成了肥沃的土壤，可以种上树、种上花，种上你爱吃的青秆玉米和鲜嫩草了，还可以喝上清水……

“傲娇牛”后来似乎能够听懂主人的话了，便哞哞地一边叫着，一边更加亲昵地蹭老刘。感情就是这样建立起来的，他和它从此成为谁也离不开谁、谁都每天惦记着谁的角儿。但他和它聊得最多的却是红寺堡日新月异的变化，包括老刘家自己生活的节节高，这才是主题。

哞哞……哞哞……“傲娇牛”又在欢声地叫着，这回它是冲着即将离开老刘家的我。

老刘对我说：“它想告诉你：红寺堡的发展和闽宁对口扶贫协作的好事，还没有说完呢！”

哈哈……老刘家的牛崽儿真的神了，脱贫致富后的老刘更神。他和它告诉了我一个宁夏扶贫、脱贫的传奇，其实老刘和牛崽本身就是一个传奇。

自然，红寺堡的传奇更吸引着我……

14 让心弦颤动的数字

总有人说数字是枯燥的。可有些数字对宁夏和宁夏贫困山区的人来说，可能就是泪滴和汗珠子，或许还是隐藏在内心的那股苦涩和苦难的血流……

当然，若干年后，特别是扶贫、脱贫攻坚战之后的今天，数字又成为宁夏百姓和贫困山区人民拿出来炫耀的最宝贵之物，因为它能直接说明一切，包括幸福与心情，皆在数字间跳动着温暖与激动。

数字其实就是嵌在每个人心间的音符，随着它的变化，奏响了人的优与劣、痛苦与欢乐、幸福与悲怆……

数字就是魔，让你沉沦与兴奋，让你激进与舒缓。

数字对红寺堡人来说，是昨天和今天的历史见证——

“299.1米”这一数字对红寺堡的意义是开天辟地、重振山河的，因为这个数字是黄河扬水工程扬程的总高度。它也是决定红寺堡能有今天的关键所在。因为黄河之水通过数级扬程，才使干涸的黄沙漫卷的不毛之地获得了新生。

扬黄工程包括两个方面：水源工程和扬水工程。

引入红寺堡的扬水水源是由一个扬水水源和一个自流水源组成的。扬水水源是在中宁县泉眼山黄河岸边建一座每秒流量30立方米的泵站，扬水入扩整后的19.4千米的高干渠。自流水源从黄河中卫申滩自流增加引水每秒8立方米，通过扩整后的28.4千米的七星渠，再流入扩整后的高干渠，两个水源合流成每秒38立方米流量，向高干渠供水，并流入目的地。

红寺堡扬水工程从扩整后的高干渠19.4千米处取水，引水流量每秒25立方米，经104千米干渠和84千米支渠输水至全境灌区，共布置主泵站8级、支泵站3片9级。灌区最大扬水高度为299.1米，每年引水量为3.04亿立方米，亩均用水量405立方米。扬水工程运行成本每立方米0.181元。

扬水工程于1996—1998年建成一至四泵站，并获得一级试水成功。1998年9月16日，这是一个在红寺堡人的心目中被铭刻成丰碑一般的日子。在红寺堡一说到“9·16”，连几岁的小孩都知道说的是啥，这里甚至有人把它视为红寺堡的“诞生日”。“因为这个日子对红寺堡太重要了！”一个老红寺堡创业者对我说。虽然当时勘查队员在柳泉那里打了口深井，产水量大，但那水是咸的，无法长期饮用。于是红寺堡的建设和移民工程就只能等扬水工程的黄河水了。经过一年多艰苦卓绝的战斗，1998年9月16日，扬水工程的一泵站落成并举行了隆重的试水仪式。自治区领导一按动机房的控制电钮，顿时几十组巨型水泵轰鸣起来，整个大地仿佛在颤抖，人们的心也在剧烈颤抖……就在这时，只见几个巨大的出水管口传来嗡嗡作响的呼吸声，那声音宛如一个巨人在酣睡，并且喘着粗气、打着呼噜，仿佛欲把整个世界吞咽下去。瞬间，一股巨大的水流带着轰隆隆的响声，从管口喷涌而出，并形成两米多高的水柱，然后冲向主渠之中。

“那水流，简直就像万马奔腾、山洪暴发，直向千年的荒原泻去……”红寺堡人一说起当年试水的情景，脸都会变得绯红起来。它，实在让人太激动了！

“当时看着水流灌过干涸的黄土地，又迅速泛起银色的水波，然后漫无边际地向更广阔的黄土地奔去，我的目光就跟着水波与水流一起奔涌，不知咋的，后来发现脸上尽是泪水……”一位移民这样说。

“共产党亲，黄河水甜！”不知是谁在试水现场一边喝着水，一边泪水横流着感叹。于是现场的干部和群众，发自内心地涌出了同一句话：“共产党亲，黄河水甜！”

“共产党亲，黄河水甜！”这是如今在红寺堡大地上乃至整个宁夏回族自治区听得最多，也是最深情的一句话，它说出了这个多民族地区、这个曾经极度贫困的地区人民的一个共同的心声。是的，不喝到黄河甘甜的水，干渴的人怎知道他人之亲！而没有共产党的亲切关怀，他们又怎能喝得到甘甜的黄河水呢？！

都知道黄河水其实并不清凉与干净，而科学家在设计时就想到了这一点，于是扬黄工程采用的是侧向进水，泥沙与淤积问题迎刃而解，清清的甜水就这样流到了红寺堡的大地上……

甜水顺着设计好的渠道，顺着移民们期盼的心路，急切而有情地流向千家万户，这一流让移民们兴奋和激动，因为流进他们的耕地的水，在很长一段时间里价格是每立方米0.135元。细心的读者一定注意到了，扬黄工程每立方米水的成本是0.181元，现在政府以每立方米少近0.05元的价格给百姓，也就是说国家每吨水补贴给百姓约5分钱。别看这5分钱不多，然而一个家庭、一户有耕地的农户，人畜和浇地所需的水量可就不是小数目了！

同心县一位政府领导曾经给我讲过一件事：1992年、1993年，宁夏再遇大旱，百姓喝水要靠解放军用军车运送。“大家还要排队才能买到一桶水。那时市场上一桶水要卖到18元。”

一桶水18元与一吨水0.135元之间是一个怎样的价差？这样的数字对贫困的百姓而言，又意味着什么呢？

“一个字：甜！”红寺堡的人这样说。

扬水受益的第一年，7个县的移民工作便同步进行。万名以西海固地区为主的几个极度贫困县的百姓首先向红寺堡进发。最先进入红寺堡的是西吉县的百姓，然后是泾源、隆德、同心等地一起争先恐后地行动。

在这个过程中，闽宁对口帮扶的干部们调集人力、财力，优先帮助搬迁到红寺堡的贫困户选点落户，配合红寺堡开发区管委会建起了第一批移民新房、开垦了第一片荒地种植玉米，并随后派出农业技术人员进入红寺堡建设前所未有的蘑菇房。

整体安置贫困移民的伟大工程，在多种力量、多种形式、多种渠道的合力下，轰轰烈烈、气壮山河地拉开了战幕——这是宁夏扶贫、脱贫战役中最值得记录的一幕，因为它仍然与数字有关：最短的时间内，移民最多；在一片黄沙飞舞的戈壁滩和干旱的无人区内，开垦和浇灌了数十万亩良田；1999年，扬水工程完成建设之后的第一年，贫困山区来的数万百姓，第一次用上清清的黄河水，见证了有生以来第一个丰收的秋天。海原县深山沟里来的回族贫困农民何新海说，他一家5口人搬到红寺堡落户后，住了3间新房，分得了10亩水浇地，生来第一次种小麦，每亩打了200多公斤，“有一个夜晚，我笑醒了三回！”何新海只是百万移民中的一个，而他说的这串数字，隐含着红寺堡这片土地上所发生的一场波澜壮阔而又深刻的变迁——

100万移民。200万亩新灌区。30亿投资。6年完工。

“1236！”

宁夏加油！

扶贫，脱贫！

这一连串数字，犹如宁夏人民在中国共产党的领导下，在摆脱贫困、奔向小康征程上的铿锵步履，其声其威，在六盘山和贺兰山之间的广袤大地上长久地激荡着、回荡着……

需要补充的是：因为国家对红寺堡的发展一直是依据数字在科学布局，所以即使到了现在，红寺堡的移民一直控制在20多万，因为扬黄工程的水量是有限的，故而如今的红寺堡尽管有足够的发展空间，但为了保证这块土地上的人畜饮水和生产用水，移民的规模一直被控制在现有基础上。我在看到红寺堡欣欣向荣的现况时问过这里的领导，现在这里也有不少前来就业的打工者、生意人吧，他们的人数急剧增加后是否也会对红寺堡的用水量产生影响？或者说，红寺堡的经济快速发展了，企业多了，工业用水自然也会增加，那么如何控制水量超限呢？

他们笑了，说：“上天帮助呀！过去这里年降水量不足200毫米，如今一场雨下来就可能超过这个数了！”

对呀，我想起第一次去固原途经红寺堡和同心时，下了整整一天暴雨，据说那一天降水量达到了168毫米。

古老的大地变得生机勃勃，上苍也跟着巨变——这就是今天的红寺堡。

15 家园是汗珠和心血垒成的

红寺堡境内只有一座山，叫罗山，它像女人高耸的胸脯一样，让这片荒芜的大地，似乎多了一份诱人的魅力。于是千百年来，红寺堡虽“野得出奇”，却总有人对它牵挂，并想办法接近它。但仅有奢望的人最后总是以失败而告终，罗山依然像个永远嫁不出去的少女一般，寂寞且孤独地躺在原地，丝毫不想展示它应有的妩媚，故而红寺堡一直以来没有成为人与动物的家园，荒凉是它唯一的本色。

“9·16”的一声震天巨响，奔涌的清流灌向红寺堡的大地时，罗山突然从长梦中惊醒，侧身看去，顿时满眼泪水：我要活了！世人该知道我有多美了……

踏进无人区的人，后来当然也上了罗山，于是罗山的真面目得以展露于天下，它美得让人流连忘返。

闽宁对口扶贫协作中，一名在西吉挂职的干部告诉我，他第一次带一群移民到红寺堡落户时，有一户农民带了5个孩子，他们到红寺堡后，发现这是一片平平的黄沙之地，举目远眺，不见以往在西吉身前身后皆是山的景象，十分不习惯，甚至对平川之地很是害怕。“大风来了咋办？”那家的男孩问爹。“下雨把房子漏塌了又咋办？”女孩问娘。可不！娃儿的爹心想：“这辛辛苦苦拉扯大的小兔崽子们给大风刮走了，以后谁来耕地牵牛？”女娃的娘想：“下雨真的把房子漏塌了，咱女人不就献丑了嘛！回吧！回老家的山里去吧！”这一家人就这么偷偷地又搬回了老家。“后来我们三番五次地跑到这户农民家，花了好大功夫才动员他们回到了红寺堡。”

“不把家园建设好，何来脱贫致富可言？”闽宁对口扶贫协作的挂职干部说。

荒滩上建家园，先要让土地熟起来，这是农民心坎上所说的话、所想的事。黄沙土地想熟起来，可不是件省心省力的事儿。

姚建国是红寺堡首任工委书记、管委会主任，当年为了给移民们建家园，他和管委会的其他班子成员耗尽了心血和精力。“最早组织上派我来红寺堡当工委的‘班长’，从中宁调来的是田治国，从同心调来的是马凯，我们三人带着十几个干部，在双井子村借了工程总指挥部的几间平房，摆上几张桌子，安上几张床，支了一口三鼎锅，就这么干了起来。”姚建国说，前三年，来红寺堡报到的干部走了一半多，为啥？因为多数干部没想到红寺堡竟然会有那么大的风沙，恐惧啊！“我记得清清楚楚，1998年12月8日那天，那狂风真的像条黄龙在我们头顶上转悠了老半天，吓得大家都不敢出屋子。我下午要到银川开会，不能不出门。刚出办公室走了三四百米，突然一阵狂风刮来，我怎么也站不住，哐当一下被掀到了一个土坎里，脑袋上一下隆起一个大包，疼得我直叫，眼泪跟着哗哗地流了出来。当时我心想：活了这大半辈子，年过半百了，竟然还会受这罪！但睁眼看到正在建设中的一幢幢移民新房时，我就没了脾气，因为成千上万的贫困百姓正等着搬家落户呢！没有家园，他们咋来红寺堡落户嘛！所以我必须站起来，站起来抹干眼泪，继续往前走。”

“宁可苦自己，绝不误移民！”这是姚建国当年咬着牙从土坎里站起来，迎着大风喊的一句话，后来成为全体红寺堡建设者常说的一句豪言壮语。

干部和建设者们有如此情怀，让移民们感动至极。他们也开始自力更生、艰苦创业，并且喊出了同样气壮山河的口号：“一年搬迁，两年定居，三年解决温饱，五年脱贫致富。”

这个目标跟六盘山一样牢固地立了下来。既然咱是西海固来的人，说话就得跟大山一样硬棒算数，说干就干，而且要在黄沙滩上建“美丽家园”。吃惯了苦的广大移民才不怕苦哩，他们的心被先于他们来到红寺堡的干部和建设大军感化了，所以“既来之，则安之”的决心已下定，剩下的就是跟天斗、跟地斗，一直斗到皇天后土投降为止。第一批移民至大河乡大河村的农民涂志福说：“娘生我出来就起了个‘志福’的名字，咱这一代再不幸福就对不起八辈祖宗了。我第一个报名到红寺堡来，但还真没想到这儿的土质跟老家那里完全不一样，老家的黄土和黑土，要是有了雨水，还真能长出好庄稼。红寺堡这儿不行，尽是沙土地，水灌进去转眼就渗完了，像个无底洞。有的地却坚硬得出白浆，用洋镐刨一个篮球大的坑，你得流半小时的汗水。再倒半桶水进去，过上两三个小时再一看，有七八成还在里面晃荡着。”这就是移民们面对的最初的家园状况。涂志福和妻子头一回种70棵白杨树，整整用了10天时间。妻子双手的虎口都震出了血，眼泪汪汪地问丈夫："这个家能安得下来吗？"涂志福帮妻子擦着眼泪，说："既然带你和孩子到了这个地方，我就没有想过再回西海固。如果我们哪一天要死了，我也想死在有花丛和麦香的土地上。"

涂志福下定这样的决心，硬是在黄沙土上植下一棵棵白杨，后来又在浇灌的土地上种下一垄垄玉米，再后来又在土地上种下了一片片黄花菜，再再后来他又养牛养羊，并且在宅前宅后种满了鲜花，一直到把自己的家变得像个美丽花园。这回他拉着妻子的手说："现在我不想早早地死了，想跟你活到一百岁，想享受够在红寺堡的美丽幸福生活！"

当然，这要感激红寺堡工委和管委会在遏制风沙、恢复植被方面所出的大力。从一开始，决策者和建设者就给自己立下了一条"铁规"：建生态绿区，并且要朝着"荒山林草间作、灌区林网交错、城区园林点缀、庭院花果飘香"的目标前进。

1999年下半年，红寺堡的建设和移民安置到了最困难和最关键的时刻，既不能往后退，又没法向前走……然而建设者和移民们获得了巨大的精神支持，他们更新理念：闽宁对口扶贫协作中有一批福建来的挂职干部一直帮扶着各县搬迁到红寺堡的移民安家落户，他们看到当地许多贫困户不会耕种土地、不会灌溉旱田，便到地头田间同移民们一起耕作，提高粮食产量，起到了积极作用，坚定了移民们安家落户、建设美好家园的信心。

辛勤总能换来收获的喜悦。也是在这一年的一个秋日，时任国务院总理朱镕基一行来到红寺堡，在视察大河乡四村时，朱总理问移民马喜元："和老家相比，这里的土地比老家的土地能多打多少粮食？"

马喜元回答："老家是旱地、山地，风调雨顺年一亩最多打400来斤，红寺堡这里才开始种，今年头一年一亩我打了1000多斤。”

朱总理笑了：“这个差距很大嘛！”又问另一群移民：“你们喜欢这个地方吗？”

移民们齐声回答：“喜欢！”

朱总理看了看另一户百姓的房子，然后问：“盖这房子要花多少钱？”

“好几千呢！”百姓回答。

“借来的钱？”

“政府给了一部分，自己的亲戚朋友帮一部分。但我不担心，等今年年底和明年把种的土豆卖掉后就可以还清了！虽然现在苦一些，但前途光明！”

朱总理大喜，竖起大拇指，称赞道：“说得好！大家的前途是光明的！”

红寺堡的前途确实光明。

红寺堡的前途必须光明，因为它是宁夏乃至中国扶贫、脱贫的主战场之一和具有代表意义的决战场之一。这里的扶贫移民能否在这片荒凉的土地上安居扎根，决定着宁夏“1236”工程的根本，毫无疑问也给闽宁对口扶贫协作提出了一个全新的课题。

20余万从山区和特别贫困地区搬迁来的移民，今天过得如何，这是我十分期待看到的。2019年第一次来宁夏时，我就对红寺堡所发生的事情格外有兴致。

记得7月23日那一天，阳光异常强烈，而此时恰是红寺堡一大特产——黄花菜——的收获季节。想起漫山遍野的黄花菜景色，就会让人如痴如醉……于是我提出去看看种黄花菜的农民们。

▲ 村民在红寺堡区柳泉乡柳泉村采摘黄花菜

柳泉乡——当年扬黄工程启动之初，第一口井出水之地。接待我的是年轻的美女乡长郑惠玲，她高兴地领我到一处晒黄花菜的场上远眺她的"领地"——远处是起伏连绵的罗山，中间是郁郁葱葱的万亩葡萄园，近处和眼前便是黄花菜地和黄花菜晒场。

"真美！"如此层叠多姿的大地还是第一次见，不由让人感叹。

女乡长开怀大笑道："我们柳泉乡啥都占了：美的花，美的酒，美的水，美的生活……"

"还有美的人！"

哈哈……女乡长乐得前俯后仰，道："作家就是会说。"

其实我说的是心里话。眼前的女乡长固然美，但更重要的是柳泉乡的百姓一个比一个笑得美：他们的生活充满了幸福美满感。

在黄花菜晒场旁，有个黄花菜加工车间。农户谢仁义今年47岁，是

1999年从海原搬迁到这里的移民。他告诉我，现在家里住的新房是政府“危房改造”工程的“产物”——政府补贴3万元，自己又掏了8万元，所以很新、很别致、很讲究了！看得出，这一户是蛮幸福的小康之家。

“我有9亩地，全部种黄花菜，保种保收。”谢仁义介绍道，现在他们种黄花菜每亩政府给补贴500元，他自己采收、自己加工，这样收入可以更高些。“也可以放在合作社托管，旱涝保收，自己少操心些。但那样价格会比自己加工低不少，我家有劳力，所以我就自己干。”原来黄花菜从地里摘下来后，先需要晒干，再进行烘干等加工程序后才能进入市场。鲜黄花菜摘下来也能卖掉，但很便宜。

▲柳泉乡柳泉村正在晾晒的黄花菜

"忙的时候，我雇了8个摘花工。每年一茬黄花菜，收入稳定。毕竟红寺堡属于少雨多旱之地，适合黄花菜种植。"谢仁义从院子里的果树上摘下鲜果给我们尝，又切了西瓜。那瓜果无法不让人称道。

在一旁的黄花菜加工车间就不太一样了，有很庞大和很现代的机器设备，一天可以加工十几吨鲜黄花菜。老板也是本地人，负责这几个村庄黄花菜的收购和加工，然后直接把加工好的黄花菜发往全国各地。他引我进入加工车间，介绍道："过去菜农辛辛苦苦种下黄花菜后，看到繁茂的花儿很开心，但弄不好到最后还是水中捞月一场空。为何？没有加工烘干设备，老天若阴上几天，鲜嫩的黄花菜就彻底成'黄花菜'了！"原来那句"黄花菜都凉了"说的就是这呀！真是让人长了知识。

"你瞧，现在我们的菜农就不用再怕了！这烘干设备一天能'吃'进好几个村采摘的鲜黄花哩！"女乡长指着庞大的烘干设备，告诉我这是用闽宁对口扶贫协作项目经费购置的。

呵，闽宁对口扶贫协作真是处处开花结果啊！

晒花场特别清香芬芳，有一种平时极少闻得见的味道，既有黄花菜本身的香味，亦有远处和周围葡萄园、瓜果地飘来的阵阵香风夹杂其中，故能令人陶醉。

"你一定要到我们这里的农家乐体验体验！"女乡长的盛情邀请让人无法拒绝，于是我们一起来到永新村的一个农户家参观他的农家乐。

主人叫李文彬，他的农家乐着实不一般，几间客房干净整洁，里面还有能上网的电脑，这是我没想到的。"我的客人来自四面八方，得考虑他们的需求。"李文彬说。

农家乐在我看来，除了客房外，还有两个地方十分重要：一是厕所，二是厨房。

想不到李文彬家的厕所安装了城里宾馆标配的现代设备，坐式、蹲式抽水马桶齐全。再看厨房更意外，是县上评选出的标杆级样板。“这是我们乡上与自治区旅游部门联合考核发的星级证书！”女乡长指着李文彬家厨房墙上挂着的那张卫生合格证书和星级餐饮证书，很自豪地告诉我。

“来，到后院看看——”李文彬拉住我的手，一定要让我去他的“旅游胜地”瞅瞅。其实也就是二三十步远的后院，这一走竟然让我大呼：“太美了！”原来，李文彬家的后院是一片果树林，除了随手可摘的果实外，树林中间还有一处孩子玩的航天航模游乐空间……

我心头不由直乐：他还真会玩！

“我这儿能住10个旅客，一人一天收100元，旺季收120元，成本30%，也就是说一天能赚700元左右，你说我这个院子值不值钱？”李文彬得意地夸起身边的女乡长：“她经常对我们说，除了要把地种好外，还要把家园建设美，这样才能有更好的日子过。可不，我们现在有20户村民开起了农家乐。有去年开张的，有今年开张的，凡是开张的，都乐了起来——钱袋子满了呀！”

“怎么样？跟江浙那边的农家乐、洋家乐差不多吧？”女乡长让我说心里话。

我自然不能说假话，于是告诉她：“除了交通不如江浙那边方便外，其他的一点不差。”

红寺堡的干部群众听后，很是兴奋，说过不了多久，他们这儿的高铁、机场都会建起来，到时欢迎全国各地游客来黄花菜、葡萄园的故乡旅游。

在我看来，这里确实值得“到此一游”。

红寺堡的葡萄园为什么这么多、这么旺？这是我格外感兴趣的事儿。

说到红寺堡的葡萄园，肯定得到中圈塘村，因为这个村的葡萄代表了红寺堡葡萄产业的创业史和成功史。所以当我说要看看红寺堡的葡萄时，主人就将我拉到了红寺堡葡萄的发源地，也是如今红寺堡葡萄种植最繁盛的中圈塘村。

昔日黄沙飞舞的不毛之地上，如今长满一望无际的葡萄，这种反差倘若不是亲眼所见，是无法让人相信的。然而红寺堡的大地上，人所创造的奇迹几乎随处可见，这也从一个方面证明了中国共产党在领导自己的人民和国家战胜贫困、走向富裕的道路上所表现出的超凡能力。

在路上的时候，当地干部将一位叫王青山的转业军人叫到车上，说他现在是红寺堡“葡萄王”，请他向我介绍这儿的“葡萄诞生史”。王青山十分干练，说自己在部队时就在农场工作，转业后分配到林业局，种植葡萄归口在农林部门，所以这位军人出身的干部就成了当地的“葡萄王”。

王者气魄就是不一般，王青山让我们在一片葡萄地中央下车，然后引我们走在一条足有千米长的葡萄长廊内，边走边说。2018年第一个“中国农民丰收节”，全国农村中选了10个景，这红寺堡葡萄长廊就是其中之一，所以红寺堡葡萄现在名声在外，为全国农村标志性产业。

“红寺堡葡萄能够诞生，首先要感谢闽宁对口扶贫协作，因为我们当时在讨论研究移民们来到这块干旱土地上到底种什么东西、发展什么产业时，就先到银川的闽宁镇去学习参观，去后就被那里的葡萄园吸引了，而那里的葡萄就是福建企业家引进和种植的。”王青山告诉我，红寺堡与法国著名红葡萄产地处在同一纬度上，加上这里的土质优于法国，所以十分适宜种植酿酒的红葡萄。“福建企业家在闽宁镇一带成功种植葡萄后，对我们影响极大，回来我们就布局发展葡萄产业。”

“但最初农民们不太愿意。”王青山说，“种葡萄前两年基本上不会有收益的，到了第三年才可以摘葡萄，到第五年收成才真正开始稳定。而农民种地习惯于当年种下当年有收成，我们动员他们种葡萄，他们说头两年不产东西让我们吃什么？”

这不能不说是个问题嘛！农民讲求实际。

“后来我们的干部带头种。中圈塘现在被称为‘葡萄第一村’，原因就是干部带了头，村主任自己先种了20多亩，第三年就有收成了，之后年年收成不错，是种其他农作物收入的几倍，这样村里的百姓就跟着学种，一种就种成了连片，种上了万亩，成为红寺堡面积最大、收入最

▲中圈塘村移民乔英波在罗山酒庄葡萄基地为农户讲解葡萄藤养护知识

高的葡萄园区，全村的日子越来越幸福。"

"他原来就是中圈塘村的支书，让他说说。"这时有人把一位叫李虎的人拉到我的面前，说他最了解中圈塘村的葡萄种植史。

李虎说，他是红寺堡的原住民，他的家附近还有座寺庙，他舅舅家离那庙更近。庙里有座铁铸的佛，后来铁锈了，佛像红了，所以红寺堡就是这么叫出来的（瞧，"红寺堡"还有这么一种解释）。以前红寺堡很少有人家，人们出去都是骑驴子，村与村联姻，所以出门走一村就到那个村里的亲戚家吃饭，或者住在那个村的亲戚家。李虎说，因为是不毛之地，所以原住民和村庄不会增加，只会越来越少，他父亲一代后来就是因为自己出生地的村庄消亡了，又搬到另外一个村庄。"我就是在新庄村出生的。"李虎说，他1993年参加工作，中专毕业，学的是农业机械。红寺堡开发启动后，他成为第一代农机检考员，就是检查农民机械驾驶证一类的，并且为农民开农用机械发放证件。

"我主要去检查开着车的农民有没有证，但一去检查我就很难受。因为他是拉煤的，查他没有证的话，是要罚他50元钱的，他就说没钱了，回家再不出来拉了。可他不出来拉煤，就等于全家人得饿肚子。这种情况下，我觉得自己的工作实在太让人难受，也让我自己难受。我就辞掉了原来的工作，到镇上参加大开发的工作。"

李虎说他会开车，镇上就让他开了辆吉普车到处贴标语。"现在我还觉得自己这个工作很正能量，你想想是不是这个理？干啥事，不都得宣传嘛！不宣传，人家百姓怎么知道你们想干什么事，想让他们干什么事嘛！那个时候我贴得最多的一条标语叫作'宁可苦自己，决不误移民'。那个时候所有参加大开发的建设者们都抱定这个精神干活。我记得当时的扶贫办主任是同心人，离家也就60来公里，但平时根本不能回去，天天在红寺堡的黄沙里加班工作，家人也习惯他不在家了。有一天星期六他顺道回家，妻子很奇怪地问他：‘你咋回来了？是不是犯了啥错误，人家不要你了？’弄得这主任哭笑不得。”

后来李虎被派到中圈塘村当村支书。“村上有387户，1300多人，都是搬迁来的贫困农民，他们都是从关口火龙沟搬来的。”

“慢着慢着！”我一听“关口”二字，忙摆手问李虎，“是不是我们从同心那边过来时看到的那片村落遗址？”

“对对，就是那个关口。”李虎说。

噢，那片被当地政府保留下来的旧村落遗址我参观过，能够非常完整地体现当年红寺堡原住民的生活状态。而在那些旧居里，我们竟然发现，农民们居住过的窑洞的洞壁都用当年的旧报纸糊着，而这些旧报纸最早的时间可以追溯到20世纪70年代，多数为20世纪八九十年代的，最为神奇的是那些报纸竟然多为《福建日报》。当我为这一发现惊呼，招呼在场的宁夏的朋友一起来看时，大家也都跟着热议起来，纷纷道：“原来福建与宁夏的关系早就深入人心啊！”

李虎听了我这一说，也频频点头，说：“中圈塘村葡萄的诞生与发展，同样离不开闽宁对口扶贫协作。”他说村里人一开始不是很愿意种葡萄，多数依然像在老家那样种土豆，但收入不行，而且受市场影响极大。怎么办？干部坚持带头种葡萄，而且告诉大家种葡萄既省水又效益高。“这经验是我们到闽宁镇福建人种植的葡萄园学到的，而且不是有句诗说‘葡萄美酒夜光杯’吗？所以我们坚持认为种葡萄不会有错。同时我又带领那些对种葡萄持怀疑态度的农民上闽宁镇去参观，还请他们上银川吃自助餐、参观西夏博物馆。村里的农民高兴了，说种葡萄发财是真的，于是回来都开始种起葡萄来。可又碰到了问题，有人说辛辛苦苦种了葡萄，第三年才有收成，到时也像种土豆一样没人要咋办？有人就打退堂鼓，并且偷偷把葡萄树砍了改种玉米。”

“当时压力大啊！”李虎感叹道，农民脱贫致富的道路并不那么容易，在红寺堡的不毛之地上要让百姓脱贫致富更是难上加难，有自然环境的限制，有观念上的问题，也有生态本身的问题，等等。“我是村支书，我必须去面对、去攻克。所以我一连几个月没回家，天天在村上，盯着大家把种葡萄这事落实好，砸实它！我的孩子因为学校几次开家长会我没能去成，竟然哭着对老师和同学说‘我爸不要我了’！”李虎为了让中圈塘村的葡萄树活下来、扎下根，没少吞苦水。

他的苦水吃到第4年，村主任乔文森带头种的葡萄在这一年每亩收获了7500元，这下把全村的百姓给震醒了，接下去就简单了，全村人跟着干部拼命种葡萄。这不，中圈塘村的万亩葡萄园就像一面猎猎飘扬的红旗，高高地插在红寺堡这片曾经黄沙飞舞的荒凉土地上，成为其他移民的榜样。

“现在大家看到的红寺堡万亩葡萄园就是被中圈塘村的一股风刮起来的。”看上去40来岁的村主任乔文森颇为得意地告诉我，他是红寺堡第一个尝到种葡萄甜头的人，后来村上的百姓也尝到了种葡萄的甜头。“葡萄丰收的第一个年头，村上一下买了几十辆汽车，现在平均每家都能达到年收入几十万元。”

“中圈塘村是红寺堡葡萄的发源地，但现在的红寺堡葡萄种植面积已经多达10万亩，而且不再是农民们散种了，而是投资商进行规模种植和开发红葡萄酒生产相结合的葡萄生产基地。你相不相信，我们这儿现在仅开设的酒庄就已达28家了！”这时，身边的“葡萄王”王青山朝我耸耸肩，意思是你北京人可不要小看我们红寺堡噢！

“走，我们参观一家酒庄去！”我笑着拍拍他的肩膀，便在他的引领下到了一家叫“江达酒庄”的地方。

酒庄老板叫常亮，宁夏人，原本做房地产生意。2013年，他见红寺堡种葡萄热火朝天，于是丢下原本的生意，来红寺堡投资种植葡萄园和开酒庄。常亮的酒庄完全是法式水平，高端又高雅，想象不出在中国几乎是最贫困的“不毛之地”上，竟然有如此漂亮的现代化酒庄。站在他的酒庄凉廊上，举目是一片不见边际的飘香葡萄园，身后是一个集酿酒、贮酒于一体，兼以红酒为主题的旅游博物馆、餐饮和住宿配套的城堡，让人除了感慨便是感叹。

“我的酒庄有7600亩葡萄园，所酿红酒有10个品种，全部销往一线城市。葡萄园一年用工达3万多人次，他们都是当地的农民工。他们在我这儿有两份收益——土地租用收入和务工收入。所以我跟他们关系很好，他们叫我‘红老板’！”1969年出生的常亮谈起他的葡萄园和酒庄时，未饮红酒却有些酒醉似的兴奋。

“我们的葡萄产业能有这样健康的发展，还得说到闽宁对口扶贫协作的好处哇！”红寺堡区委常委、宣传部部长杨志东抢话说，“移民们种葡萄的积极性上来后，酒庄酿的酒也多起来了，可酒销到哪儿去？能销到什么价？这又是新问题。”

对啊，你们怎么解决呢？我用眼睛问他。

杨志东抹抹嘴，得意道：“我是2018年4月到2019年4月作为闽宁对口扶贫协作干部被派往福建泉州去挂职学习的，就说说这一年中为我们红寺堡红酒干的事吧。”

他说，福建那边开放程度高，喝红酒的人也多，所以他挂职的重要任务之一，就是推销宁夏尤其是红寺堡产的红酒。“我在那边通过当

▲ 戈壁滩上建起的红寺堡生态移民新村

地政府的支持，利用供销社的地盘，建了一个闽宁特产馆——400多平方米，推销我们红寺堡和宁夏的特产，尤其是红葡萄酒，生意不错。后来福建方面对我们宁夏的事特别支持，甚至连省里的领导也在公开场合讲：中央的八项规定不能违反，但工会、机关等政府和公家单位在采购时，要优先选择宁夏的产品。这么一号召，我们的红酒和其他产品的销量一下增加很多。后来我又开了一个福建省闽宁园文化传播公司，专门宣传红寺堡和宁夏的商品。这么一年下来，红寺堡红酒的声誉在福建各

地几乎无人不晓，销路大开。市场好了，家乡的农民种葡萄的积极性更高了，酿的酒质量也更高了。葡萄种好了，又带动了其他产业，现在玉米、黄花菜、土豆等也都越种越多、越种越好。土地熟了，生态好了，树木花草也茂盛了，生活在这里的百姓的家园自然而然也美丽了！”

是啊，今天的红寺堡，你怎能想象得出它在20多年前竟然是个除了黄沙和戈壁之外一无所有的不毛之地？

扶贫和脱贫的伟大战略和伟大战役，让沉睡的大地以如此惊人的速度在巨变，能谱写这一传奇的也许只有中国。

其实也就只有中国。

16 从“镇”到“区”——那就是经典

2012年是中国共产党第十八次全国代表大会召开之年，这一年习近平同志出任中共中央总书记。就在这一年，由他倡导的闽宁对口扶贫协作也作出了一项重要决定，将红寺堡列入闽宁对口扶贫协作工作之中，并且由经济实力较强的泉州市管辖的德化县作为对口红寺堡的帮扶单位。从此红寺堡也有了“正规”的福建亲人帮扶助力脱贫攻坚战。

以前红寺堡人并不知道德化在什么地方，也不知道德化到底是个啥样的地方。

“就是出白瓷的地方！”这一句话就把德化说了个明白。

"哎呀，知道了知道了，我家爷在世时就留下过一只白瓷呢！那可真是好东西，上百年不变色！"

德化很快就让红寺堡的人有了亲近感：出白瓷的地方一定讲究——意思是了不起的好地方。这是肯定的，瓷器是中华民族的伟大发明，也是我国古代文明的象征。外国人以瓷器称中国，"china"既是中国之名又是瓷器之称。德化便是中国三大产瓷地之一，它依靠自身优势，以如脂似玉的中国白瓷和笔触率意奔放的民用青花，在中国陶瓷艺术史上独树一帜。德化瓷一开始就在对外贸易中非常活跃，当年"海上丝绸之路"对外贸易航线上的沉船中时常可以找到它们的身影。风靡一时的"南海一号"沉船上打捞出的基本上都是德化瓷，可见其曾经的辉煌到了何等的程度！

德化瓷生产历史悠久，目前全域所发现的古瓷窑址达239处。著名探险家马可·波罗在他的《马可·波罗游记》一书里记载："刺桐城（泉州）附近有一别城，名迪云州（今德化），制造碗及瓷器，既多且美。"由于马可·波罗带回了德化白瓷和其在著述中的宣传介绍，意大利等欧洲国家的学者将德化白瓷特称为"马可·波罗瓷"，由此可见德化瓷的影响力。

因悠久的制瓷文化传统，德化这个小城也充满了灵气和善交朋友的文化氛围。当闽宁对口扶贫协作确定德化为红寺堡对口帮扶单位后，德化方面给予了前所未有的重视，双方很快签订了具体的互学互助对口协作协议书，然后在各自干部的带领下，开始了"走亲戚"的对口互访。衔接帮扶项目，自然主要是以德化方面帮扶为主，而红寺堡则通过派往德化的干部推销自己的特色产品……如此你来我往，那些从大山里搬到红寺堡之后尚未摆脱贫困的移民们再次被小康生活的希望所激奋、所鼓舞，他们也第一次感受到了来自“白瓷之乡”的那般温度与品质。

“仅2018年、2019年这两年，双方互访交流、协作会议就不少于10次，德化方面直接组织和争取到给予红寺堡的帮扶资金就超过了亿元，支持带动13000余建档立卡贫困户发展本地的枸杞、黄花菜、肉牛和葡萄特色产业。同时，利用德化长期以来形成的白瓷销售市场渠道和买卖经验，为红寺堡在福州、泉州等地开设数个闽宁特产馆，把这样的特产馆作为推广、营销和体验红寺堡优质特色农副产品并将其推向全国的平台与销售渠道，有效地让红寺堡特色产品从无人知到有人知、人人知，从单一的土特产跨越到名优特大市场的全新台阶。这样的台阶如果单单靠我们红寺堡人一步一步往前走，可能有一天也能建立起来，但在时间上或许用5年、10年也未必能走得到现在这个高度。德化人的帮助和他们的大手笔，使我们靠自己实现目标的时间提前了10年。所有来过红寺堡和看过我们红寺堡的枸杞、葡萄、黄花菜和肉牛等产业的人都说好，但过去一没名气，二卖不出高价，原因就是走不到大市场上，就是交通不便。现在好了，我们连飞机场都有了，厦门飞过来的祥跃通用飞机，几个小时就可以把红寺堡的特产送到福建和全国各地，而这机场项目也是德化帮助我们引进与建设起来的。”那天中午的饭桌上，红寺堡区委宣传部的负责人滔滔不绝地在我面前摆了一大堆“德化好”，听来令人鼓舞和振奋。

事实上也是如此。你只要稍稍留神，就会发现如今在红寺堡乃至整个宁夏大地上，随处可见闽宁对口扶贫协作所绘下的一幅幅美丽华彩，无论在学校、医院，还是在城镇乡村，更不用说在那些建档立卡的贫困百姓家里，德化情、福建情，总如春潮涌动着，温暖着那些被惠及的人们的心头。无疑，这样的华彩，烙刻在大地上的人们的家园，总是最美丽的。

从三棵树到一抹绿。红寺堡总面积2767平方公里，据第一代拓荒者介绍，他们刚走进这片不毛之地时，见到的几棵杨树是在现今的红寺堡镇旧城遗址边上的那三棵，彼时它们势单力薄地伫立在那儿，其余的便是黄澄澄的沙地。在建设新红寺堡和扶贫、脱贫攻坚战中，红寺堡各级干部和广大人民群众，一直把建设绿色家园当作主要奋斗目标，20余年来一直坚持采取营造农田防护林、围栏封育、荒地造林、围城造林等措施，将防风固沙与美化环境齐头并进推进乡村与城镇建设。通过加强境内公路主干道两侧新开发土地和新搬迁移民点防护林带建设，构筑成了

▲经过近 20 年的生态修复，红寺堡区新庄集乡移民旧址已逐渐被绿色覆盖

规模宏大的百里绿色长廊。又以改造提升、精心构筑城北和城西防护林体系建设为抓手，在区政府所在地周边形成了数万亩绿色屏障，加之10万亩葡萄园和所有农田林网化、沟渠林带化、条条道路林荫化、片片村庄园林化、家家户户花果化等强有力的推动，昔日的不毛之地，而今不但实现了由“沙逼人退”向“人进沙退”的历史性转变，而且到处呈现绿水青山、鸟语花香的锦绣江南之景，叫人见之难忘，不可思议。

从小堡子到大县城。无论历史有多悠久，还是它所处的战略位置有多重要，古人留下的红寺堡充其量就是几个兵守着的一个一夜狂沙便能将其湮没的巴掌大的小兵站而已。战事紧时，它似乎还有一分存在的价值，改朝换代之后，这湮没在大沙丘上的小小堡寨，其实连可怜的野兔子都不愿在此栖息。脱贫致富能够过上小康生活，这是农民们心中的向往，再具体一点，就是“过城市人一样的生活”：有大的电影院、大的百货商店，配套运动场、操场和教学楼的各种学校，还有好大好大的医院、豪华漂亮的酒店宾馆，当然更有图书馆、博物馆、体育馆、游泳馆，以及四通八达的马路……20余年过去，在现在的红寺堡中心区，甚至几个乡镇，这些过去只能在电视机里看得到的东西，如今走出家门便可尽收眼底。“其他的不用讲，红寺堡有两个地方，恐怕连你们北上广等大城市都比不上：一是市民广场，二是宁夏移民博物馆……”红寺堡的人骄傲地这样对我说。为了证明，他们特意带我到那座宁夏移民博物馆参观，我站在那里当即表示这建筑“独一无二”。至于那市民广场，从面积上讲，属于超大型，但让“北上广”逊色的主要还是绿化和美化程度，这是我所居住的城市和常去的大都市所不能比的。

今天的红寺堡人，有足够骄傲的资本，因为20多年前的这块土地如今所发生的巨变，其跨越的时间本应该是整整的百年、千年……

呵，想一下，人间奇迹，除了中国，除了中国共产党领导下的，以决战方式所实现的扶贫、脱贫伟大战役的胜利，还能在哪个国家、哪个民族、哪段历史上创造出如此奇迹？

没有！因此我言：如果说从习近平亲自倡导建设的"闽宁村"发展到"闽宁镇"的奋斗史，是一部辉煌的扶贫脱贫史的话，那么同样是在习近平倡导的闽宁对口扶贫协作推动下，从一块"不毛之地"变成现在的现代化"红寺堡区"的发展史，便是中国共产党和这片土地上的人民一起创造的一部拓荒致富、改天换地的经典巨著！

难道不是吗？！

第五章 新西海固印象

17 遍地牛儿“金豆”唱

人是一种奇怪的生物，很多时候一个人眼中的好东西可能就是另一个人的厌烦之物，比如土豆，也叫马铃薯，这东西在西海固等地太多太多，就像我们南方的水稻与麦子一样，它曾是当地人的主粮之一。其实土豆营养不错，但你天天吃它，就会把人吃成“土豆”——脸也是黄的，而且原本丰满多彩和有棱角的脸，也成了扁平式的毫无生气的一张极死板的脸。初见黄土高原上的人，你就会有这种印象，尤其是女孩子，她们的脸上很少看得到丰腴的、生动的和饱满的那种气质和神采。天天吃土豆的男人肯定也好不到哪里去。

谁知，我竟然特爱吃土豆，这让宁夏的朋友特别意外和好奇——从炒土豆丝，到牛肉炖土豆，再到烤土豆……这就是我到宁夏后的主食，而且特别喜欢，一天有两顿是这样的。

朋友们戏称这是我与他们的“土豆情”。

其实我知道，多吃土豆不利于消化。西海固和黄土高原上的男人们烦“土豆人生”——他们过去几乎天天靠吃土豆为生，这就苦了这些地区的汉子们。因为他们要进行繁重的体力劳动，所以必须吃足土豆，用土豆来支撑饥饿的肠胃和消瘦的身躯。但天天吃土豆常常会让男人们难堪至极：扯不出屎屁屁!

土豆让以土豆为生的西海固人和黄土高原上的人，苦不堪言。

而且土豆又非常像西海固和所有黄土高原上的人的本色：实在、憨厚、有内容，但缺少光泽和没生气……

在西海固和黄土高原，还有另一种与人相关的，就是驴了。贫困的时候，或者几千年来，驴是陪伴人时间最多，也是最忠诚、最基本的牲口。

驴是西海固人的忠诚“伙伴”，也是象征苦难的“伙伴”。曾经听一位西海固人这样描述他少年时与驴为伴的情形——

它已经很老了，父亲从别人的手上用十块钱买来的。有人嘲笑它还不如捡一天牛粪值钱哩！但它到我们家后，还必须承担起一个“壮劳力”的责任：进山、出山拉活、拉人和在家磨粉的任务，到十几里外的山沟里驮水是每天要做的事儿。驮水的路上，它是不允许喝一口水的，充其量在半道上看路边有没有另一头老驴驮水不小心洒出的一摊污水给它舔舔而已。

那一天老驴刚刚从山里头回家，看它样子已经累得直吐白沫，一股脑就倒在地上……这个时候，有胃病的老爹大呼小叫地说疼得不行了，说要到医院去。无奈，又得让老驴动身。

老驴算是忠诚又有良心的，驮上我父亲往山外的方向走。

一路上，我受够了它和老爹的病态：父亲是捂着胃在呻吟着，老驴是跑三步歇两步……这几十里远的路如何走得完呀？我真的哭了，最后连老驴和父亲一起看着哭腔的我发呆：你咋啦？

我抹抹眼泪，使足劲儿，冲着大山喊：我不想活了！我不想活了——

“我不想活了！”“我不想活了——”

我听到大山在回音。回了很长时间的声音。

后来，父亲到了医院。到医院后查出胃癌，之后就再也没有回家……

老驴当天晚上就在城里的医院门口死了。

回家的路上，孤独地只剩下我一个人……那个时候，我真的想到了死！想到了生活在西海固的人与驴有什么区别？

这样的往事经历，我想过去西海固恐怕有不少人经历过，其心里的滋味这二字就足够形容了：心酸。

从西海固走出来的宁夏作家石舒清曾经在一篇短文中将"自己"和老驴等同起来描述：

好像这世上已无马，只有驴。

就是这驴，也骑得难肠。得找一只肚子大、性格迟缓、面目敦厚的驴……这个身子的驴，明显地已失了柔软性和灵活性，有些子枯槁了，要是这驴实在耐不住性子，稍稍动一动，老人就会尽弃前功，干泥子一样地掉下来吧。

想到自己将来会马不能骑，驴也骑成这样子，不免有些黯然和沮丧。

活着还有意义吗？许多西海固人在当年这样自问和追问。

这是脱贫之前的西海固人的心境和他们的生活本色。这些爱舞文弄墨的作家，以及新闻记者和上级来考察的干部，一一地把这样的心酸事儿向外说了出去，于是人们才开始知道"西海固"和"苦难的西海固"。

我想，我是一个特别的幸运者，因为我到西海固看到的、感受到的，与上面的那个"西海固"完全不一样，我甚至常常在想：过去作家和记者们、干部们说的那个“西海固”到底是真的还是假的呀？

真的。当地干部和百姓都亲口向我证实，于是我无法再怀疑了。但我的内心却更加震撼：谁能在这么短的时间里，将如此庞大的一块地方、如此众多的百姓的生活原貌，彻彻底底地改变了？而且改变的广阔度、深刻度、普遍度……无与伦比！

天壤之别！

这样的使命和伟大业绩，只有中国共产党人和在中国共产党领导下的今天的中国才能实现得了和做得到。

如我前面所言，当我于2019年第一次踏上宁夏大地到西海固时，我所见所闻的自然景象与天气，以及我走到一户户农民家里，与他们在沙发和床头上聊天之后，我甚至一次次怀疑：“这是西海固吗？”“这是宁夏吗？”

这跟沿海地区有什么区别嘛！跟我老家苏州的乡村比也差不了多少嘛！

听我这么说后肯定有人会用异样的口吻反问：“这怎么可能吗？”但在今天的中国，它都成了可能，而且是实实在在的事儿。

这是无法想象的事。但在今天的西海固和宁夏，它都成了人们可以想象并且比想象还要美满的现实。

第一次到西海固的西吉，我特别关切地问当地百姓：“地里现在种什么？”

“土豆和青秆玉米。”他们多数这样回答。

“土豆种了自己吃？”

“自己吃一部分，但多数卖掉。”他们回答。

“卖给谁？”

“卖给福建来这儿开厂的老板。”他们说。

“合算吗？跟以前自己种土豆比。”

“太合算了！过去自己种，只为填肚子。现在种土豆是卖钱，换大米和其他好吃的。”他们开心地告诉我：而且比自己卖的价格要好一两倍哩！

“为什么？”

“因为福建亲人们在我们家门口开的厂子，他们收购土豆的价格是固定的，不会像过去我们自己卖土豆，价格一会儿高一会儿低，最后真正到口袋里的有些年头连本钱都不够，白流一身臭汗。”百姓们又开心地自嘲起来。

“而且，现在我们多数连种土豆都不用自己种了。福建亲人在这儿办厂后，把我们的土地流转了，每年到年底分红给我们。”

“而且我们还可以到他们的厂里做工，一个月至少还能赚2000块工资呢！”

种土豆的百姓们开心得脸上绽出了新天地一样的容颜，于是我发现这里的男人开始变了：他们再说起土豆，不再是一脸愁云，因为他们再用不着为整天扯干屁屁着急和痛苦了。过去的西海固男人喜欢蹲着，吃东西手捧大碗是蹲着，聊天谈事也是蹲着，甚至下田干活也是蹲着撒种子、挖土豆，牵着驴子走路的时候，身板儿也不是直挺挺的……一句话：蹲是西海固男人们日常的形象与姿态。

吃土豆的男人们只能靠蹲来舒缓肝肠里的苦难。

今天的西海固男人变了，他们手中仍然有土豆，但他们不再靠土豆维系生存，于是他们不再蹲了，他们已经和我们其他地方的男人们一样，健健康康地挺着身板儿走路、说话和劳动，因为他们的肝肠里不再仅仅是土豆了，有肉、有油、有大米，也有山珍海味和其他更好的食物与营养。他们何止有这些，我看到他们中间许多人都有了轿车和大卡车。轿车是用来生活和外出做生意的，大卡车是用来拉物资和运送庄稼的。

西吉县是这样，原州区、隆德县和彭阳县也是这样。在泾源县任副县长的福建挂职干部赖大庆很自豪地对我讲：“我们这里有的村庄，快有三分之一的家庭有小轿车哩，不比我们福建山区群众的生活差啥！这里的男人们喝酒抽烟的水平，也是蛮讲究的呀！”

这些原汁原味的描述，是我心头最愿意听到的“中国故事”。

这就是今天的西海固男人，他们与其他地方的男人们一起以同样的姿态在这个时代昂首阔步地前行。

以往吃土豆的西海固女人们更是变了样：土豆她们仍然吃，但现在她们吃土豆是那种边喝牛奶再品土豆、细嚼土豆片儿的吃法了。她们不再咽不下口，而是越品越有味，甚至怀疑：“这个土豆是咱地里种的吗？”“这不就是西海固的地里收上来后在我们的厂里烘干处置后又加工成的嘛！”牛奶咖啡店旁边就是福建人开的土豆食品加工厂，福建老板过来对这些喝牛奶、嚼土豆的西海固女客人这么说。于是这些本地女人们咯咯地笑了起来，感叹道：“咦，原来我们这儿的‘土蛋蛋’也是好得很哪！”

西海固的女人现在吃土豆讲究着呢，那种满地扔下的土豆不值钱的日子已经不见了，现在的土豆有一个算一个，每个包装后就是比鸡蛋还要贵的“金蛋蛋”了！开始听村民们说我以为是开玩笑的，后来在六盘山风景区真遇上了这样一件事：景区旁边有两位烤土豆的本地妇女，她们的“产品”就是烤土豆，现场烤制……那味道特别诱人，三五十米外就能闻到香喷喷的味道。这对我们这些远道而来的人是个极大的诱惑，我忍不住开口道："来两个。""5块钱一个。"本地的陪客说太贵了，我说"不贵"，便赶紧掏钱。烤土豆的妇女笑了，问我："好吃吧？"我连吃了几口，说："太好吃！""再来两个？""行！"我一共吃了4个，20元。陪我采访的宁夏同志过意不去，说小贩不该4个土豆收我20元。我忙说不贵，并且有理有据道："在北京，20元怎么可能吃到这么舒服的东西？值！40元也值。"一旁的女商贩高兴得红了脸，喃喃道："我们不坑人。"我说："你卖的是'金蛋蛋'，一点儿不坑人，是物有所值。""那隔些日子我到北京去卖烤土豆行不？"她问。我说："当然可以，你们西海固的土豆大如拳，加之烤法独特，拿到京城，销路不会差到哪儿去。想想一个中档次的饭店的菜单上30元一盘的醋熘土豆丝，5元钱一个烤土豆不值？"女商贩听后开心地笑了，说："我们的土豆真成'金蛋蛋'了！"

西海固女人与土豆之间的新故事可不仅仅发生在宁夏那边，现在她们已经把"金蛋蛋"的故事传扬到了大海边的八闽大地了：在福州、厦门和漳州等地，我见过许多从宁夏过去的年轻女商人，她们经销的就是由土豆加工而成的各种食品，不过在她们那儿土豆已经改叫"马铃薯"了，也就是"potato"。我遇见的第一位"土豆女"是在厦门旅游景区旁的一个路边小商店卖炸薯条的西海固女士，她已经能说一口流利的英语了，而且主卖炸薯条。"这儿老外来得多，他们喜欢买我的炸薯条，说口感好，比肯德基、麦当劳店的炸薯条好吃。"她很开心地告诉我，她从老家那边运来的土豆一个可以做成两份炸薯条，每份15块钱，一天卖一二百份，一年除去铺面租金和土豆成本，净赚二三十万没问题。第二位西海固"土豆女"是在漳州开美容店，她推出的服务项目里有一项叫"薯汁护肤养颜"，是用土豆榨成汁后敷在脸上，不仅可以去皱纹，还能美白。我听后有些不信，但后来她说："你可以看看我的生意就知道有没有效了！"她的客人确实不少，而且都说薯汁护肤有一定效果，且绝对没有副作用。这是我意想不到的。后面还有更绝的：在福州，有一位叫林燕的姑娘，她开了一家闽宁特色商品店，经销的都是从宁夏运来的特色商品，而且以土豆系列产品为主。那天去她店里的时候，正值中秋节前，林燕姑娘正在店里忙得不亦乐乎。"要赶在这个节前把这些货全部送出去，客户都等着呢。"她一边擦着额上的汗珠，一边介绍说，"福州这边的老干部，非常喜欢马铃薯，因为它具有抗衰老功能，所以一到节日，各工会前来购买我的商品的就特别多。""这不，卖完这批，我又得往家那边跑一趟了。"她又说。"你是西海固哪个县的？"我问。"我？我是福州人呀！"林燕俏皮地道，说完哈哈哈地朝我大笑起来，又忙解释，"现在我的业务在宁夏固原那边，而且我们全家人都搬过去了，就我一个人在福州这边搞批发，因为土豆，所以我常把那边当自己家了。"原来如此！

瞧，闽宁对口扶贫协作让土豆变成了"金蛋蛋"，也酿成了两地牢不可破的、浓浓的"土豆情"。

而我知道，让西海固人嫌弃的土豆之所以变成人见人爱的"金蛋蛋"，这个过程中起关键因素的还是闽宁对口扶贫协作中的那么一批"土豆高手"或者有"土豆情怀"的人。

严国圣是其中的一位代表性人物。

这位年轻帅气的闽商，具有海外留学背景，闯荡过世界各地，他在福建的红太阳精品有限公司在菜蔬加工及酱菜行业，堪称业内"老大"。2010年严国圣随闽宁对口扶贫协作访问团到宁夏西吉县考察，第一次考察严国圣没有投资兴趣，因为考虑到自己的企业特长与西吉县地方产业有距离，有些“门不当户不对”。

“严总，我们还是欢迎你来西吉多走走、多看看，说不准有你看得上的。”西吉县领导专程跑到莆田，盛邀严国圣再次考察西吉。

严国圣又去了西吉。那是个冬天的清晨，严国圣没有惊动县上的领导，自己叫了一辆出租车，请师傅带他在县城跑了一圈，他想看看县城全貌。一个多小时走下来，计价表上显示34.5元。严国圣拿出50元，对司机说：“你很不容易，就不用找零了。”但司机坚持要把该找的钱塞给严国圣。这件小小的事儿，让大老板严国圣内心强烈地震撼了一下：西海固人实在！

西海固人就像他们的土豆（马铃薯）一样实在。那一瞬，严国圣的脑海中突然一个灵感闪出：“西吉马铃薯”品牌一定能够打响！

呵，我就做马铃薯！做西吉马铃薯！

严国圣心中的一个“誓言”，促成了他一个掷地有声的闽宁对口扶贫协作中的经典企业行为——西吉马铃薯工程落地西海固。第一期工程是投资5亿元建的年消化1万吨马铃薯加工流水线。第二期工程也已在2018年完成，如今年消化当地马铃薯5万吨，企业直接吸收劳力近3000人。

“西吉马铃薯”品牌现在不仅在国内食品市场上名声显赫，而且“我们已经有近三分之一的产品打入国际市场，尤其是独立研发和注册的‘薯邦’系列产品，其质量和口感，已经超过国际同类食品的水平”。严国圣的儿子、留洋回国的博士严涵伟，现在是宁夏国圣食品公司马铃薯研究院的总负责人，他向我透露：西海固地区现在从农民手中收购的马铃薯价格每公斤为1.2元，而国圣食品以马铃薯为原料生产的“薯邦”系列食品，每公斤售价均超过14元。“我们现在正在研发新的适合于西海固地区土壤特色与气候的马铃薯品种，让农民们种出具有更高附加值的马铃薯，这样农民们可以获利更多，我们企业占领国际食品市场的竞争力就会更强。”

“我的目标是：让西吉马铃薯成为世界级优质食品！”严国圣说。

土豆蛋蛋真的能让严国圣父子如此雄心勃勃?

我忍不住在他们的产品展览大厅内，品尝起“国圣”土豆片。“哎呀，太好吃了！这、这哪是土豆嘛！比、比什么都好吃！”随即我就发出如此感叹。

随行的人跟着品尝起来。最后的感慨是一致的：这样的西海固土豆，就是牛，在全世界恐怕是最好吃的!

一点儿都不夸张，至今我仍然对品尝过的“西吉马铃薯”新食品念念不忘——它太让人不能忘怀，而且每每想起，口水直流。

其实，真正“品”出西海固的土豆变了味的是本地人。应该说，这个人是与“国圣”的“薯邦”有着千丝万缕联系的本地企业家周勇先生。

周勇现在是西吉县闽宁产业园区的入园企业——西吉勇兴三粉加工有限公司的总经理，之前他是火石寨乡大庄村的党支部书记。这是一个有经济头脑的村党支部书记，在1994年时就以个人名义贷款20万元，在村里办了一家淀粉加工厂，但生意一直不旺。三年贷款到期时，村民们都说周勇这个厂是要关闭了。不想1997年闽宁对口扶贫协作全面开展，周勇大胆续了贷款，并且拉了另外一些村民入股，注册了西吉县第一家民营企业——西吉勇兴淀粉厂。当时这厂能够覆盖土豆种植基地1000亩，同时还带动农户种植土豆2000亩，其勇兴淀粉生产出来后主要供应福建在宁的企业所需。周勇能有这把能力，在当地也算是把土豆变成了“铁蛋蛋”，也就是说，比过去“土蛋蛋”的土豆要值钱了不少。

但自严国圣的“国圣”到了西吉后，周勇觉得自己的土豆加工淀粉太落后、太粗放，就是赚那么一点钱的"铁蛋蛋"而已。

"严总，我一定要向你好好学习，你把我当徒弟一样带在身边，开会、出差什么的都带着我，费用我自己出。"周勇毕恭毕敬地找到严国圣，恳请道。

又一个实实在在的西海固人！严国圣感动了，点点头，说："行。我们相互学习，在西海固我还有很多要好好学习的地方。"

两人一拍即合，从此成为"马铃薯兄弟"，周勇有啥技术和销路方面的事严国圣随手帮助解决了，"国圣"的土豆定向种植周勇包了下来，两人出差、开会，形影不离。2012年，"国圣"在西吉建厂之前，周勇到严国圣在福建的大本营走了一趟，就如刘姥姥进大观园般开了眼界。他寻思着：人家能把土豆做成那么好吃的饼干，我们咋只能把土豆磨成淀粉？为啥不搞土豆精加工呢？一番苦思冥想和调研之后，又请教了严国圣一番，周勇的"三粉"产品开始上马，企业名字也改成了"三粉加工厂"，这"三粉"即土豆加工成的水晶粉丝、粉条、粉皮。别小看土豆变成"三粉"这一个飞跃，实际上它等于是让土豆从原来只会变成淀粉的"铁蛋蛋"，飞跃成了"铜蛋蛋"！

铜比铁贵重。有了"铜蛋蛋"后，周勇老板的身价便大不一样，他的"三粉"产品，开始走出大山，销往北京、上海、四川等地，甚至出口到马来西亚等国家。于是中国农科院、上海的食品公司等国家科研机构和食品大企业开始找到周勇合作，于是周勇的"铜蛋蛋"又朝着更精品和高端的方向发展，现代化的流水生产线上也能够生产出馒头、包子、面条等马铃薯系列食品……

打这以后，周勇靠土豆赚的是白花花的银子。后来周勇成为西海固人心目中的致富榜样，被称为"土豆大王"。

周勇感慨道：“虽然我跟严总和‘国圣’相比，还没有把土豆做成‘金蛋蛋’，但我相信，‘银蛋蛋’之后，一定是‘金蛋蛋’。”

瞧这土豆的变奏曲：原先是西海固最“土”、最不值钱的东西，现在可是稀罕又珍贵的真正的“金蛋蛋”了！

好，说完土豆，现在我们就该说说西海固另一样司空见惯的东西——牛。

其实过去的西海固，像样的牛也不多，反而是驴多些。这驴与牛的差别是：牛壮实些，块头也大，有自己的风骨。所以人家形容一个人得意时会用“牛气哄哄”和“牛人”一类的词眼。

驴，代表着西海固的过去。牛，象征着今天的西海固形象。

如果说一定要有一样东西来说明今天的西海固与过去不一样的话，我一定选择牛来跟世人论说。以前西海固并不是没有牛，但牛需要吃草，原本就缺水的地方，食草量特别大的牛就是一种让人不看好的牲口了。谁养得起它呢？养了它，人咋活？

苦难中的村民最讲究实际。当人与牲口活得差不离的时候，牲口肯定倒霉。贫困大山里最后能够留下来的与人相伴的只能是驴了，牛成为极少数。

西海固过去的牛也叫本地牛，是一种黄牛，个头瘦小，弱不禁风，极少看到它的气势，所以有“一声秦腔，吓死山坡上的老黄牛”之说。然而在今天的西海固，让人养眼的一件事是：遍地可见高大而气度不凡的黑牛，在山谷间、在河谷边、在山坡上，甚至在高速公路上的那些运输车里，它们也在气昂昂地哞哞欢叫着。在当地，更多的是在万千农民家的牛棚里看到它们。

农民们现在除了新盖的房子、新娶的媳妇、新置的家具，便是栅栏里的黑牛了。

"这黑牛就是我们的财产和资本了！"中国的农民即使在改革开放后有了土地使用权，也没有像今天这样对栅栏里的牛那样在乎过，因为今天他们所拥有的牛，就是他们财富的象征，也就像放置在家里天天"看得见的活存单"。

"嘿，这是实实在在的活钱哟！1头安格斯，1万元左右。家有5头安格斯，就等于我家存有5万元银行存款。有10头安格斯，就是10万元……明年再添2头小崽子，就又多了2万元嘛！"不止一个西海固农民这样向我显摆，而且还这样骄傲地告诉我："它们可是每天在长膘，长了就等于说我的'存款'也跟着在涨，所以我们栅栏里的'存款'天天在涨。"

呵，这份得意，你掩都掩不住嘛！

安格斯是牛的品种，它原产于苏格兰北部的阿伯丁，是英国的古老牛种，性格温和，易管理饲养，肉质特好，而且平均日增重在1000克左右，屠宰率也特别高。1头安格斯牛一般体重在700—800公斤，加上它的肉质好、营养高，所以成为世界三大肉牛之一。这些年我国广为引进，并有30多年的饲养经验，其主要生产基地在内蒙古，也有相当一部分直接从新西兰、澳大利亚引进。

黑色是安格斯牛的特征，所以农民们一般称它为"黑牛"，以区别于自己养的中国黄牛。黑牛与黄牛的差异在于，黄牛是干活的，黑牛是用来赚钱的。我走过中国几个省区，看到中国的扶贫与脱贫工作中，鼓励贫困农民养牛是一项重要的措施。宁夏的扶贫、脱贫工作，同样把养牛作为直接扶植建档立卡贫困户的重要措施，而且力度大于其他省区。

这也是闽宁对口扶贫协作中福建方面向宁夏特别是六盘山地区的西海固贫困百姓推荐的一个能够很快见效的致富项目。养牛谁都会，这对山区百姓来说易接受，且政府给予的帮助支持着实让那些贫困户眼看着“放在家里的小银行”呼呼地鼓了起来——有的乡亲爱把这养黑牛比喻成“放在家里的小银行”。

可不，当我了解到对安格斯这样的“扶贫牛”国家给予了那么大的政策支持时，说实话也想养它十头八头。首先，每个建档立卡的贫困户可以按照家里的人头，申报饲养几头牛。比方说，一家祖孙三代有7口人，那就可以申报5—7头牛。购牛的钱从哪儿来呢？每头牛政府补贴3000元，闽宁对口扶贫协作资金里再拿出3000元，银行再无息贷款2000—3000元，等于说，贫困户牵回家的牛——基础母牛，主要是用于生小牛崽的——是不需要成本的，只负责饲养。饲养当然要饲料，安格斯牛主要吃青贮玉米秆。在西海固，农民们各家各户都有二三十亩地可以种青贮玉米，有的农户地甚至更多。建牛棚和放置饲料的青贮池，也是政府补贴的，每户补贴5000元左右。如此下来，剩下就是你养牛的劳力了。西海固的农村不缺劳力，而且种青贮玉米不用太多精耕细作的劳动。关键是，安格斯牛太争气，一头母牛养一年就会生一头小安格斯牛。10个月后，这小安格斯牛就可以出栏，可以卖到万元以上的价钱。如果你家养5头安格斯牛，一年就有可能生下两三头小牛崽，你就等于稳稳地赚了两三万元。

两三万元收入，这对西海固的一户有5—7个人的农民家庭来说，就是很不错的收入了，而且这还没有包括他们每户种植其他作物及外出务工所赚的钱呢！我所入户采访的那些百姓家，一般都养了五六头安格斯牛，有的甚至有十多头，当然也有养几十头，甚至一二百头的大户。普通百姓告诉我，他们通过养牛获得的收入每年基本能够达到3万—5万元。

"三五万元对西海固农民来说，就是重新建一座房屋的水平。"当地干部这样讲。

我听后心头顿时有了底：仅通过养牛这一件事，西海固百姓的日子就基本上达到小康水平了！

没有比这更令人兴奋的了！在西海固采访时，无论是私访式的，还是当地有关部门安排的，"牛"的话题一直是我很重要的关注点。让我特别欣慰的是，我看到这里的百姓养殖安格斯黑牛已经极为普遍（也有人养西门塔尔牛），比如人口稍多一点的西吉、隆德等县，黑牛的圈存量都超过了10万头，这是多么了不得的事！它意味着，多数家庭仅此一项产业，便能够从贫困中走出，开始全新的生活……而且在养牛的方式上，闽宁对口扶贫协作机制和政府方面还会对那些缺少劳力的家庭提供"委托供养制"，也就是说，如果你有三五头牛，因为种种原因，你不能自己独立饲养，那么政府可以把你介绍给专业养牛公司或养牛大户。年底时，按每头2000—3000元再给你分红。

"不自己养，还能分红，不白赚吗？"我听后感觉有点不可思议。

"是这样。因为由专业公司帮助农户饲养后，生下的小牛崽就不再属于农户了。这样做的好处是，双方能确保各自的利益。"

原来如此。"那农户也是非常合算的！稳稳坐在家里就有不薄的收入！"

"对的。"干部们明确道。

除了中国，恐怕天下找不出第二个国家、第二种制度如此关照和爱护自己的百姓！

今天的西海固人，掉进了蜜罐里。

一个土豆，一头牛，让昔日数百万自嘲如驴一样低着头生活的西海固人民不仅有了尊严，也有了骄傲，有了风采，并对未来有了更多希冀。

18 “血脉”换了，小媳妇嫩了

“谁要是了解了西海固的历史和自然，就等于了解了大半个中国的历史和自然。”这是2019年7月我第一次到西海固时，时任固原市委书记张柱给我讲的一句话。每一次到宁夏、到西海固，张柱书记都要会见我一次，并如数家珍地给我介绍这里的历史现状。张柱是一位贴在宁夏大地上健步行走的实干家，每一次与他的交流都给我留下深刻印象。

两次与张柱见面，都是晚上，天都下着雨，这令我俩格外高兴，因为雨对西海固来说，就是“GDP”。“书记，你也赞同民间的这个说法？”我问张柱书记。

他笑，连连点头：“赞同！”继而解释，“过去是这样。这些年生态环境变好了，但雨是上苍给的，而且现在西海固地区的降水量每年都在增加，像泾源已经达到年降水量800毫米了。我们感觉，整个固原地区用不了多少时间，应该都可以达到泾源的降水水平啊！但是，我希望老天还可以多下点雨，因为宁夏自古有句话叫‘塞北江南’，它指的是北部的银川一带的黄河灌区。西海固是中原文化和游牧文化的交界地，是边关重地，有一朝这里的生态发生巨变后，它应当成为新一个‘关外江南’……”

张柱书记的话让我这个江南出生的人异常兴奋：倘若宁夏南北皆是“江南”后，“关外”“塞外”将何等壮美！那个时候，祖国不又多了一颗美丽明珠嘛！

“过去西海固‘名气大’，是因为贫穷的名气大，闽宁对口扶贫协作、脱贫攻坚战中，把这些个水的问题解决了，以后的新西海固，我们是真正期盼它有个好名声哟！”见面的第一个晚上，张柱异常兴奋地告诉我，“现在95%以上的百姓家家都有自来水了，剩下不到5%的山区群众，也都能喝上干净水。解决水的事，就是解决了穷根，我把它看作是天大的事儿！”

是啊，水，对西海固人而言，它就是命，它就是命根！为了挖断这个“穷根”，这里的人们，流干过多少眼泪、多少血呵！

让我特别感慨的是：在宁夏的日子里，我总在历史的昨天和今天的巨大反差中徘徊与荡漾，有时格外兴奋，有时异常沉重。兴奋的是看到今天的新宁夏、新西海固；沉重的当然是听人讲、看资料时回望过去的宁夏和贫困时代的西海固。言“过去”，其实时间也并不长久，或许也就10年、20年前的事儿。但不是西海固人、不了解宁夏贫困的昨天的人，很多事你无法想象得出来。比如说我们吃饭总得有只碗吧，这用碗进食恐怕有几千年的历史了。陶器出现后，人们吃饭喝水包括饮酒大概都是离不开碗的，就像原始人懂得狩猎之后，就开始离不开石器和其他械件一样，这是人最起码的生存工具。事实上它跟蔽体的衣服一样，仅是人类生存和活动的基本用具。然而，即便是这般最基本和最起码的生活用具，在西海固并不遥远的昨天，竟然在一些家庭中也没有。

这当然是过去。但对我而言，仍然是巨大的震撼。

2019年我第一次听人说，解放几十年后的西海固，还曾有一些家庭兄弟姐妹几个人共用一条裤子，平时不能一起出窑洞，因为他们只能轮着穿这一条裤子。还有人告诉我，有的家里穷得连饭碗都没有。我便问那用什么东西吃饭？他们说在炕头的木头上挖几个坑，就算是碗了，这样不易碎，也省了花钱去买碗。家里有几口人，就在炕沿上挖几个坑。没见过这样的“碗”时，我总想不出这样的“碗”到底是什么样。

“不就是这个……”2020年夏，当我再次赴西海固采访时，在隆德的一个叫“红崖古村”的地方，我才第一次见识了这种“碗”——实在不可思议，这“碗”确实是在炕头的一根木头上挖出来的，它的大小完全取决于炕头那根木头的粗细，它的多少则取决于这家人口有多少……

站在这些“碗”的面前，我凝视许久，心头有种说不出的痛楚，因为我在想象这样的家庭的人是如何在这种“碗”面前吃东西的。它是不能被端起来的，因为它永远固定在炕头，而全家人同时吃东西的时候到底是用筷子还是用勺的呢？如果是同时吃，相互之间会不会碰撞呢？如果同时吃，那几个人的姿态该有多难堪呀！像什么样呢？

没有人告诉我，也没有任何影像拍下这样的“景致”。而我想如果真有这样的一张影像留下当年西海固人用这种“碗”吃东西的情形，会刺痛多少中国人的心呢？

看着这些默默摆在我面前的“碗”，我沉思了很久、很久……我想不出西海固人竟然苦到如此程度。我想，用这种“碗”吃东西的家庭，他们的“碗”里不太会有饭，因为饭是不能进这样的“碗”的，甚至牲畜吃的食，我都觉得不太是这样。所以用这样的“碗”的家庭，是没有什么东西可吃的。他们吃的到底是什么，我不得而知。

是土豆，还是玉米？还是什么野菜或什么汤水？

“用这样的碗，除了主人没有钱给家里置碗外，还有一个特别重要的原因是：这样的碗，不易漏汤漏汁。”当时有人给我解释了这种“碗”的第二种用途，更让我目瞪口呆。

“为什么？”我想吃东西的时候漏汤漏汁也算常有的事，难道还会有严重的问题？

“当然。以前的西海固人不怕饿肚子，最怕没水喝。水比黄金贵，水比白米饭更诱人。用这种‘碗’吃饭的家庭，他们宁可少吃几口玉米糊糊，却不舍漏掉一滴汤汤水水！”当地人这样说。

天哪！我终于明白了。明白之后我的心更是痛了好一阵：这就是过去那个缺水的西海固的人们的真实生活呵！

没有水的生活怎是人所过的生活哟！没有水的生活人就不像是人。

一位老西海固人告诉我这样一件事：在用这种“碗”吃东西的家里，一般孩子会先吃，然后男人吃，最后是女人吃。孩子吃东西的时候总不会吃得干干净净，男人也粗手笨嘴的。最后上“碗”的女人——注意，这里没有“端碗”一说，只有“上碗”，也就是说，在这炕木上用这“碗”吃东西，其实只能是半弓着腰，将头凑到“碗”口，然后或用勺或用筷子吃，如此吃法，“碗”底难免残余些东西，尤其是汤汁，总不会被吃得太干净，于是最后收拾“碗”的女人就完成这样的“打扫”。女人可怜，没有水的地方，女人比任何人都可怜。

女人本来是水做的，可没有水的地方，女人便成了一条“干涸的河”。干涸的河床所赤裸的是生命最低贱和苦涩的本色。因为在这般干涸的河床上孕育出的生命是残缺的、蒙昧的和没有真正意义的。

林月婵，一位在风华正茂的年纪时就把心和情献给闽宁对口扶贫协作的福建女干部，在她患病不能正常与人对话时，她断断续续地一边颤动着身子，一边告诉我：没有水的西海固地区的家庭中的那些女人特别可怜，她们普遍患有妇科病，这对她们自身和生育都带来了巨大的伤害，这跟妇女们不能经常清洗身子有关。

女人的病男人基本不懂，但所有的人都知道，人的身子是要经常清洗的。就跟你习惯了早上起来洗脸刷牙一样，倘若有一天没水不能洗脸、不能刷牙时，你一定会非常难受。而在贫困山区、缺水地区的女人长期不能保证有干净水清洗身子，这对她们结婚和生育将是巨大的损害和伤害。而缺水的地方一般又是贫困地区，缺医少药更是那里的一大困境，于是缺水造成身体伤害，患病的身体又不能及时得到医治，其身体上的疾病只会再度加重。如此条件下的女性又要一胎又一胎生育后代，便容易导致婴幼儿大脑无法正常发育或发育不完全。“这也直接加剧了这些地区的贫困。”患病中的林月婵伸出双手，向我表示，“我……我……第一次随近平书记到宁夏后，就提出一定要千方百计帮助那边解决吃水用水的问题，否则那边的人实在太苦了！尤其是妇女同志。”

林月婵是一位来自人民群众的好干部。而与她一起在闽宁对口扶贫协作道路上前进的习近平更加明白和清楚“水”对宁夏和西海固人民的重要性。

在无水和缺水的西海固，人们与贫水的斗争，就是一场“悲惨世界”般的命运之战；渴望和争取水的“生命之战”，又同样可歌可泣。

第一次到宁夏采访时，有人给我看了一张旧照片，照片中一对父女蹲在自家的水窖上面，正从水窖里吊水。那父亲将吊出的水向一只盆内倒去时，留在镜头上的竟是一条“黄龙”一般的水柱，那水的混浊和发黄的程度简直令人不忍目睹：它黄得刺眼，黄到让人从照片上便仿佛能嗅到其浓浓的臭味。然而，更令我心酸的是，那对父女的脸上仍挂着笑容。

“干旱时，能有这样的水已经很不错了。”宁夏的朋友这样说。

“这样啊？”我的脑海一时空白。

然而在贫水和缺水的广阔土地上，又有一件事也是我没有想到的：越缺水的地方，越有那么多带“水”的地名，比如“好水乡”“山河乡”“香水镇”等比比皆是，让你感觉这片大地似乎处处有“水”，可事实上，根本不见真水。而在这些地名的背后，便是当地人渴望获得水的一部辛酸史……

有一个村子的村名就叫“喊叫水村”。一位诗人因为这个村名而触发诗情，写下这样几句诗：

一嗓子喊出来，
就有一个撕心裂肺的愿望
水淋淋地跳在地图上。
不知道喊了几辈人
就这样日以继夜地喊。
地面上到处都是咧开的嘴巴……

诗人的语言让我们形象地想象出那些缺水的大地上，有多少“咧开的嘴巴”在渴望着水、渴望着水的滋润。然而，水从来就没有滋润过那块大地上的人们。于是，人们就只能靠老天恩赐的那几滴雨水和掘向地壳深处取出的像牛尿一样的黄泥水，来做饭、洗脸，以及给女人生孩子时洗身子用……

故此我们发现这片土地上的人，牙齿是黄的，脸色是黄的，连女人的脸蛋和肌肤也是黄的，连同风吹沙打的黄土地，西海固的所有生命中那份理想与激情全被无水的环境吹“黄”了——所有的一切，只能听天由命，任凭如何挣扎，无水的岁月就是枯萎的生命。男人阳刚不起来，女人想媚也无招可使，土地上的庄稼不茁壮，人们的生命就只能不断地枯萎和残缺——

“贫穷”成为西海固的代名词。

无水干涸的大地，一切生命都将陷入不健康的恶性循环之中。于是穷则更穷，富无指望。

这是昨天的西海固的写照。

没有水，就是一个不健康的社会，不健康的世界。而不健康的社会，就是一个灾难性的世界。2020年6月21日晚，世界卫生组织总干事谭德塞先生在清华大学经济管理学院毕业典礼上通过视频连线发表演讲，他指出：当今正在肆虐的新冠肺炎疫情不仅仅是一场健康危机，它暴露了当今世界的政治分歧以及社会和经济不平等现象。数以百万计的人失去工作，全球经济走向大萧条以来最剧烈的收缩期。尽管各国在经济、军事和技术上的力量无比强大，但一种极其微小的微生物却把我们的世界搅得一片混乱。各国无论贫富和大小，概莫能外。这场疫情将影响今后几十年的世界发展，也将影响我们每个人的生活和工作。

谭德塞先生指出，新冠肺炎给我们带来了很多教训，而其中最重要的教训是，健康不是奢侈品，而是社会和经济发展的基础。

中国共产党人比谭德塞和世卫组织更清醒地意识到健康与贫穷之间的关系，也更早地行动了起来。针对西海固的扶贫脱贫战斗，最先就是从“水”开始的，而且“水”仗打得惊心动魄，又持久艰苦。

六盘山石硬又硬呀个，蹦不出半滴水啊，

黄河水从后山拐了个弯儿呀，硬是不肯回头走。

老天爷你翻着白眼，咋不可怜可怜咱种地的人哟……

西海固人喊天喊地，早把嗓子喊哑了几百年。终于有一天，他们听说福建人过来为他们打井建窖，喜得奔走相告。我听说西吉有个村子里的几群女娃等在村口，说要把头年跟着习近平一起到宁夏来的福建扶贫办的林月婵大姐接到她们的村上，还要给她安排住的地方，希望她实现"承诺"。"林大姐答应过我们，要让我们像她的福建姐妹们一样，每天有水洗身子的。"村上的男人们说这帮女娃疯了，可女娃说："林大姐和福建人不会骗人的。"

林月婵后来真的又一次去了西吉。她真的带着一帮福建人，给这些女娃掘出几口深井，从此让这些女娃能够有干净的水洗身子。

"嘻嘻……你看你看，我的身子原来挺白嫩的呀！"

"我也是。我的比你的还白呢！"

"嘻嘻，我们都白白嫩嫩的！嘻嘻……有水真好！"

女娃们第一次发现自己被水浴干净后的身子原来这么美、这么嫩，于是乐了好几天，让同村的男人们馋得夜夜做美梦……

在一些缺水地区，首先是要解决人与牲畜的饮水问题。"其实，我们在最初的闽宁对口扶贫协作、对口帮扶工作中，按照习近平同志的要求，可以说就是'水'字当头，从一口井、一块田、一口水做起的。"林月婵大姐向我解释道，"宁夏西海固那里挨不着黄河，所有的水是靠老天爷的恩赐。怎么办？那就得先向地王爷要呗！所以为了解决人和牲畜的一口水，我们的闽宁对口帮扶就先做了两件事：帮助宁夏缺水的贫困地区打水窖和坡改梯。这两件事，结合国家的退耕还林还草等工程，并将我们的扶贫协作基金与国家这一块的基金捆绑在一起，重点在西海固地区全面开展了保水、保肥、保土的'坡改梯'工程，同时投入比较多的资金，为数千个村庄打水窖、深井 2 万余眼……”

林月婵仅用了半分钟时间讲述了这两件事。然而我知道，这两件事其实对整个西海固、对宁夏人民脱贫和走向幸福的小康生活，具有重大意义。“我们称其为‘生命工程’。”许多宁夏干部群众一说起福建帮助的这两件事，特别激动。

一个“水”字，到底有多大分量？它蕴含了多少辛酸与幸福，怕只有视水为金、视水为命的西海固人才知道。

我见过一个因无水而衰败的村庄，如今那里是一片茂林丛生的山岗。当地干部告诉我，十几年前这个村庄集体“吊庄”移民到了银川旁的黄河灌区。但在搬迁之前，这个村庄因为缺水，全村人经常要走几里山路，到邻村那儿的一口古人留下的深井“借水”担回家。就因为这，两村没少发生群殴事件。多任政府领导出面平息两村的矛盾，然而从来就没有真正起到作用。因水受欺的这个村庄为了争口气，曾四处筹集资金，在村上打深井。钱花光了，水却未见，村子则更穷了。年轻的小伙子一个个都成了光棍，没有哪个村上的姑娘愿意嫁到这个连口水都难喝上的穷村。越穷，人的生育质量就越发下降，普遍的近亲结婚导致这个村上的智障者层出不穷……“要不是赶上那年‘吊庄’移民，这类村庄的脱贫攻坚战将更加艰巨。”宁夏的扶贫干部无不感叹道。

“福建帮我们打了2万口井、窖，一下解决了30万人和100万头牲口的用水问题，这对西海固等缺水地区的百姓来说，那真是大恩大德的事啊！因为这几十万喝上水的人和他们家庭背后的命运，你作家写几部长篇怕都写不完哪！”他说。

而我后来在福建就遇上了一位普通的宁夏人的极不普通的故事——当然是关于“水”和他家人的那些写在心头和脸上的故事。他有个要求：不希望我在书中写出他和他妻子的真名，那么我就称他们为"水根"和"月英"吧。

水根和月英是初中同学，两人的家隔一座山。月英家在山的东边，虽村庄也穷，但不算太缺水，所以月英在家乡属于比较水灵的姑娘。相比之下，在山的西头的水根家，就很缺水了。缺水人家的生活很特别：不爱洗澡，不爱合群。长得像土豆一样结实的水根，不爱合群这一点，让月英暗暗喜欢，因为她觉得男孩在一起容易搞事，而且不搞啥好事，长此以往，会变得油腔滑调。

山里的男孩与女孩好上，不用太多的理由和太复杂的过程。月英与水根好上就特别简单，在两人都没有考上高中的那天，回家的路上，他们商量着未来，水根说了声想到福建那边去打工。

"你咋认识那边的人嘛？"月英问。

水根说："有个福建来挂职的扶贫干部到村上问过有没有人愿意到他们那边打工，所以就认识他了。"

"那边好吗？"月英的心动了一下，问。

"好。一个月可以挣到三四千块工资。"水根说。

月英的心更动了，侧着脸，问水根："你能带我一起去吗？"

"行。只要你家里人同意。"水根爽快地答道。

"那……我们要永远在一起了！"月英说着，突然抱住了水根，紧紧地抱着。

水根的小心脏顿时乱跳，跳得快要飞出来了。突然，他用力想推开月英，但没有推得动。

"做啥吗？"月英红着脸，问他。

水根的脸也红了，喃喃道："我身上臭……"

月英夸张地用鼻子连闻了几下水根，而后真的皱起眉头：“嗯——真的有味啊！”

“我……我家没水……所以我好几个月没洗过澡……”水根的脸已经不知搁哪个地方了，他羞得真想掘个地洞钻进去。

“可我喜欢你这味……”哪知，月英不仅没嫌他，双手反而搂得更紧，已经丰满的胸脯顶着水根的身子，让他浑身热血沸腾，魂不守舍。

山区的孩子上学晚，初中毕业生与城里高中生的年龄相当，所以水根和月英走出初中校门时，他们已经开始有了男女之间的生理欲望。

21世纪初的西海固地区，外出打工的风潮已经比较普遍了，甚至连一些考上高中的青年男女也主动放弃继续上学的机会，因为在许多家长和山区青年的眼里，上了高中并不一定能考上大学，那还不如别浪费时间了，干脆初中毕业后直接去打工，三年下来，也差不离能存够娶个媳妇的彩礼钱。

水根和月英商定的外出打工就是出于这样的“实惠”考虑，家长们自然也很支持。原先帮助水根联系到福建打工的那位挂职干部，由于身体原因，水根已有半年多的时间没有见到他。“好啊，我马上帮你们联系。”这位挂职干部听说水根和对象月英想去福建打工，十分热情地帮助联系了一家莆田的企业。

“万事俱备，只欠东风。现在就等你们整装出发了……”次年春节后，福建的挂职干部来通知水根。

“好嘞！”水根以同样兴奋的心情，跑到山后面的月英家，把这喜讯传报给他心爱的人。

“小混蛋一个！你想干啥？想溜？门都没有！”水根没有想到，回应他的是月英的父亲，并且是手持一根粗木棍的月英父亲。

“哎哟！”水根毕竟年轻，躲过了一顿毒打。后来他弄清了事情的缘由：月英的父母发现她怀孕了……

水根开始听懵了，转头一思，又暗暗乐得直蹭双腿：我要当爸爸了呀！

可是他跟月英连结婚登记都没办呢！

“傻呀！赶紧补呗！”水根的表哥是村上的干部，一拳砸在水根的肩上，乐道。

山里人有习惯，结婚光有个结婚证还不行，必须轰轰烈烈办上十席八席婚宴才可以把媳妇娶进门。水根家按本地风俗，规规矩矩把月英娶进了家门。

蜜月还没过，水根说福建那边的厂家催他上班了，其他打工的人已经在那边上班一个多月了，水根如果再不去就只能等下一年的招工。

“去吧，放心去上班啊！等我把娃生下来后，就到你那边去。”月英一边给水根准备衣服，一边亲昵地这样说。

小两口的离别是缠绵的。天各一方的日子也让爱情与欲望火焰燃烧的这对小夫妻有种强烈的思念之情。三个多月后，一件意外的事情发生了：在家帮公婆在地里干活的月英，不慎流产。

“别放在心上！我们还年轻，你在家好好养着，等我回去再给你‘种’颗种子……”水根顽皮地打来长途电话这么安慰月英。

国庆节放假期间，水根从福建回来，全家人喜气洋洋，尤其让月英意想不到的是：小丈夫水根竟然比以前壮实了许多，并且肤色也白嫩了许多……相比之下，月英则蜡黄了许多。

“啥滋润的嘛？没出去碰女人吧？”夜晚，月英在床头有些嫉妒地问水根。

“瞎想啥呢？”水根将月英重重地推到一边。

“咋？你变了？”月英吃了一惊，以前一上床，水根就“粘”着她不愿起床。才出去半年，他就变心了？！

月英生气地抬脚将水根蹬到一旁，嗔怒道：“你嫌弃我啦？还不承认外面有女人呢！”

“亏你想得出！每天我们在外打工累个半死，谁有那个闲心去想三想四……”水根噌地从炕上坐起，粗声粗气地对月英说，“你自己没感觉？你那身子的味道呀，能熏死三头牛。”

“啥？你嫌我身子臭？你……呜呜……”月英哭了，哭得极其伤心，“你、你不说我为啥臭吗？你家连一盆清水都没有……我、我过门八九个月了，除了回娘家洗过一回干净澡外，你家人连一盆水都不舍得给我，我身子能不臭吗？”

“你……”水根想说什么，又不知道说啥。

“呜……你现在嫌我身上臭，外面的女人就那么香吗？你变心了你！”

“变他妈的狗屁心！”水根被惹火了，抄起板凳就往地上砸……月英也不是好惹的，打进水根家门就没过一天好日子的她，心头的怒火顿时熊熊燃起。于是，小两口大打出手，房里直到天亮仍在“乒乒乓乓”响个不停。

第二天，水根气呼呼地回到福建打工去了。月英也不买账，干脆回了娘家。

就这样，小夫妻几个月互不相让。一日，水根的母亲来到月英娘家，说家里有好事了，要接月英回去。

“穷得叮当响，能有啥好事？”月英还在生气。

"是好事。福建亲人帮我们打了口深井，那水又清又甜，这回你能天天洗澡了呢！"婆婆这样告诉儿媳。

月英怔住了："真的呀？"

水根妈笑了："娘啥时候骗过你？"

月英信了，就回到了水根家。

第一天晚上，她就从深井里吊上几桶清水，整整花了一个晚上把自己的身子洗得干干净净。那一夜，月英偷偷地用手电筒将自己的身子上上下下照了个遍，她觉得自己仿佛又回到了少女时代，肌肤光滑丰腴……

之后，她开始每天用干净的井水洗身子，每每洗完后还要用润肤霜擦一擦。后来，她感觉自己的身子不仅光滑丰腴，而且还有一股淡淡的芳香味儿。

"你该回来了。"这时的月英，充满自信地给远在福建的水根连续打了三次电话，催他回家。"有好事等你呢！"她对他说。

水根回来了。回来见媳妇的第一眼他就有些愣了："咋啦？吃啥营养品了？咋又白又嫩了！"

月英妩媚一笑，说："啥也没吃，就是每天有个干净水洗个澡。来，闻闻身子还有臭味吗？"

水根将鼻子凑到自己女人的身子上，开始闻起来，一闻就是几个小时，随后说："我不想出去打工了！"

月英用手指狠狠地一戳水根的脑门儿，说："你敢！"随后咯咯地笑开了，"等我给你家生个大胖小子，再跟你一块儿到福建那边打工去。"

"嗯，听你的！"水根老老实实地应道，又很不老实地折腾了月英一夜。

这一夜，是小两口结婚以后最幸福、最愉悦的一夜。

这一夜之后，月英第二次怀孕，并且生下了一个胖小子。两年后，水根又添了一个闺女。

现今，水根带着全家人已经从福建回到自己的家乡，做起了商贸，专卖闽宁特产。月英虽过35岁，但看上去非常年轻，她的一双儿女都在上中学，成绩优秀。对于能有今天的幸福生活，水根只说了一句话：鱼儿离不开水，西海固的人更离不开水的滋润。

水根家的生活变迁平常而波澜不惊，但如果不是因为福建亲人帮助打的一口井，这个平常而幸福的家庭或许早已消亡，就像沙漠中枯萎的一堆干草与沙砾。然而就是因为有了水，有了水的滋润，它使女人的生命丰润而蓬勃起来，并且牢系着一个小家庭的幸福与美满。像水根和月英这样的家庭，在西海固有千万家，他们皆因闽宁对口扶贫协作所带来的清清甘甜水而让自己的人生与命运得到了滋润和改变。这份流淌在血脉里的深情厚谊，让西海固和宁夏人民对福建亲人的恩情永世难忘。

是的，水是人类的生命之源，它可以让人类兴，也可叫人类亡。水，又是农业和土地的命脉，它更可以让农业和土地旺与茂，从而让人类更好地生存和生活在这大地之上。

对缺水的山区而言，扶贫、帮扶，将力量用在“生命至上”的工程上，起到的必定是“四两拨千斤”的作用。有了水，女人又重新焕发了生命活力和生育能力，这一份巨变对西海固到底有多大影响，其实从水根与月英夫妻的命运就可以有足够的认识。而有水之后的干涸大地所获得的，我们今天只需到西海固走一走，便能深切地感受到——

“我再也不后悔嫁到这个山沟沟里了！”这是西吉县的一个女人

发出的感慨。她叫杨慧琴，是吉强镇龙王坝村的贫困户，当然现在的杨慧琴家已经摘掉贫困的帽子了。望着身前身后那绿意盎然的山坡上的梯田，她这样说：“坡改梯之前，即使老天下雨，那水也没有留住给咱，全都卷着黄泥冲跑了！”

“闽宁对口扶贫协作的头几年，跟打井、窖同时进行的还有一项

惠民工程，就是坡改梯，把过去咱们在山上种的地，改成了一层层的梯田。这一年年过来了，庄稼年年丰收了，山也绿了，沟也变得美了，所以我就办起了这个休闲山庄。城里人说，你这农庄真的是龙王回来了呀！”杨慧琴的休闲农庄全称就是她所在村的名字——龙王坝休闲农庄。盛夏时节，绿树掩映的这个休闲山庄里，利用西北特色的窑洞，置

▲ 西吉县吉强镇龙王坝村梯田

起一排排精致别样的民宿，加上心灵手巧的本事，现在的杨慧琴不仅是这家山庄的收银员，自己家也有 3 间民宿，里外收入一年少说也有四五万元。

“人有了水喝，皮肤身体就得以滋润，地有了水也就会生绿长草、树木茂盛。加上这些年国家号召退耕还林，我们龙王坝村从2011年开始就慢慢靠养殖起步，一步步将村里的水、电、路、房等设施完备了，发展乡村旅游，百姓的日子一年比一年富裕起来，村上还获得了‘中国最美休闲乡村’的金招牌。去年一年，全村接待游客24万人，营业额达到1800多万元，彻彻底底地摘掉了贫困帽子！”作为龙王坝休闲农庄的第15号“庄主”，杨慧琴当年曾几度后悔嫁错了地方，如今幸福的生活如芝麻开花，所以她才有了上面那句“再也不后悔嫁到这个山沟沟里”的话。

第二次到宁夏采访时，南下西海固的第一站就到了泾源县。看到那里郁郁葱葱的山，到处飞鸟啼鸣、鲜花盛开的自然环境和山塬间溪流丰盈的景象，我说：“这样的地方怎么可能是极度贫困县呢？它应该是最美风景地呀！”时任县委副书记祁强听我发问，开心地笑了，便介绍道，泾源县地处六盘山东麓，以泾河发源于此地而得名。本来这里不缺水，但泾河水并没有滋润泾源大地，而是直接流向了下游。加之以往“靠山吃山”的传统农耕方式，原本干旱的山上，全成了“和尚峰”——所以百姓越种越穷。闽宁对口扶贫协作20多年来，县委、县政府把解决百姓的吃水问题和绿化山岭这两件事紧抓不放，一直坚持到现在，所以如今泾源全域的生态发生了本质上的变化，全县森林覆盖率已经达到51%，年降水量在600—800毫米，无霜期也达132天。“水丰了，地就绿了。地绿了，人的生路也就活了。如今我们正在打造全域生态旅游的新经济产业。”

“难怪你们这儿的高速公路旁边还有一条高标准的红色休闲跑道啊！”进入泾源的第一眼我就看到这一景致，只是心头一直在嘀咕：这是西海固吗？这是国家级贫困县吗？

“我们泾源在2018年时就脱贫摘帽了呀！现在我们县上有两顶新的皇冠：中国最美生态休闲旅游名县和中国最美休闲度假旅游名县。”祁强说。

原来如此！“看来你们说的‘到了宁夏泾源，何必再下江南’，真的名不虚传啊！”沿着六盘山主峰米缸山一路向上，是泾源县城所在地香水镇。那是个海拔2900多米高的美丽小镇，一湾清凌凌的香水湖流，将小镇深情地映在蓝天与绿林之中，构成了一幅生机盎然的诗意仙境，着实让人迷恋和忘情。

其实，因水而生美、生富的情景在今天的西海固随处可见。这种“彻头彻尾”的本质上的变化，不仅改变了西海固人自己对故乡的情感，连许多远道而来的福建人也开始爱上这片土地。在福建有“蔬菜状元”之称的林水英，有一年跟着参加闽宁对口扶贫协作联席会议的省领导到西海固走了一趟后，冲着好山好水的六盘山和泾河源，喊了一声：“这么好的地方，我来种！”

这一喊，她就在西海固掷下了2.26亿元，建起了 3 个种植西红柿、甜玉米、芹菜等的万亩蔬菜基地，同时配套建成一条年加工12万吨蔬菜和甜玉米的深加工生产线，以及保鲜、制冰、物流、研发中心。如今，林水英的华林宁夏基地仅为当地解决就业就有 1 万多人。

丰水的地方，让许多爱水的人如鱼得水，事业与人生皆旺。带“水”的人，又让西海固五谷丰登，别开生面。

水给西海固的馈赠，又怎么可以是简单的语言所能表达的？

⑲ “宁夏标识”——红顶房

如果要用一件事来形容宁夏贫困山区西海固的变化，我想选择房子，因为房子是凸显中国农民财富的标志。古有“安居乐业”之说，意思是人只有有了住处，才可能安心做事。生活在大西北特别是山区的贫困群众，他们祖祖辈辈穷在有一件事始终没有完成或者摆脱，那就是没有像样的房子住。

人没有钱，照样可以生下孩子，照样可以繁衍后代；人没有地，照样可以讨饭吃、挖野菜、摘野果度日；人没有地位，照样可以不出大山、窝在老宅，像模像样地活出个人样来。但人要是没了住的地方，那他所有的尊严就会被剥夺，那他就只能当流浪汉，最后甚至会冻死或饿死。没有居处，更不用说成家立业。

自古以来，农民们有钱之后，无非做两件事：置地和盖房。新中国成立前，土地私有时，有钱的农民可以把一半钱花在置地上，另一半钱花在盖房上。新中国成立后，土地国有化了，农民们有钱后就只剩下盖房子。在东南沿海一带，你所看到的富裕起来的农民仍然如此，有了钱，依然省吃俭用，但房子一定要造得气派，至少跟邻居差不多，最好更气派、更洋气。这是每一个中国农民的心态。房子是安乐窝，更是象征着一个家庭的尊严，以及贫与富的第一标准。房子对农民来说，还有一个无法回避的最大问题：娶媳妇和传宗接代的需要。没有房子，没有像样的安乐窝，怎可把别人家的闺女娶回家？娶媳妇、嫁男人，先得看看家里有没有像样的房子和房子什么样，这几乎是中国农民的一道必须迈过的“婚姻门槛”。所以房子的重要性不言而喻，在全世界人群中，中国农民可能最为看重。

▼隆德县观庄乡前庄村新貌

在考察西部贫困地区和验证那些脱贫地区的现状时，我第一眼自然会关注那里的农民现在居住条件是否改善和改善到什么程度——这是一种象征意义，更是具体的现实的意义，带有根本性的标志。

农民的居住条件没有根本性改变或改善，就谈不上真正意义上的脱贫致富。房子对中国农民如此重要，而对西海固这样的绝对贫困山区更是如此。因为看一眼过去的西海固，不用多说什么，只消看一眼当地百姓居住的地方，你就会明白什么叫“苦”……或许我是南方人的缘故，我总觉得人假如住在土洞、泥洞或称之为窑洞的“洞”中，不是与原始人无异嘛！而我知道，在西海固，在西海固的广大农村，二三十年前的农民们，绝大多数依然住在山洞里——他们自己说叫“窑洞”，而这种居住条件和环境，与他们几百年、几千年前的祖先所居住的并无不同。也就是说，全世界所有的地方包括最穷的非洲大地都发生了巨大变化，可在西海固的大山里，上百万山区农民仍然如故地蜗居在他们祖先留下来的窑洞内。

呵，洞！我们都知道，山洞是人类最初的栖居地，原始人之所以住在山洞内，是因为他们没有基本的生存能力和语言能力，他们也没有经历什么“时代变迁”与“文明冲突”，所以山洞居地属于石器时代的产物。那个时候，人的栖息环境，只要能挡风掩雨就行了，而山洞还可以抵挡一下外敌入侵，当然，也能让原始人生殖繁衍后代时有一个掩羞御寒之地……

大约一万年前的人类就是生活在洞穴之中。一万年后人类历史发生了多少变化和更迭？厚厚的史书，足可以让一个人终其一生都无法翻阅完半部这样的漫长史志，更不用说人类从钻木取火到了能够上天入地的境界。然而，一个地方，一群人，一片土地上的生灵，竟然依然居住在洞中，头顶上居然没有半片瓦，脚下无半块砖！

或许黄土高原上的人至今仍然怀念他们的窑洞“老宅”——当然不能把那些完全宾馆化的装饰性窑洞列入我们讨论的范畴之中，因为那不属于百姓日常居住的窑洞。普通山区农民居住的窑洞，在今天的西海固，仍然到处可以看到它们的残遗和原貌。每一次见宁夏的老乡们指着他们新房子旁边的一个个山壁上半塌半好的窑洞说一声“这就是我们以前住的地方”，或者听一个现今是县市领导、博士学历的人说“我就是生在这里面”时，我都会一下凝重起来……内心会发痛似的自问一声：这是人可以住的地方吗？

山洞（或者说窑洞），确实不该是人居住的地方，那里面暗无光线，又不透气通风，而且许多人家还在里面做饭烧火，冬天还得烧炕，等等，更不用说一家几代人都在同一个窑洞内的同一个炕上……该怎么生活呢？我确实想不出高明的办法，只能心痛地感叹一声：这里的人，他们太苦了！

只能居于窑洞的人是真正的苦！窑洞的烟，熏黑和蔽掩了本该有为的人的目光与远大理想；窑洞的泥壁，堵塞和搅和了本该奋发的人的拼搏与灵智的发挥；而窑洞的土炕，则完全抑制了男人和女人本有的激情天性……人，一旦失去了这些最宝贵的东西，很大程度上只能走向愚拙与混沌。然而，这般不断走向愚拙和混沌的生活方式，在广阔的西海固一带延续了长达几千年的时间，而且在当今活着的人群中至少有三分之一都曾在窑洞里出生与生活。

这也是为什么说中国的脱贫是一场没有回头路的“攻坚战”——它要打破的是几千年甚至上万年积延的一种人类从未改变得了的重负：贫困与落后。

我们总在扶贫，而脱贫攻坚要解决的不仅是贫困人群的物质问题，更为关键的是要扶志，扶植志气。不错，到过西部黄土高原的人，耳边经常会听到当地人说窑洞的若干"好处"，什么"冬暖夏凉"云云。我想也是，但那一定是与风餐露宿的荒野比较而言。窑洞真能比真正的房子好？炕头真能胜过棉被与席梦思床？至少一般人不会相信这样的事。

包括西海固在内的黄土高原上，还有一种窑洞式房子，它们并不是在山体上挖出的洞，而是在平地上盖起的与窑洞一个样子的洞穴式房子。在很长一段时间内，我搞不明白为什么不盖一栋像样的房子而非得弄成"窑洞"呢？读了文友、宁夏作家石舒清的《老房子》，我才知道其中的奥秘与宁夏人内心的那份辛酸——

……之所以盖这样的房子而不盖砖瓦房，原因也是非常简单的，那就是盖这样的房子恰恰不需要砖，不需要瓦，也不需要长椽子栊梁，一句话，盖这样的房子不需要钱，就需要点泥土、麦草另外加上力气就行了。这几样乡亲们倒是有的，于是在天地之间，除了巍巍乎庙堂之外，也有着这样几乎不用花一分钱的人的住所。

凡住过窑洞的人，总是能津津乐道出住窑洞的若干好处来，什么冬暖夏凉啊睡着踏实啊，等等，要是年深日久的窑洞，窑顶上还会无端地生出密密匝匝、随风歌吟的野草来，麻雀在里面扑棱，老鼠于其中出没，说来真是有着一些意趣和热闹的。

但就是回避着不说1920年海原大地震，那一场大震，海原县 59% 的人死掉了。据说，之所以死这么多人，就是因为当时的人们多住这种窑洞，一地震，窑顶窑壁一下子全塌到中心里来，像一只只突然捏紧的巨拳那样把人们攥死在里面。

关于窑洞，我还有着一种很深的记忆。如照片上显示的那样，每一孔窑洞的额头上都有着一个“△”状的开口的，乡亲们把这叫哨眼，既名哨眼，应该是方便观望侦察之用的，又不明白为什么要弄在这么高的地方。但我们村里的一个人却别出机杼，通过这哨眼挂了一根绳子，把自己吊死了。很多的人都去看，他躺在院子里，只有脸上盖着一条稍显短促的毛巾，好在脖子还在外面的，可以让我们看见，只见紫黑的勒痕似乎要隐约地渗出血来。还记得他的一只皮鞋没有了鞋带，鞋帮像干干的牛舌头那样翻向两边……从此再见了窑洞，看到它前额上那个黑洞洞的哨眼，就觉得阴森，总不免一些害怕。

我这是在说什么呢?

我的本意并非是要说这些，把一个原本自以为胸有成竹的话题竟说成了这样，连我自己也觉得意外和惊讶。

但我真真切切是很喜欢这样的窑洞的，喜欢得我想望着它哭一场。

我不知如何才能表达得清楚。

我只能说，我的第一声啼哭，是从这样的屋子里传出来的，我也正是在这样的屋子里觅取到了母亲并不丰沛的乳汁，我的无以数计的最好的梦，静心想来，也无不是在这样的屋子里做出来的。

似乎只有它可以证明，我真的当过婴儿，也当过顽童；似乎只有它可以证明，我的父亲曾经有力过，我的母亲也曾经年轻过……

珍藏着我的纯真时期和梦幻世界的老屋啊……

现在我知道为什么石舒清和许多生活在西海固和黄土高原上的人说窑洞好，因为他们的生命是从这里孕育出来的，他们的成长是伴着窑洞而开始的——这是一份无法割舍的感情，即便外人如何说它的"不好"和残缺，都对"石舒清"们没有用。

真正有用的时候是彻底地让他们搬出窑洞，生活到另一个新房子里并感受到确实是好的时候，才会改变一切。这或许要等到"石舒清"们的后代在新房子内出生那天开始，因为新的生命不再在旧窑洞内出生之后，他们才会体味到真正的房子远比窑洞要温暖与幸福——那才是人住的地方，才是人应该住的地方，人不再宿于"洞"的生活才是真正的生活。

闽宁对口扶贫协作、脱贫攻坚的一大任务，就是要让宁夏和广大贫困地区的百姓搬出大山、搬出危房，住上防寒防震的新房子，而且必须达到人均小康水平的应有标准。

没有比这样一场攻坚战更加艰难和卓绝的了，因为这需要整体性解决所有贫困家庭的住房问题，需要让居住在窑洞和危房中的所有人住上新的漂亮的房子，并且保证一步到位的人均小康。设想一下，让散布在漫山遍野、各个山弯沟角的旮旯里的所有"洞居者"一律搬出并配予崭新的房子，这工程有多大？需要多少投入？历朝历代有过这样的动议？有过这样的决心？有过这样的实力？有过这样的实际行动？

前所未有！

以习近平同志为核心的党中央却下定了这样的决心，宁夏各级党委和政府全力以赴，闽宁对口扶贫协作中的福建人民鼎力支持，西海固前所未有的一项伟大的民心工程由此启动……

山在欢腾，塬在歌乐，村庄在舞动。

当年，在习近平的主导下，闽宁村在贺兰山脚下的银川市南部的永宁县建设而成，再发展成后来的闽宁镇——这闽宁镇如今就是一个现代化的新集镇，即使你粗略地看一眼，也会被那儿的美丽景致与现代化程度所吸引。而让所有居于危房之中的山区贫困百姓从窑洞内搬出，工作如何展开？如何开展得更有效？问题摆到了闽宁对口扶贫协作联席会议上，自治区和福建省的领导认真研究，精心设计。于是一种既可仿效又可实际推进的方案很快出台：按照习近平书记当年定夺和倡导的建设“闽宁村”模式，在所有贫困县区全域推进和落实“闽宁示范村”工程。这一工程的特点是：由对口帮扶的福建相关市区县在西海固及全区范围内的对口乡村建设标准化的“闽宁示范村”，简称“某某新村”……

“好！我们出钱，我们去给宁夏亲家盖新房！”福建省委、省政府一声号令，相关闽宁对口市县区纷纷响应。

“钱是关键。”

“但钱并非唯一关键。”

“人心才是根本。”

“爱民、为民是根本之根本。”

“根本之根本的最终目的，就是让贫困百姓搬出危居，住上好房子。”

这是福建亲人的心愿，后来这个心愿实现了吗？我在宁夏的大地上，从南到北，见证了这样一个事实：福建亲人们的心愿，通过艰巨与艰苦的努力，几乎完全实现了！

这份心愿，犹如巍峨的六盘山屹立于宁夏人民眼前，又如贺兰山脚下的黄河水润泽于心头……

我没有亲眼看到百姓们从一个个窑洞里搬迁出来的离别之痛和搬迁现场的情形，但我听了不少这样的故事：

有户老马家开始不愿从窑洞里搬出，后来看到邻居们一户一户地搬走后，心想这不从此可以独居他三五个窑洞嘛！不料这一年下了一场罕见的大雨，山上的水像脱缰的烈马倾泻而下，不仅把邻居腾空的窑洞全都冲塌了，自己也命悬一线。如果不是儿子早几十分钟将他救出，老马自己说“怕是早早埋在了黄土中……”老马现在住在红顶的新房里，每天乐滋滋地打开电视看戏，生活过得有滋有味，因为新村建起后，他在离家100米的蔬菜棚里打工，每月还能拿回2000元的工资。

其实搬出窑洞住进新房，不仅仅是简单的搬迁，而是“拔穷根”，是物质和精神上的双重行动。闽宁新村建设中我看到一个普遍的情形，十分感慨：每个这样的村庄，都由福建方面出钱为村民们建设好一座村委便民服务中心，这里有开阔的村民广场，还有超市、银行代办点、医务室、党员活动中心、老年食堂、四点半课堂（小学低年级学生放学后的活动处）和扶贫车间等，几乎把所有村民的日常生活所需全在“家门口”包了！有的新村干脆把它建成“家门口服务站”，可谓应有尽有，服务到心坎。

在泾源县六盘山镇集美村，跃入我眼帘的首先是十分气派的村民广场，那里有文化墙、村小学，还有“家门口服务中心”的近30项便民服务，简单到村民想办件事，只需喇一下就能搞定。那天正好泾源县委书记也在村民广场现场办公，他将我领进旁边的两户百姓家参观。他说村民们搬进新房子、新院子后，一度不知如何安置宽敞的院子，于是闽宁对口扶贫协作的福建挂职干部和泾源县的干部们就一起商议，并引进了福建社区建设先进经验，在每个新院子内建两个小园：果园和菜园。

“你看——现在这小院既美观，又实惠；可种菜，又有新鲜果子吃……”县委书记请农家主人从果园子摘下新鲜杏子给我吃，我尝了一口后直呼：“太好吃了！”

可不，宁夏的果子，天下难觅！

主人老马全名叫马成虎，见了我就指着远处的大山说：“我家原来住在那山坳坳里的窑洞内，我活了70多岁，喝了70多年混浊的雨水。去年厦门集美区对口帮扶，拿出几百万资金，帮我们在这儿建了新村，我和5个村庄的360户村民才搬出了窑洞和危房，住进了这么好的红顶新房。我做梦都没想到，这里不仅能喝上甘甜的自来水，还能每天洗上太阳能热水澡。”

绽放在老马脸上的笑容，是真正从心窝里冒出来的。

走进另一户老马家，竟然发现主人利用一块三十来平方米的空间，建了一间养金鱼的暖棚，十分雅致。那水池里的金鱼欢快地游弋，主人则悠闲地在一旁喝着清茶、翻着报纸，见我进去，便头头是道地开始介绍起他养金鱼的乐趣。

我好奇地问他怎么就想起来在家中置个金鱼暖棚？他说，自己从小喜欢水，以前苦于无水可觅，搬进宽敞的新房后，就萌生了要实现小时候的一个愿望的想法，所以建了它……哈，原来这位老马是个有理想追求的人哟！

再看这位老马家的院子，除了菜园、果园外，整个庭院的装饰和颜色皆与众不同，尽显淡雅高贵之气。

“是谁帮你设计的？”我不由惊讶地问起来。

“我女儿在北京清华大学上学，她弄的！”老马骄傲地脱口而出。

原来如此！

搬进新房子后的老马家，一喜添一喜，年年有新喜。女儿都上了名校，这日子不高雅就不是他老马家了！

像上面几位老马家的变化和他们住进红顶房后的幸福生活，在西海固和宁夏大地上随处可见。在随行的宁夏朋友的带领下，我也到过像“莆田”“安溪”“泉港”这样明显与福建的一些地方同名的新村，每到一处，无不感叹和感慨那些村庄的现代化程度和百姓们的幸福生活。而我从自治区扶贫办的工作人员那里获悉，在西海固和全自治区的贫困县市区内，由福建各对口地区出资建起的“闽宁示范新村”共达数百个。正是因为这些示范新村的建设和影响，再加上中央政府的支持，全区范围内开展了统一翻建所有贫困百姓危房的建设工程。从2018年开始至2019年年底，全区已经基本解决了危房群众搬进防震防寒、人均面积不少于39平方米的新房的问题，并且将在2020年年底前，解决所有危房居住者搬迁入住新房的问题。“这个惠民工程，涉及面广，投入大，影响深远。福建给予了我们大力帮助，这份情谊让宁夏百姓永远铭记于心。”自治区扶贫办的干部如此说。

“为什么新房顶都用的是红颜色？有什么讲究？”这是我一直萦绕于心的问题。

“宁夏的土质以黄土和沙土为主，在这样的底色上，嵌上红色，从美学和观感上看，既与大地协调，更有一种欣欣向荣和喜色之感。它从另一方面又凸显了我们宁夏脱贫百姓对福建亲人、对习总书记、对党和政府的一片感恩之情，同时也表达了他们要在这份感恩之心的激励与鼓舞下，创造和建设一个新西海固、新宁夏的信心与决心！总之，它有一种喜庆的味道……”

是的，红顶房子，红红的颜色，红红的心，你包含了多少深刻的隐义！你让人欢喜，给人激情，也叫人难以忘怀。

西海固的红房子，我们向你致敬！

20 麦香们的梦想：从“扶贫车间”到“世界工厂”

麦香的全名叫秦麦香。你要说她是42岁的女人，真还一点儿不像，如果再打扮一下，换上件时尚一点儿的衣衫，要是在城里，你说她想“找对象、结婚”的事儿，真不是笑话。因为麦香确实一则皮肤白皙，二则很有女人味。

“别搞错了啊，我今年42岁了！快当姥姥了呀！”麦香听我们这么议论她，脸都绯红了起来。看得出，她内心是很高兴的。

麦香说：“哪个女人不爱夸嘛！”快当姥姥的麦香，年轻时也算村上“一枝花”，可惜那里家穷地薄，这“花”也就插在了“牛粪”上，没啥出息。不过麦香说她不后悔，老公虽然笨一点，但人不坏，实实在在地给她和孩子“打长工”——在福建等地做工赚钱，养着麦香全家。

42岁的麦香快当姥姥了，这样的事在西海固一带不算啥。20来岁结婚在当年、在当地也不违反政策。她20岁结婚，所以现在大女儿已经22岁，而且也结婚了；二女儿16岁，儿子12岁，都在读初中。

“我有点对不住大女儿，那个时候家穷，没有让她念啥书，所以早早出嫁了。”麦香现在内心唯一的愧疚就是大女儿，但也正是大女儿的

“功劳”，让依旧年轻的麦香快当姥姥了。

这让麦香再度感觉到内心青春少妇那般的劲头在蠢蠢欲动——不为情欲，而为人生与命运：她要为自己的家撑起一个幸福的“小天堂”——想在城里买一套房。

“麦香要在城里买房啦！”这消息像长了翅膀的鸟儿，飞得快，也飞得高，一下十里八乡都知道了，弄得麦香心头怦怦乱跳。原先只是有个想法，现在她已下决心“非买不可！”

乡下人咋就不能到城里买楼、住洋房嘛！西海固农民咋就不能进城买房子住嘛！我有钱，我这钱是在家打工挣的，多劳多得，我买房怕啥？！自己的劳动汗水换来的，我就是要买，买了就住到城里去，跟城里人一样，早上起来到公园跑跑步，跳跳广场舞，还扭扭屁股，咱也会美美的。“哈哈……”麦香越想越乐，兀自笑了起来。

麦香现在在泾源县宁夏泉祥户外纺织用品扶贫车间工作。这个工厂在外面立着一块巨大而醒目的“闽宁扶贫车间”标识，这样统一标识的扶贫车间在西海固和整个宁夏从南到北的那些曾经的贫困乡村都能看得到。这也是习近平倡导的闽宁对口扶贫协作中一个十分重要的经验。它的特点是小而简、因地制宜，又实用，真正就地解决了那些不能远去外地打工但又是很好的劳动力的就业问题。麦香这样的妇女就是其中的受益者。

闽宁对口扶贫协作最初的扶贫方式之一就是：由福建方面想法把西海固等地区的贫困劳动力引到福建沿海地区。这个方法今天仍在运用，因为毕竟沿海地区劳动力紧缺，收入也相对高。如果贫困地区的普通家庭有一人在外打工，一年的收入几乎就可以养活一家人。这是中国西北许多贫困地区劳务输出的常规做法，既有百姓自发地走出大山去打工，也有扶贫帮困的对口工作中有组织地进行劳务输出。闽宁对口扶贫协作中的劳务输出还比一般的自发性打工的好处只多不少：如一个宁夏人到福建去打工，一是工厂稳定，饭碗不易丢掉，只要你安心工作，就稳稳当当地端着饭碗，无后顾之忧。另有一点特别让宁夏人受用与受惠的是有一笔相当的补贴——如果你在福建打工满半年，闽宁对口扶贫协作中的福建方面会给你每月2000元的补贴，这等于额外多了一笔可观的收入。“之所以这样做，目的是鼓励西海固那边的人走出大山，既有工作做，又能改变观念和学到本领，为以后回到自己的家乡能立业福家。”福建扶贫办的同志告诉我。

真乃一片真情！

“但后来我们又发现一个问题……”福建扶贫办的同志说，“打工对年轻人来说比较方便，你一招呼，说哪儿招工，多少多少待遇，买张票，就把人拉到我们福建来了。但过了几年，有些人要结婚了，特别是女同志，她一结婚就要生小孩，一生孩子至少一两年不能出来。而西海固那边的农村生孩子又比较多，一个生完，没过上两三年又怀上一个娃，这样基本上结婚后的女人就很难再出来打工就业了！怎么办呢？于是我们就想到能不能把福建的企业办到宁夏来，让那些留守在家里的宁夏人也能进厂上班挣钱……这不，扶贫车间就这样出来了！”

为什么不叫扶贫工厂而叫扶贫车间呢？这是我开始一直不明白的。

“这里头有讲究呀！”福建扶贫办的同志解释，“车间，就是小而简，随时可以搬动，一二十个人是车间，一二百人也可以是车间。车间相对可以分散，也可以是单独的。某些工厂当然也可能就是一个车间，那些回工类小厂就是这样。”而扶贫车间方案的提出与推行，就是根据像西海固这样的山区乡村，可能一个村或周边三五个村上有几十个劳力，尤其是中青年妇女或残疾人，车间办在他们的家门口，他们上班离家近，几分钟十几分钟就能回家，无须有交通上和时间上的负担。扶贫车间一般都是计件制，你早退晚到都没大的关系，按劳计件取酬。上班的人既可以有上班做工的收入，同时还不影响回家处理家务，像妇女同志喂小孩、做家务等事都不会耽误。

“在家门口当工人”，这种事情实在是大大方便了山村贫困家庭，尤其是妇女和残疾人。

麦香便是其中的受益者之一，和她一样的姐妹们现在都是扶贫车间的工人，她们每月在这样的车间里做工也能挣到两三千元。家门口赚到两三千元，绝对不比在外地五六千元的收入差。

“我现在每月肯定可以为家里稳稳地拿回净收入3000元。这笔钱，能够供我两个孩子读书。老公在外打工剩下的钱，就可以办家里的大事，比如建房、购置重要家什等。如果啥都不需要了，那就可以把钱存

▲ 泾源县六盘山镇农民在什字村泉祥扶贫车间忙碌

起来，等着到城里去买洋房住呗！”麦香笑了。

现在大家相信她说的是真事儿。像她这种情况的不在少数，在扶贫车间里还有一群姐妹的家境与她相同。“上班时间长了，积上三年五年、十年八年，不就可以到城里去买房子住了？嘻嘻，你以为咱说的是笑话哩！”麦香和姐妹们冲我们笑着说。她们现在的思想并不落后，到城里买房子有几个意图：能过上城市人的生活，能有空逛商场、进电影院、跳广场舞啥的，最主要的是让孩子有好学校上，这是根本。

瞧，这就是今天的西海固人，想法跟城里人没啥差别嘛！

的确，西海固人能在短短的几年时间里，实现在自己家门口当工人、进厂子的目标，这听起来简直是件奇事，但在六盘山的万千山沟沟里，我看到了这种现实。

2020年6月8日这一天，老马跟他的老婆子正在扶贫车间上班，他们干的活很简单——在一条纸箱流水线上手工折叠纸箱。这一天他们做梦都没想到，电视机里经常看到的习近平总书记竟然出现在他们面前，跟他们握手、聊家常……

马婶现在见人就笑，一笑就要讲她那天如何跟总书记聊的事儿。“他问我老头子多大年龄了，问我干活累不累，家里现在生活有没有变化。我告诉他：现在我们很幸福，家里啥都有了，在家门口还能挣钱。总书记听后很高兴，说好日子还在后头呢！”

我是过了两天后来到老马他们上班的那个闽宁扶贫车间的。这已经属于比较有规模的车间了：院子很大，一条流水线的纸箱车间内有二三十位工人，年岁参差不齐，有年轻的，也有像老马两口子这样年龄比较大的，他们都是村上的农民。车间的工作简单，收入也稳定，所以非常适合文化水平低、年岁大一点的人从业。像老马他们老两口，都是六十几岁的人，从未出过远门，平时除了下地，就是在家里做家务。家里就那么点事，所以村上建好扶贫车间后，问他俩愿不愿意到村上的厂里干活，一个月600元钱，"如果多干，说不准上1000元呢！"

"我去！我老婆子也去吧！"老马不仅自己报了名，而且还为老伴争取了一个进厂名额，从此老两口的日子可谓"芝麻开花节节高"。马婶更是整天笑呵呵的，人像年轻了几十岁似的。这回总书记走到她跟前与她聊天的镜头在央视《新闻联播》播出后，她那张从心底溢出笑容的脸，快成"西海固幸福之人"的形象大使了！

"见了总书记高兴吧？"

"高兴，太高兴啦！"

"幸福吧？"

"幸福！"

"我后天回北京，你有啥话需要我带到北京、带给总书记的吗？"看着脸上堆满憨笑的大婶子，我逗她。

她嘿嘿嘿地一串笑后，说："你帮我带话给总书记，我们这儿会越来越好，我们西海固人感谢他、感谢党。我们现在天天过着幸福日子。我下月可以多拿300块工资了！"

"哈哈……"我和同行的人全都大笑起来。

一旁的老马扯扯老伴的衣襟，嘀咕道："瞅你说的啥嘛！"

马婶不服，又满脸堆笑地告诉我们："是要多拿300块了！厂里的老板说，现在厂里效益更好了。"

对对，是有这回事！我们找来老板，核实了这事。车间里顿时又响起一阵欢乐的笑声。

像马婶这样幸福和光荣的人，能在扶贫车间里意外地见到习近平总书记的人，其实在宁夏还为数不少。因为从1996年习近平担任福建省委副书记、亲自主持闽宁对口扶贫协作开始，他已经4次到宁夏考察，特别是后两次，他都要到扶贫车间走一走、看一看，跟群众聊上几句，也同办厂的福建企业家和宁夏干部交谈，关心着如何更好地让贫困地区的百姓在家门口进厂上班、确保固定收入这些事。年复一年的持久和有序的建设，扶贫车间如雨后春笋般在西海固、在宁夏所有贫困乡村都建立了起来。

有人说，这小小车间把宁夏山区的百姓从高高的山头、遥遥的地头“扯”到了厂里，从几千年农耕社会拉到了工业生产和现代化社会……仔细寻味，人民群众的这话讲得非常贴切和深刻。

扶贫车间最初是为了那些不能在外打工，而家庭又困难的富余劳力在家务工、创造收入而设计的，这种与学生边念书边做工的勤工俭学方式有些类似的做法，看起来事情不大，然而它带给农民们，尤其是山区农民们的，不仅是一种生存方式的改变，更多的是行为方式的改变。

从农民到工人的身份改变和行为方式的改变，是人类文明进程中的一大革命，即使在西方发达国家的发展史上，也是一场波澜壮阔的伟大革命，前后用了一二百年，才使那些放牧者和农场主，慢慢适应了机器生产和工业进程及城市现代化。许多城市人现在还经常口出不逊地骂一句“乡下人”，意思是嫌农民不懂城市里的规矩，不遵守劳动纪律和规范。他们哪里知道，他们这些所谓的“城里人”的祖先，在成为“城里人”之前也都有过“乡下人”的笨拙、不守时等农民和牧民的散漫生活习惯。要改造和改变农民的生活方式和行为习惯，并非一件容易的事，有时比让一个穷人变成富人要复杂得多、花的时间也更漫长。

然而，在中国的扶贫和脱贫战斗中，以习近平同志为主要代表的中国共产党人在闽宁对口扶贫协作中却用非常精准、巧妙的一个个扶贫车间，很好地解决了这一问题，用极短的时间，完成了一个农民或者说一代农民从"地头田间"到"工厂企业"的转变。这看起来似乎是一件很不起眼的事，但转变的过程其实很费心费力，甚至是非常痛苦的。

"当这个过程完成后，就是一片灿烂的世界。"那天到海原县的一个闽商企业在这里建设的从"扶贫车间"一直发展到"世界工厂"的开发区参观。这大山沟沟里竟然有了"世界工厂"，老实说也是出乎我的意料，因为解决一下山区贫困群众就业问题，为他们摘掉贫困帽子，通过办一些因地制宜的小企业、小产业，让农民们获得基本或者比较好的收入，这是我所看到的一些脱贫致富的基本办法和措施。但在西海固、在宁夏，让我吃惊的是曾经二三十年前风靡深圳和其他东南沿海的办厂景象，当下也开始在遥远的中国西部的那些偏远山区显现！这是何等的历史性景象呵！

这难道是世界经济和劳动力结构在开始转移？像大陆冰川运动那样悄然而又惊心动魄地出现了？难道中国这些年一直在讲的西部大开发真的发生了轰隆隆的巨变？难道中国的新一轮办厂浪潮在现今的广阔西部也开始了吗？这一切的一切，我在眼前清楚地看到了，也感受到了它的魅力与趋势。

"80后"的王剑辉，是福建漳州人，小伙子帅气又成熟，跟我很是投缘，后来他告诉我，他舅公竟然是跟我同一单位的一位受人尊敬的著名文学理论家。

眼前的这个工业开发区就是王剑辉于2017年响应闽宁对口扶贫协作号召，到西海固建设起来的。凭着一股热情来到西海固的王剑辉，没有想到在此地办企业并非投钱把厂房建好、把人招来、让机器转动便行了。

“事情远比我想象的要复杂和困难得多，主要是人。”王剑辉解释，他最初想办的就是一个做服装的扶贫车间，主要招女工。说着，我们已经跟着他进了服装车间。与其他扶贫车间相比，王剑辉的服装车间颇具规模，足有二三百平方米，里面坐满了正在加工服装的女工。

“我们的产品都是销到欧洲的，这种是销往俄罗斯的，那个款式意大利人最喜欢，法国人则中意这一款。”王剑辉如数家珍地给我一一介绍那些欧式服装。不想，现今的西海固也成了世界工厂！

“你说的对，前二三十年，我们福建、广东沿海地区成了世界工厂！这些年由于劳动力成本增加，世界工厂的地域在发生一些变化，我国西部已经或正在加速接棒。宁夏现在已经成为世界工厂的一部分，而这与闽宁对口扶贫协作工作有直接关系。我这儿的服装一律出口。”王剑辉说。

“许多人并不了解世界工厂的内涵，以为外商只要我们廉价的劳动力就行了！这只是一个方面，他们西方国家的商人一旦在我们这儿下订单后，会非常认真地过来检查你的工厂的一切。这不，昨天我刚刚送走一批德国客人。”王剑辉说，“他们过来除了看看我们的衣服做得质量如何，最主要是看我们这里的厂子内部的建设，比如厂房条件，包括环境，工人上下班的衣帽换放间是不是具备、大还是小，厕所有几个、里面干净的程度，等等，细到你想象不出的事他都会检查。开始我们也觉得奇怪，后来想想有道理，因为一批服装有没有质量问题，它是个综合性的问题，标准化在西方发达世界里是十分讲究的。这大概就是世界工厂的基本要求。当然，工人上班、下班肯定要统一和制度化。但这个与我们扶贫车间最先考虑的问题就不太一样了！甚至有不小的差异。"

看完王剑辉的企业现场，我们对世界工厂的概念也有了全新的感受：原来它十分讲究呵！

"当初我来到这儿，遇到最难的有两点：一是物流困难，它真的太困难了！在福建，我的厂子在漳州，从漳州出货送到厦门出口的一车货物物流成本是 3 万元。而在这里，开始时我们把一车货送到海关出口，得花上几十万元物流运输费！再一个就是劳动效率问题。我以前在福建和深圳都有厂，流水作业的车间，一个工人一天最多可以做15000多个纽扣，一般这样的厂都是计件制工资，这样他（她）一个月下来可能有五六千、七八千的工资，甚至更多。可在这里，头几个月工作下来工人们一天只能做500个不到，如果按计件算的话，他（她）们一天的工资不到 5 块钱。"

如此悬殊！原来老板也有一本难念的经呵！怎么办？

"是啊，你说怎么办呢？"王剑辉说。

我回答不出来。小伙子笑了，说："开始一个阶段我也实在想不出办法来，甚至有点想打退堂鼓。后来还是当地的领导太给力了，还有我们福建来的扶贫干部，他们一个一个问题、一个一个困难帮我解决、扫障碍，才使得我的工厂有了今天，我们的产品才真正从大山深处走向了世界。"

王剑辉的故事听起来环环相扣，很有"惊心动魄"的情节——

最先是语言。不通语言，无法手把手地教新工人做工。王剑辉办厂的第一步是培训进厂的工人学普通话。他和他的企业团队同时跟着学当地土话，这土话并不那么容易，就像学"外语"一样。

第二关是教育工人遵守上下班的时间概念和上岗的操作规范。王剑辉的服装车间是流水作业，一条生产线上，若干个工人站在固定的岗位上有序操作，缺一不可。这就要求工人一起上班、一起下班。“工厂”“工厂”，工作在同一地方、同一时间之中。王剑辉以最通俗易懂的话对工人们进行培训，但最初的结果完全不是那么回事：那些女工该怎么样就怎么样！你让她八点半上班，她说我要在家给娃喂奶呢，总不能让娃整天哭吧！有的说八点半太早，早上起来做饭、整家务，还要走到厂里，来不及！王剑辉作出让步，说那行，我们就九点上班怎么样？大家就不吭声了。但真到了上班时，还是有三分之一左右的女工不能遵守时间。其余早来的人来了也没用，因为是流水线作业，空缺几个人其他人也没法干。再推迟到九点半上班？大家赞同了。这回行了。九点半开工，机器一转，人到齐了，流水作业没问题了。但不一会儿，流水线上又空出几个岗位没人干活。人到哪儿去了？一问，说是某某某回家去了。回家干吗去了？给娃喂奶去了！年轻的王剑辉一听就傻瘫在地上。

“不急不急，我们来协调。”县上的干部出面协调，想办法给进厂的工人讲规矩、讲道理。最后在妇联等部门的帮助下，工人们家里的那些事，全给解决了。

王剑辉长叹一声，心想：还是制度优越，政府有力！

第三个新问题又让小伙子头痛：培训时间太漫长。时间长不说，成本也高呀！“我前后花了一两年时间来培训她们，这培训服装操作，光布料浪费的就不是小数。”王剑辉伸了伸两根手指：两年的时间，近2000万的成本！

“这个我没后悔，现在我的工人们技术能力完全适应生产任务的需要，我们的产品已经被欧美国家所认可，订单越来越多。”王剑辉骄傲道。

第四个难关：计件工资如何算？“最开始就是无法算。按计件，工人们一天赚不了五块十块钱的。离他们的想法太远，他们的心理价位是来一天厂子，给上三五十块工钱。但这是工厂，我得讲求效益呀！”王剑辉说到此事，一脸愁云。

矛盾就出来了，而且很尖锐，工人甚至罢工。王剑辉被搞得焦头烂额。

“别急别急，我们来协调。”县领导又热情出面，一个一个去征求工人的意见，听取想法，然后再回头与王剑辉商议……最后又出台了一个解决办法，令王剑辉感动不已：由政府补贴初期上班的工人完不成定额的工资部分！

工人笑了，笑过之后上班的劲头大了，手头的活儿也熟练起来了。最后她们根本不要政府的那部分补贴工资了：我们干的活就足够赚的了！

王剑辉“躺”着也不用担心工资如何发了。很快，他发现工人们手头的活儿飞速成熟，计件的工资成倍增加。当然，他企业的产出也跟着成倍增加。

“加工资！”“发奖金！”年轻的老板气度就是不一般。工人们拿着成沓成沓的人民币，在回家的路上一片欢声笑语。

“小王，又有好消息告诉你——”县委书记亲自过来对王剑辉说。

“谢谢书记！”每每县委书记上门，王剑辉就知道好事要光临。可不是，这回县委书记又告诉他一个好消息：搞电子产品的深圳卡立方集团要到海原来办厂。“他们愿意跟你一起干。县上决定了：请你牵头，办个工业开发园区。”书记说。

“我？我牵头办工业开发园区？”王剑辉惊讶得有些不敢相信。

县委书记笑了，肯定地点头道：“对啊，县上定了的事，你还不信？”然后又拍拍小伙子的肩膀：“好好干，只要有利于我们当地经济发展、百姓幸福的事，你甩开膀子干！有困难，我们来解决！”

“唉！”走南闯北了不少岁月的王剑辉感动了，他重重地点头承诺。后面发生的事更让他看清了今日的西海固正在发生着的巨变。

先前孤单单的就王剑辉一家服装企业，发货、送货的成本确实很高，毕竟要从西部山区走到有出口海关的地方。很快，深圳的卡立方和搞芯片的金邦及另一家刺绣企业加盟到了王剑辉的同一个扶贫车间——这就不是一般的车间概念了，而是庞大的像模像样的大工厂，而且做的尽是出口产品。“这样我们的物流成本一下降了下来，因为 4 家企业联手跑货，空车率几乎等于零，所以物流成本大大降低了。”王剑辉乐了。

但发愁的事又来了：他和他的 3 家“联盟”企业都是出口企业，可当地竟然没有一家银行有外币账户。这又让王剑辉急出一身冷汗：这咋弄？等于做了活、发了货，却拿不到老外的钱呀！动荡的国际市场，几天时间里外币汇率就像过山车似的变化无穷，以外币结算的王剑辉他们能不着急吗？！

“马上办！我亲自来协调！”县委书记又亲自出面了。这协调的力度就是大，最关键的是宁夏金融系统也特别给力：闽宁对口扶贫协作的事，必须“特事特办”，再说，西海固地区发生了巨变，金融服务跟不上，就是我们行业的失职。

瞧，好事又让王剑辉赶上了。

“世界工厂”就这样一座又一座在曾经一穷二白、连拖拉机都开不进的西海固大山里如雨后春笋般地崛起……这景象，在我看来是西海固最耀眼之处。它的出现，意义绝不亚于当年黄河水引入灌区甚至解放初共产党将土地归还给农民这样的伟大历史事件。因为“世界工厂”——事实上是工业加工和科技企业同时出现的现象，这里所发生的工业形态与改革开放初期的深圳和其他沿海地区情况还不太一样，它是一步跨越而至的，是传统的、简单的和先进的与超高技术的同时出现在西海固地区，比如王剑辉现在所管理的企业，不仅有服装加工，更有生产芯片的科技企业，而且我所看到的“卡立方”产品，甚至包含连内地城市都很少有的最前沿的高科技产品。像这样的企业和工厂在劳动力众多、土地资源充沛、自然环境又好的西部一旦形成态势，其竞争力将远远优于我国东部地区乃至东南亚许多国家。

这是特别值得欣喜的一个现象，它也让我们渐渐清晰地明白了习近平总书记和党中央为什么不遗余力地推进脱贫攻坚战和西部大开发，其战略意义远远比我们想象的要丰富和多彩得多!

呵，这就是伟大民族崛起中的一部壮丽诗篇!

然而，我想让诸位读者注意的是：像西海固这样中国最贫困的落后地区能够出现世界工厂，最初竟然就是靠一个个“看上去并不太美，其实却美得让西部人民乐开怀”的小小的扶贫车间！这也是任何西方经典经济学家所不能明白的事，即使在中国的众多著名经济学家的著作和论文中也极少论述过。这就是中国式的“小米加步枪”为什么打败了武装到牙齿的帝国主义的“秘诀”，因为这是中国共产党人的本事。它的核心要义是：根据中国社会的实际，实事求是，走一条服务于人民、为最底层的人民谋利益的道路。

扶贫车间的最初设计并不复杂，它让福建的中小企业主，带着自己的加工产品和工具，或者说机器设备吧，来到宁夏西海固地区，用闽宁对口扶贫协作的项目经费，在一些劳动力密集又没有什么工业条件的地方，像星星之火一般，在一个个村庄插红旗似的，建起了一个个大则几百平方米、小则几十平方米的车间。然后招收当地的农民，主要以女工为主，根据工种需要也招六七十岁的老人，从事简单的手工加工业和流水生产线工作。这样的模式很受当地群众欢迎，其一是因为在家门口“进厂上班、拿工资”，这种感受和享受，用当地百姓的话说，就像一不小心掉进了蜜罐里……是的，这种生活和生产方式，第一次让贫困地区的群众获得了人的尊严感。其二是劳动上的自由散漫状态得到了改变，使农民成为一群讲时间、讲效率、讲纪律和讲自觉的人。其三是懂得了劳动价值和获取价值的人生意义。而让他们感受最深的是，在参与生产的过程中，他们学会了人与人的相处之道，感受甚至了解了“外面的世界”是啥样，并知晓了今后的“我”如何活着的道理。

正如改变了生活条件和生活方式的这些人民群众说的那样，他们从扶贫车间走出来时，拿到的不仅是工资，还是一种心境，一种希望，一种知识，他们懂得与学会了一种新的人生。

在另一个扶贫车间城，我听福建企业主黄水海（也是位“80后”）介绍说，他给工人的工资是按天“出单”。他指着车间电子屏上滚动的数据说：每个工人都可以看到自己实时的任务完成指数，指数后面是工资数据。这中间还有产品质量和劳动的其他要素，比如个人着装、劳动纪律等等，它们都要纳入工资统计的总数据之中，最后得出“实发工资”。

“这种管理模式，其实是实现劳动者与管理者之间的透明化，也是劳动者自我管理的一种方式，它的好处在于让劳动者能够通过数据，来调整和改变自己的各种能力，从而成长为一个符合企业要求的完整的不断进步和成熟的人。”黄水海告诉我，在这种环境下，一个过去从没有见过什么是机器的山区农民，她能够在一年之内变成思想活跃、要求上进、手艺高超、情感丰富的“现代化”的人！

这样的变化难道不是惊人的吗？难道不是另一种“改天换地”吗？西海固不改面貌才怪！

这样的变化，这样的人的变化，我们还能见得到那个旧西海固吗？

人类有史以来最伟大的革命——工业革命，近三百年来所推动的人类进步，比四千年奴隶社会和封建社会的总和还要快出一百倍。我们也可以从一个小小的扶贫车间看到，它给贫困地区的人们所带来的变化，再次印证了中国共产党所选择的扶贫、脱贫路子是非常正确的。

从“扶贫车间”到“世界工厂”之间的界限并不那么清晰，甚至两者之间有着诸多模糊地带，因为许多扶贫车间虽然很小，但通常是有一个福建企业主在一个地区设立了十个或更多个这样的车间，一旦星星之火燃起，就是一片熊熊燃烧的“大火”——连接起来，其产业和产品，就是一个完整的甚至是庞大的世界工厂，因为从扶贫车间里走出来的产品，多数销往海外。那些像王剑辉这样创办的规模比较大的企业，其扶贫车间本身就是一个像样的世界工厂了，他们的定位就是瞄准最发达地区的消费人群和最尖端的科技产品。

在隆德的一个工业开发区，我们看到了一家真正意义上的“世界工厂”，它的全名叫“宁夏隆德人造花工艺有限公司”，2013年投资1亿元建造，是当时固原地区第一个出口创汇企业，主要生产欧洲人喜欢的千姿百态的各种人造花。我和自治区的几个随行人员都应该算是见过一定世面的人，然而在走进这个“花世界”的一刹那，我们都在傻笑着，因为里面的花太招人喜欢了，因为里面可以按照你想象的“花”的样子很快地给你制造出来，因为里面有你从来没有见过的那些只有在童话世界和科幻小说里才能出现的朵朵“花”儿……如果不是亲眼所见，谁也不会相信在偏僻的大山坳坳里，竟然“藏”着如此奇妙的“花世界”。

企业主自然是福建商人，叫潘文贤，在当地名气很大，因为他“出手大气”，闽宁对口扶贫协作到宁夏山区投资敢下大本钱的他算一个。潘文贤说，他一开始就看好西海固，信心非常坚定地要在这里干到底，现在他已经把孙子都带到了隆德。“意在扎根于这片热土。”潘文贤解释。

那一天他领着我们一边参观制花车间，一边介绍生产的产品。潘文贤说，在他这里可以生产最古老的“花”，也可以制造出人类没有见过的“花”，更可以按照客户所需，创造出他中意的“心灵之花”。“我的工人是本地的，中层以下的管理团队也是本地的，我的设计人员有在海外的，也有本地的大学毕业生。我这里的设备是全世界最先进的。”说着，我们就看到了一个“3D”打印车间。

超神奇的是我们在公司的“花季展示馆”看到了那些能组装的“花”，足足有几百种花品，插花的，花篮的，花门和花廊的，花屏与花吊空的，总之你说得出的和说不上的，在此皆有，而且价格并不贵，少至几元、几十元的都有。当然，豪华名贵的一品花尊价格也可以高达几十万元。

潘文贤的“造花”业，令我和同行者赞叹不已。因为这些“花”既好看，又典雅，同时能让你手执花卉，像组合积木般任意拼组出各种意想不到的花色，这对少儿智力开发和家庭日常生活美化是多么有意义呀！

潘文贤也笑了，说：“这款在国外的中小学已经很受欢迎了。如果在中国的中小学里也能推开市场，那我们这儿真的就是‘世界花之都’了！一年几十亿、几百亿产值肯定不是梦。”

瞧，你现在相信这儿也有“世界工厂”了吧！

“我在这个厂子非常幸福了！一年四五万元收入肯定是有的。现在我一家有三口人在这儿工作，我老公在厂子里跑外勤，我婆婆做扎花，一家人一个月差不多挣10000元。家里小轿车已经有了，下一个目标是在城里买套房子……这肯定不是梦了！明年就能实现。”这是在这个厂区的另一个“麦香”女工给我们讲她家的现状。当我们问到这些年扶贫、脱贫对她和她一家带来的最大变化是什么时，这位“麦香”说：“在脱贫之前，我们这些女人虽然在户口簿上有名有姓，但实际上一出生就在家长眼里被除名了。脱贫致富后，我们的名字被写在了户口簿上的户主一栏里，因为买新房子的钱是我在工厂做工赚回的，所以娃他爸一定让我当户主，哈哈……”

“麦香”说完，抿着嘴欢笑起来。这一笑让她原本就好看的脸庞更加娇艳美丽。

在第一次到西吉采访时，有一次在扶贫车间里我见过一个异常漂亮标致的“麦香”女人，看上去四十来岁。她是车间主任，领导着同村的五六十个女工，她们的产品是一律供应阿拉伯国家的出口商品。因为感觉这位“麦香”太漂亮，又有不俗的气质，我便半开玩笑地跟她说：“如果早点看到你，一定要介绍你到北京的哪个民族歌舞艺术团之类的地方去当明星……”

“麦香”向我眨巴着俏丽的眼睛，说：“多少钱一个月？”

“肯定比你这儿只多不少！不会低于一万块吧！”我说。

她笑了，又问：“能带上我的丈夫一起去吗？”

“这个……应该可以吧！”我有些尴尬地回答。

“麦香”又问：“那两人的工资加起来会是多少？”

“这……”我被问住了。

“哈哈哈……”“麦香”笑得开心极了，随后安慰我道：“别紧张，我们不会去的。现在我的家乡很好，我们在自己的家门口工作，这就是我一生最大的愿望。这个愿望现在实现了，我会一辈子珍惜的，也会带着大家把这个厂子办好，把家乡建设得更加幸福美好！”

“麦香”说完，向我投来一个妩媚的眼神，随后一阵风似的不知飘到了何处，只留下那个美丽的身影，连同那忙碌的扶贫车间景象一起深深地烙在我的脑海之中……

呵，是的，西海固，你昔日那贫困、破旧、落后甚至愚昧的景致早已消失在历史的尘埃之中，一个新的、美丽的、现代而时尚的新西海固已经在我们面前崛起，不仅有一大批令人心动的“麦香”和她们的孩子、丈夫，还有雄健的马儿、高高的山梁、蓝蓝的天空、青青的草原和宽阔的公路，更有无垠秀美的山川与原野……

没错。如果说今天的西海固到处都已经有了繁星般的世界工厂——也就是说工业化正在这片古老的土地掀起波澜，那么我在考察西海固的这段时间里印象更加深刻的是，在这群山巍峨的辽阔大地上，有更多的让西海固人自己特别自豪的那些“长在田野上的‘世界工厂’”，它们没有机器的隆隆轰鸣声，也没有一丝一毫的污染物，也无须付出许多劳力，它们是自然，是花朵，是苗木，是树干，是清澈的流水，是飘荡的芦苇，是飞翔的鸟儿，以及飘香的果实……而这，无疑更让人心潮澎湃，激情满怀，意味悠然而深长——

是的，这是从“扶贫车间”到工业“世界工厂”，再到“自然世界工厂”的迭进与发展着的西海固的今天。

这是我对西海固的又一种认识。这种认识来自于时任固原市委书记张柱在餐桌上与我的一番侃侃而谈：

“固原的发展，不再是简单地重复沿海和内地的发展模式。我们需要寻找到适合山区特点，将环境保护、生态文明和工业文明同步推进的发展思路。也就是说，要把生态建设与脱贫富民紧密结合，实现山绿与民富双赢、生态美与百姓富有机统一。我要求固原地区的干部，在发展的问题上，必须左肩右肩平等齐步，不能一高一低，也就是说，既要工业现代化的金山银山，又要生态和自然的绿水青山……

“为此，在固原市委、市政府领导下，从2017年开始，固原在全市开展‘四个一’林草产业工程，即‘一棵树’，大面积种植解决农民致富的经果林；‘一株苗’，根据区域气候特点大面积种植有市场前景的六盘山特色苗木；‘一枝花’，配合美丽乡村建设大面积种植景观花卉；‘一棵草’，大面积种植既有经济价值，又有观赏价值，既能与草畜产业结合，又能与全域旅游结合的地被植物。固原市‘四个一’林草产业试验示范园的‘四个一’推行‘前店后场+基地+农户’的模式，鼓励农户以土地入股、劳务投入等方式参与，形成了绿色扶贫车间覆盖六盘大地的盛景。

“在实施‘四个一’工程中，固原充分总结推广闽宁对口扶贫协作经验，与福建农林大学、福建农科院、西北农林科技大学、宁夏农林科学院等院校合作，成立‘四个一’生态工程专家团队，分梯次地对乡镇干部、合作社经理人和村民进行技术培训，解决了技术和人才瓶颈问题，通过这种方式培养了更多的致富能手，也使绿色致富产业扎根乡村农户。按照分区域科学规划、多点布局、宜林则林、宜草则草的原则，县（区）、镇、村发展生态经济各具特色。在原州区头营镇，当地引进的矮化密植苹果成活率高，有的已经开始挂果。技术人员在脱贫户马军的苹果园里给农户讲解种植技术，他说以前种的苹果树产量低、虫害多，口感也差，卖不上价，通过矮化密集种植，果树植株变矮，方便果农操作，大大节约了套袋、采摘等人工成本，同时可以提高土地利用率，提高亩产量，改善品质，减少投入，果实可以提前成熟上市，比乔化苹果树结果早，一般栽植后2—4年开始结果，4—5年即进入丰产期。盛果期的矮化密植苹果树每亩可产苹果3000公斤以上，管理好的可以达到4000—6000公斤。按照当地市场零售价每公斤4元来计算，果农每亩收入最高近3万元。当地还种植了酥梨、红梅杏、皇冠梨等其他品种。西吉县偏城乡榆木沟引种驯化试验示范园种植了大果榛子、樱桃等树种，彭阳县白阳镇培育的示范园引进种植了大红袍花椒近千亩，泾源县引进了黑果花楸、复叶槭等。由于西海固地区气候冷凉，花季长，和南方形成季节差，这些扶贫车间里的花卉也成了农民的致富产业。比如月季花，别的地方5月份花就谢了，固原七八月份还是鲜花怒放，因此固原的经济花卉畅销国内各地。六盘山苗木也由于耐寒易活，逐步在西北形成品牌。固原的'四个一'工程，种出了风景，种出了产业，种出了财富。"

绿色崛起势不可挡。其间，扶贫工作机制发挥了极其重要的作用，通过招商引资、扶贫资金项目捆绑、土地流转、金融贴息贷款等多种渠道解决了资金、土地、劳动力等问题，这些务实举措为扶贫车间的成长壮大创造了有利条件。从确定引种试验开始，固原当年就建成试验示范园39个，总面积2.1万亩，引进149个树种、269个品种进行试验驯化种植，平均成活率达到95%以上。2019年继续深入推广示范86个品种，发展林草产业163.6万亩。这些长在田野里的扶贫车间日渐兴盛，苗木长势良好，示范效果明显，从这里培育移栽的花草树木已经遍布六盘大地。这里的荒山秃岭变绿了，全市森林覆盖率达到28.4%，林草覆盖度达73%。

这里的城乡变美了，处处有风景，公园内草木茂盛，环境优美，功能设施齐全，吸引各地游人观赏。这是何等的跨越与巨变！要知道它可是在西海固，那个曾经让我们望而却步、心存恐惧的“苦瘠甲天下”的地方呵！

从“美丽生态”到“美丽经济”，固原谱写了一曲鼓舞人心的壮丽凯歌。这曲“壮丽的凯歌”，被固原作家王永玮写进了他的《翻越最后一座“高山”——固原脱贫攻坚纪事》一书中，并成为新的西海固“史记”。

第六章 情如金贵 诗即江山

21 一声“亲人——”，难禁热泪

24年前的1996年某日，福建省扶贫办的林月婵手臂夹着文件，匆匆走进时任省委副书记习近平的办公室。这一天，她有一个重要建议要向领导汇报。

去之前，林月婵让扶贫办的工作人员帮助她整理了一份有关宁夏失学儿童和妇女卫生以及残疾人方面的材料。当这些材料被送到林月婵手里后，她就坐不住了：宁夏人民苦啊！苦在他们的孩子教育上不去、母亲负担重、生育条件差和残疾人多啊！

不行，帮扶不帮孩子们上学，不改变妇女生育与卫生条件以及残疾人的生存条件，那这扶贫就不到位！林月婵坐不住了。“我是女人，我更关心那里的女人、孩子和残疾人的事，所以我向习书记报告了自己的想法：闽宁协作中一定要把教育、卫生系统的对口扶贫帮助列进去。”在我采访林月婵时，她骄傲地说，“这是我的‘发明’，习书记当即给予了支持，并且亲自打电话给省教育厅、卫生厅负责人，让他们做对口帮扶计划。这才有了闽宁协作中的每年从福建派出一批又一批比帮扶干部还要多的支教、支卫的老师和医生到宁夏。与此同时，宁夏方面也抽调老师与医生到福建来挂职和学习培训……”

于是，闽宁对口扶贫协作中的对口教育和医疗卫生机构之间的帮扶合作及关心残疾人的工作迅速在闽宁之间轰轰烈烈地开展起来。

没有比孩子上学更让家长上心的事了。然而家境贫困、经济落后，学了“无用”，又怎能让家长和孩子们甘心去学校“浪费”时光呢？

没有知识，人活着的本领，男的就是凭体力，于是人又似乎重新回到最原始的、本能的出卖劳动力的时代。能有力气干活，你就“成人”了，你就能娶媳妇，你就能繁衍后代，你就是这样的人生。

从女孩到女人的过程也回归到原始：母亲将你生下，你再为人家生儿育女、传宗接代。这个过程你不用有文化，你基本就只是“工具”——在家干家务，替男人生娃。当然，有空闲时，还需下地刨土豆、挖野菜、喂牛喂马……

没有知识和文化的男人和女人，没有多少差别。

因为没有文化，所以家乡的面貌、家庭的经济，永无改变之希望；所以年轻人只有走出大山去远方打工，男的女的，告别家乡，长途远行……这对贫困地区的年轻人来说，或许是最好的一种出路。

然而又因为没有文化，即使在外打工也只能从事最简单而繁重的劳动，挣最廉价的工钱。长此以往，这些年轻娃，依然要回到自己的家乡，然后结婚生娃……他们的孩子又重复其父母的人生轨迹，一茬接一茬地繁衍，一代又一代地盘割原本就已极度贫瘠的土地。

如此年复一年，贫困的更贫困，贫瘠的更贫瘠，直到连结婚的窑洞和土炕都置不起，所以后来许多家庭数人头的时候，女孩是不计入家庭成员的数量之中的。“可女孩又是改变一个家庭的关键因素，因为儿子娶媳妇的钱，是靠这一家女儿嫁人前所收的彩礼决定的。”宁夏人这样告诉我他们以往的生活状态。

很多家庭的孩子因为读不起书，没有文化，也觉得读书无用，所以最后连媳妇都娶不起，从而导致近亲结婚越来越频繁。其结果就是出现了越来越多的先天性智障等残疾儿……

没有文化，即使一些家庭比别的家庭日子好一点，甚至好到可以买辆机动车，可那横蛮的劲儿，常常趾高气扬的姿态，横冲直撞的做派，让他们不是撞残了别人，就是将自己翻倒在沟谷之中……缺胳膊少腿的人又多了起来。

我曾了解到，在一个十几万人口的县里，智障等残疾人的比例竟高达十分之一！

这日子怎么可能脱贫致富呵！老天并不是不帮忙，老天实在苦不堪言：这么个穷地方、穷山窝，到底咋整呢？

忧心的上苍，早已喊哑了嗓门，连江河也跟着呜咽……

“我们希望你们这些对口扶贫的干部，心里还要多装一件事，那就是习近平书记十分关心的宁夏教育扶贫问题。”林月婵对当初几批赴宁夏的挂职干部这样叮嘱。而这些挂职干部也确确实实把帮扶宁夏的教育事业放在心尖尖上，石狮市派遣到同心县挂职的黄水源就是这些干部中特别注重教育扶贫的典型。

黄水源是1997年4月被任命为同心县副县长的，也就在这个月，习近平作为闽宁对口扶贫协作的福建省领导，第一次来到宁夏，到了同心县河西镇建新村考察。黄水源当时在现场，也聆听了习近平对宁夏教育所作出的重要指示。“扶贫不要忘了帮扶贫困家庭的孩子上学。”这一句话、一个嘱托，后来成为黄水源挂职帮扶两年间最关切的事。

同心县是革命老区，当年红军长征途经此地，并在这里建立了第一个回民地方红色政权。然而这里有相当一部分区域属于深山峡谷，山区学校一直稀缺，辍学的孩子特别多。黄水源为了弄清全县的教育资源，一个乡镇一个乡镇、一所学校一所学校地跑。那些大山深处的简陋小学，有的只有一个老师、几个学生，并且翻山越岭才能跑得到。县上特意为黄水源调配了一辆吉普车，而车子在险峻的山道上爬行，总是险情不断。有人劝黄水源“未必一定都得走到”，因为路上实在太险，有些地方当地人也不曾去过。黄水源则笑笑，说：“跑不到，情况就摸不清。”

1998年暑假，身为教师的黄水源的妻子带着女儿来同心探望，开始有些好奇地要跟着黄水源下乡去看山区的学校。车出县城驶入山区，便行驶在一条陡峭悬崖边的崎岖山道上，车子顿时左右摇晃、颠簸不堪，稍有不慎，随时都有可能坠入深渊……

“回去！回去吧——”黄水源的妻子一只手死死地拉着女儿，另一只手揪住丈夫，对黄水源说。

“才刚出来，怎么可能又回去呢？”黄水源说。

“这么危险的路你天天走啊？”妻子问。

“那倒也不全是，但十有八九是吧！”黄水源淡定道。

“你这是出来帮扶吗？你这是要我们娘儿俩的命呀！”妻子急了，抓住司机的方向盘，然后对黄水源说，“你跟我们娘儿俩回去吧！”

黄水源说：“我的挂职时间还没到，这些贫困地区的学校还没有盖好……”

“说吧，还有多少所学校没盖好？我把家里的钱全部捐出来，不够我再给你去想法求来……但你必须跟我们回去！你听不听我的话呀？呜呜……”妻子说着说着，哭了。

女儿也跟着吓哭了。

黄水源的眼睛顿时也湿了……他安抚了一下妻子和女儿，等她们平静一些后，说：“我知道你们牵挂的心。可是你们想：我已经来了，也看到了这里的孩子上不起学、上不了学、上不好学，即使回到了福建，我也不能安心呀！给我点时间，我一定抓紧时间，力所能及地帮助同心多建些好学校，让失学的孩子回到课堂，那样我回去了也安心……”

黄水源就是怀着这份心，继续留在同心，继续他的漫漫山区"教育扶贫路"……两年后，他挂职结束时，一份"挂职成绩单"这样记录着：黄水源在挂职期间，为同心县新建了石狮镇、移民新村黄石村，建石狮职业中学，建以石狮市乡镇（街道办事处）命名的小学 7 所，改建和支持多所希望小学，开展数十项救助活动，让上千名辍学儿童重新回到学校。

这份福建挂职干部的成绩单，如今被写入《同心县志》。而像这样的福建挂职干部的成绩单，在宁夏各地的志书上都可以找到。

在黄水源离任之后，福建石狮又派出一批批对口支援的挂职干部，其中一人有一天到了同心县二中，在学校现场，他感触万千，写下了当日的所见所闻：

当地的学校校长带我走进班级，给我介绍该校现状。在我走到教室的那一瞬间，不禁大吃一惊。教室里密密麻麻地挤满了人，一张普通的课桌，基本上都挤着 3 个人。学生们都紧缩着身子坐着，写字的时候，几乎彼此贴在一起。有的学生干脆坐在桌子侧边，挤在过道里。如果教师要到班级中间巡视，得侧着身子挤过人群。课后我了解到，初一（7）班总共 91 个学生，但还不是学生数最多的班级，最多的班级有 110 个人，我不禁震惊，那学生要怎么坐啊？

教学楼的后面，有一块空地，黄土裸露，坑坑洼洼的，垃圾堆也在旁边。风一吹，尘土飞扬，纸屑飞舞。如果不是立着的几个陈旧的篮球架和尚未拆迁的平房墙上的运动图标，我们绝不会认为这就是二中的运动场。没有篮球场，没有乒乓球台，体育器材也极不齐全，学生上体育课基本上就在三座楼之间的水泥砖地面上游戏。

我问学校的体育老师，条件这么差，体育课怎么保证啊？体育老师无奈地摇摇头，条件如此，没办法啊！他还告诉我，现在的二中面积已经扩大了，本来只有三幢楼围起来的那些地方。

同心县二中有很多学生来自乡下，他们的父母来县城打工，他们也就被带来了。因为二中没有学生宿舍，无法提供住宿，所以他们只能在外面租房子住。一间小小的平房屋子，里面挤满了人，极其简陋的床、棉被，看着都觉得冷。屋中放着一个火炉子，要靠烧煤炭取暖。烧煤炭时，煤气和一些可吸入性的固体小颗粒便无处不在地在房间里飘荡，让人感觉非常不舒服。这些学生通常每周回家一次，从家里带一些干粮来吃。干粮叫作馍馍，也就是面粉饼子，干硬得很，我们吃得并不习惯。有些离家较远的学生，就较少回家，通常是家里大人隔一段时间送一些干粮来。跟自己父母住在一起的，有时还能换换口味，吃上面食或黄米饭；独自在县城求学的，食物就基本上以馍馍为主了，偶尔花一元钱买一份校门口卖的快餐（一个食品袋里装着些米饭，上面是掺着辣子的凉拌的萝卜或者白菜），就算是改善了。县城虽然通了自来水，但那是在单位、宾馆或一些比较大的小区才有，很多人家依然得使用地窖水。我用自来水烧过开水，水开后，锅底有白色颗粒状物体沉淀着，喝到嘴里，淡得很。自来水尚且如此，地窖水就更不用提了。金蝉是初一（7）班的学生，是从乡下来二中读书的学生之一。据我向她的班主任了解，她的家并不是班上经济条件最差的，因为她的家在丁塘镇张家滩村，离县城较近，我便打算到她家去拜访。考虑到民族风俗习惯不同，我先征得了金蝉的同意，又叫她打电话给家里，征询她父母的意见。金蝉家没有电话，她打电话给同村的一个亲戚，然后再叫她的亲戚将话转达给她的父母。金蝉的父母同意后，我便和支教队友以及金蝉从学校出发了。

我们等了好一会儿，才坐上了通往她们村子的唯一一辆公交车。车票并不贵，只要一块五，但车在凹凸不平的泥路上颠簸了将近两个小时，才到张家滩村。我们下车走了一段路，终于到了金蝉家。这是一个面积挺大的院子，四周用矮泥墙围了起来。院子没有大门，经过两堵矮墙之间留的缺口，我们走进了院子。在主人的热情招呼声中，我打量了一下院子。一座两间屋子的平房，离院子出口处不远，院子与屋子有些落差，形成了两级较宽的阶梯。看得出主人在我来前做过准备，屋子旁的黄泥地面扫得挺干净。院子的右侧，也就是入口处，有一个一家人赖以生存的用水储蓄地——水窖，周围散着一堆玉米芯子——那是用来放在煤炉子里旺火或烧炕时用的。地窖周围没有铺水泥或砖，里面的水质可想而知。院子中间堆着几堆干玉米秆子，一棵不知名的枯树，躺在玉米秆垛子与水窖之间，裸露的根须透露着生命的无奈。院子的左侧是厕所，紧挨着厕所的是羊圈，几只绵羊向我们投来注目礼，似乎对好奇的我们也感到好奇。

在主人热情的招呼声中，我们走进了屋子。屋子里非常简陋，一铺炕，一个灶台，还有两张桌子。我们坐在炕上，主人非常客气地摆上我们带来的水果，还端出馍馍，一定要我们吃一些。

一会儿，热腾腾的一大碗揪面端到我们面前，看来主人为接待我们准备了好久。想到这里，我觉得相当过意不去。因为刚吃过午饭不久，我们只尝了尝馍馍的味道，没有吃揪面。

在与金蝉的爸爸聊天过程中，我们对这个家庭有了进一步了解。金蝉兄妹共6个，1男5女，还没回来的大哥在高中补习，5个妹妹都在中学或小学读书。一家人的收入来源就是父亲去内蒙古那边做事赚钱，夏季去帮人摘枸杞，秋冬时就到内蒙古那边采发菜回来卖。前段时间他又去内蒙古采发菜，待了半个多月，今天刚从内蒙古那边回来。金蝉爸还给我们看了他采回的发菜。发菜装在一个编织袋里，有四五斤重，他说可以卖四五百元吧。旁边金蝉的婶子告诉我，这次金蝉爸在内蒙古大病了一场，差点回不了家了。听到这些，一丝酸涩无比的感觉在我的身体内蔓延开来……

宁夏山区教育落后和孩子们上学困难的现状，深深地震荡着八闽的万千人心——

“我去。”

“我报名。”

“我继续留在这里……”

“我不能走，这里还有我的学生……”

“这里的病人需要我，我怎么可能甩手不管了嘛！”

一批批、一茬茬福建的优秀儿女，他们离开熟悉的、富饶的、美丽而温润的故乡，离开美好的、平和的，甚至是可能马上就要升职的原单位，当然更需要离开自己心爱的人、心爱的孩子和心爱的父母，去那个只有名字概念的远方——宁夏。

“你们是去帮扶的，是响应党和国家的号召，去同那里的人民一起摆脱贫困、建设小康的，那里很艰苦，所以派你们这些优秀的福建儿女过去。你们代表着福建人的形象，代表着福建的青年形象，代表着福建的教师形象……总之，你们肩负历史使命，肩负扶贫、脱贫攻坚战的重任，要有吃苦的准备！”临走时，单位领导的嘱托、亲人的叮咛、孩子的眼泪与期盼，交织在那些向“远方”走去的帮扶队员、学校教师、医院专家的心坎与感情之中。

他们出发的誓言，早已掀动了闽江与海角的波涛，回响在贺兰山和六盘山之间的广阔天地……

英子老师是福建赴宁夏的众多教师中的一个，她的故事传到了自治区领导的耳中。她本人认为这样的故事在同事中并不新鲜，“我只是其中最最普通的一个……”

然而虽普通却依然珍贵，一个普通的故事能感动山河，就是因为这普通中具有金子般的珍贵质地，闪耀着最高贵的光芒。

英子在家只是一个没有出过远门的“娇娇女”而已，不到30岁的她出生在父母需要严格执行计划生育的年代，所以她是家里的独生女。在师范大学读本科后，工作中又完成了在职研究生的专业课，她在一所初中学校上班，慢慢成了学校的教学骨干。闽宁对口扶贫协作中她报了名，当然也是市教育局推荐的骨干教师之一，所有去宁夏支教的老师必须是福建当地的骨干教师。“我们要拿出最优秀的老师去帮助贫困山区的孩子们读好书，这是习近平总书记在福建时就定下的要求。”福建省教育厅的领导这样说。

英子就这样去了固原，去了那个叫西吉的地方。西吉就是大山中的一个贫困县。英子来后要求到山里的乡村中学去教书，“既然来了，就请把我安排到最艰苦的地方”。英子的决心和热情，让西吉教育部门的领导很感动，但考虑到实际情况，他们还是将她安排到一所中等落后的乡村初中去当老师。

什么叫“中等落后”？就是乡镇一级的初级中学，一个班上有三四十个学生，住校的。学生们离家都很远，几十里路，不可能每天往返学校与家里，所以必须住宿在学校。2010年之前的固原地区，仍在扶贫阶段，离打赢脱贫攻坚战尚远。扶贫与脱贫是两个层级的不同形态的摆脱贫困的阶段，前者是解决基本生存问题，后者是往小康奔。英子去的时候，固原地区还比较穷，通向大山里的道路尚未开始削山动土，依然是土路为主，所以乡镇一级通向山外的交通依然不便。英子想到县城一次并不容易。她到那个学校后3个月没有出过乡镇，后来实在是没有办法，不得已去了一次县城，因为她已经3个多月没有洗过澡了，她觉得自己再不去一次县城洗个澡，这辈子她可能没法再回到自己远在福建的那个家了……身上实在是太那个了。她羞涩而没有说出口的“那个”，并不是什么病，而是她自己都能闻得见的味道——显然很有些腥的异味了。女人身上一旦有那种味后，自己都会嫌弃自己。

英子生活在美丽的海边城市，有海就有水。人们常说女人是水做的，海边的女人更不用说，从出生那天起，每天都不会离开水。英子从小就喜欢水，开始是在母亲给她洗澡的水桶里戏水，后来大了就跟着男孩子到海边去游泳。那种与海浪搏击的惬意，让英子有了一种勇敢的精神——不怕水，喜欢水，也离不开水。

上中学、念大学，她一直是业余游泳队的主力。后来参加工作和嫁人后，她依然离不开水。每天出门前不管啥情况，她都要在家里用热水冲洗一下，这是在她成人后母亲告诫她的："女孩子要多洗澡，尤其是每天早一次、晚一次去洗洗下面……"那个"下面"需要女人特别注意卫生。母亲的话是有道理的，南方和海边的女人都懂。城里人更懂，乡下女人也懂。缺水地方的女人其实也懂，但她们没有办法，没有办法后慢慢有些女人便不懂了。不懂的女人很惨，她们常常自己患了病，也连累了生下来的孩子……山区没有水的地方，患妇科病的女人特别多，就是因为没有水，女人不怎么洗澡。事实上她们根本没有水可洗。

哪儿有水呢？到山区学校的第一天早上起来，英子掀开被子，上完厕所后想做的第一件事就是洗脸刷牙。"哪儿有水？"这是她想问又没敢问的事。因为昨晚有学生遵照校长的指令，给新来的英子送了一瓶热水。睡觉之前，英子渴了，想喝一口，结果差点吐坏肠胃——哪是水嘛，尽是臭烘烘的味道。英子以为学生们弄错了，便悄悄问一个女学生，这水你们从哪儿打来的？学生就指指学校门口的一个用盖子盖住的水窖，说水就是从那里打上来的。

"那里的水又是从哪儿来的呀？"英子问。

学生们指指天，说："等它下雨。"

"那老天什么时候下雨呢？"英子又问。

学生们看看天，说："不一定，有时几个月都不下一丁点儿。"

"那老天要是不下雨，你们喝啥呢？"

同学们沉默了，后来有人说："要到很远的地方去担。"

英子不再问了。第一天上课，英子的精神完全在兴奋之中，她的专注点也在学生们对知识的渴求上。山区的孩子太好学了，她把福建母校的一些经验拿出来教这里的学生时，他们是那样的好奇和激动，认真而专注……一天下来，她的嗓子几度干渴得直冒火，可是当有学生给她递杯子喝下一口水后，她又吐得就差没把肠子呕出来。

晚上，她回到宿舍，累了一天的她突然感觉到了洗澡的时间——自小到大，临睡前的洗澡习惯，已经形成了生物钟一般，身体在呼唤她：“要洗澡啦！”

我要洗一洗！英子自言自语起来。

“老师，水在这儿……”一个女学生端着半盆黄乎乎的水放在英子老师的面前，轻轻地掩上门走了。

英子站在水盆前愣住了：这点水咋洗？黄水咋洗？还有其他啥水吗？她急了，找遍房子里的所有东西，就是没水。其实其他东西也没有，唯一有的就是她自己从福建带来的几包方便面。可方便面也要用热水冲着才能吃。

那盆里的水，既不能冲方便面，也不能洗身子，只能……只能湿湿脸。可英子细嫩的脸一接触那污浊的水，就感觉像是被沙子蹭磨着。

不洗也比用这水擦脸舒服些。这是英子有生以来第一次没有洗脸、洗澡就钻进了被窝……这一夜她太难受，而大山的夜晚静得出奇，静得可怕，静得远处一声狗叫像晴天霹雳……

第二天上课期间，英子感觉浑身不舒服，全身似乎有小虫子在骚扰——其实没有，只是她原本爱水的身子在频频发出生理反应。

这一天她发誓无论怎么着也要洗一下身子。可是这天晚上同学们好像已经爱上他们的福建老师了，吃过晚饭，就有几个女学生跑到她宿舍里来“请教”老师。面对如此好学的学生，英子没有片刻迟疑，就跟学生们一起“加班”。这一堂“加时课”，一直到十点多才结束。最后学生们累了，英子则更累……

累了的她，想洗澡，却倒在炕头呼呼睡着了……天亮醒来时，她后悔昨晚没有洗澡。无奈，这是她有生以来第二次没有洗澡。

第三天的生理反应更强烈，甚至连继续上课都有些困难了……她感觉全身上下都不自在，不时用手挠各个部位，连自己也感觉极其尴尬。

这天晚上，她发誓再忙也要洗个澡……她洗了，但当她把从福建带来的新毛巾放进水中，再拿起来准备擦身子的时候，她的双手在半空中停了下来，足足有十分钟没有放下。为什么？她不明白，为什么洁白干净的毛巾一下成了“脏布”。这水能擦身子吗？

她哭了。这一夜英子带着眼泪钻进了被子……这一夜她没有睡着，浑身像被虫子咬似的难受。天亮时，她突然又感觉身子不疼了。她觉得有些奇怪，再仔细一看：天，全身肿了起来！红肿红肿的！

“过敏了！你的皮肤过敏了！”学校的另一位女老师赶紧帮忙找了些治过敏的药给英子抹上……

第四、第五天后，英子完全失去了“洗澡”的信念和欲望，最关键的是她根本不敢碰那黄乎乎的水。她知道自己渴得没有办法时，抿几口地窖水是为了“活命”和继续给学生们上课，而洗澡与当教师似乎关系不大。但是，不洗澡对英子来说，甚至要比坐牢还难受。

然而在英子来到西海固对口支教后，洗澡对她来说就成了一种奢望。太大的奢望了！对她这样的南方人来说，洗个澡，首先得有干净水，而且水应该是无限量供应，也就是说一直要洗到舒服为止。

抹上药水后，英子感觉自己的身体出现了另一种生理反应——麻木的，慢慢对外面的风沙与干燥不再敏感了……她对此感到奇怪。

你们平时洗澡吗？你们身子没感觉不舒服吗？你们身上有了味儿也不洗一洗吗？英子悄悄问了女学生们一连串这样的问题。

女学生们有的羞涩，有的摇头，有的则麻木地愣在那里不知道老师为什么问这样的问题。

英子渐渐明白了，是她自己想明白的：这里的女人们因为长期不洗澡，所以她们的身体变得粗糙与不敏感了……

哎呀呀，我千万别这样呀！英子想到这儿，眼泪暗自流。到了第二个星期天，学校放假一天，学生们要回家取粮和拿些日用品，老师也可以放一天假自由安排。

这一天，英子郑重决定：去趟县城，找个洗浴中心，彻底洗一个澡……

一早，她打听到一个学生的家长要到县城卖牲口，她便搭车随行。

在县城，英子找了半天就是没有发现有洗浴中心一类的地方。她急坏了！这咋搞的嘛！我们老家满街都是洗浴中心一类的地方，怎么到了这儿的县城，竟然一家都找不到啦?

她到处打听，到处碰壁。最后有人告诉她，县上有个宾馆里面可能有洗浴的。好不容易找到县宾馆，一问，人家说洗浴房早停用了！

“那我想洗个澡，这里行吗？”英子问。

宾馆的工作人员上下打量了她半天，听口音感觉不像本地人，一问方知是福建来的支教老师，便热情道：“你要想洗澡冲浴，可以在我们宾馆住上一晚，好一点的房间里有太阳能热水，但是……”

英子问：“但是什么？”

那人不好意思道：“但是你得登记住宿……”

英子掏出身份证和钱。

英子花150元洗了个澡，但从此她再也没有上县城来洗第二回澡，因为就在她洗到用肥皂擦身子时，太阳能水桶就断了水……英子很狼狈地从这个宾馆里“逃”了出来。

回学校的路上，英子坐在拖拉机上，一路流着眼泪……"妹子咋啦？谁欺负你了？"学生的家长一再问她，而她只流泪，不回答。

第二天，英子照常上课，只是脸上少了些刚来时的那种激情和笑容……

再后来，她的激情和笑容又重新恢复了起来。学生们的勤奋好学和大山里的清风让她慢慢适应了这里的生活，适应了不洗澡的习惯，她身体上的生理反应也开始"宁夏化"了，用她写给家人信中的话说就是："我已经变成山里人了……"

驱马击长剑，行役至萧关。
悠悠五原上，永眺关河前。
北虏三十万，此中常控弦。
秦城亘宇宙，汉帝理旌旃。
…………

塬上的琅琅读书声里，是英子老师变化了的嗓音和她永远不变的那颗对孩子们和宁夏的心。时间仿佛比刚来时快了好几倍，就在英子的思想、饮食和身体全都习惯了的时候，她那一批的对口支教任务完成了，他们福建来的几十名教师要一起被省里来的教育厅领导接走。说好了，凡在固原的教师，提前一天到固原市区，坐车子到银川，再坐同一架飞机返回福建。

要走了，要离开大山了，要离开朝夕相处的学生们的英子，突然感觉自己的身体又严重不适了！这是咋回事？

临别的那一夜，她又没有睡好，再一次感到全身难受，但英子知道这不是因为没洗澡——是心理作用，是大地在呼唤她的身体“不要离开孩子们”，“不要离开宁夏”……

英子的眼泪顿时渗湿了被褥。

第二天早晨，远处的鸡鸣声把她催醒。英子起来，收拾行李，开始从山上往下走。学校在一座山岗上，往乡上的车站走，需要走上一段路。学生们知道他们的老师要离开了，早早地站在山岗上送别。

女孩子们开始哭了。

英子不敢回头，两眼看着鞋尖往山下走……她想走得快一点，于是就加速了步伐。哪知她走得越快，越听到后面越来越多的脚步声赶着向她靠近。她不得不回头看去……这一看，英子的双脚被凝固住了：天哪，十几个女同学又哭又喊，发疯似的追过来，并且将她团团围住。

“老师——”

“老师，你别走啊——”

“你别走呀……”

有人抱住了她的双腿，有人跪在了地上，有人用胳膊捂住脸在哭泣……

“同学们……你们……你们别这样……我……我……”见到这般情景，英子不知如何是好，她语无伦次地喃喃着，又不知如何劝说学生们。最后她不得不跟着学生们哭了起来。

英子和学生们搂抱在一起，彼此哭得肩膀都在耸动。之后，英子拭拭眼泪，双手一甩，对天长叹一声：“唉，我就是跟宁夏有缘！”然后她转头对同学们说：“你们放心吧！我留下来继续给你们上课！”

“啊——老师万岁！”

“老师万岁——”

老师确实伟大，因为他们总是以自己的崇高师德，在一代又一代地教育和影响着我们，陶冶和培育着我们不断进步与成长，就像阳光普照万物、慈母疼爱儿女。他们的无私和奉献，让所有受恩的人尊敬他们。闽宁对口扶贫协作中的每一位支教老师，都在宁夏贫困山区和贫困家庭的孩子们身上，留下了阳光般的温暖和春天般的雨露，这般的温暖和雨露也让一颗颗枯干的心灵与幼苗，复活并健康成长。

"老师万岁！"在六盘山、在贺兰山，像这样的呼唤与呐喊，我不止一次听到，每听到一次，心灵就会受到一次震荡……

在隆德县支教的李丹，是福州市第十八中学的青年教师，2006年到隆德县二中支教。她的身体在日久天长中发生了一些她并没有在意的点点滴滴的变化。李丹老师以为是自己的身体对新的环境不适应，所以并没有太在意，每天依旧白天在课堂上教书，晚上在宿舍为那些好学上进的学生辅导作业，呕心沥血……

"老师，您别太疲劳了！先休息吧！明天我们再请教您吧……"又是一个傍晚，学生们见李丹老师在辅导他们的时候，不停地捂着胸口咳嗽，脸色苍白，便赶紧给她倒了点开水，让她早点休息。

"没事没事，后天你们就要期末考试了，今晚再给你们讲一遍复习题……"李丹喝了一口热水，憋红了脸，重重地喘了几口气后，又俯下身子为学生们辅导。

终于有一天，隆德县二中的老师和同学们要送别他们的李丹老师，送别那个纤弱的年轻身影……后来他们听到了一个不幸的消息：李丹回福州后不久，被查出患了白血病。

"她才27岁，在父母面前也还是个大孩子，可……可她为了我们的孩子，就这样走了……"隆德县二中老校长许志谋说起李丹老师，忍不住泪流满面，“她在我们这儿一年时间，除了上课和辅导学生外，在大山里走访学生家庭几十次，先后资助了6名贫困生。回到福建后，还到处奔走，为我们的贫困生筹措生活费……”

“别再为我浪费钱了，把剩余的医药费捐给宁夏那边的孩子吧。”这是李丹老师临终前对远方的宁夏教育和孩子们最后的眷恋与馈赠……

“李丹老师——”

“李丹老师又来啦——”

一个李丹走了，另一个、另一批“李丹”又来了……她们风采各异，但对宁夏和宁夏人民的感情则仿若一人。

莆田海峡职业中专学校的英语教师杨明，也是位英子和李丹式的女老师。她说她要特别感谢支教，因为是支教的5年时间让她与宁夏有了“扯不断的感情”。

“本来，像我们这个岁数的女人，把自己的孩子培养大了，单位工作和家庭生活就变得一潭湖水似的那么平静，你不可能再像年轻时那么激情澎湃。但到了宁夏，与那里的孩子们和老师们在一起后，我感觉自己的激情又被点燃了起来……”杨明这样描述自己的“宁夏岁月”。

杨明一开始在西吉一中支教。这是固原地区比较大的一所中学，有四五千名学生，但是缺少英语教师。原本就缺师资的西吉一中，因为有几个女老师生“二胎”不能上课，杨明就一人担起了三个老师的课程。

“我带高一和高二，一连带了两届学生……”杨明似乎是个比较坚强的女性，在她的性格里没有眼泪。“我自己的儿子还上大学的那年，我去了新疆支教；等儿子毕业后参加了工作，我又到宁夏来了……支教好像成了我一种最美好的向往，尤其是融入闽宁对口扶贫协作的帮扶支教工程中，我觉得自己的价值被推到了更加崇高的地位，所以我格外投入激情，甚至常常忘我。”

快人快语的杨明不是没有遇到过困难，但所有的困难都被她对宁夏和宁夏孩子们的热情与激情给消化了。

“5年宁夏帮扶支教，锻炼人。”杨明说她在福建自己的家时，日常生活都是家人为她打理的。“而到了宁夏，虽然课程多，但属于自己的时间也多了些，所以买菜做饭成了我生活的一部分，而且我把宁夏的菜做成福建的味，也获得了一个‘专利发明权’，学生和老师们喜欢极了！”一位活泼开朗的女老师，带出的学生也是一片洒满阳光的天地。

学生王娜娜是个爱学习的女孩，但家里太贫困，父母无法继续让她读书，到了高二就要让她辍学回家务农。杨明知道后，急得不顾人生地不熟，在山区小道奔走了十几里路，来到学生家，吃住在这里，一直等到给学生的父母做通工作、收拾好地里的农活，才拉着王娜娜一起回到了学校……

“少一个学生，就说明我的工作少了一份优秀。我在离开家乡时就对领导说过，我是老支教老师，到宁夏就想自己创造一个纪录：支教时间最长，教的学生最多、最好。”杨明自加压力，说到做到。

后来，王娜娜成了她的“干女儿”。

“我想让那里的孩子都叫我声‘妈’，那样我可以爱他们一生、管他们一辈子……”杨明的博大胸怀和慈母之心，感动了许多人。而她说她最想感恩的是：家人和原单位的支持成就了她与宁夏这片土地“扯不断的感情”。

因为闽宁对口扶贫协作，因为一段难忘的支教经历，像英子、李丹、杨明这样与宁夏有着“扯不断的感情”的人不计其数，几乎每一个到宁夏帮扶支教过的福建老师都是如此。他们在宁夏期间所要克服的困难很难用文字表达。听好几位男老师说，什么都不用多说，就福建与宁夏的温差就足够磨砺人的。

“在老家，一般天气最冷时气温也不会低于十五六摄氏度，可同一个季节，我们到了宁夏，气温一下就到了零下十五六摄氏度，一个反差就是三十多摄氏度，不是说说就能扛得住的事儿。你无法一下适应，但你必须适应，因为还有工作要做，而且在贫困地区支教，有些困难你事先是无法想象得出的。”福建来的陈老师再三谦虚地说最好不要把他的名字写在书中，理由是：作为一个男人，有时他的意志并不像杨明、英子、李丹等女老师那么坚强。他说他到西海固支教后，有时确实感到很孤单和无助，“有些日常的困难，在福建那边根本想不出来的事，在这边就会绕着找你来了……”

陈老师回忆说：“我们去的时候是2000年前后，那个时候的宁夏扶贫还在初级阶段，那些乡村学校，就连县城的中学也都很破旧。课堂条件差不说，仅仅生活这一关，比起我们改革开放后已经发展多年的福建老家，很多方面可谓天壤之别。不说别的，就说吃的东西吧，我们福建那边习惯吃海鲜、喝稀汤，可宁夏这边以土豆、玉米为主，一吃就肚子撑，一撑就难受……拉不出来呀！这个苦又不好说，既难受又难堪，尤其是在课堂上！不怕你笑话，开头几个月，我不知出过多少洋相！先是站在讲台上，一感觉肚胀就往厕所跑，可又拉不出来；刚回到讲台，又想往厕所跑……如此来回折腾，一节课往厕所跑了三四回，你说难受不难受、难堪不难堪？”

陈老师的“遭遇”绝不是笑话，南方人多吃土豆、连续吃土豆的结果便是如此。陈老师的这点“生活小事”其实挺折磨人的，我想所有从福建过来支教、支医的人以及帮扶干部们，都会经历这些"摆不上台面"的尴尬事。

陈老师说过这样一件事。他的"前任"——比他早去支教的一位老师告诉他：去那边多"整"些啤酒过去。陈老师开始不明白，说我又不太会喝酒，犯得着嘛！那老师笑眯眯地告诉他一个"秘密"：开始几个月你喝那边的水准会拉肚子，喝啤酒就不会。

"这一招，我们后面几批支教老师都使过……不过几年后那边水的问题都解决了，也就没了当时我们遇到的尴尬。"陈老师说。

生活上的尴尬事毕竟属于"小问题"。陈老师说，支教中遇到的最大困难是如何用自己的教学经验去帮助山区，这是根本和关键。"这是我们福建教育战线上的每一位支教老师最搁在心头的事，大家到宁夏后，心里都是这样想的：宁可吃尽千辛万苦，也不能在工作上出现半点马虎。"陈老师的话代表着全体福建支教老师的心声。

"20多年来，每一位来宁夏支教的老师都做到了这一点。"这话是宁夏分管教育的领导对我说的。"就是每一位！来对口支教的老师，都是福建教育部门到各校挑选的优秀老师，他们来到一个条件落后的陌生地方，总把个人的生活困难放在一边，全身心投入到帮教与给孩子们上好课上……"自治区的这位领导感叹道，"每次到基层走一趟，总能带回一箩筐的好故事。感动人哪！"

这位领导说他就看到有一位支教老师在一个中学的中考现场累倒后被人抬到医院；他说有一次到乡下检查那里的小学校舍时，看到一位福建老师背着一位学生，正在送学生回家的山路上蹒跚而行，那几乎贴在地面上的两个身子的叠影，像雕塑似的刻在他的脑海之中……

"其实，你看看今天我们宁夏的所有中小学，无论是师资，还是校舍和设施，你会感受到它的现代化。应该说，这种变化是跨越时代的。而这种跨越，得益于闽宁对口扶贫协作中福建人民、福建老师们的无私帮助，而他们的这一份帮助，将永远刻在我家乡的这片大地上。”从固原山村走出来的这位自治区领导深情地说。

是的，如果非亲眼所见，我同样无法相信，在今天的宁夏大地上，从南到北的所有乡村学校，当然更不用说县、市中小学，那里的环境、那里的操场与教室，以及图书馆、远程网络设备、学生宿舍等，确确实实比许多比较发达地区的中小学校还要完备，还要宽敞，还要美丽，还要先进。事实就是这样，至少在我走进过的不少于10所、沿途又见过的几十所学校都是这样的印象。尤其是那些地处大山深处的中小学，更是叫人刮目相看。我所走过的那些学校，通常都与福建的著名学校有远程网络联通，宁夏山区的孩子可以在自己的家乡，享受远在千里之外的与福建学生一样的名师、名校的同等与同步的学习时光。另一个想象不到的是，那些曾经地处贫困地区的学校里，现在都有一个具有当地民族特色、非物质文化遗产的特长学习园地和学生作品展示区，学生们在这里格外活跃与投入，因为这里有他们天性中喜欢的、属于自己爱好的舒展天地。而每个学校又以此建设自己学校的特色品牌，创造着具有宁夏塞外风情与风格的文化和孩子们向往的未来。

“这一切，可以说离不开福建教育部门和教师们的支持与帮助，是他们的真诚与真情，让我们的学校从里到外有了通体的改观和提升，尤其是在教学理念与方向上获得了重大飞跃。”这是彭阳县职业中学校长姬志林的亲身感触。

那天我走进彭阳县职业中学新校区，姬校长颇为激动地告诉我，这十几年中他所在的职业中学从最初的“13亩校区”，到后来的“30亩校区"，再到现在的"100亩新校区"，三个台阶的跳跃，靠的就是闽宁对口扶贫协作。姬校长上任几年间，已经多次带领老师和学校班子成员赴对口的晋江职业中专学校"认亲"与"认路"了。他解释道："认亲"，就是我们彼此已经把对方视作亲戚一样的"自己人"，相互学习取经——"主要是我向亲戚学习取经"。姬校长认为，晋江职业中专学校在当地也是所名校，他们的办校经验，足可以让他的彭阳县职业中学学上十年二十年的。"晋江的经济发展从20世纪80年代就已经名扬全国，他们的许多产业甚至在全世界都有名。晋江职业中专学校是与当地的经济和社会同步发展的。当地社会40年的快速发展，提供了培养中等职业人才的经验，我们'傍'着他们，就是在走捷径，既为了时下脱贫所需，又为高速发展的彭阳未来输送有用人才，搭这样的顺风车，对我们来说，太实惠、太占便宜了！"姬校长讲起与晋江职业中专学校的交往时，脸上堆满了幸福的笑容。"你看我们现在从硬件到软件，不比北京、上海的中学差吧！我可以坦白地告诉你，因为'亲家'——晋江职业中专学校——实力强，全国一流，所以我这里有什么问题，他就马上给我开'药方'改进，这样几年下来，我们学校无论是教学水平，还是专业设置，都没话可说了！比如过去我们在专业设置上脱离社会发展实际需要，跟不上本地经济和社会发展所需，总在调整，结果越调越乱，没个章法。后来晋江的'亲家'过来给我们把脉，重新设置专业，并且对农产品保鲜与加工、建筑装饰等几个新设置的重点专业，采取共建模式，很快收到良好效果。过去我们一是招生难，二是就业难，如今每年不断扩招，毕业生就业率基本在100%。最让我高兴的是，这几年累计有576名学生到福建那边去工作，留在彭阳的那就是各个行业的优秀技工了！"

一个里外金光闪耀的专业人才学校，正以这傲人的姿态在六盘山的群峰中崛起，难能可贵呵！

“你可以不写我们的学校，但你一定得写写我们对福建亲人的一片感恩之心……”在隆德县第二小学，年轻的女校长齐娟看我忙着要赶去另一个采访点，便拉住我的手，非让我听听她要讲的“福建亲人们”的故事。

“我现在与福建闽侯的林校长就跟亲姐妹似的，一个星期如果不通一次电话，就会惦记和牵挂了！她和她们学校对我和我们学校的帮助，可以用海比喻、用天来形容，真是太多太多了！就说刚过去的冬天吧，林校长知道我们这儿冬天寒冷，她就发动她们学校的师生专门为我们搞了一个‘暖冬行动’，通过捐物捐钱，让我们这边那些家庭有困难的孩子能够睡上暖被窝、穿上暖身子的新衣服。前些年，林校长她们来考察，看到不少学生因为父母在外地打工，下午放学后没人照顾，于是就把福建那边社区创办的‘四点半课堂’经验传授到了我们这里，解决了留守学生家长的后顾之忧……”

噢，难怪我在一路采访乡村和街道社区时，经常看到村民和居民活动场所有一个“四点半课堂”，原来这也是闽宁对口扶贫协作的成果啊！

“福建亲人处处都为我们的孩子和学校着想。林校长为了让我们这些大山里的孩子去看看外面的世界，每年出资让我们组织一次‘走出大山去看海’的活动。参加这一活动的孩子们不知有多高兴，他们都是第一次乘飞机、第一次出远门、第一次见大海……见到大海的那一刻，孩子们简直就像疯了似的，又蹦又跳，又哭又笑，那情形会在他们幼小的心灵中留下永恒的记忆。”多情的齐娟校长，说这话时，双目噙泪。

她说：“有位女同学看海回来，写了篇短文，在学校升旗仪式上朗诵后，整个操场上的孩子们都高呼起来——'我们也要去看海！''我们也要像海鸥飞啊飞！'……那场景，你想一想就会掉眼泪：它太感动人了！太触动心尖儿了！"

"我和孩子们能不感谢福建的亲人吗？"

是的，人间大爱，莫过于远方的朋友成为你一生中不可缺少和永远牵挂的挚诚亲人。习近平总书记亲自倡导和长期关注的闽宁对口扶贫协作留下的最重要的一笔财富，当属此事，尤其是深植于这两个省区青少年之间的情谊。

22 贺兰山的葡萄醉了心

在宁夏，有一座山的名字，一听就是个"帅哥"，它就是贺兰山。在《中华人民共和国地图集》中有这样一段话："遥望山脉，宛如骏

▲ 巍峨贺兰山

马，故贺兰山在蒙古语中为‘骏马’的意思。”显而易见，贺兰山在我国西北靠近内蒙古的那片大地上，它就是一匹俊俏体健的“骏马”。

从地理上看，贺兰山确是我国一条重要的自然地理分界线，它对银川平原发展成为“塞北江南”有着显赫的功劳，是我国河流外流区与内流区的分水岭，同时还是季风气候区和非季风气候区的分界线。由于贺兰山的山势独特，它的阻挡，既削弱了西北高寒气流的东袭，又阻止了潮湿的东南季风西进，还遏制了腾格里沙漠的东移。在贺兰山的东西两侧，气候差异明显。地处宁夏和内蒙古交界处的贺兰山，平均海拔2000—3000米。因此，贺兰山还是我国草原与荒漠的分界线。

“贺兰山下果园成，塞北江南旧有名。水木万家朱户暗，弓刀千队铁衣鸣。”正因为贺兰山地理位置独特，所以古时乃兵家争夺的战略要地。岳飞将军的一番“怒发冲冠”“抬望眼，仰天长啸，壮怀激烈”的余音至今犹在。

当你踏上塞北之地，仰望巍峨的贺兰山，这些历史的回声，便会从心底喷薄而出。其南北走向、绵延200多公里、宽约30公里的庞大身躯，屹立在西北大地上，天然地成为我国的重要地理界线：山体东侧，巍峨壮观，峰峦重叠，崖谷险峻，向东俯瞰，宁夏平原和鄂尔多斯高原一望无际；其山体西侧地势和缓，嵌入阿拉善高原而行……位于银川西北的主峰敖包疙瘩海拔3556米，是宁夏境内的最高峰。贺兰山的植被垂直带变化明显，有高山灌丛草甸、落叶阔叶林、针阔叶混交林、青海云杉林、油松林、山地草原等多种类型。其中分布于海拔2400—3100米阴坡的青海云杉纯林带郁闭度大，更新优良，是贺兰山区最重要的林带。山地动物丰富，有马鹿、獐、盘羊、金钱豹、石貂、蓝马鸡等180余种。1988年，国务院批准贺兰山自然保护区为国家级保护区，面积6.1万公顷。

贺兰山雄踞于大西北，它将西北内流区与外流区一分为二，泾渭分明，对东部内侧的银川平原生态环境起到了“父亲”般的保护作用，故贺兰山对银川平原而言，有“父亲山”之说。

当然，贺兰山还有一样名扬四海的美丽外衣——贺兰山岩画。由古游牧民族留存于大山岩石上的艺术品，成为一道闪耀千年光芒的天然画廊，这在世界上也算是独一无二的。贺兰山一带在古代是匈奴、鲜卑、突厥、回鹘、吐蕃、党项等北方少数民族驻牧游猎、生息繁衍之地。南北长200多公里的大山腹地，有20多处遗存岩画，其中最具有代表性的是贺兰口岩画。6000余幅神秘而悠远的古代岩画，分布在沟谷两侧，栩栩如生地记录了远古人类放牧、狩猎、祭祀、征战、娱舞等生产生活景象，成为研究远古人类文化史、原始艺术史的文化宝库。而这些丰富多彩的岩画，也可以让我们领略贺兰山作为“父亲山”所赐予这块大地的

▼贺兰山岩画

那般仁爱之情。

“贺兰山下稻金黄，羊壮鱼肥任品尝。硕果盈枝红若火，还多秋菊袭人香。”贺兰山葡萄便是如今最令宁夏人骄傲的“贺兰女”，更有那遍地飘香和醉人心田的“贺兰山葡萄酒”……

现在的“贺兰山葡萄酒”到底有多少，我不知道。当地人也笑着告诉我：“数不清！”

确实，只要你到银川后沿贺兰山东侧的110国道随意驱车走一段，便会发现这里的葡萄酒庄多得令人目不暇接。当然，最壮观和最让人心旷神怡的是延绵数百里的葡萄田带和弥漫在空气中的葡萄芳香，它确实可以醉你，而且醉得你留步，醉得你想深深地吸口气儿。

在探访著名的闽宁镇时，我就是这样被留住了脚步，且即便在离开那儿已经一年多了的今天，依然会时常想起那种现场气息感。因为在2019年7月19日那一天走进宁夏采访时，我就闻到了扑鼻而来的葡萄酒香——

紧挨着闽宁镇广场一侧，有一片商业区就叫“闽宁红酒街”。如此一个小镇上，竟然有“红酒一条街”，出乎我意料。永宁县委书记朱剑笑了，说：“我们宁夏贺兰山红葡萄酒，可以说是闽宁对口扶贫协作最有代表性的成果和结晶，一是色泽在红酒中可冠世界之最，二是味道醇香度高，抿一口入唇，三小时余香仍在。”

“你说得我都想品尝了！”不喝酒的我，也被朱书记的话迷住了！

“是！是！确实不一般！”红酒街的一名工作人员递给每位访者一小杯“贺兰红”，现场品者纷纷赞叹，惹得从不饮酒的我也跟着品尝起来——乖乖，真的口感奇异，醇香无比。关键是，入口之后，依然感觉口腔有散不尽的酒香总在鼻孔边萦绕，叫你心醉琐语个不停……神了！

"我们宁夏贺兰山东麓是业界公认的世界上最适合种植酿酒葡萄和生产高端葡萄酒的黄金地带之一，2002年被确定为国家地理标志产品保护区。产区总面积20万公顷，共涉及12个县（市、区）的18个乡镇、11个国有农场，是真正意义上的种葡萄和酿红酒的黄金地带！"走进红酒博物馆，年轻的技术员骄傲地向我介绍。他说，贺兰山种植葡萄的历史其实很久远，早在公元前138年张骞出使西域时就带回了葡萄种子，一路经新疆、甘肃河西走廊到宁夏贺兰山一带。据史书介绍，当年丝绸之路的客商在路经宁夏时，就已经能够吃到葡萄了。但真正形成贺兰山东

▼ 贺兰山下成片的标准化葡萄基地

麓的葡萄产业，其实是近30年来的事，而形成产业业态的时间，则完全是在党的十八大之后，闽宁对口扶贫协作力度不断提升的近几年，才有了葡萄产业大发展、快发展的气候。贺兰山葡萄产业，如今已成为宁夏独具特色的“紫色名片”。截至2017年，宁夏全区葡萄种植面积达60万亩，占全国种植面积的1/4，是我国酿酒葡萄集中连片最大的产区，年产葡萄酒1.2亿瓶，综合产值超过200亿元。“2017年，我们贺兰山东麓葡萄酒品牌价值达271.44亿元，位列中国地理标志产品区域品牌榜第14位。”

“我们贺兰山葡萄产业，是多次得到习近平总书记赞扬的闽宁对口扶贫协作成果。因为这个产业本身就为全区贫困移民提供了至少12万个就业岗位。2016年，习总书记来宁考察时指出：‘中国葡萄酒市场潜力巨大。贺兰山东麓酿酒葡萄品质优良，宁夏葡萄酒很有市场潜力，综合开发酿酒葡萄产业，路子是对的，要坚持走下去。’我们现在就是在习总书记的嘱咐下更加奋发有为地沿着葡萄产业这条路子坚定地走下去，而且越走越宽阔……”

小伙子说的是事实。2020年6月9日，习近平总书记再次来到宁夏，又再次走进贺兰山葡萄园。站在茂盛的葡萄丛中，习近平对那些已经脱贫的果农说，随着人民生活水平不断提高，葡萄酒产业大有前景。

是的，葡萄在宁夏，在贺兰山，已经是当地百姓脚下的一条通向小康和幸福生活的黄金之路。

“光我们这儿，现在就有十几家有名的大酒庄，而且庄主多数又是闽宁对口扶贫协作过程中过来投资的福建商人，是他们把我们的宁夏红酒抬到了世界红酒的高坛上，也彻底改变了世界同行对中国葡萄酒的认知。”那天中午，我们就在闽宁镇的一家小餐馆就餐，朱剑书记既骄傲又激动地告诉我："贺兰山葡萄酒业有今天，我还想重复的一句话是：起根本作用的就是闽宁对口扶贫协作……"

朱书记的话，犹如扬鞭般催赶着我的双脚。

"福建商人陈德启的10万亩葡萄基地和他的'贺兰神'，就离这儿不远……"

"太好了！走，去看看——"我欣然道。

于是，一行人坐上车子，迎着习习清风，向大山脚下的那片原野驶去……

一路上，关于葡萄园的种种画面，浮现于我的脑海之中。虽然多少也见过葡萄园，但也就是几亩最多几百亩的那种了！然而真正让我陶醉的葡萄园，其实都是在欧洲老电影里所看到的那般碧波万顷的葡萄园，如法国波尔多产区的葡萄园，它总让人心潮澎湃。而葡萄园与葡萄酒，其实也代表了中世纪和文艺复兴时期欧洲上层社会的某一方面。歌德、巴尔扎克等伟大作家笔下的文字里，总有许多最精彩的情感，融于神秘的葡萄园内和光怪陆离的红葡萄酒中，皇宫贵族的爱情与婚外情，甚至企图通过勾引农场主女儿实现阴谋的穷小子所设下的种种圈套也总在葡萄园内……葡萄园和葡萄酒一直属于西方的贵族与西方文化的世界。当然，关键一点是高贵的葡萄需要特别的气候和地理环境。

中国能有这样的"波尔多"？我在想着。

"到了！这里就是'中国波尔多'！"在一片四周皆由高高的杨树"圈"起来的田野上，我们所坐的车子悄然停下，有人已经兴奋地高声喊了起来。

"中国波尔多"把我的神思拉回到眼前的现实：天，真的是如诗如画之美的葡萄园啊——你看，绿油油的葡萄地，一眼望去，直连贺兰山脚下，方方正正一块不知道有多大的园地，四周是高高站着的挺拔的白杨树……那些白杨树像警惕的哨兵一样，守护着娇嫩的葡萄园不受任何外袭，看上去着实值得赞美。葡萄园的葡萄已经结果成串，颗粒大多像黄豆大小。在田间接待我们的一位小伙子介绍，再过一两个月，葡萄就到了采摘的季节。那些围在四周的白杨树，就是起保护葡萄园的作用。“一块见方的地，都是500亩，四周至少有几千棵白杨在给葡萄们守家护院呢！我们有10万亩葡萄地，也就是总共由200块这么大的葡萄园连成一片，组成了我们‘贺兰神’葡萄庄园……”

200个矩阵，联结在贺兰山东麓，绝对气势非凡！闭目想象一下，就有种叹为观止之感。再看那高大挺拔的白杨树阵，你无法不被有如此气魄的葡萄园“庄主”所折服。

“原来这里就是一片飞沙走石的戈壁荒滩。我们陈总一来，彻底把荒滩变成了绿色葡萄园……这在几年前是根本不敢想的事儿，闽宁对口扶贫协作下这些事全都成了现实，的的确确像梦一样！”

是的，葡萄园是生梦和圆梦之地。不知哪个经典作家在一部爱情小说里说过这样的话。就在我迎着清风，眺望葡萄园的光景时，有人说了一声“陈总来了”。于是我收回眺望的目光，看到一辆吉普式的小车上下来一位个头不高的敦实的中年人。

他就是这10万亩葡萄园的大庄主、福建籍企业家陈德启先生。我发现，几乎所有在宁夏投资办企业的福建商人，都是那种看上去很憨厚的实干家，似乎他们的精明之处从不在脸上表现出来，这与其他地方的商人有明显的差别。开始我不明白到底是什么原因，后来随着在宁夏采访的不断深入，才慢慢明白了其中的“奥秘”……

“到宁夏来是支援扶贫开发的，虽然我们也不是来做赔本生意的，但心里想的更多的绝对是要把企业和生意做好，让当地百姓受益，能为宁夏经济发展尽份力。这是我们闽商的最大心愿。”在固原时，一位正在那里办厂的闽商似乎道出了个中的玄妙。原来，情怀是可以改变生性的啊！生意场上竟然也能发生如此奇妙的事，太令人惊诧。

“我开始来这儿的时候，这里全是乱石荒滩……走路都是会踢着石头的，车子也不好开的嘛！”在葡萄园田头的一端，立着一块庄园的巨幅宣传牌。陈德启先生颇有感触地看过去，而后说道：“当时在我决定要在这贺兰山下开辟这片荒滩种葡萄时，有许多生意场上的朋友就劝我别干这种傻事。但我没有退缩，因为我知道闽宁对口扶贫协作是我们习近平总书记倡导和关心的事，他在福建任省委副书记时就一直鼓励我们闽商来宁夏投资，支援这里的脱贫攻坚。2007年我就开始下决心到这儿办企业，一晃就是十二三年了，而且我是第一个在戈壁滩上种葡萄的人……”

“你看看，当时这片地就是这么个乱石飞跑的荒滩！”陈德启指着宣传牌上的几张旧照片说。

真是不可思议！昔日贺兰山下的一片戈壁荒滩，现今是望不到边际的绿海碧波的美丽葡萄园……

“你怎么相信在这儿种得了葡萄、酿得了红酒？”新旧对比，我无法不问这样的问题。

“我过去一直在外地做生意，在江苏开食品厂，在山东做房地产，生意都不错。闽宁对口扶贫协作后，省里组织我们到宁夏来参观和洽谈投资意向。2007年，我第一次到宁夏来，这边的林业厅带我们看了一个林场。因为过去做食品生意，去过法国，了解一些他们种葡萄的知识，所以到了宁夏后，我发现这里的土壤很独特，可能适合种葡萄。后来在宁夏考察参观过程中，永宁县的县长知道我有意向在这里投资，很高兴，就找到我，拿出地图，说：陈先生，我们这儿有的是地，你看中哪块，我就给你哪块！十几万亩的地都有。当时他指的就是现在我的这块葡萄园所在的地方，共13万亩，很大一片。我们福建那边，包括我做过生意的江苏、山东，哪见过这么大的一块地方，说能够给你去开发做生意嘛！当天我就跟这位县长一起到这片荒滩上转了一圈，虽然那个时候，荒滩乱石、野草遍地，但我特别兴奋，对县长说，我就要这块地，我看中了！我们就是这样在回城的车上把事谈成了，第二天就谈妥了土地使用权合同……”

“这么高效！”

“当时我内心太喜欢这块地了。”陈德启说，“我取了这里的土壤样本，直飞巴黎，请那里的种葡萄的土壤专家检测分析。结果人家告诉我：这是全世界最好的种葡萄的土质。他们这么一说，我就决定在这儿种葡萄了！这一种就是13年……”

陈德启在现场给我找了裸露的土，说了一串关于这块葡萄园土质之优秀的话：碎石与沙土组成的土壤，天然矿物质特别丰富。这里与著名的法国种葡萄地在同一纬度，而土质又优于法国的种葡萄地。“虽然他们种葡萄的历史很悠久，但是土壤里的有机矿物质含量无法与我们这儿相比。再者，葡萄酒是讲究年份的，这跟水有关，雨水多的年份，酿出的葡萄酒就不会是好酒，只有雨水少的年份，其酒的品质才会更好。我们这儿常年降水量稀少，不存在年份好坏，年年都是好年份。还有一个原因是我们这儿的昼夜温差大，白天气温30℃，夜间能一下降至15℃以下，这种温差下的葡萄品质无可替代！所以贺兰山种出的葡萄，一定是世界上最好的，这个信息是来自葡萄王国的法国专家们给出的，我就下定了在这儿种葡萄、酿红酒的决心。"陈德启说到这儿，憨憨地添了一句，"又赶上闽宁对口扶贫协作的东风，我就这样来到贺兰山下！"

陈德启在贺兰山种葡萄和酿红酒绝不是件易事。且不说福建晋江老家的生活与贺兰山的荒滩野外环境无法相比，只说要把乱石飞舞的戈壁滩地改造成可以种娇贵葡萄的土地，那过程和难度就足够让一般人倒抽冷气：10万亩啊！仅从地图上看，也是广阔无边的一大片。当时陈德启为了开垦第一块"500亩"的乱石滩地，差不多将银川可以调动的机械都调动了过来。

"那光景，真的很壮观，恐怕连贺兰山都在为我们欢呼、加油！"庄园里一位随陈德启一起来的福建员工对我说，"光碎石、翻耕用的粉碎机和挖掘机，在田地上就至少有上百台……它们一起叫唤，那场面和声响，震天动地呀！连贺兰山都在发出回响呢！"

虽然现在我们眼前都是长满硕果的绿色葡萄园，但创业初期这片土地上的情景可以想象得出，它确实振奋人心！

其实我知道，陈德启为改良这块10万亩的戈壁滩所花费的代价和心血也是巨大无比。乱石和沙土组合成的土壤的矿物质含量确实高，优于法国的葡萄园土壤，然而将面积10万亩的戈壁滩上的乱石和沙土变成适宜种葡萄的土壤，犹如将铁棒磨成针，所下的功夫之深，不言而喻。这期间陈德启所付出的心血，只有他自己知道。

"碎石需要一种力量和精神，但种葡萄自然还需要优质的黏土地。这里的戈壁滩没有好土，于是就需要我们从别处运输过来。你们知道这10万亩葡萄园，表面需要多少优质好土吗？"

"多少？"

"我计算不出来，但我只记得第一个500亩土地所用的新土就要去几十里外的地方装运1000车次……”陈德启说，“戈壁滩上种葡萄，前期的准备就是一场战役，需要‘千军万马’。”

戈壁滩是不长什么植物的，现今茂盛的每一棵葡萄树，皆离不开水。

“你的水是怎么解决的？”我很关心这葡萄园的“生命之本”。

“你问到根本了！”陈德启看看我，会心一笑，说，“戈壁滩没有水，这是它的本色。但种葡萄必须有水，虽然它并不像其他作物那样需要大量的水，但离开了水同样结不出丰硕果实，酿出的红酒质量也不会高。”

“你看那边的那些小屋……”陈德启指指几百米外那些嵌在树丛中的一个个小屋子，解释道，“它们都是原来取水的井房。以前没有建水库时，我们就是靠它供应水源。一口井往地底下打，需要200—300米深，一打就是几百口井……后来好了，引进了灌渠水，我们在四周建了4个水库，可以满足整个葡萄园10万亩地面上所有植物和酿酒所需用水。”

“你看到这些树了吧！别看它们现在长得这么高，刚栽的时候可并不那么容易。如果纯粹是小树苗，即使栽满一圈，它对500亩一方块的葡萄园也起不了太大的保护作用。所以栽的时候，这些树都有一定的树龄了。但三四年树龄的树苗移栽到这戈壁荒滩上让它成长，也不是个简单事儿，你得精心呵护，百般伺候。因为这里是北方，种树的目的是保护葡萄园里的葡萄不受风沙吹打与摧残，而小树刚种在这里，你就得首先想法让小树们不受风沙摧折。难题就在这些地方，你明白这些道理后才会知道个所以然来。”陈德启说，“现在这些高高挺拔在10万亩葡萄园四周的白杨树，都已经有10年树龄了。”

“几百万棵了，它们跟我一样，已经牢牢地把根扎在贺兰山下了！

真正能够成为葡萄的'保护神'了！"陈德启指着一排排成矩形方阵的树木，骄傲地说道。

那一刻，我内心特别地敬佩眼前这位个子比我矮了半个头的福建企业家。

"种葡萄不是件易事，它要栽在气候适宜的地方，海拔需要在1000—2000米，我们这儿的海拔正好是1500—1600米。种下成活后，它要在4年成长期后才能结果，然后又是两年左右的培养期，而采摘下的葡萄酿成酒，又至少得在酒窖内放上两年，这就等于你想种葡萄酿红酒，前后必须有8年时间的创业和不产出的阶段……所以种葡萄和酿红酒的人，特别需要有耐力，同时还需要大投入。"陈德启告诉我，他在贺兰山下的这块土地上，已经投入近13年时间（至2019年我采访时），投入资金20多亿元。"加上3万亩的旅游设施，总投资应在50亿元左右。"他说。

这就是一位因闽宁对口扶贫协作而投身并扎根于贺兰山脚下的福建商人的情怀。

"好酒是酿出来的，但酿好酒的前提是要种出好葡萄。所以我的功夫和感情多数倾注在种葡萄上……"陈德启先生带我走进已经挂满果实的葡萄园，抚摸着滴露的葡萄，深情地道。

10余年的风吹沙打，陈德启的脸上满是沧桑，但他一直绽放着灿烂的笑容。他问我："你知道我为什么用'贺兰神'做庄园和系列红酒的品牌名吗？"

这个我真的想不出来。

他转身指指那葡萄园的地形图，说："你看它像什么？"

像什么呢？我端详起来……嗯，它很像希腊神话里的某个神。

“作家就是作家。”陈德启开心地说，“那个是我的指纹，与希腊神话中的神像合在一起，就组成了我们葡萄酒庄——‘贺兰神’的品牌标识。”

1956年出生的陈德启，在改革开放之初的1980年到泰国经商，赚了“第一桶金”后就回到祖国，用6000多美元在江苏苏北办起了一家食品厂。经十几载艰苦拼搏，他的财富有了一定积累，便在山东等地搞房地产。就在他和女儿、儿子将生意做得风生水起时，闽宁对口扶贫协作的一声号令响起，陈德启二话没说，把手上的生意交给儿女，自己则独自带着行囊，来到了宁夏，来到了贺兰山脚下这片原本荒芜的戈壁滩，一干就是十几年……

“曾经有人问我到这么荒凉的地方创业，图什么？你陈德启已经是家产数亿元的大亨了，还用得着创业吗？而且在中东部地区赚钱远比在宁夏贫困山区要容易得多，你陈德启到底图什么？家里人开始也不怎么理解，因为他们跟我一起辛辛苦苦赚的钱，被我弄到宁夏的戈壁滩上来了，他们心里没底。我告诉朋友和家人，你们不知道一个人过穷日子的滋味，更不知道一群穷人在一起过穷日子是啥样，但我这个年龄的人过过苦日子，我们福建人也过过苦日子、穷日子，我到泰国创业时还过着贫穷的日子。穷人是没有尊严的，穷地方是不会被人喜欢的，而现在我富了，有能力了，为什么不去帮帮宁夏那里的贫困的兄弟姐妹们呢？所以我就来了……”

义无反顾的陈德启，以义无反顾的精神来到并留在了宁夏。这位敦实的福建汉子，扔下“亿万富翁”的洋装和架势，每天与泥土和沙尘为伍，在庞大的工地上，用了整整5年时间，将长、宽皆十几千米的一大块戈壁滩，硬是开辟成绿荫成片、处处生机勃发的葡萄园，这是怎样的一种气魄与精神？

"气魄谈不上，我只觉得自己真真切切地变成了一个种地的庄稼汉……"陈德启有些腼腆地对我说。

而他这话其实更加感动我：闽宁对口扶贫协作，尤其是在宁夏这块土地上，帮助本地群众实现脱贫，最根本的是需要在产业上进行支援与帮助，实现产业上的现代化和规模化，让宁夏这片土地长出优质经济作物，长出高效作物，长出像真正的"江南"一样的富饶之物和现代化工业企业、高科技企业，这是根本。

陈德启可以说非常完美地做到了这样的一个"根本"。

首先他的10万亩葡萄园，足够宏伟，光每年用工就需要2000—3000人。"周边几个村庄的农民都在我这儿打工，每年他们每人可以有三四万元的收入。"陈德启说。我知道他近期和远期还有许多项目，那么他的"贺兰神"产业就不只是一个葡萄园了，而是一片产业地，可以吸纳当地劳动力达万余人。一个福建人，支撑一万人，保障他们的正常就业，这样的扶贫和脱贫才是长久的。因为我相信：真正一流的葡萄园和酿造世界品牌的红酒基地，一般都可以成为"百年老店"。从陈德启的脸上，可以看到他心底就存有此愿。或许他的愿望还会更加宏伟。

走进他的"贺兰神"酿酒车间及酒窖后，我才体味到"其次"——陈德启先生第二个能让扶贫、脱贫有希望的是，他的帮扶并非简简单单给宁夏农民们推销几件衣服、买几袋农副产品，他是在昔日的戈壁滩上为当地建造起一座世界最先进的红酒城堡。他说从一开始，他就瞄准了"世界第一"的法国红葡萄酒。"我选择的是土质最优的地方；我引进的葡萄苗是世界上最好的，320万棵优质葡萄苗引进后我们请法国专家团队进行嫁接、繁殖和培育，现在的'贺兰神'葡萄就是世界最优质的葡萄种，也是中国最好的葡萄自产种；我的酿酒设备是最先进的，全部进口，顶级水平……你再看看我们藏酒所用的木桶，一个木桶就达1万元，我们用的是最好的橡木桶，因为只有最优质的橡木桶，才能贮藏出最优质的红酒。”陈德启领我进入他的“贺兰神”核心地——酒窖，这时我才真正感受到什么是高端红酒的品位：一排排醇香扑鼻的橡木桶，像整齐的士兵横排在固定的位置。橡木有一种特别的香气，酿造出的红酒灌入橡木桶中，贮藏10—12个月之后，其香自然而然地融入红酒之中，成为红酒不散的天然香味。而且橡木本身含有单宁、橡木内酯等物质，一旦进入葡萄酒，糅合葡萄酒本身的香味，便形成了诱人的独特醇香，同时也起到了延长红酒寿命的作用。

“来，品品我们的‘贺兰神’！”陈德启给我和同行的朋友们每人倒上一杯他们在法国巴黎国际红酒大会上拿到“黑金奖”的至尊公主，让我们品尝。

“啊呀，味道太美！太好了！”身边立即响起一片赞叹声。连我这个根本不知酒好坏的人，在品尝一小口“贺兰神”后，也感觉口腔和嗓眼内，满是那种形容不出来的特殊清醇味，而且嘴边的余香格外悠长。

“好红酒就是这样的。”同行的内行人悄声告诉我，而后他又频频点头道，“确实好！”

在“贺兰神”的展厅里，我们看到各式各样的奖状和证书。“过去我们出高价去买法国红葡萄酒，现在我们每年拿着宁夏红葡萄酒去参加国际比赛，从不会空着手回来，总有几个金奖或黑金奖带回来……”陈德启说，每年他的酒去巴黎参展，一亮相，法国人就会排着长队来品尝。

“一排就是几百米，甚至几千米的长龙也常有……”这时陈德启的脸上，是一个中国酿酒人的骄傲。

“我这份骄傲，不仅是自己的，更多的是宁夏人的，因为世界上能在戈壁滩上孕育出优良红酒的只有我们贺兰山这儿。我骄傲的是，如果不是闽宁对口扶贫协作，这片荒滩地可能还会沉睡几百年，甚至几千年。能把它唤醒，能把它变成种出最好酿酒葡萄的葡萄园和酿出最好红酒的红酒基地，这才是我心底最感到骄傲的事……”陈德启这番话，让我忍不住上前紧紧拥抱了他。

还有什么比这更能说明闽宁对口扶贫协作的意义？还有什么比这更能呈现闽宁对口扶贫协作的现实与未来的美好？

“现在我已经进入创利时期，今年可以有500万瓶葡萄酒进入市场了！”陈德启说，“好葡萄是在第10年开始的，二三十年的葡萄园是最好的，然后才慢慢进入老化期……”

他的话让我明白一点：贺兰山的葡萄事业其实才刚刚开始，即使最早进入市场的陈德启的“贺兰神”，也才刚起步于辉煌的“葡萄的金光之路”。

陈德启，你所走过的闽宁对口扶贫协作征程与你的名字里，就是一个完美的“德之启”的人生轨迹。而习近平总书记倡导并开启的闽宁对口扶贫协作，其本身就是一项伟大的“德启”工程：它为宁夏人民改变和摆脱曾经的贫困而开启阳光与惠民的德行之路，它更为宁夏这片古老而荒凉的土地开启繁荣与昌盛的幸福征程。

这样的宏愿，如果在一二十年前这么说，或许没多少人相信。然而今天你只需要到贺兰山东麓走一走、看一看，就会真切地感受到，这一切皆已成为现实！

是的，在这里，一个陈德启式的“贺兰神”出现之后，戈壁滩上一片郁郁葱葱的美丽葡萄园诞生之后，那醇香飘出百里千里的塞外大地上之后，从此沉睡了亿万年的贺兰山便开始热闹和沸腾起来，于是很快形成了现在规模达百万亩的一眼望不到尽头的宁夏葡萄产业，由此它也带动了这片土地上的成千上万的宁夏百姓致富，并将“父亲山”两翼装点得美不胜收，到处流芳溢香……

贺兰山的葡萄真的醉了人心。贺兰山的红酒已经漂洋过海。而我知道，像陈德启这样正在为宁夏人民造福的福建人，据说已近10万，其中相当一些是带着“身家性命”的企业家，他们以自己的热情、智慧和经商才能，在为这片贫瘠的土地输血、造血，让古老的土地焕发着青春与活力、生机与希望。

记得2019年夏第一次到宁夏后的第二天，我就被当地人拉到了西海固地区的固原市原州区河川乡，女乡长黄丽萍格外激动地告诉我，在她的乡有1627户建档立卡贫困户，已经在2018年全部脱贫，现在人均年收入8876元（脱贫前为3000元）。

“脱贫对我们这儿的老百姓来说，是天翻地覆的事，大家感谢习总书记和党中央，再者就是特别感谢闽宁对口扶贫协作中福建人给予我们的帮助，尤其是产业帮扶。我们乡就有一户来自福建的林家兄弟姐妹，他们在我们乡的一片荒山丘上种植了万亩油牡丹，让方圆十里的农民们有了长久致富的希望和稳定的产业……”漂亮活跃的黄丽萍乡长忍不住问我，“如果不累，现在我们就上山去看看？！”

“走！”我立即起身。

从刚采访完的河川乡寨洼村，到远在深山里的油牡丹基地，有一段不短的盘山路。这应该是六盘山脉的余脉，峰虽不高，但我们坐在车上沿途远眺，只见重峦叠嶂，深无边际。很难设想，若非勇敢者和智慧者，有哪个敢在此扎根开荒？然而偏偏远隔千山万水的一群福建人来到此地，甚至现在连家都搬到这大山深处……这需要何等的情怀与勇气呵！

就在我一路感慨之际，黄乡长指着群山窝里一片花木茂盛、绿林成荫的地方，说："到'天堂'啦！"

深山有天堂？！在一行人疑惑之际，黄乡长已经将我们领入一片山凹地……哇，我们的第一反应是，原来在大山深处的山窝窝里竟如此奇妙、如此深藏不露地"藏"着另一个世界——花的世界、游乐的世界、幸福的世界。

怎讲？

说"花的世界"，自然是最准确的，因为往山窝四处远眺，是梯田式的油牡丹种植基地，层层叠叠，望不见边际，只有很美的梯式原野在阳光下显现着层次分明的轮廓。主人介绍，油牡丹实际上是一种灌木植物，野生的油牡丹，主要分布于甘肃省、四川省和云南省北部，主要为紫斑牡丹；陕西省和山东省菏泽、河南省洛阳等地也有，为凤丹牡丹。油牡丹是油用牡丹的简称，它是一种新兴的木本油料作物，具备突出的"三高一低"的特点：高产出（5年生亩产可达300公斤，亩综合效益可达万元）、高含油率（籽含油率达22%）、高品质（不饱和脂肪酸含量达92%）、低成本。而且油用牡丹耐旱耐贫瘠，适合荒山绿化造林、林下种植。一年种下，百年收益。宁夏西海固六盘山一带，适合种植油牡丹。这是福建人选择这一作物作为帮助宁夏人民脱贫致富产业的主要考虑。万亩油牡丹，从观赏的角度，它同样可以在每年牡丹花盛开之际，吸引万千游客。设想一下，群山起伏的大山深处，满是鲜艳的牡丹花，那景致不陶醉死人才怪！

什么叫"花"的海洋？估计这儿才可以称得上。不不，这儿应该叫"花的群山"！"花的群山"一定比"花的海洋"，更有气势，更为壮观。

"是的呀！过几年，等这里全部种上牡丹树后，我想可能会是全世界最大的牡丹世界了，不仅中国人要来看，全世界的游客也都会来我们河川的呀！”年轻的女乡长边欢呼边这样畅想着，领我们进入了“牡丹天地”的腹地。

“喏，这儿是游乐世界。”穿过一座山峦，女乡长指着山上山下说。

山顶上面是赛车跑道哟？！不敢相信的事就在这儿发生了。原先以为也就是到大山深处创业的福建人，可能太寂寞了，自己玩玩而已。哪知女乡长“哎哟”“哎哟”地叫了起来，连声说：“别瞧不起我们啦！”

“你看看，就在你们来的前两个月，我们这儿就举办了四省一区的山顶车赛呢！”女乡长怕我们不信，特意带我们到山顶的赛车场。

不错，绝对的独特而一览无余。在此处赛车，车手们必感觉全新，而观众们更会获得多样的刺激：触摸云天，瞭望群峰，观摩飞车……不醉也一定其乐无穷。这位福建老板是有远见的，总有一天，这漫山遍野的牡丹花成为“洛阳第二”时，观花之后再在大山之巅欣赏一场刺激的山地赛车，难道不是一次难忘的旅游盛事吗？

“你往下看——”一起站到赛车场最高悬崖上的女乡长指着山窝窝底的一弯像镜子一般的水塘，说：“那儿是垂钓和游泳的地方……”

真有些不可思议！如此远山干旱之地，福建老乡竟然建了一个旅游驿站，够大胆，也够浪漫！

从赛车地前往福建林氏家族在此成立的宁夏瑞丹苑油牡丹产业有限公司办公总部的山路上，我们穿过一条长长的各种鲜花编织与簇拥的“花之径”后，女乡长一定要让我看一下原先住在这儿的当地百姓的农居。

“过去我们这儿的农村百姓都住这样的窑洞，至少有几百年的历史了。即使新中国成立后，也没有什么变化，祖祖辈辈都是住的这种叫'房'实际上就是土挖的山洞……"女乡长带我穿越一片已经杂草丛生的荒芜之地，提醒我注意地上的荆棘和乱石等，然后我们就见到了一排参差不一的旧窑洞。看得出，这里的主人已经搬走有些年头，从留下的围墙和石磨等农具仍能感受到他们往日的生活状态，四个字——贫穷、简陋。

"我们已经跟福建朋友商定好了，准备把这些农舍完整地保留下来，一是好让以后富裕起来的农民们对故土有个念想，二是也好让他们的子孙后代知道先辈们如何走出大山，摆脱贫困，过上幸福生活的往事。"女乡长的这个想法，甚为可贵。

就在这片旧窑洞不远处，我们看到有人正在大兴土木，翻建一个个庭院式的新窑洞。随意走进一院，感觉仿佛是一坊别致的"农家乐"！这里的窑洞内，不仅有床，还有单独的卫生间，供暖设施和电脑等也很齐全。庭院也不小，有花地、有菜地，还有果树，是十分纯正而惬意的西北现代农舍。

"这是我们正在打造的几款牡丹花海农家乐……作家朋友帮我们看看如何？"说话间，一个操着福建口音的瘦个子来到我身边。女乡长介绍，他就是瑞丹苑油牡丹基地的副总、林氏家族企业代表林其进先生。

"非常好！它既有西北农村的风貌，又有现代化设施，加上这里处于大山之巅、牡丹花海之中，别致而浪漫，温暖而实惠，我很喜欢。"我由衷说道，"如果作家们来此，更不想走了，他们可以在此住下，既享受自然，又能触发灵感，进行创作……你的生意一定更加兴旺！"

林先生听后乐得合不拢嘴，说："借你吉言。"

在公司办公室内，林其进解释说，董事长林锦云回福建办事去了，由他在这儿值班负责。“我们都是福建长乐人，过去也是在全国各地做生意……”林其进说他是2002年到西海固来的，开始是做五金贸易的。林锦云也是在同一时间到宁夏来的，他原先开化工厂，之后到蒙古国开发煤矿。林氏兄弟们在闽宁对口扶贫协作过程中属于比较早的一批到宁夏做生意的企业家。

“林锦云的生意做得大，挖出煤后，一部分留给蒙古人，一部分就拉回来卖掉，做这个生意很辛苦，也很赚钱。但2008年后，国内的煤炭价格跌得很猛，旧生意就做不成了。正好那个时候，闽宁对口扶贫协作在我们老家动员企业家们加入，又听说国家对木本油料很支持，所以2014年我们就到固原这边考察了一圈，发现这里土地资源太丰富，国家又有对油产业的政策支持，更重要的是这里还有大量劳动力资源。我们兄弟几个从小也是在农村长大的，吃过苦，也知道当穷人的滋味，所以一商量，就来到河川乡圈了这么一大片荒山地……很大的一片山地，方圆几十里哩！这在我们老家是连想都不敢想的事。”林先生咧着嘴又笑了，说，“我们现在是‘大地主’了！”

确实，方圆几十里的一大片地，这在南方和东部沿海省份，即便是新中国成立前，恐怕也没有一个大地主能够拥有如此广阔的土地。

“新地主”林氏兄弟怀揣着要把这里的荒山变成花园的梦想，从2014年开始，将其他所有生意搁置一边，带着全家搬到了大山深处的一片荒芜的山窝窝里，开始做起了一场艰巨而美妙的“油牡丹梦”……

随着人们越来越注重食物的精细与健康，被誉为“液体黄金”的牡丹籽油也被中国政府所重视。2011年3月，卫生部监督局根据《食品安全法》的规定，经新资源食品评审专家委员会审核，公开批准牡丹籽油等为新资源食用油，牡丹籽油正式成为我国食用油大军中的一员。这一新的食用油的开发意义非同寻常，它将改变目前我国食用油的消费结构。据中国林科院对压榨牡丹籽油的分析，这种以牡丹籽仁为原料，经压榨、精制等工艺而成的金黄色透明油状液体，不饱和脂肪酸含量高达92%以上，其中α-亚麻酸占42%，多项指标超过同被称为“液体黄金”的橄榄油。中国林科院化验人员曾这样惊叹：这是世界上最好的食用油！牡丹籽，色黑、皮硬、味苦，呈不规则圆形，比黄豆稍大。凤丹、紫斑两个牡丹品种，结籽多，生长快，适合药用。在高产试验中牡丹籽曾经达到过亩产1980斤，目前普通的凤丹牡丹花籽一般亩产可以达到800—1000斤。而一亩黄豆的产量也就是300来斤，在出油率相同的情况下，牡丹籽的产出率是大豆的3倍，一亩牡丹等于3亩大豆。这还没有算牡丹在结籽的时候，还能同时生产丹皮。如果对牡丹花蕊再加以利用，生产牡丹茶

▲花农在固原市原州区油用牡丹生产基地采摘牡丹籽

和其他保健食品，一亩凤丹牡丹的经济效益远远高于大豆和其他经济作物，产值可达1万多元。牡丹是木本植物，多年生，不用像大豆一样年年播种，除了前三年没有产量外，此后30—60年里产量一直会很稳定。

“我们在这儿种植与培育高稳产的油牡丹，除了能够把大片荒山变成可拉动当地经济、大量吸收劳动力的产业外，还可以成为旅游胜地，所以我们下决心搭上全部身家性命干现在这事……”看上去弱不禁风的林先生，其实内心十分强大。我听说，“瑞丹苑”董事长林锦云的儿子是在原州区出生的，现今已17岁了，在宁夏读高中。“我儿子也是在这儿出生的，他甚至连福州话都不会说，一口纯正的宁夏话……”林其进说着乐了，说他的后代就是“宁夏人”了！

“一茬油牡丹，寿命30—60年，比我们林家兄弟这辈子后面的日子还要长，所以我们是把后面所要过的日子都寄希望于这片土地了……”林先生的话令人感动。

就像陈德启一样，贺兰山下种植10万亩葡萄，带动百万亩葡萄带的建立，形成的是硬邦邦的宁夏葡萄产业，惠及的是半个宁夏大地与近百万百姓的生活，这样的扶贫脱贫才是根本，才是“幸福永长久”。林氏兄弟在西海固的大山深处，再造了一个“牡丹苑”，让浑身是宝的油牡丹成为宁夏又一个重要产业，将来的宁夏“北有葡萄园”，“南有牡丹苑”，相互响应，南北交辉，难道不是又一道亮丽的风景线吗？

“我们刚到这儿的时候，这四周的大山还都是光秃秃的没多少草木，这些年政府和当地百姓重视生态保护，尤其像我们这块土地上种植油牡丹之后，形成了明显的小生态环境，地貌土质开始发生转变，从我们来时的不长草，到现在草木控制不住地发生巨变了！”林先生说，看到这种情景，比看到自己儿子读书考高分还兴奋。

“前天我才把山东的一位除草老板送走，请他过来主要是帮忙看看如何除掉牡丹苑里疯长的草……”林先生越说越来劲，满脸都是成功的喜悦。

“我们河川乡群众现在在林总他们的带动下，纷纷参与油牡丹产业链的建立，比如为通向大山的道路、供电线路和引水管道等铺设基础设施……这一路的基础设施的建设，也带动了沿线村庄及百姓生活环境与生活条件的改善。尤其是以上山观花为主打的旅游活动推出后，先是每季一花，再到每月一花，最后实现全年月月有花节的旅游项目，这样下来，全乡近三分之一的劳力和家庭，就能‘因花而富’。”不想，一棵棵油牡丹树，让女乡长的心头真正乐开了花。

那一天，离开大山深处的“牡丹苑”时已近黄昏，夜幕下的大山已然宁静，然而回首向山谷里的油牡丹岭望去，只见繁星般的灯光格外明亮和艳丽，似乎在昭示大山里的另一种生活又要开始了。而这样的光景，以往都是在现代化的大都市才会有，现在边远的宁夏六盘山的山谷中也正在发生……怎不叫人欣喜？！

事实上，我内心真正的愿望，就是想哪一天重返河川乡的大山深处，在牡丹花盛开的季节，看一看漫山遍野的牡丹花，那会是何等的景致，何等的醉心呵！

这一天的夜幕下，虽然我们在回城的路上没有看到什么，然而一路上随着盘山公路的节奏，我的耳畔一直回响着这样的声音——

“发展产业是实现脱贫的根本之策。要因地制宜，把培育产业作为推动脱贫攻坚的根本出路。”

“发展是甩掉贫困帽子的总办法，贫困地区要从实际出发，因地制宜，把种什么、养什么、从哪里增收想明白，帮助乡亲们寻找脱贫致富的好路子……”

不止这些，还有习近平总书记每每走进宁夏乡亲们的宅院里，坐在炕头，与农户扳着手指，算着收入账、产业账，告诉他们什么才是根本的致富道路的声音……

那一刻，我脑海里也多次跳出一个总忘不了的情景：2019年7月下旬第一次到宁夏采访时，有一天宁夏朋友突然将我领到火辣辣的田野里，说一定要让我见识一下宁夏枸杞。

天，这是枸杞！这就是宁夏枸杞！

我的眼前是连着天、连着太阳、连着目光所及的“地球”边的所有空间，皆是一片火红火红的熟了的枸杞地……那一棵棵、一行行、一垄垄、一片片枸杞树所组成的景象，壮观之极，是我有生以来见所未见。关键是，每一棵枸杞树上都是火红火红的，挂满了等摘的枸杞果子，而且鲜枸杞其实很大，既像小灯笼似的，又像红珍珠似的……最令人心醉的是，在阳光照射下，饱满的枸杞肚儿透明鲜亮，如羞涩的少女的脸蛋儿，让你有一种强烈的尝鲜之欲。

“吃！可以摘着吃的……鲜枸杞果营养和口味最好！”这片万亩枸杞地的老板刘国民将我引到枸杞地里一棵异常高大的枸杞树旁，示范地为我摘果尝鲜。

嗯，太美了！第一回吃鲜枸杞，真的甘甜而清香，味道醉心。

其实当时让我最吃惊和兴奋的是，在这里第一次看到了收摘枸杞的盛况：田间簇拥着成百上千位穿戴各异的摘果人，他们男男女女、老老少少，提着满满的新鲜枸杞，有序地排队等候着称斤计工、收获工钱；而计量装车的师傅们有的在数钱、发钱，有的则驾着一辆辆满载枸杞果的车驶向远方……总之，这种红红火火的景况，我是第一回见。那鲜红鲜红的枸杞放在一起，连成一片时的视觉冲击力，既像火燃烧你，又似潮在涌动你的情绪；又因为它鲜红透亮、欲滴如水，撩人风情顿起，欲罢还休。

“闽宁对口扶贫协作之后，福建企业家给我们带来许多产业和种植理念，我从他们身上学到了许多经验和胆识。2012年起，我丢下以前的房地产业，从银川来到同心菊花台，包下了万亩滩地，种上了枸杞……现在是收摘时节，每天有三四千人在我这儿干活呢！”“枸杞王”果然名不虚传！刘国民介绍，他这片枸杞地一年大约有7茬枸杞收摘期，每一茬摘果时间为7天，加上平时田间管理，万亩枸杞地每年需要40余万人次的用工量。“大约4000人可以在这里务工，平均一年收入2000元左右。能让这么多农民兄弟姐妹通过家门口发展的产业获利，我也很开心……”火红火红的枸杞丛中，晒得黝黑的刘国民风趣地说：“爹妈生下我时就给我起名‘国民’，现在我越想越觉得做个有利于他人幸福的‘国民’是份荣耀。”

瞧，难怪我一走近枸杞地，便闻到了满是葡萄般的甜味和扑面而来的清香……

23 山海之恋　黄河已沸腾

笔落此处，闽宁对口扶贫协作喜事连连——当然，最令宁夏各族人民欢欣鼓舞的是，时隔4年，习近平总书记再次到宁夏考察他一直挂在心头的闽宁对口扶贫协作……

2020年6月8日，也是我抵达宁夏的当日，恰逢习近平总书记再度踏上他深怀感情、时时惦念的“塞北江南”大地。之后的三天时间，总书记风尘仆仆，考察黄河灌区，走访红寺堡脱贫群众和扶贫车间……那几天里，我沿着总书记的足迹，走了几个地方，所见所闻，宁夏大地处处洋溢着幸福的热浪。人们从心坎上溢出一句很流行的话：“有一种幸福叫总书记来到咱身边。”

是的，对脱贫了的宁夏人民而言，对那些为脱贫而付出了巨大心血的广大干部来说，没有比总书记来到他们身边、没有比在总书记的关怀下真正实现全区脱贫攻坚战全面胜利更幸福的事儿！

宁夏人对习近平总书记的情意，是其他地方的人很难体会到的，这应该源于24年前习近平亲自开启并一直关注了24年的闽宁对口扶贫协作。也正是因为这个跨越了近四分之一个世纪的伟大工程和两省区之间的真挚情谊，才让这场“山海之恋”变得壮美与激情——

相距 2000 多公里，
宁夏与福建，
我们曾经很远，如今很近，
只因 24 年跨越山与海的守望与相助……

是的，假如不是因为一个伟大时代的开启，假如不是中国共产党人的一个庄严承诺，假如不是习近平总书记24年时时刻刻的挂念，这“山”与“海”能有今天这样情意绵绵、遥相呼应、相恋相爱的情景吗？

是的，假如不是“海”的胸怀和“海”的慷慨，“山”会有今天如此的绿与如此的花木茂盛吗？假如不是“海”的激荡与浪拍，“山”会有今天开放和仰望天空的新理念吗？假如“海”不是持久地将暖风吹拂，“山”怎可能伸出巨臂，将“海”紧抱在自己的怀里？

山与海，本是兄与弟、姐与妹。山海相助，天地共荣；海携山起，宇宙生辉。闽宁对口扶贫协作之所以堪称地区与地区之间对口帮扶的典范，就在于这对“好哥俩”原本都不是“大块头”，或者说在众多“大哥大姐”中属于并不起眼的一对携手伙伴，然而“山”与“海”却以24年的真情相恋与相爱，书写了人类发展史上一部具有史诗意义的真情诗篇……

“山”和“海”为何能如此？这或许需要社会学家花费很多时间去调研分析。而我个人感觉，这“山”与“海”的经典携手，其中皆因一样至高无上的东西存在于它们中间，那就是情怀，或者说那就是祖国与人民、领袖与人民、人民与人民之间的情怀。

一个人需要情怀。没有情怀的人，无论官位再高，财富再多，人长得再帅再美，结果他（她）在离开这个世界以后什么都不会留下，甚至连人的“符号”——名字——也会很快被淡忘。

有情怀的人，属于高尚和高贵的人；有情怀的人，即使是个贫穷者或文盲，他的精神和道德也将在圣坛上高高地屹立着。

一个有情怀的人，对他人、对弱者、对祖国、对人民、对亲人和友人、对现实和未来，都将留下珍贵和令人敬佩的东西。即便他仅为他人捡起一根柴，燃烧的也是温暖的火焰；如果他是一位知识分子、科学家，那他将点燃的是思想的火炬与人类进步的引擎；如果他是一位干部或政治家，那他将为一个团队、整个社会或民族，带来光明与幸福的时代光芒……

情怀如诗，情怀即诗。

在扶贫和脱贫攻坚的征程上，决策、措施、方案、计划、行动等事务，一个都不能少。然而，所有的这一切中，唯独决策者、领导者、具体干事者和所有参与这场伟大战斗的人的情怀，最重要、最根本、最可贵。

中国脱贫攻坚、携手奔小康，“一个都不能少”，56个民族“一个都不能落下”，这是习近平总书记的情怀，这是当代中国共产党人的情怀。

闽宁对口扶贫协作，以“不到长城非好汉”的决心和信心，“促进宁夏贫困地区尽快脱贫，推动闽宁两省区经济和社会的持续、快速、健康发展”，这是习近平总书记主导下的闽宁两省区广大干部和人民群众在20多年中铸造出的山海情怀——它如黄河之水，源远流长；它如武夷山巍峨挺拔，永立东方……

这情怀，便是诗的磅礴情怀。

闽与宁，原本相隔遥远，天各一方。然而正是一个时代的风云际会，一个政党的历史使命和习近平总书记的一片情怀，将这相隔遥远的两地，如山与水、天与地一般融合在一起，构成了一部超越于距离、超越于时空，也超越于民族的伟大诗篇。在今天的宁夏大地上，无论从南到北、从东到西，从六盘山区到贺兰山脉，我们都可以看到“闽”的存在与“闽人”的身影。

有人说，在宁夏的闽商达10万人；有人说，“闽”字的工厂和企业有万余家；更有人说，如果让宁夏人脱开了自己血缘上的亲朋好友，再选一个亲人的话，他们十有八九会说：福建人。“福建人就是我们的亲人”——我听自治区的领导这样说，听自治区的各级干部也这样说，宁夏贫困地区的广大群众更是亲切而深情地这样说。自然，如果让那些曾经和至今仍在福建工作的宁夏人来倾诉“福建亲人”的话，其情其事，更有数不尽、说不完的催人泪下的故事。

在我的印象中，能把非血缘的人称之为亲人，似乎只有人民群众对解放军才这样称呼。闽宁对口扶贫协作能生出如此情深的"人际关系"，这是中国扶贫脱贫史册上异常耀眼和暖心的一件事，或许它的意义比那些走出大山、摆脱贫困的山区百姓在现实中多添了一头牛、多种了10亩地更加难得与可贵。

情谊无价，意味也在此处。

在福建采访时，我遇见了一位西吉常驻福建的人事干部董成璧先生，他说他就是当年在福建挂职干部牵线下，第一次带领97名西吉女青年到福建务工的"劳务站长"——董成璧自己给自己封的官职。

"第一批离开西海固到海这边来的姑娘，一般都是十七八岁，最大的不超过25岁。当时我也才20岁，是刚成立不久的县扶贫办工作人员，因为考虑到我是学校毕业后新上班的，能说普通话，所以让我带队，这一带就带了20多年……"没有人比董成璧更能体味"山海之恋"的深意和个中的味道，他说他亲手带过来的在福建务工的家乡人就有六七万。

"我能报得上名字的'上门女婿'就有170多个。有200来个女孩嫁到了莆田……我都能叫得上她们的名字，连她们丈夫的名字甚至一些孩子的名字我都能叫得出来！"这是董成璧最骄傲的事。

站在莆田的大海边，董成璧在我面前长长地叹了一声，说："当年我带人过来，要走七天七夜，因为当时还没有高速路……刚到这儿时，女孩们白天干活，晚上在被窝里哭，一是想家，二是不会说普通话。我就像一只兔子似的，到处蹿来蹿去，帮她们解决这事处理那事，第一个月我瘦了12斤……其实我也不是没想过打退堂鼓，可是看到我们那些姑娘第一次拿到千元工资时的情景，我……我再也没有想回去的念头了，我就想这辈子要让我们穷山沟里的孩子都能拿到更多更多的钱，让他们能够看一次大海、游一次大海，痛痛快快地吃一次麦当劳、海鲜，天天有热水澡洗……”

说到此处，董成璧已经泪流满面。

“后来我又发现，我必须继续留下来……因为从我们那边过来的人，不仅能够挣钱，而且在这边待上几个月、几年后，女孩们越来越漂亮了，男孩们越来越有灵气了，这个更让我高兴和意外！原来我们宁夏山区的人并不笨嘛！也是可以像沿海地区的人一样，活得好好的，活得有出息！”

董成璧越说越激动：“你知道吗，我现在不仅自己一家人都在福建这边，哥哥弟弟也都在这儿。跟我一样全家留在这儿的宁夏人，已经有好几千人……”

“有可能再回老家宁夏吗？”我给董成璧出了个问题。

“我？目前没有想过……”他愣了一下，回答道。

“为何？”

“我知道家乡现在也变得很好了，但这边仍然需要我。闽宁对口扶贫协作后，老家那边出来务工的人员还很多，现在光莆田一个地方就有几千人，我是这支劳务大军的站长，所以大家还需要我……”董成璧笑着补充道，“我的工资和人事关系还是在西吉噢！”

啊，其实像董成璧这样的“山海”双栖人何止一两个，他们身上的山海情怀自然格外浓烈。这样的情怀，通常可以熔炼出有形的物质和崇高的精神，能让两个远隔千山万水的地区携手共荣。

由此我们再一次感觉到闽宁对口扶贫协作所建立起来的“山海之

恋"，其实已经凝聚成如万里长城般坚固的伟大情怀。

情怀能让人超然，能让人刻骨铭心，更能让人勇往直前，不断奋进和创造奇迹……

我知道，闽宁之间的山海情怀，在现任宁夏福建总商会会长、宁夏麦尔乐食品股份有限公司董事长黄添进的身上，怕是最典型和具有代表性的了。

"70后"的黄添进，今天算来也是奔50岁的人了。但在32年前，他怀揣3000元到银川时，也才18岁。那个时候的他，不懂诗，也不知诗是何味，他的心头只有一个梦想：走出自己贫穷的山乡，到遥远的地方，忘掉自己的身份，干出一番能够让自己有尊严地活着的名堂来！

其实这就是黄添进这样一个没有什么文化的福建人的"诗"——那个时候黄添进的"诗"是苦涩的，没有半点浪漫，只有心酸的泪水独自往肚子里咽……

"当时我们福建山区也不富，但我有手艺——做糕点的手艺。我心想：人家已经富了的地方我肯定干不过他们，所以就奔到比我们更穷的宁夏来了……这一来，没想到就是32年，我也从'海'那边的人，变成了'山'这边的人。"黄添进今天的这番感慨，还真道出了"山海"之间的那份诗意。

当年18岁的他举目无亲，独自一人来到银川时，他看到这里的百姓很少吃得上用大米和糯米做的糕点，尤其是内地人喜欢吃的绿豆糕和"驴打滚"，这里的国营食品店根本没有。于是黄添进就在银川火车站旁租下一间生产车间兼宿舍的小房子，开始将他从湖南学来的做糕点的手艺使了出来——这也使他成为当时银川第一个糕点加工个体户，当然也是第一位闽商食品小老板。最初的创业日子并非一帆风顺。推着车子在车站叫卖一天，赚上百十来元，除去生产成本和房租等所剩无几。最让黄添进记忆深刻的是，少赚钱、不赚钱都可以撑过去，可南方人难以适应干燥的塞外生活，流鼻血、拉不出是最难受的事，黄添进几乎天天为此遭罪。“后来是一位好心的本地大伯用他自己的土方子帮助我止了鼻血、通了肠胃，这才让我能够继续在银川待下来。”黄添进说，他在宁夏32年，数不清有多少伯伯婶婶、兄弟姐妹帮助过他，甚至在他突然生病倒下被人送进医院后，那些素不相识的人还给他送水果、送奶茶。

“我对宁夏亲，是因为宁夏人先对我亲……”糕点人出身的黄添进没有多少文化，但当他说起宁夏和宁夏人时，滔滔不绝，绘声绘色。“他们实在，他们拿你当亲人，你就不得不像对亲人一样对待他们……时间久了，你就觉得自己就是这块土地上的一员，你就是做生意，也要实实在在，多想着为大家服务，把香甜留给你当作亲人的每一个客户。”

“麦尔乐”是黄添进企业旗下的品牌，现在在宁夏知名度很高。“卖得开心、卖得快乐，这就是我食品名字的意思，它其实是我在宁夏做食品生意的心境……”每逢被问到他的食品品牌是何意时，黄添进总是如此解释。

宁夏人让黄添进“卖得快乐”，所以他的生意也越做越好、越做越大。2006年，黄添进的“麦尔乐”在银川开设第一家西饼店，随后没几年就发展到40多家连锁店，并且完全实现了中央工厂生产配送和饼店现烤相结合的经营模式。2013年，黄添进瞅准商机，投资1.3亿元在银川德胜工业园区建设了一座现代化的无菌化食品加工厂房，拥有国内一流的生产线，生产经营月饼、粽子、汤圆、面包、蛋糕等几大系列近200个品种，年产值1亿多元。这位当年仅带3000元到宁夏闯荡的福建山区穷小子，如今早已变成亿万富翁。2015年，黄添进成为宁夏福建总商会会长，成为闽宁对口扶贫协作中的闽商引路人。

"宁夏福建总商会会员总数由最初的50多人，现在已经发展到1800多人，代表着在宁的5000多家企业和8万家商户，仅5年间对宁夏的投资就达20多亿元。我们大家都把宁夏看作是自己的家乡，是为自己的父老乡亲做事，所以干劲越来越大，情分越来越浓。"

我知道，30年前的1990年，黄添进就把一家子搬到了银川。那个时候老家的人问他为什么要这样做，黄添进说，宁夏人待我如家人，既然家人在那边，我就得搬过去。后来他的三个孩子先后都是在银川出生的，于是黄添进干脆把自己连同孩子们的户口全都迁入了银川。再后来，三个孩子都上完大学，本可以在福建和沿海其他地方工作，但黄添进又动员孩子们回宁夏。他对孩子们说："宁夏才是你们的家乡，你们学到了知识，就要为正在奔小康的家乡作贡献。"如今，黄添进的两个女儿也已成家，对象都是宁夏本地人。

32年前的一个福建穷小子，只身一人来到宁夏。而今他全家四世同堂、十几口人都在宁夏，成了真正的宁夏人。

黄添进的人生变奏曲，是无数"山海之恋"的缩影，他的宁夏情怀已浸入他和他家族的血脉之中，什么力量都无法改变。而这，就是我们所说的"诗"——用情怀写成的诗：

山间的云，就是海上的浪。
海上的波，就是山中的风。
山挽住了海，海才宽阔无边。
海簇拥着山，山才显得壮美。

我在山海中游弋，
犹如在幸福中荡漾……

听说林小辉这个名字是在林月婵家里。彼时我正在采访林月婵，有个电话打到她手机上后，只见林月婵立即兴奋起来，跟电话那头的人说得亲热异常。这自然也引起我的好奇。

“林小辉，是个好企业家，他把自己的身家性命全部投在了宁夏那边，你得采访他……我把他叫过来！”林月婵说到林小辉这人时，说话竟也不像病态时那么停顿了。可见这个林小辉在她的心目中分量不一般。

现在林小辉就坐在我面前——正巧，我在福州时他刚从宁夏那边回闽办事，于是便有了我采访到他的机会……

“你最好到我在隆德的闽宁工业园区看看……”林小辉不像个生意人，话不多，一脸憨厚，他如此说。

我答应了。一年之后的2020年6月初的宁夏行，我和他在隆德他的闽宁工业园区见了面。现场所见，比在福州听他讲的要生动和深刻得多，而且有些不可思议：在十分偏远的大山峡谷间的一片平地上，一排排整齐崭新的厂房和楼宇耸立在那里，宽阔的马路、来来往往的汽车，一派繁忙的景象……

“这就是我们的办公楼。”林小辉将我领进一栋四层楼房，从一楼的园区产业展区开始介绍，一直到四层的办公区，林小辉的“黄土地”王国尽显威武和实力。“这个闽宁工业园区，在隆德县支持下，由我投资兴建。2012年8月21日奠基，目前已建成四期，占地3000亩，建厂房20余万平方米，已投入基础设施资金6亿多元。引进入园企业51家，其中约三分之一为闽籍企业，有6家规模以上企业，全园实现年产值5亿元。两三年之后，估计园区年产值可以达到30亿元至50亿元，因为我们已经把‘上海医药’企业引入园内了，明年他们的产值就要达到20亿元左右，这是中国药业界的巨无霸……”林小辉透过办公室的玻璃窗，指着不远处的一片新厂房，很是兴奋地对我说。

“开始我们家乡在宁夏的挂职干部找上门动员我到宁夏投资时，我有些拿不准。可去考察了几次，我的心就被牵走了，跟着魂也被勾走了。”在福州时，林小辉这样说，最初他花了200万元请各路专家帮助他把脉，看可否在隆德建工业园区，最后给出的结论是：小投可以，不宜大投。但林小辉说：“一投就回不来了……”

“为何？”我笑问。

“因为有了感情。”他说，“自己这几年五六个亿就是这样撒在这片土地上……”

“后悔吗？”

“没有！”林小辉一听我这问话，赶紧表达内心的真实意思，“我现在基本是把身家性命都投到这儿了……你一定要问为啥，简单，就是爱上这里了！这里现在就是我的家、我的事业所在！”

“你看，2012年来时，这里没有一间房子，全是荒地。现今这块土地可以为当地每年创造几亿、十几亿的产值，有2000多名当地百姓在这儿务工，而且在不远的将来，整个园区将要实现百亿年产值、5万人在此务工，这等于是半个隆德县城的规模呐！”林小辉骄傲地提高了嗓门说。

“这就是你的‘黄土地’理想？”我想起他的企业名称。

“是。当时起这‘黄土地’的名字，就是我喜欢上了这块土地，同时也立志想把这块土地变成生金生银的富贵之地……这就是我的理想。有点诗意吧？”林小辉的话，让我一下感觉到他的内心其实也很浪漫。

然而我知道，林小辉的这份浪漫，是用心血和汗珠演奏出来的。“刚到这里时，我30多岁，家里已经有亿万资产。可看到这儿与我年龄相仿的人，竟然连对象都找不到，穷呗！我想我应该为他们做点事，让他们也能找得到对象，也能成家立业，于是我就想在闽宁对口扶贫协作中做些真正能让这片土地上的人富裕起来的事，所以想到了建个工业园区。就冲着这份心愿，我带上自己过去挣的钱和七八十个人，从福建来到了这片山坳坳里，直到今天……”当这位来自福建莆田的企业家双脚踩定宁夏大地后，就显出福建人那种精细干实事、用脑做生意的品质，全心全意投身于他心目中的“园区”。

“我们是贫困山区，你们能帮多少忙就帮多少……”

“‘黄土地’确实不起色，但它实在，你们看着给价吧——”

林小辉说，这些年无论在外面招商，还是销货，上面这两句话说得最多，听上去甚至有些“可怜”，但他心里有杆秤：“通过我的努力，哪怕能让山区的百姓有一户脱贫致富，我都会感激那些来园区办企业、买我们货的人。”

这就是我所认识的林小辉，他走过的“闽宁创富之路”，其实就是首诗。他的园区，就是一首“发表”在大地上的诗作，眼下已经很美很美了，明天、未来还会更美。

在宁夏一路采访中，无意走访的许多学校和扶贫车间，以及残疾人创业基地，竟然听说当中有许多项目都是林小辉资助或捐的款，这更让我对于林小辉对宁夏这块大地的挚爱深感敬意。当我希望他能够提供这些年为宁夏做的“好事”时，他竟然憨厚地冒出这样一句话：“我没啥值得表扬的，那些到宁夏来挂职的干部才值得好好宣传，不是他们的影响，我们还没有机会认识这块土地，也不可能有机会把自己的家和事业全部搬到这个地方呀！说句实话，以前我只是个商人，不懂太多事，但这些年到了隆德办扶贫工业园区后，我懂得了自己的价值，懂得了比赚钱更珍贵的价值，所以我才甘愿把身家性命全部投放在这里……"

林小辉的话让我回味了很久，一个原本就是亿万富翁的人，不远千里，来到山区，为了让一批贫困的人过上好日子，自己心甘情愿"丢"下几亿、十几亿的钱，这难道不是一种超出生意范畴的特殊情怀吗？而我知道，像林小辉这样的闽商在宁夏已经有近10万人，他们中相当一部分人的身份也从"闽商"变成了本土的"宁商"，甚至他们的后代中出现了一个又一个"闽宁"的名字……这难道不是诗吗？不是山海之恋的诗吗？

是的，这就是诗，是我们这个时代最美的诗篇。

而"山海之恋"能够产生这样的诗，我们不得不特别致敬那些为书写这些诗篇而"铺纸磨墨"的援宁挂职干部们。闽宁对口扶贫协作24年的坚守与持续，也恰恰是因这些飞翔与奔波在"山海"之间的时代楷模，才会有今天宁夏大地翻天覆地、美丽如画的巨变和人民美满幸福的日子。

2020年7月3日，中宣部以云发布方式向全国宣布：授予闽宁对口扶贫协作援宁群体"时代楷模"称号。在纪念中国共产党成立99周年之际和决胜全面建成小康社会、决战脱贫攻坚的冲刺阶段，中宣部为闽宁对口扶贫协作援宁群体授予"时代楷模"称号，意义极其不同，一是时间上，二是人数上，三是"时代楷模"排序上，都意味深长。要知道，在这之前，中宣部共授予个人和集体正好是100个"时代楷模"。第101个给予了闽宁对口扶贫协作援宁群体，它意味着习近平总书记24年来一直关心和关注的这一对口扶贫模式将载入中国扶贫、脱贫史册。正如授予荣誉称号的新闻词中所写的："1996年以来，'闽宁对口扶贫协作援宁群体'遵循'优势互补、互惠互利、长期协作、共同发展'的方针，主动扛起对口帮扶宁夏脱贫攻坚的历史使命，11批180余名福建挂职干部接力攀登，2000余名支教支医支农工作队员、专家院士、西部计划志愿者敢于牺牲，将单向扶贫拓展到两省（区）经济社会建设全方位多层次、全领域广覆盖的深度协作，与宁夏人民一起用智慧和汗水创造了东西部对口扶贫协作帮扶的'闽宁模式'，缚住贫困苍龙。"创造"闽宁经验"并为其作出巨大贡献的楷模们的人数之多、覆盖之广，是前100个"时代楷模"中所没有的。事实上，中央这次所授予荣誉的对象并非单指180余名福建赴宁的挂职干部和2000余名支教、支医、支农队员和志愿者，也包括数以万计的像林小辉、严国圣、林水英、陈德启、黄添进等这样的闽宁企业家，正是因为他们24年来的不懈努力、无私奉献、奋力拼搏，才让宁夏出现了历史性的巨变——"党的十八大以来，宁夏减少贫困人口93.7万人，贫困发生率从2012年的22.9%下降到2019年的0.47%；贫困地区农民人均可支配收入从2012年的4856元增长到2019年的10415元，宁夏各族人民群众的获得感、幸福感越来越强。"

"101"的排序，或许没有什么讲究，然而他、她和他们这些为创造"闽宁经验"而谱写诗篇的福建亲人——宁夏人这样称呼他们，就是因为他们是一批负有特殊使命的时代楷模，他们"真情奉献、久久为功"，"是习近平总书记亲自开创的闽宁对口扶贫协作事业的坚定践行者，是东西部扶贫协作的接续奋斗者，是社会扶贫的创新发展先行者，是全球减贫治理中国智慧的积极探索者"。

"践行者""奋斗者""先行者""探索者"——呵，"101"号的时代楷模，你们无愧于这样的荣誉和称号。是你们，以崇高和坚定的使命感，把习近平总书记亲自开创的一个伟大事业，一以贯之地坚持了24年，并丝毫不走样地为这一事业画上了完美的句号。你们以牺牲自己、奉献他人的精神，一棒接力一棒，直至最后的冲刺；你们以逢山开路、遇水搭桥的毅力和智慧，成为扶贫、脱贫攻坚战的勇士，创造了无数奇迹；你们是中国智慧的实践者、探索者和成功者。

山已经把你们的英名，镌刻在峰岩上；海已经将你们的丰碑，簇拥在每一波涌起的浪尖上……

尽管如此，我仍然要在这里庄严地将他们中的一些代表性人物的事迹写入此书，虽然在数以万计的群体中他们可能只是点点滴滴，但我相信，即便如此，这些仅凭我个人捡拾的"零散"音符，也足以让"闽宁经验"的时代协奏曲，呈现气吞山河的磅礴气势——

林月婵的名字已经在宁夏大地上如金子一般闪闪发光。现在，我要说的这位"老马"，是接替林月婵出任福建省扶贫办主任一职的马国林。我采访马国林的时候他已经退休三年多了，然而他说他现在一直在忙活闽宁对口扶贫协作的"那些事儿"……"其实也都算不上什么轰轰烈烈的大建设，都是从一件件小事做起，久久为功，才有了今天看上去巍巍长城一样的伟业。"马国林说。

1999年，第一批到宁夏的挂职干部履职结束之后，马国林是作为省扶贫办负责人代林月婵去接这批8名干部回福建的。"那个时候，我们派去的挂职干部没有领队，所以省委组织部门和宁夏当地提出希望从第二批开始能够有个领队，这样可能更有利于发挥和协调挂职干部们的积极性。结果在选第二批赴宁挂职干部的领队时，我自己被选上了。这一选上，就把我跟宁夏粘在了一起，20多年里，我在福建、宁夏两头来回跑了100多趟。林月婵大姐说她像山海间的一只飞鸟，我跟大姐说，我就是后来居上的另一只飞鸟……”

马国林后来担任了当时的固原地区常务副专员，分管农业和扶贫工作。马国林给我讲述了他第一次下乡的印象：“那天我和几个干部走了大半天山路，口干舌燥。走到一个村庄，见半山腰有户老百姓，就进去想要碗水喝。那百姓就给端来一碗水递到我手上，当时我看着碗里的水，愣住了，因为那水黄浊得闻起来还有一股腥臭味……如果在我们福建，那一定觉得是有人给你作恶，但在宁夏山区，这样一碗水就是当地百姓对你的最高礼遇了！”喝完这碗水的马国林，当时双眼满是泪水。

“一是那水确实太难喝了，二是心里不是滋味。那个时候，我们福建那边连农民家都喝矿泉水了，他们宁夏山区的人竟然还在喝这样又脏又臭的污水。而且这样的脏水还像是宝贝一样不能随便浪费，你说心里难不难受嘛！”

这揪心的事，让七尺男儿马国林想着法子要为宁夏山区和戈壁滩上的百姓解决饮水难的问题。“从这开始，我就在山与海的两头跑啊跑，尤其是每回回到福建，见人就作揖：帮帮忙，给口干净水给我的亲人喝！我这么一说又一解释，大家就明白了我是在为宁夏山区和戈壁滩上那些喝不上水、喝不上干净水的百姓筹集打井的资金，所以几乎有求必应……”马国林的面子很大。

打井的事在闽宁对口扶贫协作的联席会上也被确定了下来。“我清楚地记得近平书记还在会上特别强调，像为百姓打井的事要优先做、快速做、做到底！”马国林是这件事的具体执行者和领导者。

2000年春节已过，六盘山上依然白雪皑皑，甘城乡的打深井战斗已经拉开战幕，那轰鸣的钻井声，震荡了整个山谷十里八乡的百姓。他们围着马国林和钻井机台，直愣愣地等着地底下冒出甘泉，因为“甘城”自有这名以来，生活在这里的人就从没见过啥是甘甜之水……

80余天过去，突然在6月26日这一天，一股清澈的甘泉从井底呼啸着喷出数米高……

“甜水！”

“甘城乡有甜水啦——！”

出水的现场情景，马国林说他前所未见。“整个乡都轰动了，甚至县城的人都过来看出水……有一个回族老汉，喝下第一口清纯的井水时，满脸流着泪，抖着双手过来紧紧地握着我的手直哭，而且一个劲地说着：‘感谢共产党，感谢好干部。’当时我一句话都说不出来，抓着老汉的手，跟他一起哭了好久好久……”马国林这样回忆。

后来马国林干的事越来越多，他领队的那一期挂职干部和后来去的两期赴宁挂职干部，帮助当地完成了15000多口井窖建设和十几万亩保水、保土、保肥的“坡改梯”工程，改善了环境，农民收入也有了保障。“现在想来，我最高兴的一件事是：经我之手，从西海固那边带出了30000多名劳务人员到福建这边来务工和学技术，他们有的后来就留在了福建，有的回到自己的家乡创业，成为脱贫致富的带头人……”

“你看，我手机里尽是他们这些人的信息，有几百号人了。现在还是一样，天天有人跟我联系。过去他们联系我，主要是碰到问题希望我帮助解决。现在他们说是有了好事向我汇报，其实是想让我这位‘山海之恋’的老红娘高兴高兴！”年过六旬的老马在他的“义务扶贫办公室”里，抱出一大堆信件和报纸，开始讲他和一起赴宁的挂职干部们那些难忘的“闽宁往事”。“一茬接一茬，就是一场24年没断过的接力，他们有的甚至没有回来……”马国林说到这儿，哽咽了。

“他们更多人像雷锋和焦裕禄一样，一心一意为当地百姓脱贫攻坚办实事，成了当地人民群众心目中难舍难分的亲人和共产党人的形象代表。”马国林告诉我，如今宁夏许多县市政府，都编著了《闽宁扶贫协作纪事》，“那是24年闽宁对口扶贫协作的史书，里面详详细细地记录了对口扶贫协作过程中做的每一件事，更让人感动的是每位我们福建过去的帮扶挂职干部及支教、支医、支农队员和志愿者的名字都列在里面的‘英雄谱’上，这让所有参与由习近平总书记亲自创造的‘闽宁经验’的工作人员都有种崇高的荣誉感。”然而我知道，镌刻在今天宁夏大地上的，何止是这些一个个简单的名字，只要稍稍在宁夏各地走一走，你就会发现：如今，许多福建的地名，成了宁夏的村庄、集镇、学校、医院等的名称……仅在同心县，我好奇地稍稍记了一下，就有“石狮镇”“石狮职业中学”“惠安新村”“惠安住院大楼”“南安实验小学”“南安村”“南安社区”“安溪中学”“安溪敬老院”等数十个福建省泉州市管辖地区的相关名称。一问，原来都是对口帮扶同心县的泉州市出资兴建的。在银川、在固原、在吴忠、在中卫的许多县区，都有以福建各市县区名称命名的新村、新镇、新学校和社区、医院等单位，这些名称皆是闽宁对口扶贫协作的产物，更是“山海之恋”的结晶，每一个名称后面，都是一段段感人的故事。比如同心县石狮镇的建设，不说福建、宁夏两省区的领导一次次协商、会谈、定方案，仅石狮市与同心县具体实施操办这事的双方干部之间就不知有多少次来来回回的一次次“拉手搭背”，倾情注力。我听说，石狮方的黄源水（市委副书记）和黄水源

（挂职到同心的常委）与同心方的王有才（县委书记）等领导之间的“握手”与“交道”，传出了一篇篇有趣的“恋情”：石狮两股“水源”，同心汇聚“有才”，于是就有了石狮镇。后来，石狮方面又派来何敬锡与林天虎两名才俊先后到同心挂职，这对“尽心（何敬锡）天虎（林天虎）”，通过各种努力，将石狮侨乡的优势发挥得淋漓尽致，先后为同心县建起希望小学、医院、镇机关大楼、农民养殖基地、劳务培训中心等公共设施。同心人感动至极，无以言表，于是一个个以“石狮”命名的新标识在同心这块离福建遥远的地方，遍地开花，这是闽宁对口扶贫协作和山海之恋最好的注解。虽然后来有关部门不再提倡这种冠名，然而如今留在宁夏大地上的这些“福建名”，足以让相关的闽宁两地人民建立起一层世代的亲情与血脉关系……

是的，当一种情怀和一种情谊融入血脉之后，它便会升华为割不断的情愫。而编织成情愫的正是一个个具体的鲜活的人的行为与情感，人的行为与情感的缘由，则是人内心的感受与体验后所迸发出的一种能量。

中宣部表彰的闽宁对口扶贫协作援宁群体中的赴宁人员中，有一批是支教、支医、支农的志愿者，他们在宁夏贫困地区的出现，并没有被冠名，然而他们的身影和精神其实比冠名和耸立的一座座丰碑更让宁夏人惦念与铭记。

我读到一位叫傅文超的老师所写的一段文字：

支教的时间很快过去了，返回福建那一天，自发来到火车站送别的学生的眼泪打湿了我的心，那一声声的哭泣、呼喊，多年来一直刻在我的脑海里，清晰而深刻，难以磨灭。在我看来，学生们朴实真挚的感情无与伦比，那是我一生中取之不尽的财富，这是任何荣誉都无法比拟的。那荣誉证书只是对自己的一份肯定，真正吸引我两次踏上宁夏的土地到同心支教的，是那一双双明亮的、充满求知渴望的眼睛，是那份朝看日出、暮听蝉鸣、享受教育带来的快乐的同时，也坚守的这份不变的教育梦想，以及不曾改变过的对教育事业的痴心……

像傅文超这样第二次，甚至第三次、第四次赴宁夏支教、支医、支农的福建人何止几个几十个，而是几百几千人，有人去了一年两年，甚至希望永远地留在宁夏……这是为何？我这样的问题向他们提出后，这样的人会坦然而又深情地告诉你：因为我们爱上了宁夏，因为这里是我们新的家乡……

▲养羊人在羊场里自建的跑道上驱赶滩羊“跑步锻炼”

你对此将无颜再问。你只有对他们致敬和礼赞。

马国林还对我讲，宁夏本地产品有三大宝：土豆、枸杞、滩羊肉。这“三宝”以前多少也是有名的，但内地市场并不大听说，甚至很多内地人还以为这“三宝”是甘肃或陕西的！“但自从有了我们的挂职干部之后，‘宁夏三宝’这些年名气传遍神州大地，这你感觉到了吗？”

还真是。老马的话也让我脑海中不免泛起北京市场上近几年宁夏特产猛增的强烈印象。

“盐池的滩羊肉简直就是极品！”到盐池采访，一顿纯正的滩羊肉，让我这样平时不爱吃羊肉的人一下上了瘾，那种口感、那种肉质，吃一口便有放不下的感觉，让我从此改变了对羊肉的看法。而在同心一位百姓家，老乡亲自给我泡的一杯枸杞茶让我陶醉了好半天——“那才是神仙茶！”

我知道，盐池滩羊从过去二三百元一只到现在可卖到三四千元一只，其价格和品牌影响力像火箭飞上了天一般飙升，这与福建挂职干部的拼命“吆喝”不无关系。至今，盐池人民依然清楚地记得高国富、张学勇等一个个“福建县长”的名字，更记得这些县官是如何带着他们上京城、下福建、走深圳，去推销盐池滩羊肉的。曾经在厦门街头出现过这样一幕：一家经营滩羊肉的饭店，消费者为了吃上一盆滩羊肉，需要排队等候三小时。“好菜不怕等，吃了赛神仙。”厦门人这样推崇盐池滩羊肉，就与上述挂职干部不遗余力的推介有关。

其实在宁夏，滩羊肉并不只有盐池一个地方有。同心的滩羊肉一点不比盐池的差，那是因为同心县的丁县长听我连夸了几次“盐池滩羊肉”绝了后，非要让我感受一下“同心滩羊肉”，为此还将我拉到几处产滩羊肉的农户家参观。“你看这些牧场的草和羊群放出去喝的水——

它们完全是在无任何污染的纯自然环境中喝着矿泉水、吃着中草药长大的羊羔，而且这里都是海拔在1500米左右的戈壁滩地，所以‘同心滩羊肉，质量甲天下’！”丁县长乐着解释，这话不是他的发明，是福建同志说的。

福建到同心的挂职干部从跟着马国林一起过来的何敬锡，到后来的林天虎、杨树青、蔡荣清、傅子评、薛建民、陈剑宾、林育伟……他们虽然在自己的家乡不在同一岗位上，然而到了同心接力挂职后，这些干部无一不把推销“同心滩羊肉”以及“同心枸杞子”作为己任，竭尽全力，奔波于山海之间和全国其他地区。“老实说，我们本地干部过去干事有点像犁地的耕牛——慢性子。随着福建干部的到来，他们与我们同一个班子后，那种沿海地区干部干事风风火火、雷厉风行的作风，对我们宁夏干部作风的改变，起到了特别重要的推动作用和影响。”在那次丁县长请我到一个乡村吃便餐时，同心县的几位乡镇干部也在场，一提起这个话题，当地干部就感慨万千。“过去说沿海地区发展快，我们就会认为是因为他们那里交通发达、信息灵通，而我们落后就是因为这些条件不行。但自从福建挂职干部与我们一起工作之后，才发现：我们与沿海地区干部之间的差异，除了观念、理念上跟不上外，还有一个明显的差距是，我们的工作作风、工作劲头远不如他们。人家是一天能干完的事绝不拖到第二天、第三天去做，甚至会把第二天、第三天的事提前做好。我们过去则不是这样的，没人逼着、催着的事，就可能一直拖着、等着，直到火烧眉毛时才真着急起来。现在不同了，身边有福建干部做榜样，上面有脱贫攻坚的任务指标，你就得换个脑袋、改一改作风，真心实意地干一番事业……”

滑志敏，现任盐池县委书记。这位属猴的同心籍宁夏本地干部，他的家庭是宁夏困难地区少有的读书成才的家庭，兄弟姐妹八个除大哥外全都上了学，并且成人后多数当了干部。滑志敏是固原师范高等专科学校毕业的，学的是汉语言文学，毕业后却到了财政局工作。“贫困山区的财政工作，一半工作就是如何用国家给的那些钱把贫困乡村和百姓的事办好，因为县级财政本身就没有多少收入，所以我一参加工作基本上就接触了扶贫工作。红寺堡开发，到了那边创业，一干就是好几年。后来当吴忠市财政局局长，之后就到了盐池县任县长，一年半后的2015年开始改任书记，这也就遇到了脱贫攻坚战的全面开始。几年下来，体会多多，其中一条是我从福建干部身上学到的，也是从盐池脱贫、帮扶实际工作中总结出来的，即要让百姓从理念上真正改变脱贫致富的观念，高度重视百姓的精神脱贫，也就是说：要让我们盐池的干部和群众，有自身动力和自身能力去摆脱贫困。”

滑志敏来自农村，熟悉农业，与农民有天然的感情，在盐池脱贫攻坚战中创造了许多新的经验，尤其是生态立县、产业扶贫等工作，使脱贫成效十分明显。

“但再重要的工作，也没有比抓人的工作更重要，没有比抓人才和提高人的能力更重要的事情了！”滑志敏说。其实他本人就是一个特别会抓“人”的本领的人，同时又是自己做在别人之前的人。盐池滩羊能有今天的影响力，能在当地农民致富中起到80%以上的增收贡献率，与滑志敏身先士卒抓滩羊销售渠道的建立和制订27项标准化生产技术规范，统一滩羊产业的“入关口”、稳定价格等有直接关系。当地脱贫的群众称他是“滩羊书记”，看来名不虚传。

2017年，南非等非洲国家组织了一批大学研究生到盐池一个典型的脱贫村庄学习调研，原计划一周时间。可第一天参观完后，这些学生就都要走了，一问为什么，他们说："你们的方法我们学不了，你们中国特色的社会主义是中国共产党创造的奇迹，你们在社会主义体制、机制下的人的能力和观念、理念，是我们非洲国家现有制度下无法实现的。"

"其实，我们盐池的脱贫经验的重要一点，就是学习了福建挂职干部们留下的解放思想、打开思路、勇于创造的精神。"滑志敏说。后来他在闽宁对口扶贫协作工作中对福建方面说："你们不用再说给多少钱了，我请你们多把我们的干部培训好，这是我和盐池人民最高兴的事。"正是这一精神和能力上的"饥渴症"——用滑志敏的话说，盐池派出了一批又一批干部、企业主和有志发展产业的群众，到福建学习和接受培训。学习回来的这些人，后来都成了各条战线上的骨干和致富带头人。党的十九大代表、盐池县王乐井乡曾记畔村的朱玉国就是其中的代表。

第一次到曾记畔村，刚坐下就听朱玉国介绍村里情况，近一个小时下来，就是完整的一堂"党课"——朱玉国的能说会道堪称"宁夏一宝"，因为一个农民能这么会说、这么有水平，着实让我领略到了。

朱玉国所在的村是2016年就摘掉贫困帽子的。他的经验来自于用心学习福建挂职干部，学习福建依靠金融来实现农村精准脱贫的方法，结果大见、快见成效，闯出了一条全新的脱贫致富道路。"我经常跟村民们说，什么叫梦想？梦想就是我们每个人都有追求，有愿望，有目标，这就是梦想！再具体一点：到我们农民头上的梦想，那就是大家都有一个追求的目标，一个致富的愿望，一个致富和追求目标的方法。过去我们的扶贫多数时候是输血，确实也对那些老弱病残等弱势群体起了些作用，但对年轻人、对村庄的长远发展没产生作用，甚至还养懒了一些人。闽宁对口扶贫协作中来了福建挂职干部，我们县里又派了一批又一批干部和骨干到福建学习培训，慢慢我们就明白了，原来人家能够富起来，就是每个人都有追求、有愿望、有目标，头脑灵活办法就多了，办法一多，事情成功的机会也就来了！"

曾记畔村741户村民，以前贫困户占了近三分之一。用朱玉国的话说，村庄属于"吃水没有源，走路很艰难。三年两头旱，口袋没有钱"的贫困落后村。2007年开始，朱玉国在福建挂职干部和县金融部门的帮助支持下，闯出了一条"信用建设—产业基础—金融支持"的扶贫、脱贫之路，即通过成立由党支部领导下的党员、骨干组成的村民互助合作社的信用组织，以本村自有的滩羊、中药、杂粮和牧草四大产业为基础，再通过村互助合作社的信用，建立起产业扶贫的资金基金，支持每个有创业志向和产业项目的贫困户、村民贷款发展自己的产业项目和创业项目。互助合作社又通过诚信评级等方法，激励创业者和发展产业者提升投资效益、增强信用度等措施，使得村上的创业与产业发展像滚雪球般不断壮大，一批又一批贫困户完成脱贫，走上了致富之路，整个曾记畔村百姓的生活水平和幸福感、村庄的面貌，迅速获得了提高和改变。

"诚信越好，产业做得越大。产业做得越大，诚信获得的金融资金支持就越大，会激励产业更上一层楼，美丽幸福的村庄建设就会越来越好，这就是我们曾记畔村的脱贫致富模式。"朱玉国侃侃而谈。如今他不仅是村党支部书记，而且是远近闻名的"盐池脱贫模式"的宣传员，据说每周要接待好几拨前来学习的干部群众。"十年前我就有三个梦想：第一个梦想是要解决村民医疗问题，当互助社资金达到300万元时，村上就可以拿出一部分钱为村民买医保了，可以避免因病返贫和看不起病的问题；第二个梦想是养老，当互助社资金达到600万元时，村上花钱给所有村民买养老保险；第三个梦想是教育，当互助社资金达到800万元时，村上给考上大学的贫困生每人奖励一笔钱，让他们不必因经济问题影响学习。十年下来，我的这三个梦想在村上全实现了……靠的就是一个观念的改变。”朱玉国说。

今天的曾记畔村已经是当地十分有名的富裕村了。在漂亮的村委会所在地，朱玉国向我展示的不再是建档立卡的贫困户档案，而是一沓沓“富农卡”。

“一个数据可以看清楚我们村的变化：过去全村只有一辆破旧的机动车，现在村上有300多辆各种新汽车……”朱玉国很是自豪地对我说。

在他身后，是卷起的千层麦浪，如海浪般汹涌。它让我有仿佛置身于鼓浪屿边观海之感……那是一种爽朗和激情、幸福与激荡，因为这样的麦浪与海浪的意境融合，就是闽宁对口扶贫协作的“山海情”，它的互动、它的融合、它的奋力，就是这个伟大时代的潮流，将推进两省区共创繁荣与辉煌。

海浪拍岸，涌起千层雪。雪融大地，绿意披河山。

“宁夏的干部也都有一种自尊，都有一种情怀，都想把自己的家乡建设好，让身边的百姓过上好日子。正是在这种基础之上，福建干部的出现和传帮带，让我们的干部感到了一种压力、一种动力，以及再不只争朝夕干一番轰轰烈烈的事业对得起谁的这样一股拼劲，所以宁夏像西海固这样特别贫困的地区，能够保质保量按照总书记的要求，打赢脱贫这场攻坚战，完全是在情理之中。”那天傍晚，时任固原市委书记张柱在讲完这一段话后，又动情地告诉我，就这两年中，他身边的几位干部累倒在了脱贫攻坚战的路上：固原市人大常委会主任做了心脏搭桥手术，市委秘书长得了心肌炎，西吉县和泾源县的主要领导倒在乡村的路上再没有回来，更有一批乡镇干部永远离我们而去……

当晚雨下得很大。听张柱书记历数这些脱贫攻坚战中的感人事迹时，我的心情既沉重，又异常振奋。“正是福建干部和我们本地干部的携手奋斗，才有今天连老天都感动得雨润大地……”他说。

是的，宁夏、西海固现今已经完全变了样。“这回新冠肺炎疫情之下，我们根本没有想到竟然有10000多名湖北人在西海固工作！虽说增加了我们防疫的工作量，但另一方面也让我们十分振奋：咱固原、咱西海固也开始吸引外地人了呀！”张柱书记的兴奋是有理由的。

“疫情缓解之后，内地不少地方缺少劳动力，特别是听说福建一些企业需要务工人员，我们就及时租用了11架飞机，把数千名本地务工人员输送了出去……这样的事，在前几年是不可思议的，但现在对我们宁夏来说，已不足为奇了！”张柱书记说到这儿已经有些哽咽，而他后面的话更让人深深地感动。“过去包括我自己在内，对脱贫大家心里还是没有底的。但是这些年来，习总书记一次次地来到我们身边鼓励和教导我们，中央和自治区的政策力度不断加大，又有福建同志倾心倾力的帮助支持，我们真是越干越来劲，越干越觉得希望越大，光明就在前面，就在明天。这个时刻，我们每一个干部都想着能在自己的手上把脱贫致富这项伟大的事业完成好，完成得完美和出彩！”

呵，这就是我们想看到的情怀！伟大时代造就的情怀！没有比这样的情怀更鼓舞和激励人的潜能和力量的了！没有比这样的情怀更可以创造出人间奇迹的了！

山已经在笑，海早已跳跃。山与海的携手共欢，便是中华民族伟大复兴的前奏，便是人间辉煌的再现。正如习近平总书记所言：“闽宁镇探索出了一条康庄大道……”

难道不是吗？24年来由习近平亲自创造的“闽宁经验”，如今展现在我们面前的就是一条社会主义现代化发展事业的康庄大道，就是破解世界级难题、摆脱贫困、走向富裕的康庄大道，就是中国共产党人又一次为人类文明史贡献智慧和精神的康庄大道……

在山与海欢庆伟大事业圆满成功之时，我已看到黄河沸腾了！

沸腾的黄河，会让贺兰山、六盘山再次耸立于中华民族的群峰之列，昂然高歌！

2020年6月完稿

2020年11月修改完稿